MW01708503

Genel Yayın: [illegible]

Canım kızıma
sevgiyle.....
27.08.2016
Günay

İyiki varsın.
Hep böyle kal.
27.8.2016
Fikret

MODERN KLASİKLER DİZİSİ

WILLIAM GOLDING
SERBEST DÜŞÜŞ

ÖZGÜN ADI
FREE FALL

COPYRIGHT © WILLIAM GOLDING, 1959
FABER & FABER, LTD / ANATOLIALIT TELİF HAKLARI
AJANSI KANALIYLA ALINMIŞTIR

ÇEVİREN
NİLGÜN MİLER

© TÜRKİYE İŞ BANKASI KÜLTÜR YAYINLARI, 2014
SERTİFİKA NO: 29619

EDİTÖR
GAMZE VARIM

GÖRSEL YÖNETMEN
BİROL BAYRAM

DÜZELTİ
MEHMET CELEP

GRAFİK TASARIM VE UYGULAMA
TÜRKİYE İŞ BANKASI KÜLTÜR YAYINLARI

I. BASIM HAZİRAN 2016, İSTANBUL

ISBN 978-605-332-795-0 (KARTON KAPAKLI)

BASKI
MİMOZA MATBAACILIK SANAYİ VE TİCARET ANONİM ŞİRKETİ
Merkez Efendi Mah. Davutpaşa Cad. No: 123 Kat: 1-3
Zeytinburnu İstanbul
(0212) 482 99 10
Sertifika No: 33198

Bu kitabın tüm yayın hakları saklıdır.
Tanıtım amacıyla, kaynak göstermek şartıyla yapılacak kısa alıntılar dışında gerek metin, gerek görsel malzeme yayınevinden izin alınmadan hiçbir yolla çoğaltılamaz, yayımlanamaz ve dağıtılamaz.

TÜRKİYE İŞ BANKASI KÜLTÜR YAYINLARI
İstiklal Caddesi, Meşelik Sokak No: 2/4 Beyoğlu 34433 İstanbul
Tel. (0212) 252 39 91
Faks (0212) 252 39 95
www.iskultur.com.tr

Modern
Klasikler
Dizisi - 79

William Golding

Serbest Düşüş

İngilizce aslından
çeviren: Nilgün Miler

TÜRKİYE İŞ BANKASI
Kültür Yayınları

1

Pazar meydanında, sayfalarının köşeleri katlanmış ve rengi soluk mora dönmüş kitapların şükranlarını sunarcasına dolup taştığı tezgâhlar boyunca yürüdüm. Bir elinde gücü, diğerinde ihtişamı temsil eden kırbaç ve asa tutan, çifte taçla taçlandırılmış insanlar gördüm. Bir yara izinin nasıl olup da ışıldayan bir yıldıza dönüşebildiğini anladım; uçuşan kor taneciklerinin mucizevi ve ulvi bir devinimle düşüşünü hissettim. Dünlerim benimle birlikte yürüyor. Onlar adımlarını bana uyduran ve omzumun üzerinden beni izleyen gri yüzler. Ben Paradise Hill'de yaşıyorum. İstasyona on dakika, mağazalara ve birahaneye otuz saniye mesafede. Yine de ben, mantıksız ve tutarsız duygular içinde, büyük bir hırsla arayışını sürdüren, kendi mahkûmiyetine kendi karar vermiş ateşli bir amatörüm.

Özgürlüğümü ne zaman kaybettim? Bir zamanlar özgürdüm. Seçme gücüne sahiptim. Her ne kadar sebep ve sonuç mekanikleri istatistiksel olasılık olsa da, doğal olarak eşik altı ya da eşik üstü iş gördüğümüz zamanlar da vardır. Özgür irade, müzakere yoluyla öğrenilmez. Sadece tecrübeyle edinilir. Tıpkı bir rengi tanımak ya da patatesin lezzetini bilmek gibi. Mesela ben böyle bir deneyim yaşadığımı hatırlıyorum. Çok küçük bir çocuktum ve parktaki fıskiyeli havuzu çevreleyen taşın üzerinde oturuyordum. Güneş pırıl pırıl parlıyordu, yeşil çimenlerin üzerinde kırmızı ve mavi çiçek kümeleri vardı. İçimde zerre kadar suçluluk duygusu yoktu. Tek duyduğum şey, havuzun ortasındaki fıskiyeden fışkıran suyun çıkardığı seslerdi. Yıkanmıştım, suyumu içmiştim ve şimdi de sıcacık taşın üzerinde oturmuş, sakin sakin bundan sonra ne yapacağımı düşünüyordum. Tam o esnada, durduğum noktadan başlayıp ayrı yönlere uzanan çakıl taşlı patikalar olduğunu gördüm ve yepyeni bir farkındalığın beni ele geçirdiğini hissettim. Bu patikalardan istediğim herhangi birini seçebilirdim. Hiçbirini diğerine tercih etmem için bir neden yoktu. Yerimden kalktım ve bir patikadan aşağı doğru, yediğim patatesin tadını çıkararak, seke seke yürüdüm. Özgürdüm. Seçimimi yapmıştım.

Özgürlüğümü nasıl kaybettim? Bunu yanıtlamak için önce geriye dönüp hikâyeyi tekrar anlatmam gerek. Bu hikâyeyi ilginç kılan, gelişen sıradan olaylardan ziyade, kendisini bana, yani tek anlatıcıya sunuş biçimidir. Zira zaman, sonsuza dek uzanan bir dizi tuğla gibi döşenemez. İlk ağlayışla son nefes arasında uzanan o düz çizgi, cansız bir şeydir. Oysa zamanın iki farklı biçimi vardır. Bunlardan birincisi su ile balık arasındaki bağlantı kadar bize özgü olup, zahmetsizce yaratılmış bir algıdır. İkincisi ise, bir anı, sınırları belirsiz ayrışık anların iç içe geçip birbirine nüfuz ettiği hissidir; bir günün diğerine nazaran daha önemli olmasından dolayı daha yakın geçmişte duran anısı, bunu yansıtan olayın anısı ya da bu üçünün birbirinden bağımsız anısıdır ki tümü olağandışıdır ve doğru çizginin dışına çıkarlar. Hikâyemin en başına parkta geçirdiğim o günü koydum; ama bunu o zamanlar bir çocuk, hatta bir bebek sayılacak kadar küçük olduğum için değil, keyifle patates yediğim zamanlar giderek seyrekleştikçe, özgürlük bana daha da kıymetli göründüğü için yaptım.

Bütün sistemleri bir dizi kullanışsız şapka gibi duvara astım. Hiçbiri de bana uymuyor. Bunlar dışarıdan çıkıp gelen ve önerilen, bazısını aptalca, bazısını ise çok güzel bulduğum çeşitli modeller. Oysa artık bildiğim her şeyin üzerine uyacak bir model arayışına girebilecek kadar uzun yaşadım. Peki, bu modeli nerede bulacağım? Dahası, bunu neden yazıya döküyorum? Aradığım şey belli bir tarz mı? Mesela tam ortada asılı duran o Marksist şapka... Acaba ben tüm hayatım boyunca onunla yetineceğimi mi sandım? Peki, şu neredeyse hiç kullanmadığım papaz şapkasının nesi kötü? Nick'in çelik zırh gibi sağlam ama bir o kadar gösterişsiz ve saygın görünen rasyonalist şapkası beni o zamanlar yağmurdan korumuştu. Şimdi ise gözüme biraz küçük, oldukça aptal, diğer melon şapkalardan farksız, fazla resmi, fazla eksiksiz ve son derece cahil görünüyor. Tabii bir de okul kasketim var. Onu oraya, daha sonra yanına asmam gerekecek olan diğer şapkalardan habersiz asmıştım. İşte sanırım tam da o anda olan oldu ve ben, özgürlüğüme mal olan kararı özgürce vermiş oldum.

Bana ne ki şapkalardan? Ben ressamım. Hangi şapkayı istersem takarım. Ben Samuel Mountjoy, tanırsınız. Hani şu yapıtları Tate'de asılı duran. Ben ne şapka takarsam takayım mazur göreceksiniz zaten. Bir yamyam dahi olabilirim. Ama ben artık mahrem hayatımda bir şapka takmak istiyorum. Anlamak istiyorum. Omzumun üzerinden beni izleyen gri yüzleri. Onları silip atmak ya da defetmek hiçbir şekilde mümkün olmuyor. Sanatım bana yetmiyor. Sanatımın canı cehenneme. Ama galeyan, aynı seks dürtüsü gibi beni düştüğüm derin kuyudan çekip çıkartıyor ve diğer insanlar bu sayede resimlerimi benden daha çok beğeniyor ve önemsiyorlar. Aslına bakarsanız içimde renksiz ve sıkıcı bir insan yatıyor. Akıllı olmaktan ziyade, iyi olmaya yatkınım ben.

O zaman neden bütün bunları yazıya döküyorum? Neden çayırdaki çimenlerin üzerinde daireler çizerek dolaşırken anılarımı bir anlam ifade edene dek derleyip zamanın esnek akışını aydınlığa kavuşturmuyorum? Pekâlâ oradan buradan seçtiğim olayları birleştirebilir veya aralarda atlamalar yapabilirim. Bir gün dolaşırken bir sistem, bir başka gün dolaşırken başka bir sistem bulabilirim. Ama artık çayırda dolaşa dolaşa düşünmek yetersiz kalıyor. Her şeyden önce burası, ne kadar ustaca boyarsanız boyayın sınırlı kalmaya mahkûm olan tuvalin dikdörtgenine benziyor. Zihin de belli bir yoğunluktan fazlasını kaldırmıyor; oysa anlamak, sadece hatırlanan zamanın tümünü bir defada taramayı gerektirir ve bunu yaptıktan sonra durup bir nefes alabilirsiniz. Belki hikâyemi bana göründüğü şekilde yazarsam, eskiye dönüp geçmiş olaylar arasından seçim yapabilirim. Yaşamak hiçbir şeye benzemez, çünkü her şeyi içine alır. Destek almadan üretilen düşünceler için fazla incelikli ve fazla anlamlıdır. Resim ise tek bir düşünce biçimi gibi, seçilmiş bir şeydir.

Başka bir neden daha var. Kör ve dilsiz olmamıza rağmen görmemiz ve konuşmamız gerekir. Söz konusu olan Sammy Mountjoy'un kirli sakallı suratı değil, sigarasını eliyle tutup çıkartabilmesi için açık duran dolgun dudakları; yuvarlak dişlerinin düzgün ve ıslak kas dokusu değil; gırtlağı, ciğeri, ya da yüreği de değil – tüm bunlar bir bıçak yardımıyla kolayca görüp dokunabileceğiniz şeyler. Söz konusu olan, bedenin tam ortasına oturmuş, daima uyanık duran, her zaman bildiğinize inandığınızdan farklı, asla anlayamayacağınız duygu ve düşünceleri barındıran, adlandırılamayan, ölçülemeyen ve gözle görülmeyen, fakat hep umutsuzca anlamayı ve anlaşılmayı bekleyen o karanlık. Bizim yalnızlığımız hücrede ya da sürgünde yaşanan yalnızlığa benzemiyor. Bizim yalnızlığımız, gördüğü şeyi bir atom fırında oluşan yansımalar gibi algılayan, uzaktan kumandayla hisseden, sözcükleri yabancı bir lisan dinler gibi sadece fonetik olarak duyan o karanlık şeyin yalnızlığı. İletişim kurmak artık bizim için hem bir tutku hem de çaresizlik.

Ama kiminle olacak bu?

Sizinle mi?

Benim karanlığım bir daktiloya uzanıp kıskaçlarını tuşların üzerinde beceriksizce gezdiriyor. Sizin karanlığınız da bir kitaba uzanıp onu kendi kıskaçlarıyla yakalıyor. İkimizin arasında belki yirmi farklı değişim, filtre ve çeviri üslubu var. Bu durumda, paragrafta betimlenen kadının yarı şeffaf yanağının tatlı görüntüsünü, kaşıyla saçı arasında duran alın kemiğinin o yaşayan kıvrımını tamı tamına aynı biçimde algılasaydık, kim bilir ne büyük bir tesadüf olurdu. Siz benim karartılmış hücremde duyduğum dehşetin niteliğini, onu ben bile sadece hatırlamakla kalıp kendi içimde yeniden yaratamazken, nasıl paylaşabilirsiniz ki? Hayır. Hayır, sizinle olmaz. Ya da belki sadece sizinle olur, kısmen. Çünkü siz orada değildiniz.

Hem kimsiniz ki siz? Gizli bilgileri mi haizsiniz, bir deneme baskınız mı var? Ben sizin için yapılacak bir iş miyim? Tutarsızlığı tutarsızlığa çevirerek öfkelendiriyor muyum sizi? Belki de bu kitabı bundan elli sene sonra bir tezgâhın üzerinde bulacaksınız ve o zaman da bir başka şimdiki zaman olacak. Yıldızın ışığı bize yıldız kaybolduktan milyonlarca yıl sonra ulaşır ya da öyle denir, doğrudur belki de. Bu nasıl bir evren ki böyle, bedenimizin ortasındaki karanlık dengede kalabiliyor?

Yine de bir ümit var. Kısmen iletişim kurabilirim. Ve bu da tamamen kör ya da dilsiz olmaktan muhakkak daha iyidir. Ve belki kendime ait bir şapka gibi bir şey bulabilirim. Eksiksiz bir uyum istediğimden değil. Bizim hatamız, kendi sınırlarımızı olasılık sınırlarıyla karıştırmak ve evreni rasyonalist ya da diğer başka bir şapkanın içine hapsetmek oluyor. Yine de ben, beni de içine alacak bir modelin belirtilerini arayıp bulabilirim, her ne kadar dış kenarları cehaletin içinde yavaş yavaş kaybolacak olsa da. İletişime gelince, tüm söylenenleri anlıyor olmak hepsini bağışlamak demektir. Oysa bir yarayı yaralanandan başka kim bağışlayabilir ki? Ve bu özel alışveriş esnasında hatlar kesilirse ne olur?

nlere ilişkin hiçbir sorumluluk almıyorum. Ço-
ki halimi hatırlayabiliyorum. Ama o zamanlar bir cinayet işlemiş dahi olsam, bugün artık bunun sorumluluğunu hissetmem gerekmiyor. Orada bir eşik var ve bu eşiğin ötesinde yaptıklarımız başka birisi tarafından yapılmış oluyor. Yine de ben o zaman oradaydım. Belki bunu anlamak için o eski günlerin resimlerini de işe katmam lazım. Belki hikâyemi baştan sona tekrar okuduğum zaman, pınarın suyu kadar berrak olan o küçük çocukla durgun bir havuzu andıran yetişkin adam arasındaki bağlantıyı göreceğim. Biri, her nasılsa diğerine dönüştü.

Ben babamı hiç tanımadım. Sanırım annem de hiç tanımadı. Tabii ki emin olamam, ama annemin de onu hiç tanımamış olduğundan – en azından, kelimenin tüm işe yarar anlamlarını kısıtlamazsak, “sosyal” olarak tanımamış olduğundan şüpheleniyorum. Birinci dereceden akrabalarımın yarısı o derece anlaşılmaz insanlar ki onları nadiren dert etmeye değer bulurum. Ama ben varım ve yaşıyorum. Daktilonun başında hazır bekleyen, tütünden sararmış bu parmaklar, iskemledeki bu ağırlık, iki kişinin bir zamanlar karşılaşmış olduğuna dair birer kanıt benim için. Ve bu iki kişiden biri benim annem. Kim bilir diğer kişi beni tanısaydı ne düşünürdü? Hangi kutlamanın anısıyım ben? 1917 yılında zaferler, bozgunlar ve bir de ihtilal gerçekleşti. Bunca olayın yanında küçük bir piçin varlığı aşağı yukarı ne ifade eder? Babam asker miydi? Daha sonra parçalanıp öldü mü? Yoksa hayatta kaldı, yürüdü, gelişti ve unuttu mu olanları? Şimdi beni tanısa ve giderek artan şöhretimi bilseydi, benimle gurur duyabilirdi pekâlâ. Onunla bir yerde karşılaşmış ve esrarengiz yüzüne bakmış dahi olabilirim. Fakat birbirimizi tanımamız mümkün değildi. Rüzgâr bahçe duvarının üzerindeki kitabın sayfalarını çevirmekten ne anlıyorsa, ben de onu ancak o kadar anlayabilirdim; o cahil rüzgâr da siyah perçin dizilerini ancak biz yabancıların birbirimizin yüzündeki ifadeyi çözebildiğimiz derecede deşifre edebilir.

Oysa ben bir saat gibi kuruluyum. Tik tak çalışıyorum. Varım. Okuduğunuz siyah perçinlerin kırk beş santim üstünde asılı duruyorum, sizin yerinizdeyim, fildişi bir kutu içine hapsolmuşum ve beyaz kâğıdın üzerine sabitlenmeye çalışıyorum. Perçinler bizi birleştiriyor fakat biz tutku adına bölünme hissimizden başka bir şey paylaşmıyoruz. O zaman neden babamı düşünüyorum ki? Ne ifade ediyor bana?

Ama annem farklıydı. Onun belki de sadece ineklerle ya da halının üzerindeki kediyle paylaştığı, onu kendisini anlamak fiilinden bağımsız kılar nitelikte bir sırrı vardı. Sadece dokunmakla yetinirdi. Bu onun yaşam biçimiydi. Benim başarılarımdan etkilenmezdi. Onlara kayıtsız kalırdı. Fotoğraf albümümdeki resimlerinde, bir bütün olarak ve cümleyi bitiren nokta misali nihai haliyle duruyor.

Bazen boş vakitlerde aklıma geldikçe anneme babamı sorardım ama merakımın hiçbir aciliyeti yoktu. Eğer ısrar etmiş olsaydım belki düzgün bir cevap verecekti, ama ne gerek vardı? Annemin önlüğünün etrafındaki yaşam alanı bana yetiyordu. Çocukların bazıları babalarını tanırlar, aynı bazı çocukların alışkanlık icabı bot giymeleri gibi. Parlak oyuncaklar, otomobiller, insanların zarafet içinde yemek yedikleri yerler; ama duvarımda asılı duran tüm bu resimler, bu dışarıda-bir-yerdeliklerin hepsi bana Mars gezegenine ait gibi görünüyordu. Bir de tüm bunların üzerine gerçek bir babanın varlığı, düşünülmesi imkânsız bir ekleme olurdu. Suallerimi akşam "Sun" açılmadan önce ya da çok daha ileriki saatlerde kapandıktan sonra, annem çakırkeyif olduğunda sorardım. Herhangi bir masal anlatmasını da aynı kayıtsızlıkla isteyebilir, aynı şekilde inanmadan dinleyebilirdim.

"Benim babam neydi, anne?"

Basit fiziki gerçeğe karşı ortak kayıtsızlığımızdan çıkan, annemin gündüz daldığı hayallerin şekli değiştikçe onlarla birlikte değişen yanıtlar alıyordum. Bunlar "Sun"dan ve Regal sinemasının titrek görüntülü hikâyelerinden etkilenerek aktarılıyordu. Annemin söylediklerinin hayal ürünü olduğunu biliyordum ama öylece kabul ediyordum, çünkü ben de gündüz vakti hayal kurardım. Bunları ancak hakikate en soğuk yaklaşım, yalan olarak nitelendirebilirdi; gerçi annemin temel ahlak duygusuyla bir iki kez kendi söylediklerini hemen yalanladığı olmuştur. Sonuç olarak babam bazen asker, hayran olunası bir adam, bir subaydı; ama bence annem bana hamile kaldığında subaylık ya da beyefendilik aşamasını geride bırakmıştı. Bir akşam annem Regal'den, Amerika açıklarındaki savaş gemilerinin bombalandığı bir filmden çıkıp geldiğinde, babam Kraliyet Hava Kuvvetleri'ndeydi. Ortak yaşamımızın daha sonraki bir aşamasında – sahi o zaman neyi kutluyorduk acaba? Şaha kalkan atlar, tüy sorguçlu miğferler ve kükreyen kalabalıklar neyin nesiydi? Zaten daha sonra da babam Galler Prensi oldu.

Bu benim için muazzam bir haberdi, ama inanmadım elbette, ızgaranın demirlerinin arkasındaki kızıl kor ateşi retinamda bir ardıl görüntü gibi asılı kaldı. Aslında ikimiz de inanmamıştık, fakat yaratıcılık konusunda kendi aciz gayretlerimin çok ötesinde olduğu için minnetle kabul ettiğim bu şaşaalı mit, orada, kirli yer döşemesinin ortasında duruyordu. Yine de annem onu oraya atmadan hemen önce kapıp geri almaya hazırdı. Hikâye çok müthişti ya da belki bu sefer kurduğu hayal, paylaşılamayacak kadar mahremdi. Alevin kızılında gözlerinin kıpırdadığını, aydınlanan yüzünün solgun parşömen renginin devinip değiştiğini görüyordum. Önce burnunu çekti, sonra burnunu kaşıdı, içkinin de etkisiyle bir iki damla gözyaşı döktü ve o an daha çok ateş çıkarması gereken ızgaraya doğru konuştu.

"Benim lanet olası bir yalancı olduğumu biliyorsun değil mi canım?"

Evet. Biliyordum, ama onu suçlamıyordu
bunu duymak bende düş kırıklığı yaratmıştı. O an
artık yok olduğunu, parlak simlerin kaybolduğunu hissettim. Ve annemin hayal kurma düzenine geri dönmemiz gerektiğini anladım. Galler Prensi, asker, havacı – ama hayat kadınları hep bir papazın kızı olduklarını iddia ederler. Ve flört dünyasının bütün gösterişine rağmen, kazanan kilise oldu.

"Benim babam neydi, anne?"

"Hep söylüyorum, baban rahipti."

Aslında bu benim için sabit bir şey haline gelmişti. Bizim aramızda, ayrışmamız dışında hiçbir ortak noktamız olamazdı, ancak en azından bu gerçeği kabul etmeliydik. Ve benim diğer yüzün ardındaki sürüklenmeyi, şeytanı, umutsuzluğu, Çinlilerin ayakları gibi çarpılana dek sürekli bir amentüye bağlı kalan buruk ve çaresiz algıları tanımam gerekiyordu. Dolayısıyla hüzünlü anlarımda yararlı işlerle bağlantılı olduğumu düşünmüşümdür. O zaman babamın bir mazeret ileri sürmesi gereken ya da ahlaki duyarsızlığından kaynaklanan bir şey yapmadığını düşünmek hoşuma gider. Özsaygım onun annemle çılgınca sevişmiş olmasını tercih ediyordu. Askerlerin kadınları sevdikleri ve sonra da terk ettikleri herkesçe bilinir; ama ruhban sınıfı –rahipler, vaizler ve keşişler– ister tensel zevklerden uzak dursunlar ister bakir olsunlar, bir zamanlar bağışlandığı düşünülen, şimdi ise iffetsizlik olarak görülen eski bir manevi ıstırap olmalıydım ben. Bir papaz evinde ya da benzeri bir mekânda patlamış, ihmal edilmiş bir çıban gibi büyümüş olmalıyım. Aslında onlar da benim gibi günahla tanışmış adamlar. Bu da bana biraz anlam yüklemeli.

Ben hangi mezheptenim acaba? Birkaç gün önce, bir ara sokak boyunca yürüyüp birkaç şapelle, küçük tapınağın önünden geçtim ve eski kiliseyle bölge papazının muazzam evinin bulunduğu köşeyi döndüm. Şu hayali müdavimliğimin hangi mezhebe ait olduğunu ilan etmeliyim acaba? İngiltere Kilisesi'ne mi, yoksa bir papazın idaresindeki bölge kilisesine mi? Babam da bir zamanlar, önce bir beyefendi, sonra da rahip, benim gibi bir amatör olmamış mıdır? Keşişler bile, biçimli cüppelerinin altından görünen pantolonlarıyla dolaşıyorlar etrafta. Brown Willie'de ya da başka bir yerde, arabalarının içinde törenle ilerleyen Druidleri hatırlatıyorlar bana. Baba olarak bir Katoliği mi seçsem acaba? Ayrıca, nefret ediyor olsanız bile bir de profesyonel kilise var. Bir piç bunlardan birisinin kolundan çekiştirip sevgisini kazanabilir mi? Böyle acınası bir uyum gösteren uyumsuzluk saflarına –acemilere, parçalanmış siyasi partilere, bir masa etrafında toplanan gruplara, sinagoglara ve tapınaklara– gelince, ben de annem gibiyim; hiçbirini umursamıyorum. Hatta babam bir Odd Fellow veya bir Elk dahi olabilir.

"Benim babam neydi, anne?"

Yalan söylüyorum. Hem kendimi hem de sizi kandırıyorum. Günah ve kefaret, kanıtlar ve hüküm, çamurda aşk – bunların dünyası bana ait. Siz benim kanımda sürekli mevcutsunuz. Ben sizden biriyim. Hortlakların yakasını bırakmadığı biri – ama hangi hortlaklar? Ve işte bu da benim çığlığım: Sizin aranızda düşünce özgürlüğü içinde yürüdüm, ama beni ayartarak ondan caydırmaya çalışmadınız, çünkü siz de yüz yıl boyunca ona itilmiştiniz; ayrıca dürüst olmaya, haddini bilmeye inanıyorsunuz ve nihayetinde bir aziz olmadığınızı biliyorsunuz. Özgürlüğü, onu kullanamayanlara teslim ettiniz; pırlantayı çamura buladınız. Sizin gizli dilinizi diğer insanlar anlamıyor, ama ben konuşabiliyorum. Ben her iki anlamda da sizin kardeşinizim ve özgürlük benim lanetim olduğundan çamuru size atıyorum, zira patlamayacak ve öldürmeyecek bir yaraya tesadüf ettirebilirim.

"Benim babam neydi, anne?"

Bırak hiç bilmesin. O sıcak kalp atışlarını tanıyorum ve babanın fiziksel varlığına, ondan daha sonra gelen yavaş büyümeye kıyasla çok az kafa yoruyorum. Çocukların sahipleri biz değiliz. Babam da bir insan değildi. Çıplak gözle görülmeyen, kurbağa yavrusu biçiminde bir zerrecikti. Kafası yoktu, yüreği yoktu. Ve bir güdümlü mermi kadar uzman ve ruhsuzdu.

Annem hiçbir zaman benden daha profesyonel olmadı. Ana oğul benzerliği işte. Biz özümüzde birer amatörüz. Annem ticaretten anlamazdı; kariyer yapma ya da başarılı olma gibi bir isteği de yoktu. Töre tanımaz biri de değildi, çünkü bu da bir gün altında ezilebileceği bir standardı ifade ediyordu. Annem ahlak kurallarının üstünde miydi, altında mıydı, yoksa tamamen dışında mı kalıyordu? Ama bugün olsa, normalin altında kabul edilir, istemediği biçimde koruma altına alınırdı. O günlerde eğer böyle bir vurdumduymazlık giysisine bürünmeseydi, yalnızca basit olarak nitelendirilecekti. "Sun"da atlara küçük ama hayati bahisler oynardı, içki içer, sinemaya giderdi. İş olarak da ne olursa yapardı. Evlere gündelikçi olarak temizliğe giderdi, şerbetçiotu toplardı(k), bizim sokakta yakın mesafedeki kamu binalarının içini temizler, süpürür, yarım yamalak da olsa yerleri cilalardı. Cinsel ilişkisi olmazdı; çünkü bu sadece steril bir birleşme, aşksız, neşesiz ve döllenme ihtimalinin banyodaki lastik bardak tarafından engellendiği bir keyif çıkarma biçimini ifade ediyordu. Sevişmezdi, çünkü sanırım bunun iki kişi arasındaki duvarın yıkıldığını teyit etmek amacıyla gerçekleştirilen ihtiraslı bir girişim olduğunu düşünürdü. Annem bunların hiçbirini yapmazdı. Eğer yapmış olsaydı, ağzında geveleyerek, konudan konuya atlayarak, uzun aralar vererek ve buradaki varlığımızın kaçınılmaz gerçekliğine boyun eğen saçma sapan monologlarının arasında, bunu bana söylerdi. Eminim yapmadı. O bir kuklaydı. Bir sütannenin gülerek ve iç çekerek emdirdiği meme ucu gibi etrafa keyif dağıtırdı. Annem için sıradan cinsel ilişkiler, gerçek bir ressam için kendi resimleri ne ifade ediyorsa onu ifade ederdi herhalde – neyseler oydular ve başka bir şey değildiler. Hiçbir gizli anlam içermezlerdi. Arka sokaklarda ya da tarlalarda, kutuların ya da kapı sövelerinin ve payandaların üzerinde yapılan görüşmelerden ibarettiler. Tarihte insanlar arasındaki seksin büyük bölümü gibi, psikolojiden, romantizmden ya da dinden hiç istifade etmeyen doğal bir şeydiler.

Annem devasa bir kadındı. Önceleri balıketi bir kızdı belki ama sonradan açılan iştahı ve üstüne bir de bebek onu şişirip fil gibi bir kadın haline getirmişti. Onun bir zamanlar alımlı olduğunu düşünüyorum; çünkü gözleri, her ne kadar kahverengi bir çöreğe benzeyen şiş suratına gömülü gibi dursa da hâlâ büyüktü ve yumuşacık bakardı. Üzerlerinde bir parıltı vardı ve tahminimce aynı parıltı o gençken her yerini kaplıyordu. Bazı kadınlar hayır demesini beceremez; ama benim annem o basit yaratıklardan farklıdır. Yoksa tünelin arkasını nasıl öyle doldurmuş olabilir ki? Şu son birkaç aydır iki avuç kilde onu yakalamaya çalışıyorum – hayır, görüntüsünü değil; daha kesin söylemek gerekirse, onun kocamanlığını ve gerçekliğini, manzaranın önünü kesen soğukkanlı halini yakalamak istiyorum. Annemin ötesinde hiçbir şey ama hiçbir şey yok. Benimle soğuk ışık arasındaki sıcak karanlık o. O, tünelin ucu.

Ve şimdi de kafamda bir şey beliriyor. O görüntü kaybolmadan resmi yakalamam lazım. Annem, onu hatırladığım haliyle yayılıp odanın dışına, hatta evin dışına taşıyor; koca göbeği genişliyor ve tüm katiyetinin ve kayıtsızlığının içine yerleşmiş, bir tahtta oturmaktan daha sağlam bir biçimde oturuyor. Annem, sorgulanamayandır; iyi, kötü, kibar, gücenik olmayandır. Zamanla kurduğum dehlizin ilerisinde heyula gibi görünür.

Dehşete düşürür ama korkutmaz.

İhmal eder ama doğru yoldan saptırmaz ya da istismar etmez.

Serttir ama içinde kötülük ya da zalimlik yoktur.

Yetişkindir ama himaye etmez ya da üstünlük taslamaz.

Sıcaktır ama sahiplenmez.

Ama her şeyden önce, oradadır.

Dolayısıyla, tabii ki onu sadece kilde, çamurda, toprakta hatırlayabiliyorum; o yüzden onu tasvir ederken tuvalin üzerine ticari amaçlı güzel renkler yerleştiremiyorum ya da onun karanlığından ve sıcaklığından on bin yıl daha genç kelimeler kullanamıyorum. Bir çağ, bir dünya, bir boyut nasıl tarif edilebilir ki? İletişimle ilgili olarak ise sadece onun çevresinde olup parçalar halinde birleştirilmesi gerekenler ve annemin ortasında sessizce oturduğu boşlukla sergilenenler var. Çok az sarı katılmış gri renkte bir kumaş parçası hatırlıyorum. Bir köşesi tarazlanmış –hatta belki çürümüş demek daha doğru olur– ve saçaklanmış nemli bir kumaş. Geri kalanı annemin üzerinde bir yerlere bağlı duruyor ve ben parmaklarım kumaşa kenetlenmiş bir şekilde sallanıyorum; bazen sendeliyorum, bazen de yukarıdan üzerime düşen koskocaman bir elle pek nazik olmayan bir biçimde, tek söz edilmeden uzaklaştırılıyorum. Annemin önlüğünün o köşesini aradığımı ve yeniden bulduğumda duyduğum sevinci hatırlar gibiyim.

O zamanlar Rotten Row'da oturuyorduk herhalde, çünkü hatırladığım kadarıyla bazı istikametler bir pusulanın kolları gibi sabitti. Eskimiş bir tuğla duvarla küçük bir derenin ardındaki evimize tahta bir kapıdan girilir ve girince karşınıza uzun tahta bir oturma yeri çıkardı. Odamızın üstünde bir "yukarıdaki" vardı ama kesinlikle kiracı filan değildi. Belki o zamanlar biraz daha zengindik veya belki cin de sigara gibi biraz daha ucuzdu. Şifoniyer olarak çekmeceli bir dolabımız, ocağın içinde ise küçük demir dolaplar, kapaklar ve dışarıya uğramış eşyalar vardı. Annem sadece ortadaki küçük ateşi ve üstünü kapatan sıcak metal diski kullanır, geri kalan hiçbir şeyi kullanmazdı. Bir halımız da vardı, ayrıca bir iskemlemiz, küçük bir masamız ve bir yatağımız. Ben yatağın kapıya yakın olan tarafında yatardım; annem öteki taraftan yatağa girdiği zaman ben aşağı kayardım. Bizim evin sırasındaki evlerden bir tanesi hariç hepsi birbirinin aynıydı. Evlerin önünden, ortasında boylu boyunca bir su oluğu bulunan tuğla döşeli bir yol geçerdi. O dünyada her boyda çocuk bulunurdu, üstüme basan ya da bana şeker veren çocuklar, emekleyerek fazla uzaklaştığımda beni kaldırıp geri götüren kızlar. Galiba hepimiz de aşırı derecede kirliydik. Benim iyi ve eğitilmiş bir renk anlayışım vardır; o insan suratlarından hatırımda kalanlar, pembe ve beyazdan ziyade gri ve kahverengi tonlarında. Annemin yüzü, boynu, kolları – görünen her tarafı kahverengi ve griydi. Çok net hatırladığım o önlüğün de aşırı kirli olduğunu görür gibiyim. Ama kendimi göremiyorum. Çünkü etrafta hiç ayna yoktu. Eğer annemin bir zamanlar bir aynası var idiyse de, ben kendimi bildim bileli kayıptı. Zaten annemin aynada görebileceği ne vardı ki aynayla vakit harcasın? Tellere asılı çamaşırlar ve sabun köpükleri hatırlıyorum; duvarda muhtemelen kirden oluşmuş garip şekiller hatırlıyorum; fakat ben de annem gibi sadece tarafsız bir gözlem noktası, ortada duran bir boşluğum. Ben Rotten Row'un dar ve bir sabun köpüğü kadar boş olan dünyasının içinde emekledim, yuvarlandım ama yine de her zaman etrafımı saran renkli ve heyecanlı bir gökkuşağı vardı. Biz çocuklar yetersiz besleniyorduk ve yarı giyinik durumdaydık. Okula ilk başladığımda çıplak ayakla gittim. Gürültü yapardık, bağırırdık, ağlardık, hayvan gibiydik. Yine de o zamanların ışıklı ve pırıltılı bir Noel partisi sıcaklığında geçtiğini hatırlıyorum. Tozdan, topraktan hiç nefret etmedim. Benim için tüm o porselen ve krom malzemeler, losyonlar, deodoranlar, bütün o temizlik malzemeleri, yani bütün sabun türü ve hijyenik malzemeler insan doğasına aykırı, anlaşılmaz şeylerdir. İnsanoğlu evren gibi bedava verilmiş bir armağan karşısında sabit kalır. Biz de küçük gecekondu mahallemizden çıkartılıp yıkandığımız zaman, yaşamın getirdiği mutluluk ve güven hissi de bir anlamda yıkanıp giderdi.

Fakir mahallemizden hafızamda iki çeşit görüntü kaldı. Daha eski olanların hepsi iç mekân görüntüleri, çünkü benim için başka hiçbir dünyanın bulunmadığı bir dönem hatırlıyorum. Daha sonraki zamanlarda, önlerinde birer çimenlik alan ve bir de hela bulunan iki sıra ev, evlerin arasından geçen tuğla döşeli bir yol ve onun da ortasında bir hendek. Yolun bizim sol tarafımızda kalan ucunda tahta bir kapı, diğer ucunda ise hiç çıkılmayan sokağa açılan bir geçit hatırlıyorum. Eski ve karmaşık bir bina olan "Sun" da tam bu uçta bulunuyor, arka kapısı geçidin içinde kalıyordu. Burası yetişkin yaşamının odak noktasıydı ve sıradaki en son ev bu noktada geçidin öbür tarafına uzanıp üstteki birahaneyle birleşirdi; dolayısıyla bir anlamda saygın ve avantajlı konumdaydı. Bu tür şeylerin farkına varacak kadar büyüdüğümde diğerleriyle birlikte ben de orada oturan hanımefendiyi ziyaret etmeye başladım. Üst katta iki odası vardı, birahanenin müdavimiydi, kibar insanlar için çalışırdı ve perdeleri vardı. Şimdi size bulunduğumuz coğrafyayı anlatmaya devam etsem ve yaşamımızı genele kıyasla aktarsam, hatıralarıma haksızlık etmiş olacağım; zira o geçidi ilk olarak, bir yanında tahta kapı, diğer yanında sokağa açılan fakat açılması yasak olan dikdörtgen bir çıkış kapısıyla sınırlı bir dünya olarak hatırlıyorum. Yağmur ve güneş ışığı, sallanan ya da kıpırdamadan duran gömleklerin arasından üzerimize düşerdi. Çamaşırları yükseğe çıkartıp rüzgâr almalarını sağlayacak çivili sırıklar ve benzeri birtakım iptidai mekanizmalar vardı. Etrafta kediler ve bana çok kalabalık görünen insanlar vardı. Komşumuz Bayan Donavan'ı hatırlıyorum; kadıncağız kurumuş kalmıştı ama annem onun gibi değildi. Hanımlar ağız kavgasına girdiklerinde başları ileri doğru uzanmış halde boğazlarını yırtarcasına bağırdıkları zaman seslerinin ne kadar yüksek çıktığını hatırlıyorum.

O kavgalardan birinin, her iki hanımın da birbirinden yavaştan yan yan uzaklaştığı, yorgunluktan birkaç hecelik tehdit, öfke ve dargınlığa dönüşen ve galibi olmayan sonunu hatırlıyorum.

"Peki madem!"

"Öyle olsun!"

"Olsun tabii!"

"Of!.."

Annemin o seferki ağız dalaşından nasıl olup da doğrudan galip çıkamadığına hayret ettiğimden olay hâlâ hatırımda. Zira genellikle kazanan o olurdu. Üç kızı ve bir yığın derdiyle solup gitmiş bir kadın olan Bayan Donavan hiçbir anlamda annemin dengi değildi. Annemin ilahi bir heybetle kazandığı ve bununla kalmayıp zaferini övünerek kutladığı bir olay daha hatırlıyorum. Sesi semaya doğru arsız bir gök gürültüsü gibi yükselmişti. O sahne yeniden canlandırılmayı hak ediyor.

Her evin karşısında, ortasında hendek bulunan tuğla yolun öbür tarafında, tuğla duvarlı bir kare alan ve bu kare alanın bir de girişi vardı. Duvarlar yaklaşık bir metre yüksekliğindeydi. Her karenin içinde sol tarafta dikine duran bir boru ve bu borunun ardında, karenin arka tarafında, bir nevi tahta ızgarası olan tahta bir kapıyla örtülü bir kulübe vardı. Tahtadan yapılma kapı mandalını kaldırarak kapıyı açarsanız karşınıza iki duvar arasını boylu boyunca kaplayan, yuvarlak ve yıpranmış bir boruyla delinmiş tahta bir kutu çıkardı. Kutunun üzerinde yırtık bir gazete kâğıdı veya ıslak zeminin üzerinde buruşturulmuş bir bütün gazete sayfası olurdu. Koyu renkli bir dere, kutuların sırası boyunca toprağın altından ağır ağır akar dururdu. İçeri girip kapıyı kapattıktan sonra sallanan ipi kullanarak mandalı indirirseniz, Rotten Row'da bile yalnız kalmanın tadını çıkarabilirdiniz. Eğer sizin evinizde oturanlardan biri tuğla kareye girdiyse –ve siz de bunu kapının ızgarasından gördüyseniz

– ve eli mandala uzandıysa yerinizden hiç kıpırdamaz, o elin geri inmesi için, ağzınızı bozmaktan ve küfür etmekten kaçınarak anlamsızca haykırırdınız. Zira bizim standartlarımız vardı. Biz Cennet'ten çıkmaydık – daha doğrusu, gelen ziyaretçinin kendi evinizden birisi olması kaydıyla. Öte yandan eğer gelen kişi yolun üzerinde oyalanır ve bir yanlış yaparsa, istediğiniz kadar anlamlı sözler sarf edebilir, çılgınca Rabelais üslubu kullanabilir, karmaşık yaşam biçimlerimizin ziyaretçiyi de içine alan yeni kombinasyonlarını önerebilir ve tüm bunları, evlerden kahkaha sesleri yükselene kadar ve hendeğin yanında çocuklar bağırıp dans etmeye başlayana kadar sürdürebilirdiniz.

Ama istisnalar da vardı. 1920'lerde kendimizi gelişim rüzgârına kaptırdık ve var olan batıl inançlarımıza modern bir tane daha ekleyip, tuvaletler hakkında duyduğumuz bir efsaneye sımsıkı sarıldık. Bazen Rotten Row'un soğuk algınlığından daha büyük sıkıntıları oluyordu.

Sanırım nisan ayında bir gündü. Zaten başka hangi ay bana bu derece mavi ve beyaz, bu derece güneş ve rüzgâr çağrıştırabilir ki? İplere asılı giysiler sallanıp savruluyor, taşa oyulmuş gibi görünen haşin bulutlar aceleyle hareket ediyor, hendekteki sabun köpüklerinden güneş sıçrıyor, eski tuğlalar üzerlerine çarpan yağmurla pırıl pırıl parlıyordu. Yetişkinlerin başını ağrıtan, çocukları coşturup çılgına döndüren türde bir rüzgâr vardı. Bir bağrışma ve güreşme günüydü; drama ve macera olmadan tahammül edilemeyecek cinsten, alev alev yanan bir gündü. Mutlaka bir şey olmalıydı.

Ben hendekte kibrit kutusuyla oynuyordum. O zaman o kadar küçüktüm ki çömelip oturmak kolaydı, fakat rüzgâr sokak arasında bile beni yanımdan iteliyor ve ben sabunlu suyun dışından ziyade içinde kalıyordum. Izgaralardan biri tıkanmıştı ve su tuğlaların üzerinden etrafa yayılarak kullanışlı bir okyanus meydana getirmişti. Yine de benim muhteşem, sınırsız hafızamda geniş bir zaman dilimi değil, sadece anlık bir hatıra kaldı. Bayan Donavan'ın çok tatlı kokan ve yuvarlak ipeksi dizlerini etrafa gösteren kızı Maggie'nin, bizim tuğla karemizin kapısından dışarı sıçradığını gördüm. Ve sonra o kadar hızlı koştu ve o kadar uzağa kaçtı ki, uzun bir topuk benim okyanusumun içine daldı. Suçüstü yakalanmıştı, daha fazla uzağa gidemiyordu, kendisini korumak istercesine kollarını kaldırmış duruyordu. Yüzünü hatırlayamıyorum – çünkü diğer yöne dönüktü ve büyülenmiş gibiydi. Zavallı Bayan Donavan, o tatlı kurumuş yaratık, kendi helasından dışarı çıkmış, haksızca yakalanan ve zaman tanınsa her şeyi açıklayabilecek birinin ifadesiyle –ama o korkunç anda ona zaman tanınmayacağını bilerek– bakıyordu. Ve bizim helamızdan, bizim kendimize ait, şahsi, sıcak ve özel oturaklı helamızdan, annem çıkıyordu.

Kapı duvara çarpınca annem dışarı fırlamıştı. Mandalın askıları da kopmuştu. Annem, dar kulübeden yan yan çıktığı için bir ayağı diğerinin önünde, Maggie'nin karşısına dikilmiş duruyordu. Dizlerini bükerek tüyler ürpertici bir tehdit pozisyonunda eğilmişti. Eteklerini beline toplamış, kocaman gri iç donunu iki mor eliyle dizlerinin hemen üstünde tutuyordu. Annemin kızıl ve bronz rengindeki çatallı sesinin havada kırılarak dağıldığı ve göğün altında bir yerde asılı kaldığı o zafer ve terör anını hatırlıyorum.

"Seni lanet olası fahişe! Kendi belsoğukluğunu kendi piçlerine sakla!"

Rotten Row'dan kalan ve bunun görkemiyle boy ölçüşebilecek başka bir hatıram yok. Sokağın diğer ucunda, tahta kapının yakınındaki hurdaların arasında dolambaçlı işler çeviren Fred ve Joe adındaki ikizlerin zürafaya benzeyen iki polis tarafından götürülmeleri anında yaşanan dram bile bunun yanında sönük kalır. Polislerden birinin yürüyüp sokağı tırmanmasını seyrederken bir taraftan da hep birlikte mırıldanıyorduk ama ben neden olduğunu bilmiyordum. Fred ve Joe'nun evlerinden dışarı fırladığını ve tahta kapıya doğru hamle yaptıklarını gördük, ama tabii ki ikinci polis de kapının öteki tarafında dikiliyordu. Küçük adamlar polisle karşılaştı ve polis ikisini de birer eliyle kolayca yakaladı. Sokaktan aşağı doğru, üstlerine gümüş çiviler yerleştirilmiş iki lacivert direğin arasında elleri kelepçeli vaziyette getirildiler. Polis arabası onları bekliyordu. Bağrıştık, homurdandık ve Rotten Row'da tezahürat yerine geçen garip sesler çıkarttık. Fred ve Joe'nun yüzleri solmuştu ama mağrur ve çalımlı görünüyorlardı. Polisler gelir, alır ve giderlerdi; bunların üçü de, nasıl doğum ve ölümü durdurmak imkânsızsa aynı onun gibi, Rotten Row'un yenilgiyi koşulsuz şartsız kabul ettiği durumlardı. Sokağın sonuna çekilmiş bir hafriyat makinesi, bir polis arabası ya da bir cenaze arabasının birbirinden farkı yoktu. İstediğini zorla almak için Row'a giren bir el vardı ve kimse onu durduramazdı.

Biz bir dünyanın içinde yaşayan başka bir dünyaydık ve ben bir kenar mahalle olduğumuzu düşündürten zihinsel devrimi yaşamadan önce erkek oldum. Sadece otuz beş metre uzunluğunda bir arazimiz olmasına ve etrafımızı saran çayırlık alanlara rağmen biz bir gecekondu mahallesiydik. İnsanlar genellikle gecekondu mahallelerinin Londra'nın East End'inde kilometrelerce genişlikteki bataklık alanlardan veya Black Country'nin bitişik nizam derme çatma müştemilatlarından oluştuğunu sanırlar. Fakat biz Garden of England'ın tam göbeğinde, etrafımızdaki şerbetçiotu bahçelerinin ışıltısına bakarak yaşıyorduk. Bir tarafta tuğla villalar, okullar, depolar, dükkânlar ve kiliseler olsa da, diğer tarafta annemin peşinden yürüyüp ısırgan otlarına ulaştığım baharat kokulu vadiler vardı. Yine de bu hatıra beni evden dışarı çıkarıyor ama ben bir süre daha içeride kalmak istiyorum. Ateşin aydınlığında dans eden adamların kartpostal resimlerini yerlerine geri koyup, gözkapaklarımın altına gireceğim. Doğrudur; o zamanlar şenlik ateşleri, nehirler gibi bira, şarkılar, Çingeneler ve bir de ağaçların arasına gizlenmiş, saman kaplı damı gözlerinin üzerine kadar inmiş hasır bir şapka gibi duran bir birahane vardı; ama hep döner dolaşır, mahallemize geri gelirdik. Bizim de bir birahanemiz vardı. Bir sevgi yumağıydık biz. Şimdi ise o yumağın içinde olmak için kim bilir neler verecek olan kim bilir kaç kişinin bulunduğuna hayret ettiğim, cennetin huzurunda o büyük ayıbımdan uzaktaki soğuk bir dünyadayım. Belki de o zamanlar aldatılmıyordum. Belki bizde farklı bir şey vardı. Biz insani bir girişim, bir yaşam biçimi, bir varlıktık.

Birahane odaklı bir yaşam sürüyorduk. İki tane mat camlı penceresi olan kıymıklı kahverengi kapısından sürekli girilip çıkılırdı. Kapının pirinç kulpu kullanmaktan yıpranmış ve parlamıştı. Sanırım mekâna ait bazı lisans yasaları ve yasaklı saatler vardı, ama benim o tür şeylerden hiç haberim olmazdı. Hep zemin seviyesinden baktığım o kapı, hafızamda muazzam büyük bir kapı olarak kaldı. Yerler tuğla döşeliydi; birkaç oturma yeri vardı ve köşedeki tezgâhın önünde iki tabure dururdu. Burası rahat ve güvenli bir yerdi; sıcak, şamatalı ve esrarengiz bir yetişkin mekânı. Daha sonraları ben de oraya gitmeye başladım ama sadece anneme acil ihtiyaç duyduğum zamanlarda; hiç kimse de bana orada bulunmamın yasalara aykırı olduğunu söylemedi. İlk gidişim kiracımız yüzündendi.

Kiracımız üst katta oturuyor, sobamızı, musluğumuzu ve helamızı kullanıyordu. Tahminimce, on dokuzuncu ve yirminci yüzyıllarda birçok sosyolog ve ekonomistin hakkında onca kitap yazdığı trajedi, bu adamın ta kendisiydi. Onu hayalimde kolaylıkla yeniden canlandırabilirim. Öncelikle, benim zemin seviyemden bakıldığında dahi kısa boyluydu. Eski bir zanaatkâr olduğunu düşünüyorum, çünkü intizamlı biriydi ve bir bakıma kibar sayılırdı. Tesisatçı mıydı acaba? Yoksa marangoz mu? Ama çok yaşlıydı – ve muhtemelen hep de yaşlı olmuştu. Yani kim onun başka türlü olduğunu hayal edebilirdi ki? Derisinin ve parlak mavi takım elbisesinin bir arada tuttuğu minik bir iskeletten ibaretti. Ceketinin içine soktuğu kahverengi bir atkısı vardı, ama botlarını hatırlamıyorum – belki de ona hep kafamı kaldırıp baktığım içindir. Damarları, düğümleri ve kahverengi lekeleriyle karmaşık hale gelmiş ilginç elleri vardı. Üst katta pencerenin yanında otururken, sokakta ayaklarını sürüyerek yürürken, helaya giderken, Sun'daki bar tezgâhında otururken, her zaman ama her zaman kafasında bir fötr şapka olurdu. Dikkat çekici bir özelliği de, aşağı doğru uzayan ve bir kuğunun tüyleri kadar yumuşak ve beyaz olan bıyığıydı. Bütün ağzını kaplardı ve çok güzeldi. Daha da çarpıcı olan yanı, nefes alıp vermesiydi; adam bir kuş kadar hızlı ve sesli nefes alıyordu; içeri dışarı, içeri dışarı, sürekli, tik tik tik, bir saat kadar hassas, hep aynı aciliyet duygusuyla, harcanacak zaman yokmuş, hatta hiçbir şey yapmaya vakit kalmamış gibi. Bıyığının üstünde ve sivri burnunun iki yanındaki endişeli ve ürkek gözleri, aşağı doğru sarkan kaşlarının altından dışarıyı seyrederdi. Adam bana sürekli orada olmayan bir şeye, insanın içine işleyecek derecede merak uyandıran, endişe verici bir şeye bakıyormuş gibi gelirdi. Tik tik tik... ve bu her zaman böyleydi ama kimse umursamıyordu. Ben umursamazdım, annem de öyle; o bizim kiracımızdı ve yaşamından arta kalan zamana tutunmaya çalışıyordu. Akşam uykuya dalmadan önce ve sabah uyandığımda yukarıdaki tahta döşemelerin arasından duyardım onu, tik tik tik... Kendisine soru sorulduğunda, az önce bir kilometre yol koşmuş gibi oflaya puflaya, hayatta kalma paniğiyle aldığı nefesi içinde tutmaya çalışarak, suyun altında nefessiz kalmış bir adam gibi içeri dışarı, içeri dışarı, nefes nefese, cevap verirdi. Bir gün o sobaya gözlerini dikmiş bakarken, ben de kendisine ne olduğunu sordum. Bilmek istiyordum. Cevabını kesik kesik de olsa verdi – önce kelimeleri ağzından çıkarttı, sonra havayla birlikte yeniden yakaladı. Bir adamın elindeki bardağı, tam yere düşüp kırılmadan önce ayak bileklerinden iki santim yukarıda yakalaması gibi.

"Yumru..." of puf tik tik "içimde..." tik tik tik... "göğsümde". Puf puf ve bir kez daha sona doğru, çaresizce ciğerlere çekilen hava.

Hiç yemek yediğini görmedim; illaki bir şeyler yiyordu. Ama nasıl? Buna hiç zaman yoktu ki. Bir vücudun tüm yağını, etini ve depoladığı yakıtın hepsini kullanması kaç gün sürer? Böylesine gözlere kilitlenmiş gibi görünen bir ruh, kendisini kendi çizme atkılarıyla kaldırıp ne kadar süreyle ayakta tutabilir? Tik tik tik... Yine de diğerleriyle birlikte "Sun"a giderdi ama bir şey içmeye kalksa bile fazla içemezdi. Zaten o yüzden ağzını örten püsküller beyaz kuğu tüylerine benziyordu. Bugün o adamı ve onun nefes alıp verişini hatırlayınca, rahatsızlığının akciğer kanseri olduğu geliyor aklıma ve hiçbir bilgi almadan yürüttüğüm bu tahmini hemen bir kalıba oturtmak için gülünç bir şekilde çaba gösterdiğimi fark ediyorum. Ancak daha sonra, tüm kalıpların birbiri ardına kırıldığını, yaşamın tesadüfi bir süreç olduğunu ve kötülüğün cezasız kalabildiğini hatırladım. Neden o adamla o çocuğun şimdiki hali –şimdiki kafası, yüreği ve elleri– arasında bağlantı kurayım ki? Aslında o dönemde işlediğim gerçek bir suç var ve hâlâ aklımda – yaşlı adamdan iki sent çalıp o parayla içki almıştım – içkiye hâlâ düşkünüm – ve gayet de rahat paçayı kurtarmıştım. Ama sorumsuzca yaşanan feci masumiyet günleriydi onlar. Şimdi eğer hikâyemi o iki sentin benim spiritüel görüşümün ölü gözleri üzerine nasıl yerleştiğini anlatacak şekilde biçimlendirecek olsam, fazla edebi olurum, çünkü o parayı çoktan harcadım gitti. O zaman niye yazıyorum? Hâlâ bir kalıp bulacağımı mı umuyorum? Nedir aradığım?

Aşağı kattaki yatağımız şifoniyere bir kol mesafesindeydi, çalar saatimiz de onun üstünde, kenarda dururdu. Eski ve yuvarlak bir saatti, üç tane kısa bacağı vardı ve zilini tepesinde bir şemsiye gibi taşırdı. Sabahın kör saatinde kalkıp temizliğe gitmesi gereken annemi bitkin bir vaziyette uyandırır, bense uykumun arasında bir gürültü duyup rüya görmeye devam ederdim. Bazen de annem eğer uzun ve yorucu bir gece geçirdiyse, saatin çalmasını umursamaz ya da homurdanıp kendini yatağa iyice gömerdi. O zaman da ben uyanırdım. Saat bütün gece boyunca tik tak çalışır, acısını içine atar, çılgınlığını bastırıp hapseder, sonra da patlardı. Şemsiyesi bir kafa şeklini alır, çılgın gibi kafasına vurur, titrer, şifoniyerin tepesinde üçayak üstünde zıplardı, ta ki şifoniyer ona acıyıp histeri krizine girmiş gibi çılgınca tempo tutmaya başlayana kadar. Sonra ben annemi uyandırırdım ve o, karanlıkta balina misali yerinden kalkana kadar kendimi çok ciddi ve etkili hissederdim. Ama gece yarısı uyanırsam ya da hiç uyuyamazsam, saat her zaman hazırdı ve o da aynı benim hislerim gibi değişirdi. Bazen, hatta çoğu zaman dostça ve sakin davranırdı; ama nadiren gördüğüm dehşetli kâbuslardan birini görürsem, o da aynısını görürdü. Böyle durumlarda zaman insafsızlaşır, acele etmeye başlar, bir çılgınlık ve patlama noktasına doğru karşı konulmaz biçimde sürüklenirdi.

Bir keresinde gece yarısına doğru zıplayarak uyandım çünkü saat durmuştu; kendimi birden savunmasız ve tehlikede hissettim. Korkmuştum, annemi bulmam gerekiyordu. Şu anda önümdeki kâğıdın karşısında duyduğum yoğun ve anlamsız baskının aynısını o zaman da hissettim. Yataktan düştüm, ağlayıp yalpalayarak kapıdan geçip sokağa çıktım, hendek boyunca yürüdüm, karşıya geçtim ve birahanenin arka kapısına ulaştım. Ama kapıdaki cam pencerelerde hiç ışık yoktu. Birahane kör karanlıktı. Zar zor uzanıp yakaladığım kapı tokmağına asıldım ve sallanmaya başladım.

"Anne! Anne!" Tokmak elimin altında döndü ve ben hâlâ tokmakta asılıyken kapı beni arka taraftaki kuytu köşeye çekti. Yere çömeldim. Yukarıdan bana bakan insanların sönük ateşin ışığında ağır ağır hareket eden gölgelerini gördüm. Annem kapıya bakan bir yerde oturuyordu ve elinde gömülü küçük bir bardak vardı. Mekân gün ışığında göründüğünden daha genişti. Şimdi anladığım kadarıyla onlar mesai sonrası içki içmekte olan birkaç komşumuzdu – ama o an bana yetişkin yaşamının tüm esrarengiz yanlarını tek bir puslu resimde göstermiş oldular.

"Saat durdu, anne."

Tek başıma o karanlık sessizliğe geri dönmemin imkânsızlığını onlara anlatamadım; oradakilerin anlayışına ve iyi niyetine sığınmak zorundaydım. Karaltı gibi görüntüler kendi aralarında homurdanıp mırıldandılar. Ve sonunda parti, iyilikseverlikten olmasa da bir şekilde dağıldı; dağılırken biraz gürültü çıktı ve iki üç dakika boyunca sokakta sakin sesler yankılandı. Annem beni hendeğin karşı tarafına doğru kışkışladı ve eve girince çıplak ampulümüzü yaktı. Bir eline çalar saati alıp –o da bardak gibi elinin içinde kaybolmuştu– başının yanına dayadı. Sonra tekrar küt diye yerine bıraktı ve bana dönüp ceza vermeye hazırlanır gibi elini havaya kaldırdı.

Ve durdu.

Bakışları yavaş yavaş tavana kaydı, başımın birkaç metre üstündeki kiracımızın yattığı yere doğru baktı ve dinledi; o kadar sessiz dinledi ki, o an oldukça anlaşılmaz bir yanlış yaptığımı fark ettim, zira çalar saatimizin sesi gayet rahat duyuluyordu. Hâlâ acele ediyor, histerik patlamasına doğru inatla pürtelaş, tik tik tik koşuyordu.

Kiracımızın cenaze işlemleri için sigortasının olup olmadığı bilinmiyordu. Resmi bir arabanın onu almaya geldiğini hatırlıyorum, belli ki Rotten Row onun ölüsünü dirisinden çok daha fazla önemsiyordu. Ölümün bir ayin ve merasim, bir yas tutma ve sevinme zamanı olduğuna inanıyordu. Öyleyse neden cesedini bana göstermediler? Row beni kandırdı mı? Yoksa esrarengiz bir şeyler mi vardı bu işte? Normal olarak ölü, yeni doğandan daha fazla ilgi çekerdi. Ölü yıkanır, düzeltilir, derli toplu bir hale getirilir ve göbeği baharat doldurulmuş bandajlı bir Firavun kadar saygı görürdü. Rotten Row'da "krallara layık" sözlerini çağrıştırmayan bir ölüm düşünemem. Olayların sembolik renkleriyle belleğimde yer ettiği bu geçmişe bakışta, ölümü karşılarken siyah, eflatun ve mor renklerin türevlerine bürünen Rotten Row, içki ve hüzünden aldığı zevkle yücelmiş halde duruyor.

O zaman neden onun veya herhangi başka birinin cesedini görmemiştim? Kuytudaki yetişkin gölgeler benim kâbuslarıma dair geleneksel bilgiye ya da bir teoriye mi sahiplerdi? Yoksa ben mi çok şey biliyordum? Kendimi aldatılmış gibi hissetmek için geçerli sebeplerim vardı. Fötr şapkasının altında bir kuğu tüyünün beyazıyla aynı beyazlıkta darmadağınık saçları olduğunu öğrendiğimde, o saç benim hayalimde Kuğu Kız'ın başına oturan şapka kadar muhteşem ve çok kıymetli bir şey halini almıştı. Şapkanın altındaki kuğu tüylerini bana Evie anlatmıştı. Evie adamı kutunun içinde gördüğünü söylemişti. Üstelik ona dokunmuştu da – annesi söylemişti dokunmasını. Böylece bir çocuğun bir cesetten korkmayacağına inanılırdı bizim orada. Evie de sağ işaretparmağını uzatıp onun sivri burnuna değdirmişti. Bana o parmağı gösterdi, ben de baktım, inceledim, huşuya kapıldım ve Evie'ye hayran kaldım. Bense onu ne gördüm ne de ona dokundum. Ölüm yanımdan yüksek siyah bir arabanın içinde, buzlu ve kesme camların ardında geçip gitti. Derken, her zaman olduğu gibi, olayları yarım yamalak kavrayan ben, kaldırımın üzerinde öylece dikilip kaldım. Evie hep olayların içindeydi. Benden bir ya da iki yaş büyüktü ve bana büyüklük taslardı. Ama o kadar çok şey bilen Evie'yi nasıl kıskanabilirdim ki? Adam Evie'nin annesinin değil, bizim özel kiracımızdı; üstelik helamızı kullanma izni bile vardı. Böyle olmasına rağmen, ölümün sivri burnu yüzünden

Evie'ye karşı kin tutmam mümkün değildi. Evie muhteşemdi. Bu onun hakkıydı. Ben ise kendimi yetersiz hissedebilirdim ve öyle hissediyordum zaten. Benim için dağınık beyaz saçlar yoktu, sadece sokakta ilerleyen buzlu cam vardı. Ölümün tam olarak nasıl bir his olduğunu öğrenmek için en korkunç, en dehşetli yalnızlığa karşı meydan okuduğumu hayal edip fanteziler kurdum. Fakat artık çok geçti. Şimdi çömelip diz boyuna gelsem, o zamanı hafızamda canlandırabilirim. Bir kapı eşiği, kilise mihrabı kadar yüksek görünür; bir mağaza vitrininin altında duran eğik tabelaya yaslanabilirim; sokaktaki hendeği aşmak için uzun atlama yapmam gerekir. O zaman o saydam resim, yani kendim, suçluluk duygusu barındırmayan, hatta cömertlik, açgözlülük, acımasızlık ve masumiyet gibi ani ve istemsiz duygulardan başka hiçbir şey barındırmayan bir baloncuk şeklinde yaşamın içinde süzülür gider. Annem ve Evie, benim ikiz kulelerimdiler. Ama yaşamın büründüğü biçim, kiracımızın keçe saçlarını ve nihai bilginin kuğu beyazı mührünü görebilmek için yetersiz kaldığımı belli belirsiz ortaya koydu.

Onun gerçekten kırçıl saçı var mıydı acaba? Şimdi diz boyundan boş baloncuğu düşündüğümde, ilk kez fark ettim ki ben bunu sadece Evie'den duymuştum. Ama Evie yalancıydı. Ya da değildi. Hayalperestti. Benden uzundu, kahverengi ve zayıftı, cansız kahverengi saçları küt kesilmişti. Kahverengi naylon çorap giyer, çorapları dizlerinin altında akordeon biçimini alırdı. Bir sürü parlak renkli kurdelesi vardı. Ben o kurdeleleri çok severdim ve umutsuzca bir açgözlülükle benim olsunlar isterdim. Sonuçta, eğer saçın yoksa saç kurdelesinin ne faydası olabilirdi ki? Ayrıca o sembol annemin heybeti ve Evie'nin otoritesi olmadan ne işe yarayacaktı? Evie insanların gerçekten içinde bulunmak zorunda kaldıkları dünyadan uzaklaşarak konuşabilmek için yana doğru eğilince saçı düşer ve o muhteşem, erişilmesi imkânsız pembe fiyonk yana kayardı.

Yine de ona teslim olmuştum ve halimden memnundum. Zira artık anaokuluna gitme zamanım gelmişti ve o da bana eşlik edecekti. Sabah hendeğin yanına ilk giden ben olacaktım ve onun kapıdan çıkmasını bekleyecektim. Kapıda göründüğünde dünya güneş ışığıyla dolacaktı. Sonra o beni çağıracak, ben de koşup yanına gidecektim. O gün musluğun başında beni temizledi, sonra elimden tuttu ve bir yandan sürekli konuşarak beni "Sun"ın önünden geçirdi; köselemsi yeşil bir bitki besleyen hanımın penceresini de geçtikten sonra sokağa çıktık. Okul yaklaşık üç yüz metre ötede ya da biraz daha uzaktaydı; önce düz git, sonra köşeyi dön, anayoldan karşıya geç, kaldırım boyunca yürü. Her şeyi incelemek için duruyorduk. Evie'nin açıklamaları okuldan çok daha ilginç olurdu. En çok antikacı dükkânını hatırlıyorum. Firmanın ismi olduğunu düşündüğüm yazı, burun seviyeme gelen pencerenin hemen altındaki eğik pervazın üzerine kocaman altın harflerle yazılmıştı. Şu an sadece altın rengi bir W hatırlıyorum. Galiba alfabede o harfe kadar gelmiştim.

O dükkânda birtakım süslü mumlar vardı. Altın yaldızlı bir masanın üzerinde duruyorlardı. Her bir mumun üzerinde birer ahmak hunisi vardı, aynı bizim çalar saatin şemsiyesi gibi. Evie'nin söylediğine göre mumun sonsuza dek yanabilmesi için ahmak hunisini ters çevirip erimiş mumu içine boşaltman yeterliydi. Amerika'daki kuzeninin evinde yaparlarken görmüştü – tam olarak bir evden ziyade bir saray olduğunu söyledi. Yol boyunca evi övüp durdu. Ben de biraz kâğıt ve mumlu boya alıp onun evini çizdim – daha doğrusu kuzeninin evini. Evin alt katı çok genişti, üst katı da öyle. Ahmak hunileri ise altın alevler çıkararak yanıyordu.

Yolda giderken bir çöplüğün içinde küçük bir kaşık gördük, ama kaşık olması gerektiğinden çok daha uzundu. Evie'nin anlattığına göre, adamın birine bu kaşıkla ilaç yerine yanlışlıkla zehir vermişlerdi. Adam kaşığı dişleriyle ısırınca yatağın içinde şiddetle sarsılmaya başlamıştı. Tabii o zaman anlamışlardı kaşıkta aselbent eriyiği değil de zehir olduğunu, fakat artık çok geçti. Kaşığı adamın ağzından çekip çıkartmaya uğraştılar ama çıkartamadılar. Üç kişi adamı tutup yatırdı, diğer üç kişi de bütün güçleriyle kaşığa asıldılar, ama kaşık çektikçe uzuyordu – diye anlatırken bir taraftan da kaldırım boyunca koşuyordu Evie; dizleri birbirine vuruyor, topukları havayı tekmeliyordu; koşarken sıçrıyor, kıkır kıkır gülüyordu ve dehşete kapılmıştı. Ben de onun arkasından koşuyordum ve bir taraftan da Evie! Evie! diye bağırıyordum.

Dükkânın arka tarafındaki loş köşede bir savaşçı zırhı duruyordu. Evie o zırhın içinde amcasının olduğunu söyledi. Bu kadarı da olmazdı artık. Zırhın açık kalan yerlerinden içi görülebiliyordu. Yine de Evie'ye inancım o derece sağlamdı ki söylediği şeyi sorgulamadım bile. Sadece amcasının olağandışı bir yaratık olduğunu, üstünde de delikler bulunduğunu düşündüm; bu mümkündü çünkü Evie'nin amcası bir düktü. Evie, amcasının vakti gelince kendisini kurtarmak için orada beklediğini söyledi. O aslında bir prensesmiş ama şu an birlikte yaşadığı insanlar tarafından kaçırılmış – bir gün amcası zırhın içinden çıkacak ve onu arabasına bindirip götürecekmiş. Arabayı da tarif etti; buzlu ve yaldızlı camları olan bir araba olduğunu söyleyince hemen tanıdım arabayı. İnsanlar neşe içinde alkış tutacaklar, dedi Evie. Ama ben biliyordum; o gün geldiğinde kaldırımda öylece dikilip kalacağımı, saç kurdelesinin de kuğu tüyünden yapılmış o beyaz başlık gibi kaybolup gideceğini biliyordum.

Evie, kendisine güvenen bakışlarımda ufak bir şüphe kırıntısı bulmaya çalışmış olmalı, çünkü akabinde hikâyeleri iyice kanatlanıp uçtu. Şimdi anlıyorum ki ben o zamanlar bir insanın ruhunu önüme serdiğine tanık olacak kadar ayrıcalıklıydım; herkesçe bilinen sırlarımızdan biri bana da verilmişti. Aslında benim masumiyetimden her şeye inanmam bana hiçbir şey öğretmeyen çevremin eseriydi. Bir gün Evie bana açıldı ve bazen değişerek bir erkek çocuk haline geldiğini söyledi. Bunu söylemeden önce de aramızda bir sır olarak kalacağına dair yemin ettirdi ki ben bu yemini şu anda ilk defa olarak bozuyorum. Söylediğine göre değişim ani, acılı ve eksiksiz oluyormuş. Ne zaman olacağını önceden bilemiyormuş, derken aniden, pat diye değişiveriyormuş ve o zaman da tuvalette ayakta durmak zorunda kalıyormuş - *zorunda* kalıyormuş diye açıkladı, çünkü başka türlü yapamıyormuş. O da benim gibi işemek zorunda kalıyormuş. Dahası, bu değişim olduğu zaman Row'daki bütün diğer erkek çocuklarından daha yükseğe işeyebiliyormuş. "Anladın mı?" diye sordu. Anlamıştım ve allak bullak olmuştum. Evie'nin gösterişli güzel eteğini bir kenara bırakıp üzerine sıradan bir pantolon giydiğini – cansız saçlarını kısa kesip saç kurdelelerinden vazgeçtiğini düşünmek çok zordu! Ona erkek çocuk olmaması için uzun uzun yalvarıp yakardım. "Ama benim elimde olan bir şey değil ki?" dedi. O zaman ben de duraksayarak geriye kalan tek rahatlatıcı fikre sarıldım. Ben kız olup, etek giyerek kurdele takabilir miydim? Olmaz, dedi. Bu sadece onun başına gelen bir şeydi. Ve ben kendimi yine orada, kaldırımın üzerinde buldum.

Evie'ye tapıyordum. Anlattıklarından dolayı çok üzülmüş, dehşete kapılmıştım. O ise bu dehşetimi durumun gerçekliğine bir övgü olarak kabul etmişti. Bir dahaki sefer aynı şey olduğunda bana da göstereceğini söyledi. Ama o benim hayatımdan uçup gidecekse bunun ne önemi vardı ki? Erkek çocuklardan hiçbirinin beni elimden tutup okula götürmeyeceğini biliyordum. Uzun kaşığın ve amcasının yanından Evie olmadan nasıl sağ salim geçebilirdim? Ona değişmemesi için yalvardım – bu korkunç şeyin karşısında çaresiz kaldığımızı bile bile yalvardım, ama yine de Evie'nin dünyamızı kontrol altında tutabileceğine hâlâ inanıyordum; şu dünyada başka hiç kimse bunu başaramasa dahi, Evie mutlaka başarırdı. Belirtileri görebilmek için onu yakından inceliyordum. Oyun bahçesinde oynarken tuvalete gidip kaybolsa, ona mı bakmaya gitti acaba diye meraktan içim daralıyordu. Etrafında çok fazla dolaştım, onu çok rahatsız ettim ve tabii sonunda usandı benden. Tam olarak nasıl oldu bilemiyorum ama benden bir şekilde uzaklaştı. Ben de böylece okula yalnız gitmeye başladım, uzun kaşıktan ve Evie'nin amcasından uzak durmaya çalışarak yürüyor ve kapıdan içeriye, başka bir dünyaya adım atıyordum.

Rotten Row'la bağlantımı ilk kesişim bu şekilde oldu, zira o zamana kadar Evie'nin hikâyeleri Row'la okul arasında bağlantı kuruyordu ve ben aradaki geçişin farkında değildim. Ama artık Rotten Row coğrafi bir bağlam kazanmış, dünyanın tümü olmaktan çıkmıştı. Yine de hâlâ popüler dergilerde bir yerleşim yerinin hafriyat planlamasına dair haberler gördüğümde ve varsayılan yaşamların kuru bir dille yazılmış kısa ve öz hikâyelerini okuduğumda, Rotten Row'a V2 füzesi çarptıktan iki bin yıl sonra ilk kazma vurulduğu zaman ortaya ne çıkacağını merak ederim. Resmi kuruluşlar bina planlaması yapılacağına ve sistemli bir düzen getirileceğine dair hikâyeler anlatırlardı. Bence Evie'den daha büyük, üstelik daha sıkıcı birer yalancı olur çıkarlardı. Çünkü Rotten Row gürültülü ve sıcacık, basit ve karmaşık, kendine özgü ve garip bir neşe barındıran, başlı başına farklı bir dünyaydı. Row bana iki tane güzel ilişki hediye etti ve ben bunlar için hâlâ minnettarım: Birincisi, karanlığı dışarıda tutan anneme; ikincisi ise kendisini tanımanın heyecanı ve ona olan güvenim için Evie'ye duyduğum minnettarlık. Annemin bir fahişeden pek farkı yoktu; Evie ise doğuştan yalancıydı. Yine de şu anda burada olsalardı, başka hiçbir şey istemezdim. Bu ilişkinin niteliğini o kadar net hatırlıyorum ki bunu bir aforizmayla ifade etmek geldi içimden: Çıkarını gözetmeden seversen, zarar görmezsin. Ama ondan sonra olan bazı şeyleri de hatırlıyorum.

Böylece Evie'nin himayesinden çıkıp, birbiriyle bağlantılı bu iki dünyanın bir sakini oldum. İkisini de seviyordum. Anaokulu bir oyun ve keşif yeriydi; buradaki kadın öğretmenler birer ağaç gibi yere eğiliyorlardı. Yapılacak yeni işler vardı; o ağaçlardan biri uzun ve içinden ahenksiz sesler gelen bir kutudan büyüleyici bir müzik çıkartıyordu. Dualar bittiğinde biz hâlâ sıra halinde dururken, müzik değişir ve marşa dönüşürdü. Bugün sokakta bir bando sesi duysam küçük bir tepki vermeye dahi utandığım için yürüyüş tempomu düşürürüm. Ama o zamanlar ayağımı yere vurup göğsümü dışarı çıkarırdım. Diğerlerine ayak uydurabiliyordum.

Minnie ise sıradakilere hiç ayak uyduramazdı; zaten kimse de bunu ondan beklemezdi. Hantaldı. Kolları ve bacakları kare vücudunun köşelerine takılmış gibi, geniş ve yaşlı görünümlü suratı ise her zaman bir tarafa doğru hafif eğik dururdu. Kollarını ve bacaklarını biçimsizce hareket ettirerek yürürdü. Benim dikkatimi diğer çocuklardan daha fazla çekiyordu çünkü biz onunla aynı sırayı paylaşıyorduk. Minnie uzanıp bir boya kalemi almaya kalkışsa, muhtemelen önce bir eliyle yana doğru üç hamle yaparak uzanır, diğerini de havaya kaldırıp yardım ister gibi sallardı. Ulaşabilirse, kalemi ezecekmiş gibi sert hareketler yapar, eninde sonunda bir şekilde parmaklarını kalemin çevresine dolamayı becerirdi. Eğer kalemin sivriltilmiş ucu yukarıda duruyorsa, Minnie kalemin ters tarafıyla boyamaya başlardı. O sırada genellikle ağaçlardan biri aşağı doğru eğilir ve kalemi ters çevirirdi. Bir gün masada onun tarafında duran kalemler her iki tarafı sivriltilmiş halde bulundular ve bundan sonra hayat daha kolay oldu. Minnie'yi sevdim ya da sevmedim diyemem. O benim için diğer her şey gibi kabul edilmesi gereken bir görüntüydü. Hatta onun sesi ve kullandığı birkaç basit sözcük bile yalnızca Minnie'nin konuşma biçimiydi, o kadar. Yaşam bu şekilde kalacaktı ve bundan kaçınmak mümkün değildi. Duvardaki hayvan resimleri ve garip kıyafetler giyen insanların resimleri, oyun hamuru, boncuklar, kitaplar, pencerenin kenarındaki kavanoz, kavanozun içindeki yapışkan tomurcuklu kestane ağacı dalı –tüm bunlar ve Johnny Spragg, Philip Arnold, Minnie ve Mavis– hepsi birlikte, değişmez bir varlıktılar.

Bir gün hepimiz güçlü bir rüzgârın çıkıp ağaçları devireceği hissine kapıldık. Bir teftiş yapılacaktı, ağaçlar haberi yukarıdan bize fısıldadı. Daha uzun bir ağaç gelecek, bizim mutlu ve iyi olup olmadığımıza, yeni şeyler öğrenip öğrenmediğimize bakacaktı. Bu haber üzerine dolapların içleri iyice boşaltılıp temizlendi ve yaptığımız resimler, özellikle güzel olanlar tahtaya asıldı. Benim yaptıklarım ise hep öne çıkıyordu; belki de bu yüzden o günü bu kadar net hatırlıyorum.

Bir sabah dua esnasında yabancı bir hanım geldi. Biz zaten o dakikaya kadar belli bir gerginlik içine sokulmuştuk bile. Duamızı etmiş ve oldukça huzursuz eden bir ilahi okumuştuk; şimdi de sınıfımıza geri dönmek için marş çalmasını bekliyorduk. Ama işler her zamanki gibi olmadı. Biz sıramızda beklerken yabancı hanım geldi, bize doğru eğildi ve hepimize sırayla adlarımızı sormaya başladı. Hoş bir hanımefendiydi, şakalar yapıyor, ağaçları güldürüyordu. Minnie'ye geliyordu. Minnie'nin yüzünün kıpkırmızı olduğunu görebiliyordum.

Yabancı hanım ona doğru eğilip adını sordu.

Cevap yoktu.

Ağaçlardan biri eğilip yardımcı olmaya çalıştı.

"Benim adım M?.."

Hoş hanımefendi bazı tahminlerde bulundu. Aslında o da yardım ediyordu.

"Meggie? Marjorie? Millicent?"

Minnie'nin Minnie'den başka bir isimle çağırılması fikri hepimize komik gelmiş, gülüşmeye başlamıştık.

"May? Mary?"

"Margaret? Mabel?"

Minnie önce yere, sonra da hoş hanımefendinin ayakkabılarının üzerine işedi. Kadın geriye doğru sıçrayınca, gölcük etrafa yayıldı. Ahenksiz seslerin geldiği kutudan zil sesi duyuldu, sonra sağa döndük, önce yerimizde saydık, sonra da sırayla yürüyerek sınıfımıza döndük. Ama Minnie bizimle gelmedi. Ağaçlar da bir süre gelmediler. Oldukça etkilenmiş ve keyiflenmiştik. Bu bizim ilk skandalımızdı. Minnie kendini afişe etmişti. Doğal düzen olarak kabul ettiğimiz tüm farklılıklar bir araya gelmiş ve onun bizden biri olmadığı ortaya çıkmıştı. Bizimse itibarımız yükselmişti. O aşağıdaki bir hayvandı, biz ise burada, yukarıdaydık. Sabahın ilerleyen saatlerinde Minnie'nin bir ağaç tarafından evine götürüldüğünü biliyoruz, çünkü onların el ele tutuşarak kapıdan çıktıklarını gördük. Ve Minnie'yi bir daha hiç görmedik.

2

General yol kenarındaki evini terk etti. Bir bölümü dönümlerce çalılık ve bahçeyi çevreleyen yüksek duvardan başlayarak geniş kaldırımın üzerine taşan bekçi evi ise hâlâ yerinde duruyor. Sağlık hizmetleri eve el koydu ve böyle bir evin neredeyse bitişik komşusu olarak benim de sosyal itibarım zedelenmiş oldu. Gecekondu mahalleleri artık eskiden oldukları gibi değiller; ya da gecekondu mahallesi diye bir şey kalmadı. Rotten Row enkaz arasında kalmış eski bir krokiden başka bir şey değil artık. Önceleri burada oturan ya da benzer şekilde başka yerlerde koyun sürüsü halinde yaşayan insanlar, şimdi vadinin diğer tarafındaki tepeye doğru kıvrılarak sıra halinde çıkan düzenli toplu konutlarda oturuyorlar. Artık onların da paraları, arabaları ve televizyonları var. Bazıları hâlâ bir odada dört kişi kalıyor ama en azından yataklarında temiz çarşafları var. Geriye kentte ve kırsal alanda kirişleri kırmızı ve mavi boyalı birkaç eski, pis kulübe kaldı yalnızca. Şişe camı kalınlığında iki penceresi olan şekerci dükkânının kirişleri ise camgöbeği renginin altından zar zor seçilen bir sarı. İşyerleri iç mekânlara taşındı; şurada oturan romantik çift de çanak çömlek yapımıyla uğraşıyor. Kasaba artık hiçbir şey yapmak için çaba göstermiyor. Biz bir amibiz ve evrimleşmeyi bekliyoruz – belki onu dahi beklemiyoruz. Diğer tepenin üzerindeki uçuş pisti bile sessizliğe büründü. Şimdi oradaki sekiz santimlik toprak sabanla sürülüyor, buğday ekiliyor ve ekilen buğdayın bir kısmı otuz santim, devlet desteği alabilecek kadar büyüyor. Kışın yağmur yağdığında toprağın tebeşirden ayrıştığını görebiliyorsunuz, aynı beyaz bir kafatasının kafa derisinden ayrıldığı gibi. Bu hastalık sadece bana mı ait, yoksa hepimiz mi acı çekiyoruz?

Bir zamanlar o uçuş pisti çocuklar için bir Mekke'ydi. Johnny Spragg'le birlikte uçurumun dik kayalıklarına tırmanır, arada soluklanabilmek için ayaklarımızı eğime uydurup kendimizi yamaca sabitlerdik. Tepede çimenli bir hendek vardı, hani şu kıyı boyunca birkaç kilometrede bir aşağılara doğru düzleşen o genişleyen kalıntılardan biri. Tel örgü çukurun diğer tarafından geçiyordu; biz de uyuzotlarının, sarı çuhaçiçeklerinin, mor devedikenlerinin üzerinde yan yana yatıp uzun çimenlerin arasında sürünen ve uçan küçük yaratıkların hareketlerini seyreder, uçakların tepemizde vızıldamasını duymak için beklerdik. Johnny bu işin piriydi. Onun da diğer birçok erkek çocukta olan –ama bende olmayan– fazlasıyla teknik bilgileri derisinin gözeneklerinden içeri çekebilen türde bir yeteneği vardı. Uçaklar hakkında yayımlanan dergilerden hiçbirini okumuyordu, ama yine de gördüğümüz bütün uçakları tanırdı. Okuyup yazmayı öğrenmeden önce uçmasını öğrenmiş gibi gelirdi bana. Uçakların havaya nasıl oturduklarını anlıyor, onları dengede tutan o görünmez güçlerin gizemini içgüdüsel bir yetenek ve aşkla kavrıyordu. Esmerdi, tıknazdı, hareketli ve neşeliydi. Uçaklara karşı çok büyük bir ilgi duyardı. Eğer bir uçak yükseklerde uçuyorsa ve tur atıp inişe geçmediyse, sırtüstü uzanıp onu seyretmemizi isterdi. Galiba böyle olunca kendini yukarıda onlarla birlikteymiş gibi hissediyordu. Şimdi ise yetişkin olmamın getirdiği duygudaşlıkla, o zamanlar onun durağan dünyaya sırtını dönmek ve aydınlık uçurumları, ışığın ve havanın özgür yüksekliklerini paylaşmak istediğini düşünüyorum.

"O gördüğün eski bir DH. Ona benzer bir uçakla ta nerelere kadar gittiler."

"Buluta giriyor."

"Hayır. Çok alçak. Bak, yine o Moth göründü."

Johnny bir uzmandı. O zamanlar bildiği şeyler beni bugün bile hâlâ şaşırtıyor. Bir gün vadideki kasabanın yarım mil üstünde asılı duran küçük bir uçağı seyrediyorduk ki Johnny birden bağırdı:

"Bak, spin atacak!"

Alay eder gibi birtakım sesler çıkarttım ama Johnny yan tarafıma bir yumruk salladı.

"Seyret!"

Uçağın kuyruğu havaya kalktı, burnu aşağı indi, şak, şak, şak diye döndü. Dönmesi durduktan sonra burnu yine havaya kalktı ve her manevrasından bir iki saniye sonra gelen motor sesleriyle sakin sakin üzerimizden uçup geçti.

"Bu bir Avro Avian. Bunlar üç kereden fazla dönemezler."

"Neden?"

"Nedeni anlaşılamadı."

Biz en çok kalkışları ve inişleri seyrederdik. Çukuru takip edip tepenin yamacındaki köşeyi döndüğümüzde onları yandan görebiliyorduk, çünkü rüzgâr kasabanın üzerinden tepeye doğru eserdi. Johnny için bunlar bir büyü, içlerinden çıkan figürler de tanrılardı. Onun coşkusunun birazı bana da sirayet etti ve uçaklar konusunda oldukça bilgi sahibi oldum. Yere inen bir uçağın iki tekerleğinin ve kayma düzeninin aynı anda yere değmesi gerektiğini biliyordum. Tüm bunlar bana eğlenceli gelmeye başlamıştı, çünkü tanrılar sık sık hata yapıyor ve uçak elli metrelik mesafede iki kez inişe geçmek zorunda kalıyordu. Böyle durumlarda ben heyecanlanırdım, ama Johnny üzülürdü. Ne zaman bir uçak uçarken zorlansa ya da iniş takımlarındaki dikmelerden biri eğrilse, yeterince büyüdüğü zaman uçmayı öğrenme şansının azaldığını hissederdi. Bizim görevimizin bir kısmı, uçakları tanımak ve ne zaman hangardan çıktıklarını, ne zaman servise girdiklerini ve ne zaman uçtuklarını bilmekti. Hatırladığım kadarıyla, yarım düzine uçağın arasından her zaman en az bir tanesi tamirde olurdu. Uçaklar benim fazla ilgimi çekmiyordu ama yine de itaatkârca seyrediyordum, çünkü bir bakıma bir zamanlar Evie'ye duyduğum içten bağlılığı Johnny'ye karşı da duyuyordum. O mükemmel biriydi. Uçuş olmadığı günlerde, yağmurda, rüzgârda aşağılara doğru iner dolaşırdık; Johnny de o zaman kollarını kanat gibi iki yana açardı.

Bir gün hava bozuktu, tepenin sadece üst kısmı görünüyordu; bu yüzden de tırmanmaya değmez gibi gelmişti bana. Ama Johnny gidelim dedi ve gittik. Sanırım o zaman paskalya tatiliydi. Akşamüstünün ilk saatlerinde hava o kadar da kötü değildi –rüzgârlıydı ama yeterince açıktı– ama şimdi yağmur başlamış, vadiyi sis basmıştı. Rüzgâr bizi tepeye doğru itiyor, yağmur da sırılsıklam ediyordu. Bir an için kafamızı rüzgâra çevirsek, bulduğu aralıktan ağzımıza girip yanaklarımızı şişiriyordu. Rüzgâr tulumu gürlüyordu ve normalde olduğundan daha kısaydı, çünkü bir ucu yırtılıp gitmişti. Bu havada onu aşağı indirmeleri gerekirdi diye düşündük. Fakat tulum orada durmuş şarkı söylüyor, direği de yağmurda kamçı gibi şaklıyordu. Johnny tel örgünün arasından geçip tırmandı. Fakat ben geride kaldım.

"Yapmasak daha iyi."

"Gel, haydi."

Uçuş pistinin ilk elli metresinden ilerisi görünmüyordu. Johnny titreyen çimenlerin üzerinde koşmaya başladı; ben de onu takip ettim çünkü ne istediğini biliyordum. Bir uçağın iniş esnasında pistte bıraktığı izleri daha önce aramızda tartışmıştık ve görmek istiyorduk – ya da en azından Johnny istiyordu. İyice dikkat kesildik, çünkü burası kutsal ve yasaklı bölgeydi; çocukların içeri girmesi hoş karşılanmıyordu.

Tel örgüden epeyce uzaklaşmış, uçakların indiği alana doğru yaklaşıyorduk ki Johnny birden durdu.

"Eğil!"

Az ilerimizde yağmurda zar zor görünen bir adam duruyordu. Ama bize doğru değil, aksi yöne bakıyordu. Ayağının dibinde kare biçiminde teneke bir kutu, elinde de bir sopa vardı ve paltosunun altına bir şey sıkıştırmıştı.

"Geri dönsek iyi olur, Johnny."

"Ben bakmak istiyorum."

Adam bağırarak bir şey söyledi ve rüzgârın estiği yönden gelen bir ses, sisin içinden cevap verdi. Uçuş pisti kalabalıktı.

"Hadi eve dönelim, Johnny."

"Adamın öbür tarafından dolaşacağız."

Yağmurun ve sisin içine doğru dikkatle geri çekildik ve rüzgâr yönünde koşmaya başladık. Ama bu defa başka bir teneke kutunun yanında başka bir adam gördük. İliklerimize kadar ıslanmış halde yan yana uzanmış etrafı gözetlerken Johnny de bir taraftan tırnaklarını kemiriyordu.

"Bunlardan sıra halinde bir sürü var."

"Bizi mi arıyorlar?"

"Hayır."

En sondaki adamın da çevresinden dolanıp hangarla tel örgü arasında bir yere ulaştık. Artık bu oyundan yorulmuştum, acıkmıştım, ıslanmıştım ve bir hayli korkuyordum. Ama Johnny biraz daha kalmak istedi.

"Onlardan uzak durursak bizi göremezler."

O sırada hangar tarafından alışık olduğum bir çan sesi geldi, ama o sesi bu ortamda duymaya alışık değildim.

"O ne?"

Johnny elinin tersiyle burnunu sildi.

"Nambulans."

Rüzgâr çok kuvvetli esmiyordu artık, hava giderek kararıyordu. Alçalan bulutlarla birlikte akşam olmaya başlamıştı.

Johnny gerildi.

"Dinle!"

Siste teneke kutusu sayesinde hayal meyal seçilen bir adamın elini havada salladığını gördük; belli ki o da aynı sesi duymuştu. O esnada tam tepemizde bir DH belirdi; sisin içinde asılı bir hayalet gibi duruyor, antika profili gözden kaybolup gidiyordu. Hangar yönünden çalışan ambulans motorunun sesini duyduk ve adamlardan biri bağırmaya başladı. Teneke kutusunu deli gibi itekliyordu. Sisin içinde bir ışık parladı ve siyah bir duman adamın üstünden geçip gitti. Elinde tuttuğu sopanın ucuna dolanmış bir tomar kumaş aniden alev almıştı. Rüzgâr yönünde başka bir ateşi daha görebiliyorduk. Sıraya dizilmiş halde bir sürü ateş yanmaya başladı. DH tekrar üzerimizden uçarak geçti.

Sis giderek yoğunlaşıyordu; artık adam ve ateşi sadece belli belirsiz bir ışık parçası gibi görünmeye başlamıştı. DH bir tur attıktan sonra yaklaşmaya ve alçalmaya başladı; sonra aniden sisin içinden siyah bir leke gibi çıktı ve üzerimizden geçip hangara doğru ilerledi. Motor bir hırıltı çıkarttı, hırıltı kükremeye dönüştü; o sırada ahşabın parçalanmasını andıran büyük bir ses duyduk ve arkasından silah sesine benzeyen ruhsuz bir patlama sesi geldi. Şekli bozulan alev hattı sisin içinde yanımızdan hızla geçti.

Johnny, başka birilerinin duymasından korkar gibi avuçlarını birleştirip kulağıma fısıldadı:

"Hangarın yanından geçip yola çıksak iyi olacak."

Hangarın rüzgâr almayan tarafından sessizce, korka korka koşarak uzaklaştık. Karanlıkta kalan tarafından duman tütüyordu ve rutubetli havada bir koku vardı. Hangarda büyük bir yangın çıkmış, rüzgâr alan tarafa doğru yayılıyordu. Tam köşeyi dönüp yola ulaşacakken birdenbire önümüzde nereden geldiği belli olmayan bir adam belirdi. Uzun boylu, şapkasız ve üstüne başına kapkara is bulaşmış bir adamdı. Bize bağırdı:

"Çabuk defolun gidin buradan! Eğer sizi bir daha burada yakalayacak olursam, doğrudan polise teslim ederim."

Hal böyle olunca, Johnny bir süre uçuş pistinden uzak durdu.

Benim şimdi oturduğum diğer tepenin üzerinde generalin evi de var. General, Plank'lardandı; vahşi hayvan avlardı, karısı da kermesler düzenlerdi. Ailesi su kanalının yanındaki bira fabrikasının sahipleriydi; havagazı fabrikasının nerede başlayıp bira fabrikasının nerede bittiği ise anlaşılmıyordu. Ama bu kanal sürekli olarak sıcak su boşaltan boruların yaşam kattığı, kirli, renkli ve büyüleyici bir kanaldı. Bazen mavnalar kanalın gresyağı bulaşmış duvarının altında sıralanırlardı; hatta bir keresinde birinin içine girmiş ve muşambanın altına saklanmıştık. Ama oradan da kovalamışlardı bizi ve bu öteki tepenin sokaklarındaki ilk tırmanışımızdı. Asla dolaşmadık. Bütün yol boyunca koştuk çünkü mavnacı dev bir adamdı ve çocuklardan hoşlanmıyordu. Kahramanca davrandığımız için heyecanlanıyor, o coşkuyla gidip başka bir kapana kısılıyorduk. O akşamın geç saatlerinde generalin bahçe duvarına kadar gelmiştik. Nefesimizi tekrar kontrol altına aldıktan sonra Johnny kaldırımın üstünde dans etmeye başladı. Kimse bizi yakalayamazdı. Onlara göre çok hızlıydık. Hatta general bile bizi yakalayamazdı.

"Yok artık! Oraya giremezsin."

Johnny girerdi.

Bu öyle göründüğü kadar korkusuzca bir övünme değildi. Generalin bahçesine hiç kimse giremezdi, çünkü etrafını çevreleyen o çok yüksek duvarla generalin aslan avcısı olarak kazandığı itibar, o alanda vahşi hayvanlar bulunduğu dedikodusunu başlatmıştı ve biz de hayatı biraz daha heyecanlı hale getirebilmek adına bu dedikoduya inanmıştık.

Johnny içeri girecekti. Hatta duvara tırmanmanın imkânsız olduğunu bildiği için içeri girmenin başka bir yolunu bulacaktı. Cesaretimizin verdiği heyecanla, duvarda bir delik bulmak için yol boyunca sessizce yürüdük ama delik filan bulamadık. Bekçi evinin önünden geçip köşeyi döndük, güneydoğu tarafını geçtik ve arka tarafa ulaştık. Her taraf aşılması imkânsız tuğla duvarlarla çevriliydi ve ağaçlar yukarıdan etrafı izliyordu. O an birdenbire tek söz etmeden çakılıp kaldık. Gerçekten de söylenecek söz yoktu. Duvarın otuz metrelik bir kısmı ağaçların arasından içeri doğru çökmüştü ve açılan kısım karanlığa doğru uzanan bir altdudak şeklini almıştı. Belli ki birisinin bu açıklıktan haberi vardı. Çünkü önüne kümes teli gerilmişti; yine de bu, bizim gibi azimli dağcılar için engel teşkil edebilecek bir durum değildi.

Şimdi heyecanlanma sırası bana gelmişti.

"İçeri gireceğini söylemiştin, Johnny..."

"Evet. Ve sen de benimle birlikte geliyorsun."

"Ben öyle bir şey söylemedim!"

Ağaçların arasında birbirimizi zar zor görüyorduk. Duvar boyunca onun peşi sıra yürüdüm. Biz ilerledikçe çalılar ve sarmaşıklar sıklaştı ve sonunda kendimizi hiç ayak basılmamış gibi görünen bir yerde bulduk.

O sırada burnuma aslan kokusu geldi. Bunu Johnny'ye de söyleyince ikimiz de nefesimizi tuttuk, kalp atışlarımızın sesini duymaya başladık fakat başka bir ses daha duyuluyordu. O başka ses, bir aslandan çok daha kötüydü. Arkamıza bakınca kubbe biçimindeki kaskını ve koyu üniformasının üst kısmını gördük; eğilmiş, duvarın açık yerindeki bozuk kümes telini inceliyordu. Ve o an tek kelime etmeden seçimimizi yaptık. Çitin içinde sessizce koşan tavşanlar gibi oradan sıvışıp uzaklaştık ve kendimizi polisten uzağa, aslanların yanına attık.

Burası balta girmemiş bir orman, duvarların içindeki arazi de koskoca bir ülkeydi. Tekerlek izleri ve yerde sıra halinde dizilmiş küçük cam kutuların bulunduğu bir yere ulaştık ve orada bir kulübenin kapısını tamir eden bir başka adam gördük ve tekrar çalıların arasına gizlendik.

Bir köpek havladı.

Soluk ışıkta birbirimizin yüzüne baktık. Bu artık bir macera olmaktan çıkmıştı.

Johnny kekeleyerek sordu:

"Buradan nasıl çıkacağız, Sam?"

Hemen akabinde ağlamaya ve birbirimizi suçlamaya başladık. Polisler, adamlar, köpekler etrafımızı sarmıştı. Önümüzde uzanan geniş bir çayır vardı ve çayırın arka tarafında evin arka cephesi görünüyordu. Bazı pencerelerde ışık vardı. Pencerelerin altında bir teras olmalıydı, çünkü tepsi taşıyan bir karaltının bir tören ciddiyeti içinde pencerelerin önünden geçtiğini gördük. Bu ağırbaşlılık ve itibar nedense bize aslanlardan daha korkutucu görünmüştü.

"Nasıl çıkacağız buradan? Ben eve dönmek istiyorum!"

"Ses çıkartma, Sam. Takip et beni."

Çayırın kenarından sürünerek uzaklaştık. Çimenlerin üzerinde uzun pencerelerden yansıyan ışık bantları oluşmuştu ve biz bunlara her denk gelişimizde tekrar çalıların arasına girmek zorunda kalıyorduk. Biraz moralimiz düzelmeye başladı çünkü ortalarda ne aslan vardı ne de polislere yakalanmıştık. Beyaz bir heykelin yanında karanlık bir köşe bulduk ve orada bir müddet hareketsiz durduk.

İnsanların gürültüleri giderek azaldı; onlarla birlikte bizim de korkularımız azalmış olacaktı ki aslanları unutmuştuk. Evin yüksek korkulukları aydınlanmaya başladı, tepemizde bir dolunay yükseldi ve bahçeler aniden değişti. Eve daha yakın olan havuzda gümüş bir pırıltı vardı, upuzun ve muazzam sakin duran serviler, kırağı kaplı yanlarından birini ayın ışığına dönmüşlerdi. Johnny'ye baktım, yüzü görülebiliyordu ve gayet sakindi. Hiçbir şey bizi incitmeyecekti, incitemezdi. Ayağa kalkıp tek kelime konuşmadan etrafta dolaşmaya başladık. Bazen belimize kadar karanlığa batıyor, daha sonra karanlığın içinde boğuluyor, sonra tekrar aydınlığa kavuşuyorduk. Heykeller her daim yeşil kalan ağaçların karanlık derinliklerine karşı meditasyon yapıyordu ve bahçenin her köşesi o ay sadece burada çiçek açan ağaçlarla kaplanmıştı. Sağ tarafımızda mermer korkuluklar ve içlerinde mermer çiçekler bulunan bir dizi mermer kavanoz sıralanmıştı. Burası parktan daha iyiydi çünkü hem yasaktı hem de tehlikeliydi; daha iyiydi çünkü dolunay ve sessizlik vardı; çünkü büyülü ev ve ışıklı pencereleri, pencerelerin önünde yürüyen o karaltı vardı. Burası bir çeşit yuvaydı.

Evin içinden bir kahkaha sesi geldi ve köpek havladı. Ben yine makine gibi konuştum:

"Evime gitmek istiyorum."

Bu hissettiğimiz tuhaf huzur ve güven duygusunun sırrı neydi? Şimdi düşünürsem, dışarıdan bakıp bizi görebiliyorum; ayakları yere basmayan iki sokak çocuğu, benim üzerimde bir gömlek ve pantolondan başka bir şey yok, Johnny de benden iyi sayılmaz, birlikte o muhteşem evin bahçesinde dolaşıp duruyoruz. Ama ben bize hiç dışarıdan bakmadım. Bana göre biz o zamanlar, cennette dolaşan iki algı noktasıydık. Masumiyetimizin derecesini ise sadece tahmin edebilirim, yeniden tecrübe edemem. Eğer şu an o iki sokak çocuğuna sevecenlikle iyi niyet besliyorsam, bu sadece iki yabancı insana karşı duyulan iyi niyettir. Ağaçların arasından yavaşça yürüyerek duvarın çökük olduğu yere kadar gelmiştik. Artık polisin gittiğine kanaat getirmiş ve hiçbir şekilde utanılacak bir duruma düşmeyeceğimize bir şekilde inanmıştık. Sadece bir kez, beyaz bir patikaya gelip onun henüz yeni yapılmış olduğunu geç fark ettiğimiz için donmamış betonun üzerinde ayağımız kaymıştı; fakat bahçede başka hiçbir şeyi kırıp dökmedik, hiçbir şey almadık, hemen hemen hiçbir şeyi ellemedik. Sadece seyrettik.

Çalılıkların arasına kendimizi yeniden gömmeden önce döndüm ve arkama baktım. Şunu hatırlıyorum. Bahçenin yukarı kesimlerindeydik, arkaya ve aşağıya bakıyorduk. Ay parlıyordu. Etrafına safir pırıltısı saçan kutsal bir ışık haresi vardı. Tüm bahçe siyah beyazdı. Çayırlık alanla benim aramda sadece bir tane ağaç duruyordu, kimsenin bakmadığı zamanlarda büyüyen ve şimdiye kadar görülen en sakin ağaç. Gövdesi kocamandı ve her dalı belli bir seviyeye kadar uzanıyordu ve o seviyede, suyun üzerinde yüzen yağ katmanlarını andıran siyah yapraklar başlıyordu. Yapraklar dışa doğru açılan dalların üzerine kademe kademe dizilmişlerdi; dalların ötesindeki koyuluk, buruşturulmuş yaldızlı kâğıdı anımsatan bir derinlik, bir fildişi sakinliği barındırıyordu. Daha sonra o ağacın adına sedir deyip geçmem gerekirdi ama o zaman için bu büyük bir keşifti.

"Sammy! Adam gitti."

Johnny kümes telinde delik açmış, kafasını kahramanca dışarı uzatmıştı. Yol boştu. Böylece yine küçük vahşi adamlar şekline büründük ve telin açık yerinden geçip kaldırımın üzerine düştük. Duvarı yeniden örülmesi için, ağacı da biz görmeden büyümesi için bahçede bıraktık.

Neyi aradığımı ve neden bu resimlerin bütünüyle rastlantısal olmadığını ancak şimdi anlıyorum. Onları tarif ediyorum çünkü önemli görünüyorlar. Aslında bu resimler hikâyemin izlediği doğrusal çizgiye pek az katkı sağlıyor. Eğer o gün yakalanmış –ki ben daha ileride gerçekten yakalandım– ve kulağımızdan tutulup generale teslim edilmiş olsaydık, general benim ya da Johnny'nin bütün hayatını değiştirecek bir dava başlatabilirdi. Ama öyle olmadı, dolayısıyla bu resimlerin bu anlamda bir önemi yok. Onların önemli olmasının tek nedeni, orada olmuş olmaları. Ben, onların bir toplamıyım. Nereye gidersem gideyim bu anıların yükünü yanımda götürüyorum. İnsanoğlu sadece bir vücut ve anlık tepkilerden ibaret bir yaratık değildir. Çeşitli hatıraların ve duyguların, fosillerin ve mercanların inanılmaz bir karışımıdır. Ben çocukluğunda sedir ağacını seyretmiş olan bir adam değilim. Ben bir zamanlar sedir ağacı seyretmiş bir çocuk olduğunu hatırlayan bir adamım. Buradaki fark, sonsuza dek uzanan ölü tuğlaların zamanıyla, başa sarıp tekrar seyretme zamanı arasındaki fark. Ve daha da basit olan başka bir şey var. Ben o bahçedeki, hava meydanındaki, Rotten Row'daki, okuldaki o korkusuz küçük çocuğu sevebilirim; çünkü o, ben değilim. O başka bir insan. Eğer o bir cinayet işlemiş olsaydı, benim suçluluk duymam, hatta bu eylemin sorumluluğunu dahi üstlenmem gerekmezdi. Ama ben neyi arıyorum? Ben, sorumluluğun başlangıcını, karanlığın başlangıcını, kendi başlangıç noktamı arıyorum.

Maskülen üçgenimizin üçüncü kenarını da Philip Arnold oluşturuyordu. Onu size nasıl tarif etsem acaba? Anaokulundan yeni çıkmıştık. Sadece erkek çocuklarının gittiği rüzgârlı, asfalt bahçeli bir ilkokula başlamıştık. Ben sağlam, güçlü, çetin ceviz, hayat dolu bir çocuktum. Sammy Mountjoy'un Evie'yle olan resimleriyle, Sam Mountjoy'un Johnny ve Philip'le olan resimleri arasında bir fark var. Bir tanesi bebek, diğeri ise bir oğlan çocuğu ama arada hiçbir bağlantı yok. Onlar artık birbirinden farklı iki insan. Philip kasabanın dışındaki villaların olduğu yerden geliyordu. Solgun tenli bir çocuktu, aşırı derecede korkaktı ve aklı ıslak bir kibrit kutusuna benziyormuş gibi gelirdi bize. Yine de ne general, ne hava meydanındaki tanrı, ne Johnny Spragg, ne Evie, hatta ne de annem hayatımı Philip kadar değiştirebildiler.

Onun korktuğunu fark etmiştik. Şiddetten ödü patlıyordu. Bu da onu doğal bir hedef haline getiriyordu çünkü birinin canını acıtmak istediğinizde, Philip her zaman oradaydı. Bu da bir tekmeleme ya da boğaz sıkma eylemi için yeterliydi; ama daha kapsamlı bir iş için daha dikkatli hazırlanmak gerekiyordu; Philip bunu savuşturmak için kendisine basit bir yöntem bulmuştu. Öncelikle, çok hızlı koşabiliyordu; korktuğu zaman herkesten daha hızlı koşuyordu. Bazen de onu köşeye sıkıştırdığımızda, bununla baş etmek için yeni bir teknik icat etmişti. Yere çömeliyor ve karşı koymuyordu. Belki bu bir icattan daha çok bir içgüdüydü ama çok etkili oluyordu. Karşınızda size direnen biri yoksa kurbanınızla tek vücut olamazsınız ve bir müddet sonra yaptığınız işten sıkılırsınız. Philip de ona saldırıldığında bir şahinin altındaki tavşan gibi yere çömelirdi. O an gerçekten bir tavşana benzerdi. Hiçbir şey söylemeden aldığı darbelerin altında sağa sola sarsılır, oyunun tadını kaçırırdı. Eskiden süratle koşarak kaçan kurban artık ilginç olmaktan çıkmış, sıkıcı bir çuvala dönmüştü. Philip gerçek bir siyaset felsefecisi olduğunu bilmeksizin istenen sonuca ulaşıyordu. Bir yanağına yumruk yediğinde ötekini çeviriyor, biz de daha eğlenceli bir oyun bulmak için onu bırakıp uzaklaşıyorduk.

Philip'i hayalinizde fazla saf, fazla sempatik bir kişilik olarak canlandırmayın lütfen. Belki şu anda yirmili yıllarda çıkan o kitaplardaki kahramanlardan birine benziyor olabilir. O kahramanlar oyunlarda başarısız, okulda yanlış anlaşılan, mutsuz kişiliklerdi – aslında durumları trajikti; fakat bu trajedi, on sekiz ya da on dokuz yaşlarına geldiklerinde çarpıcı bir şiir kitabı yazana kadar veya bir iç dekoratör olana kadar sürerdi. Ama gerçek öyle değildi. Biz Philip'i tartaklıyorduk, ama Philip basit bir kahraman değildi. Eğer bir başkasının canı yanacaksa, kavgaya bayılırdı. Johnny'yle ben kavgaya tutuşsak hemen koşar gelir ve ellerini kanat çırpar gibi hareket ettirerek etrafımızda dans ederdi. Oyun alanında yüksek bir yığın oluşmuşsa, bizim soluk renkli utangaç Philip onun etrafında dolaşır, kıkır kıkır güler ve ulaşabildiği en hassas noktaya tekme atardı. Acı çektirmekten hoşlanıyordu. Facia onun orgazmıydı. Anayola çıkan tehlikeli bir köşe vardı; yollarda buzlanma olduğu zaman Philip boş vakitlerini kaldırımın üzerinde geçirir, bir kaza görmek umuduyla beklerdi. Bir sokak köşesinde ya da şehirdışındaki bir yol ayrımında birkaç genç adam görürseniz, en az bir tanesi sadece bunu görebilmek için orada duruyordur. Nihayetinde sporcu bir milletiz.

Philip belli bir tipe girmiyordu – hâlâ da öyledir. Çok garip ve karmaşık bir insandır o. Onu korkak olmakla itham ederdik, hor görürdük; ama o hepimizden çok daha tehlikeliydi. Ben prens olurdum, Johnny de prens olurdu. Rakip çetelerimiz vardı ve aramızdaki kavgaların sebebine hiçbir zaman tam olarak karar veremezdik. Şimdi o saf ve naif iki vahşi liderin Philip'i korkaklığından dolayı oyun dışı bıraktıklarını buruk bir keyifle hatırlıyorum. Philip doğal seleksiyonun yaşayan bir örneğidir. Bağırsakta yaşayan bir tenya gibi Philip de bu modern dünyada yaşamını sürdürebilecek derecede güçlüydü. Ben bir prenstim, Johnny de öyleydi. Philip kendi kendine düşünüp beni seçti. Önce benim hizmetkârım olduğunu sandım ama aslında o benim Machiavellimdi. Philip, kendi güvenliğini sağlamak için aşırı itina ve histerik bir sağgörüyle sonunda benim gölgem haline geldi. Çetenin en sert adamına yakın durduğu için iyi korunuyordu. Bana o denli yakındı ki içimden onu kovalamak gelmiyordu; avcılık reflekslerim onun karşısında işlemiyordu. Ürkek, acımasız, arkadaşa ihtiyaç duyan ama arkadaştan korkan, o zayıf vücuduna rağmen dehşet yaratabilen, zeki, karmaşık ve asla çocuk olmamış biriydi Philip; o benim sırtımdaki yük, benim maymunum, dalkavuğumdu. Belki bir anlamda, ben Evie için neysem, o da benim için oydu. Beni dinler ve bana inanıyor gibi yapardı. Ben Evie gibi fanteziler uydurmazdım; benim hikâyelerim sadece günlük yaşamı biraz aşan hikâyelerdi, yaşamda olmayanı telafi etme amacını taşımıyorlardı. Gizli topluluklar, keşifler, dedektifler, Sexton Blake –"muazzam otomobil büyük bir kükremeyle ileri doğru atıldı"– o da bunların hepsine inanmış gibi yapar, daha da yakınıma sokulur ve beni kendisiyle kuşatırdı. Yumruklar ve zafer bana aitti; ama aslında ben onun maskarası, oyun hamuru olmuştum. Kavgada iyi olmayabilirdi ama hiçbirimizin bilmediği bir şey biliyordu. O insanları iyi tanıyordu.

Bir de sigara kutularının içinden çıkan kartlar vardı. Doğal olarak hepimiz bunları biriktiriyorduk. Bana bunları verecek bir babam yoktu. Annem ise reklamdan ziyade müşterilerinin yoksulluğuna güvenerek üretilen, son derece ucuz bir sigara içerdi. Daha iyisine gücü yetecek herhangi biri bu sigaralardan içmezdi. Bu benim Row'dan hatırladığım tek aşağılık duygusudur ki o da pek sınırlıdır; yani babam olmadığı için değil, sadece sigara kartlarım yoktu, o yüzden. Eğer annem ve babam evli olsaydı ve sigara içmiyor olsalardı yine aynı şeyi hissedecektim. Bu durumda yoldan geçen adamları rahatsız etmek tek şansımdı.

"Bir sigara kartınız var mı beyefendi?"

Sigara kartlarını seviyordum; niye bilmiyorum ama aralarında en sevdiğim seri, Mısır krallarının serisiydi. Bunlar ağırbaşlı ve mağrur görünen yüzlerdi ve bence tüm insanlar da bunlara benzemeliydi. Acaba bunu şu anki yetişkin aklımla uyduruyor olabilir miyim? Yine de o zamanlar Mısır krallarını seviyordum, en azından bundan eminim; beni mutlu ediyorlardı. Bunun ötesinde bir şey söylemek sadece yetişkin yorumu olacaktır. O sigara kartları benim için paha biçilmezdi. Ben onlar için dilendim, pazarlık ettim, kavga ettim – yani iş ve eğlenceyi birleştirdim. Ama kısa süre sonra bu iş öyle bir hal aldı ki, aklı başında hiç kimse benimle sigara kartları yüzünden kavga etmez oldu; zira hep kazanıyordum.

Bir gün Philip bana acıdığını söyledi, yoksulluğumu hatırlattı ve bu kartları seçerek nasıl acınası bir duruma düştüğüme dikkat çekti – artık Mısır kralları serisinden asla almamam gerektiğini, elimde olanları da başka kartlarla değiştirmemin daha iyi olacağını söyledi. O zaman ilk kartlarımı sonsuza dek kaybedecektim. Bu küstahlığından ötürü ilkönce Philip'i tartakladım, ama haklı olduğunu da biliyordum. Mısır kralları benim ulaşabileceğimden çok daha yukarıda bir yerdeydi.

Sonra Philip ikinci hamlesini yaptı. Daha küçük çocuklarda sigara kartları vardı ve bu kartlar onların cebinde ziyan oluyordu. Onların değerini asla bilemeyeceği Mısır kralları kartlarını buruş buruş ettiklerini görmek ne acıydı!

Philip'in bir an duraksadığını ve benim aniden içime kapanıp sinsi bir sessizliğe büründüğümü hatırlıyorum. Lafı daha fazla uzatmasına fırsat vermeden sordum:

"Nasıl alacağız onları?"

Philip benimle geldi. Ben aniden konunun özüne atlamıştım, o da daha fazla yorum yapmadan kendini benim konumuma uydurmuştu. Böyle meselelerde esnek olabiliyordu. Bütün yapmamız gerekenin –"yapmamız'" dediğini çok iyi hatırlıyorum– onları sakin bir köşede kıstırmak olduğunu söyledi. Böylece onların işine yaramayacak değerli kartları üzerlerinden alacaktık. Şimdi sakin bir yer bulmamız lazımdı. Philip, okul saatleri dışında okul tuvaletini kullanmayı önerdi. Teneffüste olmazmış, onu da açıkladı. O zaman tuvaletin çok kalabalık olacağını söyledi. Kendisi oyun alanının tam ortasında duracaktı ve görevdeki öğretmen çok yakına gelirse beni uyaracaktı. Biz iki korsandık, define de kartlardı, bu yüzden define ikiye bölünmeliydi. Ben Mısır krallarının hepsini alacaktım, gerisi de ona kalacaktı.

Çevirdiğimiz bu dolap bana bir Mısır kralı, Philip'e de yaklaşık yirmi adet çeşitli kart kazandırmış oldu. İşlem uzun sürmedi ve asla gerçek anlamda tatmin edici olmadı. Pis kokulu kulübede, bizden daha çok okuyan üyelerin yazdıkları duvar yazılarına bakarak bekledim; dikkatle yaptıkları silme işlemi duvar yazılarını daha da çarpıcı bir hale getirmişti. Sifonlar otomatik olarak dolup boşalırken, ben katranruhu sessizliğinde bekliyordum – dolup boşalma işlemi, misafir olsun ya da olmasın bütün gün ve bütün gece devam ediyordu. Küçük bir kurban göründüğünde, onun kolunu bükmek benim için zor olmuyordu ama çocuğun sigara kartlarını almayı sevmiyordum. Philip ise yanlış hesap yapmıştı ama yine de aldığı dersten dolayı kazançlı çıktığından eminim. Planımızı uygulamak sandığımız kadar kolay olmadı. Daha büyük çocuklardan bazıları durumu öğrenmişlerdi ve ganimeti paylaşmak istiyorlardı. Bu da benim için daha fazla kazançsız dövüş demekti. Öte yandan bazı çocuklar olayın tümüne karşı çıktılar. Zamanla, tuvalete gelen küçük çocukların sayısı azaldı ve bunun üstünden sadece bir ya da iki gün geçmişti ki kendimi başöğretmenin odasında sorgulanırken buldum. Tuvalete gitmek için izin alan küçük bir çocuk kazan kulübesinin yanındaki tuğla payandanın arkasında bulunmuştu. Bir diğeri sınıfta altına kaçırıp üstünü başını batırmış, sonra da büyük çocuktan dolayı tuvalete gitmeye korktuğunu söyleyerek gözyaşlarına ve hıçkırıklara boğulmuştu. Olağan ders akışı derhal kesintiye uğradı. Az sonra bir sürü küçük oğlan çocuğu başöğretmenin odasının önünde kanıt sunmak için sıraya girmişti. Bütün parmaklar doğrudan Sammy Mountjoy'u işaret ediyordu.

İnsancıl ve açık fikirli bir okuldu bu. Bir çocuğun işlediği suçun farkına varmasını sağlamak dururken neden ceza verilsindi ki? Başöğretmen beni karşısına alıp, hareketlerimdeki acımasızlığı ve sahtekârlığı dile getirdi. Bunu yapıp yapmadığımı bana hiç sormadı, çünkü yalan söylememe fırsat vermek istemedi. Benim Mısır krallarına olan tutkumla, beni bu denli baştan çıkartan duygunun boyutları arasındaki bağlantıyı keşfetmeye çalıştı. Philip hakkında ise hiçbir şey bilmiyordu ve öğrenemedi de.

"Bu işi gerçekten resimleri sevdiğin için yaptın ha, Sammy? Ama onları bu şekilde almamalısın. Resimleri bir kâğıda çiz. Elinden geldiği kadarını da iade et. Ve – işte. Bunları alabilirsin."

Bana üç tane Mısır kralı verdi. Eminim bu sigara kartları için büyük zahmete girmişti. Kibar, dikkatli ve vicdanlı bir adamdı, ama çocukları anlamaya bir kilometre bile yaklaşamadı. Sopayı köşede, suçluluk duygusunu da sırtımda bıraktı.

Aradığım başlangıç noktası burası mı?

Hayır.
Burası değil.

Ama Philip'in benim için başardığı en bilgece iş bu olmadı. Bir sonraki icadı, bir tutku şaheseriydi. Sanırım bu onun henüz çırakken elinden çıkmış, baştan savma yapıp beceriksizce sergilediği bir işti. Yeni icadı bana Philip'in bir siluetten çok üçboyutlu bir insan olduğunu ifade ediyor. Buzun su üzerinde bir nokta şeklinde görünen ucu gibi, Philip'in sahip olduğu engin derinlikler hakkında bir kanıt sayılır. Zaten onun bir buz dağıyla birçok ortak noktası var. O hâlâ soluk renkli, hâlâ anlaşılmaz ve kurnaz, hâlâ sevkiyat açısından tehlikeli. Sigara davasından sonra bir müddet benimle görüşmekten kaçınmıştı. Ben de o süre içinde hiç etmediğim kadar kavga ettim; ayrıca bunu yetişkin bilgeliğiyle söylemiyorum, birilerini zorlamak ve canlarını yakmak için daha büyük bir öfkeyle dövüşüyordum. İşte o zaman en büyük karşılaşmam Johnny'yle oldu. Tarif edilemez bir şeye karşı duyduğum anlaşılmaz ve dizginlenemez bir öfkeyle, ıskalamanın imkânsız olduğu tek yere, Johnny'nin yüzüne vurdum. Fakat burnuna vurduğumda sendeledi ve kafası okul binasının köşesine çarpıp yarıldı. Bunun üzerine annesi okula geldi ve başöğretmeni görmeye çıktı –Johnny annesinden gelmemesini istediğini söylüyor, ısrarla buna inanmamı istiyordu– ve işte başım yine beladaydı. İsyankâr ve tecrit edilmiş olmanın, toplumun karşısına aldığı bir insan olmanın bana yaşattığı duyguları bugün bile hâlâ içimde hissedebiliyorum. O gün ilk kez dışlandım ve bu son olmadı. Başöğretmen, Coventry'de geçireceğim bir dönemin bana sosyal ilişkilerin değerini öğreteceğini ve insanları kum torbası gibi kullanmaya son vermem için beni ikna edeceğini düşünüyordu.

Bu dönemde Philip yine bana yanaşmaya başladı. Beni dostum olduğuna inandırdı ve hemen ardından samimi olduk, çünkü arkadaşım olarak bir tek o kalmıştı. Johnny otoriteye her zaman büyük saygı duyardı. Başöğretmen ona konuşma derse, konuşmazdı. Johnny maceracıydı, ama saygı duyduğu birine meydan okuyabilirdi. Philip ise otoriteye karşı saygı duymaktan ziyade tedbirli davranırdı. O yüzden yine yanaştı yanıma. Belki de sadık bir dost olarak öğretmenlerin gözünde biraz kredi bile kazanmıştır böylece, kim bilir? Ama ben ona gerçekten minnettardım.

Şimdi parçaları birleştirip o birkaç haftada kurduğumuz ilişkiyi gözden geçirdiğimde şaşkına dönüyorum. Bu mümkün olabilir miydi? O kadar küçük yaşta o kadar akıllı olabilir miydi? O zaman bile bu kadar ödlek, bu kadar tehlikeli, ayrıntılar konusunda bu derece özenli miydi?

Philip beni kendisine iyice bağladıktan sonra lafı din konusuna getirdi. Din benim hiç bilmediğim bir alandı. Şu an vaftiz olsaydım, o vaftizin koşullu olması gerekirdi. Ben ağdan kurtulup düşmüş biriydim. Ama Philip İngiltere Kilisesi'ne mensuptu; annesiyle babası o günlerde hiç alışılmadık şekilde kuralcı ve dindar insanlardı. Bu inanılmaz durumun faydalarını sağdan soldan araştırdım, ama pek bir şey anlamadım. Okulda dualar ediyor, bir de ilahi okuyorduk. Ama bunlarla ilgili sadece, bizi sınıflarımıza geri döndüren marşı ve Minnie'nin bize insan ile hayvan arasındaki farkı gösterdiği olayı hatırlıyorum. Bir rahip bizi bir ya da iki defa ziyarete geldi, ama değişen hiçbir şey olmadı. Doğrudur; Kutsal Kitap hakkında duyduklarım hoşuma gitti. İçinde yazılan her şeyi ders sınırları içinde kabul ettim. Aslında benim herhangi bir mezhebin eline olgun bir erik gibi düşmem daha uygun olurdu. Bir ödül sunmak gibi iyi niyet gösterisinde bulunan herhangi bir dini grubun eline düşebilirdim.

Ama Philip o genç yaşında bile ebeveynlerini tarafsızca gözlemlemeye ve bu gözlemlerinden belli bazı sonuçlar çıkarmaya başlamıştı. Tam anlamıyla cesur bir adım atamamış olsa dahi, bütün bunların aptalca olduğunu düşünmenin eşiğine gelmiş, orada duraksamıştı. Yine de tam olarak değil.

Bölge papaz yardımcısı sorun oluyordu. Philip bazı ayinlere gitmek zorunda kaldı – bunlar kilise camiasına kabul ayinleri miydi ya da Philip o ayinlere katılmak için fazla genç değil miydi? Fakat bölge papazının bu ayinlerle hiç alakası yoktu. O tuhaf, yaşlı ve yalnız bir adamdı. Söylentiye göre bir kitap yazıyordu ve geniş konutunda kendisi kadar yaşlı bir kâhya kadınla birlikte yaşıyordu.

Din bizi ne ölçüde etkilemişti o zamana kadar? Ben tarafsız kalmıştım, Philip ise işkence çekiyordu. Belki de Johnny Spragg en iyisini yapıyordu; sorgulamadan kabul ediyordu ve kafası rahattı. Gereken her şeyi öğrenmemizi sağlayan Bayan Massey sayesinde haddini biliyordu. Herkes onun yanında haddini bilirdi – herkesin ödü patlar, dikkati dağılanı yıldırım çarpardı. Adil biriydi ama acımasızdı. Zayıf, gri saçlı, her şeyi kontrol altına alan bir kadındı. Bir gün, pencereden beyaz bulut yığınlarının ve mavi gökyüzünün göründüğü güzel bir öğle sonrası onun dersindeydik. Bayan Massey'yi izliyorduk çünkü Johnny dışında hiç kimse başka bir şey yapmaya cesaret edemiyordu. Johnny ise her şeye baskın çıkan merakına kaptırmıştı kendini. O sırada bulutların arasından Moth göründü, yükseldi, takla attı, spin attı ve Kent şehri üzerinde yüksek vadiler boyunca döne döne uçmaya devam etti. Johnny de yukarıdaydı. Uçuyordu. Ben bunun arkasından ne geleceğini biliyordum ve onu ikaz edebilmek için birkaç tedbirli girişimde bulundum; ama tellerin arasından geçen rüzgârın ıslık çalan sesi ve motorun kesintisiz kükremesi benim fısıltımı boğdu. Bayan Massey'nin de durumu fark ettiğini biliyorduk, çünkü havada fazladan bir huşu hissi hâkimdi. Ama o yine de sanki her şey yolundaymış gibi konuşmaya devam etti. O sırada Johnny bir spin attı.

Bayan Massey hikâyesini bitirdi.

"Çocuklar, şimdi hatırlıyor musunuz bu üç küçük hikâyeyi size neden anlattım? Onlar size ne gösteriyor? Bize söyleyebilir misin, Philip Arnold?"

"Evet, bayan."

"Jenny?"

"Evet, bayan."

"Sammy Mountjoy? Susan? Margaret? Ronald Wakes?"

"Evet, bayan. Evet, bayan. Evet, bayan. Evet, bayan."

Johnny takla atmak üzere dalışa geçmişti. Oturuyor ve iskemlesinin altında onu gökyüzüne fırlatacak gücü oluşturuyordu. Başında kaskıyla kendinden gayet emin görünüyor, pedalına ve manevra koluna nazikçe dokunuyor ve o muhteşem rüzgârda motoryağının balık ve patates kızartmasını andıran kokusunu duyuyordu. Manevra kolunu yavaşça geri çekiyordu ki kocaman bir el onu tutup zorla ayağa kaldırdı ve dönüş esnasında orada ne aradığı belli olmayan karanlık zemin bir gölge misali yana kayınca yuvarlanıp düştü.

"Johnny Spragg!"

Johnny gövdesinin üzerine mecburi iniş yaptı.

"Buraya gel."

Ödemeyi yapmak için sırasından paldır küldür çıktı. Uçmak her zaman pahalı bir iş olmuştu – çift kişi saat başına üç pound, tek kişi ise otuz şilindi.

"Bu üç hikâyeyi size neden anlattım?"

Johnny'nin elleri arkasında birleşmiş, çenesi de göğsüne yapışmıştı.

"Seninle konuşurken yüzüme bak."

Çene çok hafif yukarı kalktı.

"Bu üç hikâyeyi size neden anlattım?"

Kekeleyerek verdiği cevabı zar zor duyduk. Moth uçup uzaklara gitmişti.

"Bilmiyombayan."

Bayan Massey, Johnny'nin kafasının bir yanına bir eliyle, diğer yanına öteki eliyle vurdu ve her vuruşunda bir kelime söyledi:

"Tanrı..."

Şak!

"... sevgidir..."

Şak!

Şak! Şak! Şak!

Bayan Massey'nin yanında haddinizi bilirdiniz.

Böylece din, her ne kadar düzensiz de olsa, hepimizin hayatına ayrı ayrı girmiş oldu. Galiba Johnny'yle ben bunu, kontrol sınırlarımızın çok ötesinde gelişen esrarengiz bir durumun kaçınılmaz bir parçası olarak kabul etmiştik. Ama Philip'in sözünü ettiği papaz yardımcısıyla henüz tanışmamıştık.

Papaz yardımcısı solgun tenli, dikkatli, içten ve mukaddes bir kişilikti. Bölge papazı birtakım korku ve hayal kırıklıkları yüzünden garip bir inzivaya çekilince kilise işlerinin çoğu Peder Anselm'in üstüne kalmıştı. Küçük çocukları etkiler ve korkuturdu. Konuşmalarını onların seviyesine göre ayarlardı. Philip'i yakaladı. O henüz gardını alamadan Philip'in bencilliği ve insanlar hakkında edindiği tüm bilgiler için tehdit oluşturmaya başladı. Sonra çocukları ana mihrabın önüne götürüp orada diz çöktürttü. Peder duygusal biri değildi, Gallilere has bir tutkuya da sahip değildi. Her şeyi somutlaştırıyordu. Onlara kupayı gösterdi. *Queen Mary*'den ya da o sıralarda yapılmakta olan diğer harika işlerden söz etti. Zenginlikten dem vurdu. Gümüş kupayı kaldırdı. Altı peniniz var mı çocuklar, gümüş bir altı peni?

Kupayı onlara doğru eğdi. Bakın, çocuklar; Mısır kralları böyle yaşadı. Kupanın içi saf altın kaplı.

Philip tam anlamıyla yıkılmıştı. Demek ki içinde gerçekten bir şey vardı. Diğer konularda olduğu gibi bu konunun gerçekliğini de aynı saygılı yaklaşımla ele aldılar. Kupaya altın koyulmuştu. Böylece din, Philip'in dalavereye çalışan sivri aklında basit bir hile ve aldatmaca olmaktan çıkmış, korkunç bir güç şekline dönüşmüştü. Papaz yardımcısı onun yakasını bırakmıyordu. Kupayla onu yere serdikten sonra, mihrapta işini bitirdi.

Sizler göremezsiniz sevgili çocuklar; ama evreni ve sizleri bir arada tutan Güç orada yaşıyor. Aynı Musa'nın isteyip de göremediği gibi, şükür ki siz de görmüyorsunuz. Eğer gözlerinizin üzerindeki perde kalksaydı, işte o zaman lanetlenir ve yok olurdunuz. Şimdi usulca diz çökün ve dua edelim.

Şimdi gidebilirsiniz, sevgili çocuklar. Giderken, sizin için asla azalmayacak bir ilgi, asla uyumayan bir göz olacak olan o canlandırıcı, avutucu, sevecen ve cezalandırıcı Güç düşüncesini de yanınızda götürün.

Philip yarılmış ayaklarla yürüyüp uzaklaştı. Ne olduğunu bana söyleyememişti o zaman, ama artık biliyorum. Eğer söylediklerinin doğru olduğunu ve bunun başka bir ebeveyn saçmalığı olmadığını varsayarsak, Philip'i nasıl bir gelecek bekliyordu? Bütün o düzenlerin ve diplomasinin ne önemi kalıyordu? Diğer insanları kendi çıkarları için kullanmasının artık ne faydası olacaktı? Belki de sonuçların yöntemleri tümüyle meşrulaştırmadığı başka bir değer skalası vardı. Philip bunu ifade edemiyordu. Ancak öğrenmek için acil ve umutsuz bir istek duyuyor olabilirdi. Altın benim için bir metal değil, bir sembol olmuştur her zaman. Okuldan sonra onu seve seve elime aldım – mür ve saf altın, bir altın buzağı – onu öğütüp toz haline getirdiler, ne yazık! – altın post, Altın bukleler, Altın bukleler düş kırıklığı yaratır, altın elma, ah altın elma, zihnimi aydınlattılar ve Philip'in kupasında biraz daha mit ve efsaneden başka hiçbir şey göremedim. Artık Coventry'de yapayalnızdım. Bu yüzden de Philip yine yanıma yanaştı. O korkutucu idrak kabiliyetiyle yalnızlığımı, kırgınlığımı, böbürlenmelerimi ve attığım palavraları değerlendirmişti. O günlerde bile bir iş için doğru adamı ve doğru zamanı biliyordu.

Çünkü Peder Anselm'in söylediklerinin doğru olup olmadığı nasıl sınayabilirdik ki? Tabii ki tek çare, ışıkları söndürülmüş bir evde kullanılan yöntemdi. Ben gidip evin kapısını çalıp kaçacaktım. Philip de beni görebileceği bir yere konuşlanacak ve evdeki hareketlere bakarak içeride biri olup olmadığına karar verecekti. Yalnızlığımı ve taşkın karakterimi maşa gibi kullanıp beni bu durumda kalmaya zorluyordu. Önce beni kendisine borçlu çıkarttı. Bir gün birlikte kanalın kenarında yürüyorduk. Teneffüste nöbetçi öğretmenin bakmadığı bir anda benimle konuşmuştu. O benim yegâne gerçek dostumdu. Diğerlerini umursadığımdan falan da değildi, değil mi? Hayır, hiç de değildi. O şiirdeki değirmenci gibi ben de kimseyi umursamıyordum; belki de başöğretmenin penceresini bile kırabilirdim, sırf yapabildiğimi göstermek için.

"Bahse girerim, yapamazsın."

"Yaparım."

"Yapamazsın."

Bir polisin camını kıracaktım, anlıyor musunuz?

Philip kilise konusunu ortaya attı. Sonbahar mevsimiydi, hava kararmaya başlamıştı. Çaresiz bir eylem için doğru zamandı.

Hayır, dedi Philip, pencere olmaz; sonra da birbiri ardına iddialara girişti. O bana meydan okuyor, ben ona yiğitlik taslıyordum ve bu böyle yol boyunca sürüp gitti, ta ki ben onun istediğini yapana kadar. Gün ışığı kayıp gitmeden, alacakaranlık karanlığa dönmeden az önceydi – okuldaki bütün çocukları pataklayabilirim ama bunu yapamam, buna cesaret edemem – cidden, Sammy, yapmasan daha iyi! – derken bir taraftan da kıkır kıkır gülüyor, dehşete kapılmış gibi hareketler yapıyor, ellerini bir kaza olma ihtimali karşısında kapıldığı huşuyla çırpıp duruyordu.

"Ben cesaret ederim, tamam mı? Ben oraya işerim."

Kıkırdama, el çırpma, titreme, kalp gümbürtüsü.

Böylece, sonbaharı karşılayan sokaklarda peş peşe girilen iddiaların sonunda kendimi kilise mihrabını kirletme işine niyetlenmiş halde buldum. Ey sokaklar, ey bakır rengi dumanla ve küstah seslerle, ambarın ve havagazı fabrikasının kahverengi profiliyle soğumuş sokaklar, ebedi gökyüzünün altında şan olsun size. Parlayan kanaldan ötede, ağaçların ve kemiklerin arasına tıkıştırılmış en büyük ambara şan olsun.

Philip önde yürüyor, bir taraftan da el çırpıp dans ediyordu; ben de tuzağına düşmüş, onun peşinden gidiyordum. Tam olarak üşüdüğüm söylenemezdi ama dişlerimi ağzımın içinde sıkmazsam titremeye meyilliydiler. Kanalın üstünden geçen köprünün altında biraz olsun beklemesi için Philip'e seslenmek zorunda kaldım ve eğilip suda yayılan eşmerkezli daireler ve köpük benekleri oluşturdum. Philip önce ileri doğru koştu, sonra da sanki sahibi benmişim gibi bir köpek yavrusu misali geri döndü. Yola devam ederken midemde bir şeylerin yanlış gittiğini hissettim ve karanlık bir sokakta tekrar durmak zorunda kaldım. Ama Philip etrafımda dans ediyor, beyaz dizleri alacakaranlıkta parlıyordu. Bir taraftan da yapamayacağıma dair bahse giriyordu.

Taş duvara, çatılı kapıya ve belli belirsiz görülen porsuk ağaçlarına ulaştık. Ben tekrar durdum ve bu defa köpeklerin kullandığı duvarı kullandım; daha sonra Philip kapının mandalını açtı ve içeri süzüldük. O parmaklarının ucunda yürüyordu, ben de karanlıkta gözlerimin önünde giderek büyüyen birtakım garip şekillerle birlikte onu takip ediyordum. Etrafımızda yüksek taş duvarlar vardı ve Philip geniş sundurmada daha uzun bir kapı mandalını açınca şato kapısını andıran bir ses çıktı. Philip'in arkasından eğilerek içeri girerken bir elimi uzatmış, zifiri karanlıkta ona dokunmaya çalışıyordum, ama henüz tam olarak içeriye girebilmiş değildik. Bir başka kapı daha vardı, yumuşak bir malzemeyle kaplıydı. Philip kapıyı itti ve kapı bizimle konuştu.

Vuff.

Sessizce takip ettim ve Philip beni içeri soktu. Kapının yayı olduğunu bilmiyordum, o yüzden elimi bırakınca kapı arkamızdan yine konuştu.

Vub vuff!

Kilometrelerce uzanıyordu kilise – önce tümüyle gölgelerden ve tahminen parlak olan ama bir art imge gibi soluk görünen dikdörtgenlerden, aniden ortaya çıkıp yanınızda beliren korkutucu figürlerden oluşan, taştan yapılmış, içi boş bir dünya hissi veriyordu. Dişlerim istem dışı birbirine çarpıyor, derim seğiriyor, tüylerim diken diken oluyordu. Philip de bir o kadar kötü durumdaydı. Belli ki bu işi yapmaya gerçekten ihtiyacı vardı. Onun elleri, yüzü ve dizleri dışında hiçbir tarafını göremiyordum. Yüzü benim yüzüme yakın duruyordu. İç kapının gölgesinin altında, üzerine omuz boyunda Dua Kitapları yığılı bir masanın yanında deli gibi kavga etmeye başladık.

"Çok karanlık diyorum sana! Hiçbir şey göremiyorum!"

"O zaman sen bir korkaksın, tek yapabildiğin konuşmak..."

"Çok karanlık ama!"

Orada bile beceriksizce kavga etmeye devam ettik ve hiç beklemediğim şekilde ortaya çıkan kadınsı mukavemeti karşısında gücümü kaybettim. Fakat o an birden karanlık azaldı. Uzaklıklar seçilebilir hale geldi. Tahta bir şeye çarptım, etrafımda yeşil ışıklar dönmeye başladı ve önümde uzayıp giden bir yol gördüm. Tam olarak bilmiyordum ama bu yoldan gitmemiz gerektiğini tahmin ediyordum. Yerdeki metal ızgaralar bacaklarıma sıcak hava üflüyordu. Yolun sonunda sönük pırıltılar yayan bir sürü dikdörtgen tam hızla gökyüzüne doğru tırmanıyor, onların altında da muhteşem bir şekil duruyordu. Mihrabın yanında, manyağın birinin elinde sallanıyormuş gibi dans eden bir ışık vardı. Sessizlik ses yapmaya başladı ve yüksek perdeden kâbus gibi bir notayla doldu. Önce tırmanılacak basamaklar, sonra üzerinde beyaz bir hat olan kumaşın boşluğu göründü. Geri dönüp yerdeki ızgaralardan çıkan sıcak hava esintilerinin arasından Philip'e doğru koştum. Yine bir müddet kavga edip itiştik. Mekânın uyandırdığı huşu üzerime çökmüştü; konuşmakta dahi zorlanıyordum.

"Ama üç kere yaptım zaten, Phil – anlamıyor musun? Tekrar işeyemem!"

Philip, kardeşim, bana öfkelenmiş ve bunu karanlığın içinden, bitkince, alçakça, zekice belli etmişti.

"Tamam o zaman. İşeyemem ama tükürebilirim."

Sıcak havanın içinden geçip geri döndüm; yoldaki pirinç kartal beni görmezden geldi. Akşam olmuştu ama ortalık karanlıktan ziyade aydınlık sayılırdı – her iki tarafta meşe ağacından oyulmuş yüksek parmaklıklar, bir halı ve taş döşemenin siyah ve gri deseni rahatlıkla görülebiliyordu. Alt basamağa cesaret edebildiğim kadar yanaştım ama şimdi de ağzım kupkuruydu. Bu kuruluktan dolayı muğlak bir minnettarlık duydum. O an bir kez daha hedefi ıskalama umuduna çılgınca ve ahlak yasalarına saygıyla sarıldım.

Etrafımda dönen yeşil ışıkların arasında öne doğru eğildim ve Philip duysun diye abartılı hareketler yaptım.

"Tü! Tü! Tü!"

Ve evren sağ tarafımdan üzerime doğru patladı. Sağ kulağımda bir kükreme duydum. Roketler, ışık şelaleleri, ateş çemberleri göründü ve ben taşın üzerinde perişan halde yuvarlanmaya başladım. Tek gözden çıkan parlak bir ışık üzerime indi.

"Seni küçük şeytan!"

Hemen doğrulmaya çalıştım ama ayaklarım kaydı ve öfkeli gözün karşısında tekrar yere düştüm. Bütün o çınlamanın ve uğultunun arasında doğal olan tek bir ses duydum.

Vub. Vuf.

Taş zeminin üzerinde oradan oraya savruluyordum ve o göz, oymalı tahtanın, kitapların ve parlak kumaşın üzerinde bir ışık huzmesi oynatıyordu. Zangoç beni yol boyunca sürükledi ve kutsal emanet odasına gelince ışığı yaktı. Adil bir yakalanış olmuştu. Ama ben Kara El'in Sexton Blake ve Tinker tarafından yakalandığında gösterdiği küstahlık ve metaneti gösteremedim. Tavan ve yer döşemesi aşağıda mı, yukarıda mı olmak istediklerine bir türlü karar veremiyorlardı. Zangoç beni tam anlamıyla köşeye sıkıştırmıştı. Beni bıraktığında duvardan aşağı doğru kaydım ve kemiksiz bir yığındım adeta. Hayat aniden yeniden düzenlenmişti. Başımın bir tarafındaki hayat, diğerine göre daha kocaman ve daha berbattı. Sonsuz hızla ilerleyen yıldızlar ve yolculuklarını uzaktan gelen bir sesle süsleyen gökyüzü, sağ tarafımı deşip içime girmişti sanki. Sonsuzluk, karanlık ve boşluk, adamı istila etmişti. Normal halinde kalan kısmım, bir ışık, bir tahta kutu, duvara asılı beyaz pelerinler ve bir de pirinç çarmıh gözlemledi – kemerli bir kapıdan içeri baktı ve içeride ışık olduğunu gördü. Bu korku ve şimşekler dünyası, gece ayinine hazırlanan bir kiliseden başka bir şey değildi. Zangoca hiç bakmadım, o zaman nasıl bir yüzü olduğunu hatırlamıyorum, sadece siyah pantolonunu ve parlak ayakkabılarını gördüm, çünkü her an zeminden tavandaki tek elektrik lambasının yanına düşüp kemiklerimi kırabilirdim. Kemerli kapıda bir hanımefendi göründü; elinde bir demet çiçek tutan gri renkli bir hanımefendiydi ve zangoç bu hanımla uzun uzun konuştu, ona madam diye hitap ediyordu. Benim hakkımda konuşuyorlardı; ben de o sırada alçak bir taburede oturmuş, bir tarafımla hanımefendiyi inceliyor, diğer tarafımla kafamın yanında açılan delikten tüm evreni izliyordum. Zangoç benim onlardan biri olduğumu söyledi. Ne yapmalıydı? Yardıma ihtiyacı vardı, artık durum bu mertebeye gelmişti ve kilisenin kilitli tutulması gerekiyordu. Gri hanımefendi gözlerini indirip bana bütün kıtalar ve okyanuslar ötesinden baktı ve zangoca bu kararı bölge papazının vermesi gerektiğini söyledi. Bunun üzerine zangoç bir başka kapı daha açtı ve beni karanlığın içine, çakıl taşlarının üzerine bıraktı. Beni aşağılayarak konuşuyordu, kırbacı hak etmişim ve eğer onun istediği olacak olursa kırbaçlanacakmışım... Oğlan çocuklar! Onlar küçük şeytanlarmış ve durum her gün daha kötüye gidiyormuş, aynı dünya gibi. Bunun sonu nereye varacak bilmiyordu ve anlaşılan başka bilen de yoktu. Altımdaki çakıl taşları sabanla sürülmüş gibiydi; ayaklarım ise artık kendilerine hâkim değildiler. Hiçbir şey söylemedim; sadece durumu idare etmeye ve bir taraftan da devrilmemeye çalışıyordum. O sırada zangocun artık kulağımdan değil, elimden tuttuğunu fark ettim; az sonra da bir eli benim dirseğimin altında destek olacak şekilde yana doğru eğilmiş, diğer elini de belimde bir yere koymuştu. Sürekli benimle konuşuyordu. Başka bir kapıya geldik ve kapıyı başka bir gri hanımefendi açtı, ama onun elinde çiçek yoktu; zangoç hâlâ konuşuyordu. Merdivenlerden yukarı çıktık ve sahanlığı geçip büyük bir kapıya ulaştık. Burası bir hela olmalıydı çünkü içeriden zorlanma sesleri duyuyordum.

"Ooh! Aah-ooh!"

Zangoç kapıyı tıklatınca içerideki sıçrayıp ayağa kalktı.

"Gir bari gir! Ne oldu?"

Kapıdan geçtik ve sonsuza dek uzanan halılarla kaplı karanlık bir odaya girdik. Odanın ortasında bir rahip duruyordu. O kadar uzun boyluydu ki her şeyin üzerini kaplayan gölgelere doğru yükseliyor sandım. Görebildiğim kadarına, garip bir korkusuzluk ve kayıtsızlıkla baktım. En yakınımda rahibin pantolonunun bir bölümü duruyordu. Pantolon kırışmış, buruş buruş olmuştu. Kırışmayan tek yer, çenemin altına tesadüf eden diz kısmıydı; orada kumaş yuvarlak bir şekil almış, siyah bir cam gibi parlıyordu. Bir kez daha iki kişi tepemde hiç anlamadığım sözler kullanarak benim durumumu tartıştılar. Ne dediklerini hatırlamıyorum. O an daha çok yan tarafa doğru sendeleme eğilimimle ilgileniyor ve hayret ediyordum; dizüstü çökmek istiyordum ama papazın önünde olduğum için değil, eğer yuvarlanıp top şekline girersem hangi tarafın yukarısı olduğunu böyle saçma bir şekilde merak etmeme gerek kalmaz diye düşünüyordum. Tek bildiğim, zangoç rahibe bir şey yapması için yalvarıyor, rahip ise reddediyordu.

Sonra rahip yüksek sesle konuştu ve şimdi anladığım kadarıyla biraz da kederliydi.

"Tamam, Jenner. Gayet iyi yapmışsın. Şimdi bizi yalnız bırakırsan..."

Rahiple yalnız kalmıştık. Benden uzaklaştı ve ölgün ateşin yanında duran anne tipi bir koltuğa oturdu.

"Gel buraya."

Ayaklarımı halının üzerinde dikkatlice hareket ettirdim ve koltuğun kolçağının yanında durdum.

Başını siyah kalçasından daha da aşağıya eğdi, yüzümde bir şey ararmış gibi baktı ve beni baştan aşağı, dikkatle inceledi. Sonunda tekrar geri dönüp yüzüme baktı.

Yavaş yavaş, dalgın dalgın konuşmaya başladı.

"Temiz olsaydın, güzel bir çocuk olurdun."

Koltuğun kolçaklarını sıkıca kavradı ve aniden ürperdi. Benden uzak durmaya çalıştığını fark ettim; o an sadece bir kız için söylenebilecek "güzel" kelimesinden ve üstümün iğrenç derecede kirli olmasından duyduğum utançla başımı önüme eğdim. Uzun bir sessizlik oldu ve o sırada rahibin dar ayakkabılarının burunlarını birbirine doğru çevirmiş olduğunu gördüm. Sağ tarafta ise evren kükremeye devam ediyordu ve yıldızlarla doluydu.

"Bunu yapmanı sana kim söyledi?"

Tabii ki Philip'ti.

"Senin kadar küçük bir çocuk başkası söylemeden böyle bir şey yapmayı düşünemez."

Zavallı adam. Yine yukarı ve aşağı baktım, bu korkunç açıklamayı kafamda inceledim, fakat beni çok aştığına karar verip vazgeçtim.

"Şimdi bana bunu senden yapmanı isteyen adamın ismini söyle. O zaman seni serbest bırakacağım."

Ama öyle bir adam yoktu ki. Sadece Philip Arnold ve Sammy Mountjoy vardı.

"O zaman neden yaptın?"

Çünkü. Çünkü.

"Ama bilmen *lazım*!"

Elbette biliyordum. Kafamda beni bu duruma sokan olayların tümünün bir resmi oluşmuştu – artık olanı biteni en ince detayına kadar görebiliyordum. Yaptım çünkü Philip'le konuşan o diğer rahip, kilisenin resimlerde göründüğünden daha fazla heyecan ve macera içerebileceğini ifade etmişti; çünkü ben toplumdan dışlanmış bir çocuktum ve birilerine gününü göstermek için can acıtmak, kırıp dökmek istiyordum; çünkü ben Johnny Spragg'e öyle şiddetli vurdum ki annesi başöğretmene beni şikâyet etti ve oğlunun sağlık durumunun takibe alınması gerektiğini söyledi; son olarak, çünkü o ana kadar üç kez şarkı söyleyen yıldızların arasına karışmıştım ve daha fazla işemem mümkün değildi. Ve o kadar çok şey biliyordum ki. Yetişkinlere has korkunç bir sabırla sorgulanacağımı biliyordum. Büyüdüğümde asla bu kadar uzun boylu ve heybetli olamayacağımı, rahibin asla bir çocuk olmamış olduğunu, ikimizin farklı yaradılışta olduğunu ve önceden tayin edilmiş olan yerlerimizin değişmeyeceğini biliyordum. Soruların doğru ama anlamsız olacağını, yanlış dünyadan soruldukları için yanıtlanmalarının mümkün olmayacağını biliyordum. Yüksek duvarın arkasından gelecek sorular, adil, azametli ve katlanılmaz olacaktı. Gelecek soruların elekte su taşımak ya da gölgeyi elinle tutmak gibi cevaplandırılması imkânsız şeyler olacağını seziyordum; zaten bu sezgi, çocukluğun en acı kederlerinden biridir.

"Peki o zaman. Sana bunu yapmanı kim söyledi?"

Ve tabii işin sihri kaçınca, hayali düşmanlar, korsanlar ve haydutlar, soyguncular, kovboylar, iyi adamlar ve kötü adamlar ortadan yok olunca, asıl acımasız olanla yüzleşiyoruz: Yetişkin birinin sesi ve dört tane gerçek duvar. İşte burası, polislerin, gözetim memurlarının, öğretmenlerin ve ebeveynlerin devreye girerek bütünleşmiş saflığımızı bozdukları yer. Orada kahraman çökertiliyor ve bir kenarda savunmasız ve inler vaziyette, bir hiç olarak kalıyor.

Ne kadar dayanmalıydım acaba? Tinker kadar dayanmalı mıydım? O konuşmak istemediğinde çoğu zaman gösterişli bir imha yöntemiyle tehdit edilirdi. Bense o sırada kendi yetersizliğime dair şüphelerimden kurtulmuştum; çünkü aniden eve gidip yatmak istedim, ama eve gitmek bile bana aşırı zahmetli bir iş gibi göründü. Evren beynimi oydu, Samanyolu yanımdan süzülüp geçti, şarkı söyleyen yıldızların yeşil ışıkları büyüdü ve onların dışında her şey yok oldu.

O zamandan zihnimde kalan hatıralar, sisli havadaki bir dağ kasabası kadar bulanık. Eve yürüyerek mi döndüm? Bunu yaptıysam nasıl yapabildim? Beni biri taşıdıysa, eve kimin kollarında geldim? Ama bir şekilde Rotten Row'a ulaşmış olmalıyım. Ertesi gün her zamanki gibi okula gittim, o kadarını net olarak hatırlıyorum. Belki de tam olarak her zamanki gibi değildim. Yağmur yağmıyordu ama yine de kendimi çiseleyen yağmurun altında uzun süre kalmış ve inleme raddesine gelmiş gibi hissettiğimi hatırlıyorum. Sağ tarafımda bir sıcaklık ve sağ kulağımda derinden gelen bir zonklama vardı. Kaç gündür vardı? Kaç saattir vardı? Derken, sonunda, bir sınıfta oturuyordum ve sanırım akşamüstü olmuştu çünkü uzun kabloların üzerindeki çıplak ampullerin hepsi yanıyordu. Zonklamadan da, okuldan da, her şeyden sıkılmıştım; uzanmak istiyordum. Önümdeki kâğıda baktım ve ne yazacağımı bilemedim. Bir fısıltı geldi kulağıma; etraftaki heyecan ve huşunun odak noktasının ben olduğumu biliyordum, ama nedenini anlamadım. Önümdeki sıranın yanında oturan çocuğun paltosu çekiştirilince, dönüp bana baktı. Fısıltılar çoğaldı ve öğretmen masasında kımıldandı. O sırada sağımda oturan Johnny Spragg ise yerinden kalkıp elini havaya kaldırdı.

"Lütfen bakın, efendim! Sammy ağlıyor."

Annemle Bayan Donavan kulak ağrısı hakkında bilgiliydiler. Bu durumda birtakım âdetlerin yerine getirilmesi gerekiyordu. Bir süreliğine Row'daki tüm kadınların ilgi odağı oldum. Toplanıyorlar, eğilip bana bakıyorlar ve başlarını sallıyorlardı. Şimdi hafif bir şaşkınlıkla hatırlıyorum da, her nedense kiracımız öldükten sonra üst kattaki odayı hiç kullanmamıştık. Belki annem başka bir kiracı çıkar umuduyla orayı öyle tutuyordu veya belki de odanın boş olduğuna aldırmaması onun giderek daha da battığının göstergesiydi. Sanki beyaz boyalı tahtaların üstündeki kiracımız hâlâ tıklıyor ve pufluyormuş gibi biz hâlâ aşağı katta oturuyor ve uyuyorduk. Böylece kulak ağrım sobaya yakın duruyordu, ama burası da başka herhangi bir yerden daha rahat değildi. Annem orta delikteki ateşin harlı kalmasını sağlıyordu. Köselemsi yeşil bitkisi olan hanım bir kova kömür ve birtakım tavsiyelerle birlikte bize geldi. Bana yutmam için beyaz renkli acı haplar verdiler, sanırım aspirindi. Ama evren hâlâ burgu gibi kafamdan içeri giriyor ve beraberinde kulak ağrısı getiriyordu. Etraftaki eşyalar büyüdüler ve normal boyutlarını aştılar. Ben ağrıdan uzaklaşmaya çalışırken o benimle birlikte geliyordu. Annem ve Bayan Donavan bitkili kadınla bir görüşme yaptıktan sonra beni ütülemeye karar verdiler. Bayan Donavan bir ütü getirdi; siyah renkli, sapına kahverengi bir kumaş dolanmış bir ütü – belki de annemin her zaman ödünç aldığı ütüydü. Söylendiği gibi gerçekten demirden yapılmıştı, derin pas izleri vardı ve sadece alt kısmı parlak görünüyordu. Bitkili hanım başımın yanına bir parça kumaş yerleştirdi, annem de ütüyü ateşin üzerine koydu. Bir süre sonra oradan aldı ve parlak tarafına tükürdü. Küçük tükürük toplarının dans ettiklerini, sonra da ufalıp kaybolduklarını görüyordum. Yanıma oturdu ve başımın yan tarafını kumaşın üzerinden ütülerken bitkili hanım da elimi tutuyordu. Ben sıcaklığa dayanmaya çalışıp ağrının geçmesini umarken, birden kapı açıldı ve uzun rahip başını eğerek içeri girdi. Annem kumaşı ve ütüyü alıp ayağa kalktı. Ağrı aksine daha da artmıştı; önce bir yanıma sonra öbür yanıma dönüyor, sonra da yüzükoyun yatıyordum ve her defasında uzun rahibi kapıda ağzı açık dururken görüyordum. Belki o anda hepsi hareket ediyor ve konuşuyorlardı ama hiçbiri kalmamış hatırımda. Şimdi hayalimde canlandırdığım resimde, taşların oluşturduğu bir halka gibi hareketsiz duruyorlar. Tam da o anda ağrı, benim bulunduğum, bana özel, içeri girilmesi yasak olan yerde kapıyı çalmaya başladığı için gürültü çıkarmaya ve kendimi oradan oraya atmaya başladım. Rahip gözden kayboldu ve akabinde odanın içine vahşi yeşil yıldızların altındaki ateş girdapları ve karanlık okyanuslar kadar uzakta benimle mücadele eden, ellerimi bağlayan ve kollarımı birleştirip beni muazzam gücüyle yatağa sabitleyen ve hep aynı şeyi tekrar eden bir adam girdi.

"Çok ufak bir acı hissedeceksin."

Sağ kulağımın arkasında yeniay biçiminde bir yara izi ve buruşukluk var. İkisi de o kadar eski ki artık bana orada olmaları doğal geliyor. Onları o gün ya da ertesi sabah edindim. O zamanlar enfeksiyonu azaltıp kontrol altına almak için penisilin ya da benzeri herhangi bir mucizevi ilaç yoktu. Eğer doktor iltihap olmasından şüphelenirse, vakit kaybetmeden mastoid kemiğini ameliyat ederdi. Ben de bundan sonra yeni bir yere, yeni bir dünyaya gözümü açtım. Bir leğenin üzerinde yatıyordum; kendimi o kadar hasta ve güçsüz hissediyordum ki o leğenden, etraftaki beyaz renkten ve kahverengi cilalı yer döşemesinden başka görebildiğim hiçbir şey yoktu. Ağrı biraz olsun hafiflemiş, okulda beni ağlatan o monoton zonklamaya dönüşmüştü, ama şu anda ağlamak için bile büyük gayret göstermem gerekiyordu. Kafamda gazlı bez ve pamuktan yapılmış bir türban ve bandajlarla, acınası bir halde uyuşturulmuş yatıyordum. O süre içinde annem birkaç defa etrafta göründü. Onu o gün ilk ve son defa olarak, karanlığı gizleyen geniş bir figür değil de, normal bir insan şeklinde gördüm. Bazen uyuşturulmuş gözün sağlam gözde bulunmayan puslu bir görüşü olur. Çektiğim o acının içinde anneme bir yabancının gözüyle baktım ve karşımda iri cüsseli, sarkık, lekeli, pis bir yaratık gördüm. Saçları, kahverengi alnının üzerine tutam tutam düşüyordu; kare şeklindeki yüzü, ağzının bir kenarında duran ufacık sigara izmaritiyle aşağı doğru sarkmış bir kütle gibiydi. Pazar filesini sıkı sıkı kavramış kucağında tutuyordu; üzerinde kırmızı ve maviye çalan renk bozukluklarıyla karışık kahverengi sosis şeklindeki ellerini ancak şimdi görebiliyordum. Her zamanki heybetli duygusuzluğuyla oturuyordu ama balonun gaz kaçırdığı belliydi. Bana verebileceği çok az şey vardı; zaten ütüyü bile ödünç alan bir kadın neyini esirgeyebilirdi ki? Yine de düşünmüş taşınmış, elinden geleni yapmıştı. Yatağın başucunda bir komodin vardı ve annem onun üzerine birkaç tane oldukça kirlenmiş sigara kartı koymuştu – benim aziz Mısır krallarım.

3

Hâlâ soruyorum kendime: "Orada mı?" ve kendim cevaplıyorum: "Hayır, değil." O artık benim bir parçam değil ve bu anlamda diğer çocuklardan bir farkı yok. Tek farkı ona daha kolay erişebiliyor olmam. Neye benzediğini hatırlamıyorum. Daha önce bildiğimden de emin değilim. O benim için hâlâ havalarda uçan, içi artık hissedemediğim bir mutluluk ya da acıyla dolu bir baloncuktan ibaret. Benim zihnimde bu tür hisler birtakım renklerle temsil edilir; fakat onlar benim hislerime o çocuğun kendisi kadar uzak kalıyor. Onun yetersizliği ve suçları bana ait değil. Benim kendi yaşam sürecimdeki bir yerden yabani otlar gibi fışkıran kendi yetersizliklerim, kendi suçlarım var. Köklerini bulamıyorum. Ne kadar uğraşsam da o çocukta bana ait bir parça göremiyorum.

Başımın ağrısı geçtikten sonra hastane koğuşunda yaşamaktan hoşlanmaya başladım. Bazı sorunlarım, birtakım iniş çıkışlarım oluyordu. Ben o koğuşta bir ömür boyu kalmış gibiyim; dolayısıyla zihnimde Rotten Row dünyasından çıkıp hastanedeki koğuş dünyasına, bir gezegenden diğerine geçer gibi geçebiliyorum. Her iki mekân da bana bir zamansızlık hissi veriyor. Koğuştaki doktorları, hemşireleri, hatta diğer çocukları bile net olarak hatırlamıyorum. Bu biçimde varlığını sürdürme rastgele yaşanmış bir süreç olmalı; yoksa sağımda ya da solumdaki yataklarda kimin yattığını neden hatırlamayayım ki? Yine de karşımdaki yatakta yatan küçük kızı hatırlıyorum. Ufacık bir kızdı. Esmer, kıvırcık saçlı; yuvarlak, pırıl pırıl, güleç bir yüzü olan ufacık bir kızdı. Kimse konuştuğu dili anlamazdı. Daha büyük diğer çocuklar gibi yatakta değil, bebek karyolasında yatıyordu; çünkü yatağın ayakucunda ayağa kalkınca yukarıdaki raya tutunup bir aşağı bir yukarı sallanabiliyordu. Sürekli konuşurdu. Gülerdi, şarkı söylerdi, gördüğü herkesle kendi saçma lisanında anlaşılmaz sözler söyleyerek konuşurdu; doktorlarla, hemşirelerle, ziyaretçilerle, başhemşireyle, çocuklarla, neşeyle ve hiç durmaksızın konuşurdu. Zerre kadar korku ya da üzüntü hissetmez; gören herkes onu çok severdi. Tuğlaların dizilişinden çıkarttığım kadarıyla, koğuşa geldi, hastalığına tanı kondu, iyileşti ve gitti. Ama ne zaman o hastane koğuşunu düşünsem, beyaz geceliğinin içindeki o küçük bedeni, iki simsiyah eli ve parıldayan siyah yüzüyle her zaman orada, sallanıp gülerken gözümün önüne geliyor.

Başhemşireyi de hatırlıyorum, çünkü benim onunla diğer hastalardan daha fazla işim oldu. Uzun boylu, zayıf bir kadındı. Sert ifadesinden kaynaklanan bir çekiciliği vardı sanırım. Lacivert bir üniforma giyerdi ve başında kör edici beyazlıkta kanatları vardı. Bilek kısmı dar, kola doğru yükseldikçe genişleyen, sert ve parlak kolluklar takardı. Hastane koğuşuna ilk geldiğinde dünya durmuştu. Diğer hemşireler elimizden çok çekerdi, ama başhemşireye aynı şeyleri yapamıyorduk. Çünkü bir huşu çemberiyle kuşatılmıştı. Diğer hemşirelerin ona gösterdiği saygının bununla bir ilgisi vardı belki, ama bana kalırsa ondan yayılan huşu, insana annesinin verdiği rahatlık ve avuntu kadar doğal bir şeydi.

O benim için bir şey yaptı.

Hemşirelerden biri bana annemin hasta olduğunu, bu yüzden beni görmeye gelemediğini söyledi. Bu haberi hiç düşünmeden kabul ettim, çünkü artık tamamen hastane koğuşunun ebedi dünyasına aittim. Bir şekilde benim başucumdaki komodinin üstü de diğerleri kadar doluyordu. Ziyaretçiler belli çocuklara ait gibi görünmüyorlardı. Diğer şeyler gibi ziyaretçileri de paylaşıyordum. Burada her şey çok farklı, çok yeterli ve çok düzenliydi. Bir gün başhemşire yanıma geldi; her zaman yaptığı gibi yatağımın yanında veya ayakucunda dikileceği yerde gelip yatağıma oturdu. Bana annemin ölmüş olduğunu söyledi – o cennete gitmişti ve orada çok mutluydu. Sonra da bana hep istediğim ama bir gün benim olacağı aklımın ucundan bile geçmeyen şey, bir pul defteriyle içinde çeşitli pullar olan birkaç tane zarf uzattı. Zarfların üzerindeki şeffaf pencerelerden bakınca içlerindeki renkli kareler görülüyordu. Ayrıca bir paketin içinde bir tarafı mat, diğer tarafı parlak zamklı şarniyerler de vardı. Başhemşire bana paketi açtırdı, pulları deftere nasıl tutturacağımı ve istediğim ülkeyi defterin içinde nasıl arayıp bulacağımı gösterdi. Yanımda uzun bir süre kalmış olmalı, çünkü bir sürü pulu büyük bir dikkatle yerine yerleştirdiğimi hatırlıyorum. Üzüntü duymak adına söyleyebileceğim bir şey yok. Buna ilişkin bir renk dahi göremiyorum. Hatırladığım tek şey, burnumdan bir defalığına tüm gücüyle dikine boşalan hava; çünkü başhemşirenin elinde tuttuğu küçük bardaktaki acı sıvı o yüzden dökülmüş, başhemşire de hemşirelerden birine yenisini getirmesini söylemişti. Sonunda albümün üzerinde uyuyakaldım. Uyandığımda hastane koğuşu her zaman olduğu gibiydi; sadece hayata bir gerçek daha eklenmiş ve –şimdi anladığım kadarıyla– dipsiz bir kabulleniş kuyusundaki diğer her şey gibi, o da çoktan kabul edilmişti.

Ziyaretçilerden bütünüyle yoksun kalmıyordum. Uzun boylu rahip bir gün beni ziyarete geldi ve başımda durup bana çaresizce baktı. Kâhyasının yaptığı keki getirmişti; biraz oyalandı, etrafta dolaştı, tavanı inceledi ve ayaklarını sürüye sürüye kapının yolunu bulup gitti. Daha sonra zangoç da beni görmeye geldi. Endişeli bir ifadeyle yatağın kenarına oturup konuşmaya çalıştı; ama uzun zamandır gürültü yaptıklarında kiliseden kovalamak dışında çocuklarla hiçbir şey yapmadığı için nasıl davranacağını bilmiyordu. Gün ışığında bakınca, mesleği gereği siyah kıyafetler giyen, kafasında siyah bir melon şapka taşıyan, buruşuk, küçücük bir adamdı. Şapkası canını sıkıyordu; önce yatağın üstüne koydu, sonra oradan aldı, başucumdaki komodinin üstüne koymayı denedi, sonra da bu hastanede siyah melon bir şapka için en uygun yeri eninde sonunda bulacağına emin bir havada yeniden eline aldı. Ritüellere alışkındı, belki de sembollerin pozitif ilmine alışkındı. Geniş ve saçsız bir alnı vardı, kaşları yoktu ve rengi hariç diğer tüm özellikleriyle kiracımızın bıyığına çok benzeyen bir bıyığı vardı. Saçından kalan son tutamları yağlayıp, tepesindeki saçsız bölgeye boylu boyunca yapıştırmıştı. Ben ondan çekiniyordum, çünkü o da benden çekiniyor ve endişeli görünüyordu. Benimle bir yetişkinle konuşuyormuş gibi konuştu ve karmaşık bir hikâye anlatarak asıl konuyu geçiştirdi. Tam olarak ne demek istediğini çıkartamamıştım, sadece aralardan birkaç laf yakaladım ama onların da çoğunu yanlış anladım. Bir cemiyette sorun çıktığını söyledi ve ben bunu gizli bir cemiyetin varlığına yordum. Kilisenin arkasında duran cemiyetten bir grup insan ayin sırasında bağırıp çağırmıştı. Bu yeterince kötüydü, ama cemiyet daha da ileri gitmişti. Gece karanlık bastıktan sonra kiliseye girip içerideki süslemeleri bozmuşlar, perdeleri yırtmışlar ve tüm bunları kilise çok yükseklere çıkartıldığı için yapmışlardı; adlarını söylemek istemiyordu çünkü elinde hiç kanıt yoktu, hiçbirine karşı hiçbir mahkemede tanıklık edemezdi. O an mihrabın üzerinde baş döndürerek yükselen dikdörtgen şekilleri hatırladım ve onu anladığımı düşündüm. Zangoç papazın her zaman yüksekte olduğunu ama son birkaç yıldır sanki daha da yükseliyor gibi göründüğünü söyledi. O sırada

Peder Anselm de göreve başlamıştı, papaz yardımcısıydı elbette, ama papaz kadar yüksekte görünüyordu, hatta biraz daha bile yüksek – aslında, dedi zangoç, hiç şaşırmam eğer bugünlerde...

Ama orada sustu ve beni birinin nereye kadar yükselebileceği ve zirveye ulaştığında neler olacağı hakkında merakta bıraktı. Eğer papaz yardımcısı da papaz kadar yüksekteyse, o da halının ortasında ayakta durduğu zaman kafası gölgelere ulaşırdı herhalde. Zangoç konuşmaya devam ediyordu ama ben dinlemeyi kesmiştim. Kilisede kutsal eşyaların durduğu dolaplar, papaz cüppeleri, tasvirler, giysiler, buhurdan taşıyanlar hakkında tüm söyledikleri başımın üzerinden uçup geçti. O sırada zihnim, uzamış din adamlarıyla dolu loş bir kiliseyle meşguldü.

Sonra anladım ki Philip'le benim kiliseye girdiğimizi duyduğu zamandan söz ediyordu. Mümkün olan son ana kadar ışıkları yakmıyordu; Lady Crosby günah çıkarmak için bekliyorsa, o gidene kadar ışıkları açmıyordu. Peder Anselm ona açmamasını söylemişti. Ama zaten çoğu akşam açmıyordu. Cemiyetin adamlarını yakalamanın tek yolu buydu. Bizi duyunca da geldiklerinden emin olmuştu. Meşalesini eline almış, kutsal emanet odasından dışarıya sessizce çıkarak koro bölmeleri boyunca ilerlemişti. Fakat içeri girenin sadece bir çocuk olduğunu görmüş ve bu da onu sinirlendirmişti.

Anlattıkları ilgimi çekmişti. Koro bölmelerinin önünden tam olarak nasıl sürünerek geçtiğini ve nasıl parmak uçlarına basarak dışarı çıktığını tarif etmesi nazik bir hareketti. Orada iyi bir iş çıkartmış, beni de güzelce yakalamıştı.

Melon şapkasını yatağın üzerinden aldı ve komodinin üzerine koydu. Sonra da hızlı hızlı konuşmaya başladı. Kulak tabii ki sorun olmuştu ama bilememişti işte. Üstelik o zamanlar cemiyet yüzünden kötü günler geçiriyorlardı...

Duraksadı. Kızarmıştı. Solgun bir kırmızı. Sağ elini bana doğru uzattı.

"Eğer ne olacağını bilseydim, o elimi önceden keser atardım. Özür dilerim evlat, tarif edemeyeceğim kadar üzgünüm."

Affetmek, geometriden bile daha katıksız bir mutluluk verir. Ben o zamanlar bunu, yaşamın doğal sürecinin ufak bir parçası olarak görmüştüm. Affetmek, iyileşmeye doğru atılan olumlu bir adımdır; bir ışık patlamasıdır. Estetik zevk kadar gerçektir ve kesindir; zayıf ya da narin değil, saydam, parlak ve güçlüdür. Aynı o iki kolunu birden açarak bütün mızrakları kendi vücudunda toplayan adam gibi yetişkin olabilmenin göstergesidir. Ama masumiyet bir incinmenin ayırdına varamaz ve işte bu yüzden tüm o berbat özlü sözler doğrudur. Masuma yapılan kötülük affedilemez çünkü masum, kötülük olduğunu anlayamadığı şeyi affedemez. Ben bunu da doğal gelişimimizin küçük bir parçası olarak düşünüyorum. Sanırım evrenin doğası gereği yetişkinin güçlü ve parlak eylemi bir yarayı iyileştirir ve o yaranın izi sadece bugünden değil, gelecekten de silinir. Sürekli kanayıp iltihap toplayabilecek o yara zaman içinde sağlıklı bir doku haline gelir; burada oynanan oyun ise o yaranın hiç açılmamış varsayılmasıdır. Ama masum olan bunu nasıl anlayabilir ki?

Öyleyse zangoç bana neden söz ediyordu? Tüm bu olanlardan ötürü üzgün müydü? Philip'le birlikte bu planı yaptığımız andan itibaren gerçekleşen her şeye üzülmüş olabilir miydi? Ama bütün hikâyeyi bilmiyordu ki. Ya da en azından ben öyle umuyordum. Küçük çocukların şeytan olmalarından dolayı mıydı kederi? Onların küstahlık ve şiddet dolu dünyasının, gün gelip otoritenin yüksek duvarlarını yıkabilecek olmasına mı üzülüyordu? Hakikati görebildiğim zaman anladım ki yetişkinlerin dünyası bana, cüretkâr ve yanlış olduğunun o zaman da bilincinde olduğum bir eylem için gayet haklı bir ceza vermişti. Puslu anılarımın arasında, düşüncelerden çok resimlerle gördüğüm kadarıyla bana verilen ceza son derece yerindeydi. Sonuç olarak, tükürüğüm biraz kuru ve yetersiz olsa da, kilisenin ana mihrabına tükürmüştüm. Aslında işemeye niyetlenmiştim. Zihnim, kiliseye varmadan önce üç kez yapmamış olsaydım neler olabilirdi düşüncesiyle korkup geri sıçradı. Erkekler bu durumda asılarak idam edilirdi ama çocuklara kamçıdan daha kötü bir ceza verilmezdi. O zaman durumu mantıklı bir şekilde değerlendirdim ve edim ile sonuç arasındaki bağlantıyı net olarak gördüm. Neden bağışlayıcı olmayı düşünüyordum ki? Bağışlanacak hiçbir şey yoktu.

Zangoç hâlâ elini uzatmış halde duruyordu. Elini de, onu da inceledim ve bekledim.

Sonunda iç geçirdi ve komodinin üzerinden şapkasını alıp ayağa kalktı. Boğazını temizledi.

"Pekâlâ..."

Şapkasını ellerinin arasında çevirdi, çevirdi, bıyığını emdi, gözünü kırptı. Sonra görev icabı giydiği sandaletlerinin içinde hızlı hızlı ve sessizce yürüyerek uzaklaştı, koğuşun ortasına kadar geldi ve çift kapıdan çıktı.

Vub. Vuff.

Uzun rahibin vasim olduğunu ne zaman keşfetmiştim, hatırlamıyorum. Nasıl bir saikle hareket ettiğini analiz etmem mümkün değil, çünkü onu hiç anlamadım. Acaba benim kaderimi tayin eden, Kutsal Kitap'ın açılış bölümü müydü? Ya da rahip sandığımdan daha mı fazla etkilenmişti benden? Bu işte zangocun parmağı var mıydı? Ben tek bir darbenin değil de; içine nüfuz edilemeyen kara bir taş halini alan fosilleşmiş sayısız huzursuzluğun ve yetersizliğin, geçmiş günahların ve ihmallerin kefareti miydim? Yoksa ben sadece, erişilmesi mümkün olan ama yine de yenilmeyen, yasaklı bir meyve miydim? Her ne idiysem görünen o ki aldığı bu sonuç pederin işine yaramamış, ona pek fazla huzur getirmemişti. Diğer insanlar da onu benden daha iyi anlayamıyorlardı. Arkasından hep onunla alay ediyorlardı

– eğer kendini yalıtıp gizlenmeye o kadar özen göstermemiş olsaydı, yüzüne karşı da alay edebilirlerdi. Adı bile saçmaydı. Peder Watts-Watt'tı o. Korosundaki çocuklar bile bu adı komik buluyorlardı. Şimdi kendi tarihçeme dönüp baktığım gibi onunkine de bakabilmek isterdim doğrusu. O asla benim kadar sağlam olamamıştı. Sanırım tüm bu olup bitenler onu kahretmişti.

Sık sık ziyaretime gelip yanımda vakit geçirmeye başladı; benimle konuşmaya ve beni tanımaya çalışıyordu. Ayakta durur, kalın gri kaşlarını çatar ve birdenbire tavana bir bakış atardı. Diğer tüm hareketleri de benzer şekilde, sanki hareket etmesi için tek sebep aniden saplanan bir ağrıymış gibi, kıvranmalar halindeydi. Onda çok çeşitli boyutlar vardı, öyle ki hareketin dışarı doğru yayıldığını, vücudunu yana doğru eğdiğini, bir kolu ileriye uzattığını ve sonunda istemsizce sıkılan bir yumrukla bittiğini görebilirdiniz. Okulu seviyor muydum? Evet, okulu seviyordum. Güzel – eğil, uzat, sık. Onunla konuşmak anlamsız bir hikâye gibiydi; kendini bir zürafanın sırtında gezerken gördüğün bir kâbus gibi. Evet, resim yapmayı seviyordum. Evet, biraz yüzme biliyordum. Evet, liseye gitmek isterdim, eninde sonunda, artık ne zaman mümkün olacaksa. Evet, evet, evet, anlaşma vardı ama hâlâ iletişim yoktu. Kiliseye gidiyor muydum? Hayır, gitmiyordum –en azından– Gitmek istemez miydim? Evet, isterdim.

O zaman, –denge hareketi, eğil uzat sık– hoşça kal sevgili evladım, tabii şimdilik.

Sanırım o aralarda koğuş dünyası sona ermiş olmalı.

Herkes gibi ben de dünyanın ve yaşamın tutarlı bir resmini aradım; ama o koğuşa ait son sözü, yetişkin halimin tanıklığı olmadan yazamam. Koğuşun duvarlarını ayakta tutan, itinayla verilen katışıksız şefkatti. Ben alan taraftaydım, o yüzden biliyorum. Siyah kullanarak resim yaparken, kaosu incelerken, bu tür yerlerin Belsen kadar gerçek olduğunu hatırlamam lazım. Onlar da var, onlar da bu gizemin, bu yaşamın bir parçası. O duvarlar da diğerleri gibi tuğlalardan örülü, o insanlar da aynı diğer insanlar gibi. Ama hatırlandıkları zaman, ışıldıyorlar.

Samuel'in küçük bir çocuk olduğu zamanlardan hatırladıklarım işte bu kadar. Onun hiç iftihar edilecek bir yanı olmadı. Ruh ve güzellik ona işlemezdi. Kaya gibi sertti ve aldığından fazlasını verirdi. Ama şu da var ki, eğer mastoid kemiğine kadar uzanan, koğuş dünyasının sonuna kadar olan döneme ait özel bir şey fark etmediğimi söylersem kendimi aldatmış olurum. Belki yine resimler vasıtasıyla düşünsem iyi olacak. Cennetin metaforik anlamda göz kamaştırıcı renklerle donatıldığını, saf beyazın bir tavuskuşunun kuyruğundan daha zengin renklere kat kat ayrışmasını hayal ettiğim zaman, o renklerden birinin benim üzerime serildiğini görüyorum. Ben çocukken masumdum ve masumiyetin ne olduğunu bilmiyordum; dolayısıyla mutluydum ve mutluluğun ne olduğunu bilmiyordum. Belki de insanoğlu bütün bu renk paletini hiçbir zaman tecrübe etmiyor, zira tecrübe ettiği zaman o renkler ya geçmişte kalmış ya da başka birinin üzerine örtülmüş oluyor. Belki de farkındalık ve mutsuzluk olan suçluluk birbirine uyar; cennet de tam olarak Budist Nirvana'dır.

Bu bir bölümün sonu olmalı. O resimlerde keşfedilmesi gereken bir enfeksiyon kaynağı yok. Bugünün kokusunun, omzumun üzerinden bakan gri yüzlerin, bebek Samuel'le hiçbir alakası yok. Ben onu temize çıkardım. O başka bir memlekette yaşayan, tarafsız ve hayali bir bağlantı kurabildiğim, bambaşka bir insan. Neden onun şiddeti ve kötülüğü oralarda bir yerde resimlere hapsolmuş olarak duruyor? Neden onun yalanları ve nefsine düşkünlüğü, acımasızlığı ve bencilliği affedildi? Affedildiği bir gerçek. Yara izi kayboldu. Kaçınılmaz olan ya da seçilmiş olan koku ise daha sonra ortaya çıktı. Ben, o değilim. Ben, gölgelerin gösterisine kendi isteğiyle giden ve garip bir varlık hakkında hüküm veren bir adamım. Şu anki farkındalığımın korkutucu dünyasının başladığı noktayı arıyorum ve koğuşta yatan o çocuğu temize çıkarıyorum.

Burada mı?

Burada değil.

4

Bisikletimle trafik ışıklarında beklerken dahi kendimi özgür hissetmiyordum artık. Güney Londra'nın dumanlı karmaşasının içinde, arapsaçına benzeyen tren yollarının üstünden geçen bir köprü vardı. Trafik ışıkları oraya yeni konmuştu; tren yolunun yanından geçen kuzey-güney trafiğini, Londra'nın etrafından yavaş yavaş akarak doğuya ve batıya çıkmaya çalışan yollardan ayırıyordu. O günlerde bu tür şeyler çok yeniydi, öyle ki benim gibi bir güzel sanatlar öğrencisi onları gördüğünde, çini mürekkebiyle yapılan resimleri düşünmeden edemezdi – somut şekiller çini mürekkebiyle çizilmiş, sis, duman, parlaklıklar ve sonbaharın gökyüzünden akan sabun köpükleri ise suyla inceltilmiş gibi duruyordu.

Hayır, tam anlamıyla özgür değildim. Hemen hemen özgürdüm, ama tamamen değil. Çünkü Londra'nın bu semtinde Beatrice'in izleri vardı. Kalın bir kir tabakasıyla kaplanmış kabartmalı köprüyü görmüştü; muhtemelen üstündeki otobüs yığınına da aşinaydı. Bu sokaklardan birinde, bu donuk ve kasvetli evlerden birinin içinde, bir odası olmalıydı. Sokağının adını biliyordum: Squadron Sokağı. O ismin bir metal plaka üzerindeki görüntüsünün yüreğimi sıkıp un ufak edeceğini, dizlerimi dermansız bırakacağını, nefesimi keseceğini biliyordum. Köprünün inişindeki yeşil ışığı beklerken bisikletimi durdurdum; aşağı indikten sonra sola dönüp devam etmem gerekiyordu ama özgürlüğümü arkamda bırakmıştım bile. Bu yolda ilerlemek için kararlı bir adım atmış, onu hayalimde canlandırmanın huzursuz keyfini çıkartmak için kendime izin vermiştim. Oturdum, kırmızı ışığa bakarak bekledim.

Yaklaşık çeyrek mil uzaktaki evlerin arasından çıkan dumanın içinde yükselen geniş bir şapel vardı ve çoktan kurtulduğumu sandığım duygular, kabuklarını çatlatıp çıkan çekirdekler gibi kıpırdamaya başladı. Bu işi bir bitirsem, bu duygular da ölecekti. Ama bitirmemiştim. Orada beklerken, içimdeki derin ve çılgınca kıskançlığın tüm çıkış noktalarını hissettim. Kıskançlıkların en anlaşılmaz olanı, onun bir kız olmasından ötürü duyduğum kıskançlıktı. Sevgililerinin olabilecek olmasını, çocuk doğurabilecek olmasını, pürüzsüz, nazik ve tatlı olmasını, başında duran saçın çiçek açmasını, ipek giymesini, koku sürmesini ve pudra kullanmasını, bana yasak olduğu için gidemediğim ama onun diğerleriyle birlikte gittiği iki haftalık Paris gezisinde bu kadar iyi Fransızca öğrenmiş olmasını kıskanıyordum. İçimde şapel boyuna erişen açıklayamadığım bir öfkeyle onun dine olan temiz bağlılığını ve katıldığını tahmin ettiğim komünyon ayinlerini; onun iyi niyetini suiistimal edebilecek, aklına ve vücudunun gizli hazinelerine girebilecek ve eğer geri dönersem onların yerinde olmayı asla ümit edemeyeceğim tüm insanlara karşı nihai ve tam bir kıskançlık duyuyordum. Kaldırımda yürüyen adamları, Beatrice'in ayağının bastığı bu ülkede yaşama hakkına sahip olan tüm anonim kişilikleri incelemeye başladım. Bunlardan herhangi biri o olabilirdi, belki şuydu, belki de ev sahibinin kocasıydı ya da oğluydu; ev sahibinin oğluydu!

Trafik ışıkları hâlâ dur diyordu. O sırada trafiğin iyice sıkışmış olduğunu fark ettim – bu durumda trafik ışıkları da pekâlâ bozulmuş olabilirdi. Hepimiz tıkanıp kalmıştık. Benimse tekrar geri dönüp uzaklaşmak için hâlâ vaktim vardı. Birkaç gün sabretsem bu duyguların hepsi körelip gidecekti. Ancak böyle bir imkânım olsa dahi dönmemem gerektiğini biliyordum; bisikletten indiğimi ve onu kaldırıma çıkartıp iterek kırmızı ışığı geçtiğimi fark ettim.

Cesaret. Ucuz da olsa temiz elbiselerin var, saçların kesilmiş ve taranmış; suratın çirkin de olsa itinayla tıraş edilmiş ve reklamlardaki gibi hafif bir erkeksi koku sürülmüş. Ayakkabıların bile temiz.

"Ama âşık olmayı ben istemedim ki!"

Elli metrelik yolu kaldırımın üzerinde bisikletimi iterek yürüdükten sonra, yolun çoktan boşalmış olduğunu fark ettim. Üç metre yukarıda asılı duran, fasulye ve kırmızı yanakların süslediği kocaman bir ilan panosunun altında duruyordum. Kalbim gürültüyle, hızlı hızlı atıyordu ama onu gördüğüm ya da düşündüğüm için değil; kaldırımda yürürken içinde bulunduğum durumu fark ettiğim için. Ben kaybolmuştum. Kıskıvrak yakalanmıştım. Bisikletimi köprüye geri döndüremiyordum, oysa beni durduran hiçbir şey yoktu; beni ileri iten tek güç, ufak bir ihtimalle de olsa Beatrice'i görebilmekti. Bağıra bağıra ağladım, kabuklarını çatlatıp çıkan tüm duygularla ağladım. Yine tuzağa düşmüştüm. Bu defa kendi tuzağıma düşmüştüm.

Geri dönmek ne ifade edecekti ki zaten? Daha önce var olanlara bir de bunlar eklenmişti: Onun kaldırımlarını, onun insanlarını görmüş, ev sahibinin oğluna fazladan bir sıfat icat etmiş ve başladığımdan daha kötü bir noktaya gelmiştim. Geri gitmek bir yerde son bulacaktı –belki Avustralya'da ya da Güney Afrika'da– ama bir yerde ve tek bir şekilde son bulacaktı. Bir yerde bir adam yanıma yanaşıp benimle gelişigüzel konuşacaktı:

"Beatrice Ifor adında bir kız tanıyor musun?"

Ben de sersemlemiş bir kalp ve acı dolu asık bir yüzle cevap verecektim:

"Az çok. Okuldan..."

"O..."

Ne olmuş ona? Parlamento üyesi oldu. Katolik Kilisesi tarafından azize ilan edildi. Sergi resimlerini seçen komitede yer alıyor.

"Genç bir adamla evlenmiş..."

Genç bir adam. Galler Prensiyle bile evlenebilir o. Kraliçe dahi olabilir. Ah Tanrım, ben de kaldırımın üzerinde öylece kalırım. Kraliçe Beatrice'in sırrı ortaya çıkmış ve benden başka herkes biliyor...

Fasulyelere hitaben konuşuyordum.

"Herkes böyle mi âşık oluyor? Herkesin aşkı bu kadar ümitsiz mi? Eğer öyleyse, aşk dediğin şey delilikten başka bir şey olamaz."

Ama ondan nefret etmek de istemiyorum. Vücudumun bir kısmıyla dizüstü çökebilir ve annemle Evie'den sonra ilk kez ona, eğer yüzünü bana dönerse, yanımda durursa ve benden başka kimsenin olmazsa, o zaman kendisine tapmaktan başka hiçbir şey yapmak istemeyeceğimi söyleyebilirim.

Kendine gel. Artık ne istediğini biliyorsun. Kararını verdin. Şimdi bu işi tamamlamak için adım adım ilerle.

Öğretmen okulu dağılmaya başlamıştı, onları görebiliyordum. Sarışınlar, mat sarı saçlılar, gruplar halinde kıkırdayıp gülerek, birbirlerine hoşça kal diye bağırarak el sallayanlar, fazla kız gibi ve fazla özgür olanlar, zayıf olanlar, uzun olanlar, bodur olanlar, kambur duranlar, kapkara olanlar, daracık giyinenler, sportifler ve gözlük takan ciddi kızlar. Hendeğin yanında, bisikletimin üzerine oturmuş, hepsinin ölmesini, tecavüze uğramasını, bombalanmasını, hiçbiri olmazsa ortadan yok olmalarını istiyordum çünkü bu kalkıştığım iş saliselik bir zamanlama gerektiriyordu. Ve tabii o içeriden hiç çıkmayabilirdi –veya kendi kendime– bir sonbahar günü akşamüstü saat dört buçukta sadece kızların okuduğu bir öğretmen okulunda ne halt ediyordun, diye sormak zorunda kalabilirdim. Kalabalık dağılıyordu. Eğer beni hendeğin yanında, selemin üzerinde oturmuş beklerken görseydi, bütün oyun oracıkta biterdi. Bunun bir tesadüf gibi görünmesi gerekiyordu. O beni gördüğünde ben bisikletimle ilerliyor olmalıydım; o yüzden pedala bastım ve bir sirk gösterisi yavaşlığında dengede kalarak ağır ağır ilerledim; bir taraftan da krizin yakın olduğunu biliyor ve yarı yarıya, onun içeriden çıkmamasını, böylece yaramaz kalbimin yeniden sakinleşmesini umuyordum; ben yalpa vuran kalbim ve bisikletimle uğraşırken, o da okulun kapısından iki arkadaşıyla birlikte çıktı ve beni görmeden dönüp uzaklaştı. Ama ben bu sahneyi yatağımda çok kez prova etmiştim, dolayısıyla kalbimin ve şişen ellerimin bana hayal kırıklığı yaşatmaları mümkün değildi. Bütün olay otomatik olarak gelişecekti, son derece yoğun bir düşünce ve tekrar ürünü olacaktı. Bisikletimi sakin sakin sürdüm, bir elim cebimde, diğeri kalçamda, "Bak, ellerimi kullanmıyorum" dercesine sağa sola salınarak ilerledim. O da beni geçti ve arkamda kaldı. Şaşırarak döndüm, gidonu kavradım ve patinaj yaparak kaldırımın yanında durdum; yaklaşıyor mu diye arkama bir bakış attım ve büyük bir hayret ifadesiyle, pişkin pişkin sırıttım.

"Sen Beatrice Ifor değilsen, ben de bir şey bilmiyorum!"

Üçü birden durdu; defalarca provasını yaptığım gevezelik, onun kabalık etmeden yürüyüp gitmesine fırsat bırakmamıştı. Diğer ikisi, o iki mübarek kız, bu tür karşılaşmaların farmasonları olarak neredeyse hiç vakit kaybetmeden yürümeye devam ettiler, sonra dönüp el salladılar ve kıkır kıkır gülerek uzaklaştılar.

"...buradan geçiyordum... aklımın ucundan geçmezdi... o zaman şu meşhur öğretmen okulu bu, öyle mi? Ben de bu taraflara sık gelirim, geleceğim de. Evet, bir kursa gidiyorum. Bir yerden öbürüne giderken bisikletle gitmeyi tercih ediyorum... otobüse binmem. Otobüsleri hiç çekemem.

Kurs, litografya kursu. Yurda mı dönüyorsun? Hayır. Ben yürüyeceğim. Taşıyabilir miyim? Buradan hoşlanıyor musun? Zor mu dersler? Derslerin iyi galiba... evet. Bak. Ben yola devam etmeden önce bir çay içecektim... nasıl yani... olmaz ama! Herkes böyle aylar geçtikten sonra... kolay kolay karşılaşmaz! Lyons'a gidelim. Tamam. Bisikletimi bir yere bırakayım..."

Üstü suni mermerden yapılmış, üç tane ferforje ayağı olan küçük bir yuvarlak masa bulduk. Karşıma oturdu. Şu andan itibaren o, yaşamın tüm karmaşasından uzakta, dakikalar boyunca bana aitti. Bu işi bu hale getirebilmek için çok sıkı çalışmış, çok ince hesaplar yapmıştım. Ve bu dakikalarda başarmam gereken çok şey vardı; aldığım notlar, verdiğim kararlar, atılacak adımlar vardı; artık onu özgürlüğünün tamamen yok olacağı noktaya biraz daha yaklaştırmak gerekiyordu – yaşasın ironi! Sesimin gevezelik etmeye devam ettiğini duydum; ezberlediği cümleleri söylüyor, reddetmek için fazla yüzeysel olan öneriler getiriyor, daha sonra yükümlülüğe dönüşmesi için ince ayar yapılmış varsayımlarda bulunuyordu; sesimin bu yenilenmiş tanışıklığı güçlendirdiğini ve diplomatik yollarla azıcık daha ilerlettiğini duyuyordum; fakat onun, o resmi çizilemeyecek, tarif edilemeyecek biçimdeki yüzünü seyredince –sen evrenin en gizemli, en güzel şeyisin, seni istiyorum, senin inançlarını, arkadaşlarını, düşüncelerini, senin dünyanı kendime istiyorum– demek istedim. Seni o derece çılgıncasına kıskanıyorum ki sana dokunan havayı bile öldürebilirim. Yardım et bana. Aklımı kaybettim ben. Merhamet et biraz. Ben, sen olmak istiyorum.

Diğer taraftan, o zeki, ahlaksız ve anlamsız ses mırıldanmaya devam ediyordu.

Gitmek için yerinden kalktığında, ben de onunla birlikte kalkıp yürüdüm. Bir taraftan sürekli konuşuyordum; değişken, küstah ve kötü niyetli olan öteki Sammy'yi resimden silip, yerine cana yakın bir genç adam yerleştirecek eğlenceli ve özenle seçilmiş sözler kullanıyordum – önceden kurgulanmış hikâyeler sağ olsun! Kaldırımın üzerinde bir yerde, artık ayrılmak istediğini ifade eder gibi durunca, ben de bunu, sanki gökyüzü etrafımda dönmüyormuş gibi, sakin bir tavırla kabul ettim ve gitmesine izin verdim. Bana sadece saç teli kalınlığında bir oltayla bağlıydı; pek oltaya geldiği söylenemezdi ama en azından oltanın ucundaki sinek hâlâ orada, suyun üzerinde dans ediyordu. Ve o da hâlâ oradaydı – kuyruğunu oynatıp kaçmadı ya da bir yosunun veya kayanın altına girip kaybolmadı. Giderken arkasından baktım ve bir iş başarmış olarak bisikletime geri döndüm – Beatrice'le kalabalığın içinde özel bir görüşme yapmış, aramızdaki ilişkiyi yeniden kurmuştum. Bisikletime bindim ve yüreğim keyiften, iyilikten ve minnetten erimiş bir halde eve döndüm. Çok güzel bir şeydi bu. O on dokuz yaşında, ben de on dokuz yaşındaydım; birimiz erkek, birimiz dişiydik, o henüz bilmiyordu ama ileride evlenecektik – henüz bilmemeliydi, aksi takdirde bir yosunun ya da kayanın altında kaybolabilirdi. Üstelik içim rahattı. Çünkü bu akşam evde oturup ders çalışması lazımdı. Kimse ona dokunamazdı. Yarın akşamüstüne kadar sürecek bir huzur – kim bilir yarın ne yapacaktı. Dansa mı giderdi? Sinemaya mı? Giderse kiminle giderdi? Yine de, eğer ortada bir kıskançlık varsa, bu yarının kıskançlığıydı ve o yirmi dört saat boyunca güvende olacaktı. Ben onu, içimden kutsanmış gibi büyük bir güçle çıkan, cömert, cinsellikten uzak bir minnettarlık ve aşkla sarıp sarmaladım. Hiçbir şeye sahip olmayan birine çok az şey versen dahi mutluluktan çılgına döner. Okulda olduğu gibi şimdi yine birisini, istismar etmenin aksine, korumak ve kollamak istiyordum.

İnce ipliğimin ucu ona bağlıydı, ama buna eklenen her ipliğin beni ayrı bir halat ile bağlamakta olduğunu göremiyordum. Tabii ki ertesi gün oraya yine gittim, aslında gitmemenin daha iyi olacağını bile bile, çaresiz bir içgüdüyle yola devam etmek ve işleri hızlandırmak için gittim, ama Beatrice orada değildi, hiç gelmedi. Perişan bir akşam geçirdim ve ertesi gün bütün akşamüstü oralarda takıldım.

"Merhaba, Beatrice! Bundan sonra sık görüşeceğiz galiba!"

Fakat acelesi olduğunu söyledi, çünkü akşam dışarı çıkacaktı. Onu kaldırımın üzerinde, Lyons'u ise hiç gidilmemiş bir cennet gibi geride bıraktım; o uzaklaşıp dışarı çıkmanın sonsuz ihtimallerinde kaybolurken, ben acı içinde kıvranıyordum. Artık bir bağlılığın getireceği sorunlar üzerine fikir yürütmek için ayıracak bolca vaktim vardı. Bir ipliğin bir şeyi tutması için her iki ucundan da bağlı olması gerektiğini az çok anlamaya başladım.

İşi şakaya vurmayı denedim:

"Selam, Beatrice! İşte yine karşılaştık!"

Mermer masaya oturduk ama oturur oturmaz planlarım bozulmaya başladı.

"Dün akşam iyi vakit geçirdin mi?"

"Evet, teşekkürler."

O an öğrenmek için önüne geçemediğim bir dürtüyle, kalp çarpıntısı, terli eller, yakarış ve öfkeyle sordum:

"Ne yaptın?"

Hatırlıyorum, o gün yeşil ve beyaz renkte dikine çizgileri olan, yumuşak flanel gibi bir kumaştan yapılmış gri bir pantolon ceket takım giymişti. İçinde, boynunun ve göğsünün bir bölümünü açıkta bırakan bir bluz vardı. İki tane ince altın zincir, saten cildin üzerine düşmüş ve hazinenin içinde kaybolmuştu. Acaba Hesperides'in elmalarının arasında duran uçta ne vardı? Bir haç mı? İçinde bir tutam saç saklı bir madalyon mu? Orada sarsıldıkça ışıldayan bir akuamarin, gizli ve erişilmez bir mükemmeliyet mi vardı?

"Ne yaptın?"

Resmi elbisenin klapa yakalarının erkeksi görünümü ve biçimli duran beliyle elbisenin içine yerleşen yumuşak vücut arasındaki kontrast – bana ne yaptığını görmüyor musun? Öte yandan bazı değişimler olduğu belliydi. Her iki elmacıkkemiğinin üzerinde belli belirsiz bir pembe tonu ve uzun kirpiklerin altında soğuk bakışlar vardı. Aniden aramızdaki hava farkındalıkla doldu – küçük değişimler seviyesinde bir farkındalık. Kelimelere dökülmedi, zaten gerek de yoktu. O da biliyordu, ben de. Ama yine de o vurucu kelimeyi söylemekten kendimi alamadım. Kafamın içinde titreşti, bir hapşırık kadar durdurulamaz hale geldi ve öfkeyle, kibirle, acıyla dışarı çıktı.

"Dans mı ettin?"

Pembe tonu artık tam olarak seçiliyordu. Yuvarlak çene havaya kalktı. İplik gerildi ve koptu.

"Yani, aslında..."

İskemlesinden kalktı ve kitaplarını eline aldı.

"Geç kaldım. Gitmem lazım."

"Beatrice!"

O kaldırımda yürürken ben de arkasından koşup ona yetiştim. Yanında, ona dönük şekilde yürümeye başladım.

"Özür dilerim. Sadece ben... *dans etmekten nefret ederim...* nefret! Ve seni öyle düşününce..."

İkimiz de birbirimize yarı dönük halde durduk.

"Dans mı *ettin?*"

Ön kapıya çıkan üç basamaklı bir merdiven ve merdivenin iki yanında ferforje korkuluklar vardı. İkimizden de doğru kelimeler çıkmıyordu. O bana, anladığı kadarının doğru olduğunu varsayarak, yine de öğrenmek için ısrar etmeye hakkım olmadığını söylemek istiyordu. O an ağlamak istedim – bak, nasıl yanıyorum, demek istedim. Başımdan, karnımdan, yüreğimden alevler fışkırıyordu! O ise şöyle demek istiyordu: Her ne kadar seni farkında olmadan eşim olarak değerlendirmiş dahi olsam –ki eskiden hiç çekilmez bir insandın, ama son zamanlarda davranışlarını biraz olsun düzelttin– ve her ne kadar normal dişilik fonksiyonlarımı devreye sokup bana yaklaşmana izin verdiysem de, oyunun kurallarına uyman gerekirdi; fakat sen o kuralları bozdun ve onurumu zedeledin.

Merdivenlerde durduk; o benden bir basamak aşağıdaydı. Bir elim korkuluğa dayanmış, kırmızı kravat kendi yarattığım şiddetle sağ omzumun üzerine savrulmuştu.

"Beatrice! Dans ettin mi?.."

Gözleri son derece berraktı; endişesiz, gri ve dürüst bakışları vardı çünkü ona sahtekârlığın faturası hiç kesilmemişti. Gözlerinin içine baktım, oradaki merhametsiz ve mesafeli saflığı hissettim. O kendi kendine yetiyordu. Hiç kimse onu rahatsız etmemişti. Ona çaresizce yalvarsam, gençliğin tecrübesizliği ve yaşamım boyunca beni yoğuran tüm med-dücezirlerin etkisiyle tükenen kelimelerimle ve içimden çıkan kor ateşle elimi uzatacak olsam, sadece elimi ve beni inceleyecek, ne istediğimi merak ederek bekleyecekti; başka ne yapabilirdi ki?

"Dans ettin mi?"

Gazap ve kibir içindeydim; ama her ikisi de azaltılmış haldeydi çünkü iplik zaten son derece inceydi ve daha güçlü bir saldırıda bulunacak olursam, bu onun özgürlüğünü tehdit ettiğim anlamına gelecekti.

"Belki."

Ve böylece mükemmel bir edayla yürüyüp evine girdi.

Bir duygu ne derece yoğun olabilirdi? Neredeydi bunun derecesini ölçen alet? Güney Londra üzerinden geri dönüş yolunu bulmuştum, bir taraftan da kafamdaki düşüncelerden sıyrılmaya çalışıyordum. Kendi kendime bunu abartmaya gerek olmadığını söyledim; dedim ki, sen henüz bir yetişkin değilsin – bundan çok daha kötü şeyler çıkacak hayatta karşına. Gün gelecek, –o zamanlar gerçekten âşık olduğumu mu sanmıştım acaba– diyeceksin. Hem de onca zaman evvel mi? Evet, o âşık olmuştu. Romeo da âşıktı. Lear de kalbi kırıldığı için öldü. Peki, bunları birbiriyle nasıl karşılaştırmak gerekiyor? Sammy'nin uzun vadede geldiği nokta neresi? Artık boynuma ve bileklerime kalın ipler bağlanmıştı. İpler bana sokakta yol gösteriyor ve gidip onun ayaklarının dibine seriliyorlardı; o isterse uzanıp alıyor, istemezse almıyordu. Eğer istemezse, peşimden gelen kilometrelerce iple birlikte bisikletime binip uzaklaşmak benim için bir işkence oluyordu. Belki de o başka birine bağlanmıştı? Ama buna da inanmıyordum. Bende bu ateş varken, süreçler büyük bir hızla ilerliyordu. Mahallenin uzman psikoloğuydum ben. Onun gözlerini görmüştüm; ne gözlerinde bir sıkıntı vardı ne de kendisinde. Hangi aptaldı o, başlangıçta ipin o kadar ince olduğunu bile bile onun nerede olduğunu öğrenmek için ısrar eden? Yine de kendisini tehlikeye atmadığını biliyordum. Kalitesine dokunulmamıştı; var olan tek risk, onun bir yerlerde, bir şekilde, esrarengiz biriyle şans eseri tanışması ve sonra da yanıp tutuşmasıydı. Odamın içinde, yumruğumu avucuma vura vura yürüyordum.

Parti, bir kurtuluş olmuştu. Robert Alsopp başkanlık koltuğunda oturuyordu. Etraftaki yoğun duman ve önemlilik duygusu havayı ağırlaştırmıştı. Diğerleri ise ayakta duruyor veya oturuyor ya da bir yere uzanmış yatıyordu; hepsi heyecanlı ve kibirliydi. Herkes kahrolası, herkes yoldaştı. Ama hepsinin hırsı aynıydı; kimse bilmese de biz nereye gittiğimizi biliyoruz. Sammy, sıra sende. Şimdi sessiz olun yoldaşlar, Yoldaş Mountjoy'u dinliyoruz.

Yoldaş Mountjoy çok kısa bir rapor sundu. Aslında Genç Komünistler Birliği için herhangi bir rapor hazırlamamıştı. Sadece doğaçlama yaptı. Havadaki dumanın ve teknik ayrıntıların, baskının ve ihtirasın pek faydası olmadı. Sıra uyduruk kapanışımı yapmaya geldiğinde yanlışlarımı düzeltmem ve kendimi gözden geçirmem gerektiği söylendi. Buna o gün orada başladım ve hâlâ devam ediyorum; ilk verdiğim kararı ise hâlâ hatırlıyorum. İlk olarak o gece

Beatrice'e bir mektup yazmaya ve dürüst olmaya karar vermiştim. İkinci kararımı da hatırlıyorum; Beatrice'i buraya asla getirmeyecektim çünkü o zaman benden önce Yoldaş Alsopp ile yatağa girmek zorunda kalacaktı. Onun ilerici bir öğretmen değil de burjuva bir öğretmen olduğunu sanan, kendisini hiç anlamayan bir karısı vardı; öte yandan, bir iki haftaya kadar patlayacak olan savaşın, o zayıflama ve parçalanmanın, onca heyecanın aslında Marksizm olmadığını, dünyanın en eski âdeti olduğunu da hiç kimse fark etmiyordu. Ama yine de tüm bu olup bitenler, bizim güzel ve cana yakın kadınlarımızın sınıf atlamalarını ve yumuşamalarını sağladı.

Yoldaş Wimbury konuşuyordu. Çok uzun boylu ve anlaşılması güç biriydi, ama sonuçta o da bir öğretmendi. Alsopp ve Wimbury'nin bizi nasıl yönettiğini hatırlıyorum, zira ikisi de ucuz bir komedi gibiydi; keşke bunu o zaman görebilmiş olsaydım. Alsopp'un kocaman kel bir kafası, bozuk bir cildi ve yüzünün bir yanından öbürüne kadar çizilmiş gibi duran şehvet düşkünü, ıslak bir ağzı vardı. İriydi ve masaya oturduğunda güçlü bir etki yaratıyordu, fakat daha sonra onun aslında masada oturmadığını, ayakta durduğunu fark ediyordunuz. Bir adamda gördüğüm en kısa bacaklara sahipti. İskemleye oturmazdı. Sadece arkasını dayardı. Wimbury'nin ise üst kısmı küçücük olan bir vücudu vardı, öyle ki Alsopp'un yanında oturduğu zaman masada sadece dar çenesi ve tavşan suratı görülürdü. Ama bu oyuncak bebek yerinden kalktığında, cambaz ayaklığına benzeyen iki bacağının üzerinde tavana kadar yükselirdi. O akşam bize siyaset dersi veriyordu ve birtakım referanslar ve kısaltmalar kullanarak savaşın çıkmayacağının ispatını yapıyordu. Ona göre bütün bunların hepsi kapitalist bir düzmeceydi, amaç da bir şey yapmaktı ama ne olduğunu unuttum şimdi. Hepimiz dinledik ve anlamış gibi başımızı salladık. Biz içeridekilerdik. Birkaç yıla kadar tüm dünyanın komünist olacağını biliyorduk ve haklıydık da. Kendimi tamamen dinlemeye vermek istedim ama ipler hâlâ orada duruyordu.

O akşam Beatrice'e bir mektup yazdım. Bir Noel kartı bana kelimelerin tek iletişim yolu olduğunu öğretmişti, o yüzden mektup biraz uzun oldu. Keşke şimdi okuyabilseydim. Ondan mektubumu dikkatli okumasını rica ettim; bunun bu tür bir mektup için alışılmış tarzda bir başlangıç olup olmadığını bilmiyordum; Londra'da o akşam bu tür mektupların bu tür mihraplara binlerce genç erkek tarafından yazıldığını da bilmiyordum. Ona okuldan söz ettim, afrodizyak söylemlerinden bahsettim. Onu ilk tanıdığım, Philip'in yanında otururken resmini çizmeye çalıştığım güne geri döndüm. O anda onda ne gördüğümü ya da gördüğümü düşündüğüm şeyi anlattım. Çaresiz kaldığımı, gururumun bu hislerimi ona açıkça anlatmama engel olduğunu ama onun benim güneşim, ayım olduğunu, onsuz yaşayamayacağımı ve kendisinden fazla bir şey beklemediğimi – sadece aramızda, diğer tanıdığı şanslı insanlardan daha değerli bir konumda olmamı sağlayacak özel bir ilişkinin var olduğunu kabul etmesini istediğimi söyledim. Çünkü günün birinde benden hoşlanabileceğini, hatta burjuva mektubumu okuyunca bile hoşlanabileceğini, çünkü onu ilk gördüğümden beri sevdiğimi ve hep seveceğimi söyledim.

Gece saat ikiydi; sonbaharın pusu, Londra'nın sisi, etrafı sarmıştı. Yanında yaşadığım ailenin tüm hareketlerimi yetkililere bildirmesi gerekiyordu, o yüzden evden gizlice çıktım. Mektubu kaybetmeyi göze alamazdım; bisikletime bindim ve gecenin içinde yol almaya başladım. Önce bir polis beni durdurdu, adımı, adresimi aldı; bundan sonra iki tanesi daha durdurdu. Üçüncüsünde dürüst olacak kadar yorgun düşmüştüm ve mavi kabanının içinde duran heykele dönüp âşık olduğumu söyledim. O da bana el salladı ve şans diledi. Sonunda Beatrice'in evinin önüne geldim, zarfı içeriye ittim ve kapının arkasına düştüğünü duydum.

Dönüşte bisikletimin üzerinde giderken, en azından dürüst davrandığımı söylüyor ve kendi kendime başımı sallıyordum. Dürüst olabilmiştim ama şimdi ne yapmam gerektiğini bilmiyordum.

O yumuşak, yarık mahluklar kendi içlerinde nasıl tepki veriyorlardı? Onların hislerinin derecesini ölçen bir alet var mıydı? Ben cinselliği çoktan tecrübe etmiştim. Parti bunun için gerekli ortamı yaratmıştı. Sheila adında bir kız vardı – koyu tenli, hafifmeşrep bir kız. Birbirimize şeker ikram eder gibi kaçamak bir zevk vermiştik. Bu aynı zamanda absürd bağımsızlık ilanımızdı; olabildiğince Alsopp'a benzer biçimde davranarak yapılan bir ilan. Özgürlüktü bu. Ama ya duygularına hâkim ve el değmemiş olan diğer kızlar – ya onlar nasıl hissediyor, ne düşünüyordu? Yoksa onlar da Rotten Row'daki Sammy gibi etrafta uçup duran, savunmasız ama henüz yara almamış, şeffaf birer baloncuk muydu? Yine de Beatrice artık öğrenmiş olmalıydı! Ama nasıl? Tüm fiziki süreç o kadar korkunç ve ağza alınmayacak derecede kötü olduğuna göre –çünkü öyleydi, biliyordum– o zaman aşk bunun neresindeydi? Piccadilly'deki dans eden reklamlar kadar az insaniyet içeren, soyut bir şey miydi? Yoksa acilen edinilen beyaz bir gelinlik ya da bir ev demek miydi? O da onca yıldır giyinip soyunmuş, zarif vücudunun bakımıyla ilgilenmişti. Kalp atışları ve nefesi hızlanarak – o bana âşık, o bana – bunu – yapmak istiyor, diye hiç mi düşünmedi? Belki de artık aydınlanma akımı yayıldıkça bekâret de kutsallığını yitirmiş, kızlar da özgürce yüzmeye heveslenmişlerdi. Sonuçta bu sosyal bir alışkanlıktı. Beatrice, bekâretin içgüdüsel olarak ya da âdetler gereği korunduğu alt orta sınıftan geliyordu. O günlerde bu sınıf büyük bir güç ve istikrar sınıfıydı, aynı zamanda asaletten ve cömertlikten uzaktı. Onun güvercin kafesinde ne kadar bir kıpırtı yarattım bilmiyordum, bilemiyordum; onun hakkında hiçbir şey bilmiyordum. Ama mektubu okuduğunu biliyordum.

Bu defa oradan geçiyormuşum gibi yapmadım. Bisikletimin selesine oturdum, bir elimi gidona, bir ayağımı kaldırıma dayayıp bekledim. Çift kanatlı kapılardan paldır küldür çıkışlarını izledim ve o da diğerleriyle birlikte çıktı. Mübarek kızlar önceden uyarılmış olmalı ki hiç kıkırdamadan uzaklaştılar. Gözlerinin içine baktım ve yaptığım itirafın utancıyla vücudumu ateş bastı.

"Mektubumu okudun mu?"

Bu sözler onun yüzünü kızartmadı. Hiçbir şey söylemeden Lyons'a gittik ve bir süre ses çıkartmadan oturduk.

"Ee?"

O zaman biraz pembeleşmeye başladı ve bir hastayla konuşur gibi yumuşak ve kibar bir ses tonuyla konuştu.

"Ne söyleyeceğimi bilmiyorum, Sammy."

"Ben söylediklerimde gayet ciddiydim. Sen," –ellerimi iki yana açtım– "beni fethettin. Ben yenildim."

"Nasıl yani?"

"Bu bir tür yarışma."

Ama gözlerinin hâlâ beni anlamaktan uzak olduğunu görüyordum.

"Tamam, unut gitsin, Beatrice. Eğer anlayamıyorsan... bak. Olumlu düşün. Tamam mı? Bana bir şans ver... ben o kadar kötü *müyüm*? Tamam, yüzüne bakılır biri değilim ama benim" –derin nefes– "benim... biliyorsun işte nasıl hissettiğimi."

Sessizlik.

"Bir şey söylemeyecek misin?"

"Senin kursun. Sonsuza dek sürmeyecek. O zaman bu taraflara gelmezsin."

"Kursum mu? Ne? Ah... tabii, kursum! Yani düşündüm ki eğer sen ve ben... birlikte kırlarda yürüyüşe gidebilirsek, o zaman sen... bak, ben gerçekten, oldukça zararsız bir insanım."

"Kursun vardı senin!"

"Tahmin ettin, değil mi? Şu an dersi kırıyorum. Çünkü benim için daha önemli şeyler var."

"Sammy!"

Boş olan endişe havuzları dolmaya başlamıştı. Şaşkınlık, huşu ve az miktarda da kurgu vardı. Acaba şöyle mi düşünüyordu; doğru, o bana âşık, benim için gerçek bir şey yaptı. Neticede ben de sevilebilen biriyim. Tamamen boş değilim. Benim de diğerleri gibi bir duruşum var. Ben de bir insanım, değil mi?

"Gelecek misin? Geleceğini söyle, Beatrice!"

Her konuda övgüye değer sayılacak derecede erdemliydi. Gelecekti; bir konuda söz vermem koşuluyla –ama buna karşılık olarak değil; öyle olsa, bu bir pazarlık olurdu– bir daha okulu kırmayacağıma dair söz vermem gerekiyordu. Galiba artık kendisini yetkili bir konumda, iyiliğim açısından gerekli biri gibi görmeye başlamıştı; fakat geleceğimle ilgilenmesi beni o derece sevindirmişti ki bunun sebebini çözümlemeye kalkışmadım.

Pazar günü olmaz. Cumartesi. Pazar günü gelemeyeceğini söylerken, birinin ondan bunu beklemiş olmasına hafiften şaşırmış gibiydi. Ve böylece ilk ve aslında tek rakibimle tanışmış oldum. Bu beni o zaman şaşırtmıştı ve hâlâ da şaşırtır; öncelikle böyle görünmez bir rakibe karşı bu derece öfkelendiğim için, ikincisi de elle tutulur bir rakibim olmadığı için. O çok tatlı, çok benzersiz ve çok güzeldi – yoksa onun güzelliğini ben mi uyduruyordum? Bütün genç adamlar da benim gibi miydi? Onların sevgililerinin de her gittiği yer kalabalık mı oluyordu? Hiçbir erkek, öğrenmek için, başka birisi olabilmek için, anlamak için benim gibi bastırılamaz bir istek duymuyor muydu; ona yakın olan tek tapınma, kıskançlık ve erkeksi kabarıklık karışımı benimki miydi? Başkaları da var mıydı? Birinin lütfuna ermek, sonra bu lütuftan dolayı bir sevinç ve şükran fırtınası yaşamak ve bu lütfu istemek zorunda kaldığın için şiddetli bir öfkeye kapılmak yaygın ve herkesçe bilinen bir deneyim miydi?

Gri bir havada kırlara çıkıp yürüdük ve bu esnada bütün yeteneklerimi silkeleyip onun önüne serdim. Kendi kendimden etkilenmiştim. Beni resim yapmaya yönlendiren dürtüyü ona tarif ederken kendi dehamın içime dolduğunu hissediyordum. Ancak, Beatrice için durum farklıydı; ona varlıklı ve saygın bir yaşam ile benim aramda duran bir hastalığı tarif ediyormuşum gibi geliyordu. Ya da bana öyle geliyordu çünkü bunların hepsi sadece birer tahmindi. Benim yaşamımın gerçekliği, kısmen yaşamı anlamadığımdır. Üstelik Beatrice de işleri pek kolaylaştırmıyor, çok nadir konuşuyordu. Tek bildiğim, fırtınalı iç dünyamın huşu ve acı dolu bir resmini ona göstermeyi başarmış olduğumdu. Yine de hakikatin bütününe daha yakından bakıldığında garip bir çelişki oluyor, yara daha az acıyor ama daha zor kapanıyordu.

"Pekâlâ? Ne düşünüyorsun?"

Sessizlik; diğer tarafa çevrilmiş profil. Bayırdan aşağı doğru yürüyorduk, az sonra ıslak ormanlara girecektik. Ağaçların başladığı yerde uzandım ve elini tuttum. Özsaygımdan geri kalan paçavralar da düşüp gitmişti üzerimden. Ama cesaret yoksa zafer de olmaz.

"Bana acımıyor musun?"

Elini elimden çekmeden durdu. Bu ona hayatımda ilk dokunuşum olmuştu. Ağzından çıkan kısa sözcüğün rüzgâra kapılıp uçtuğunu duydum.

"Belki."

Başını bana doğru döndürdü; yüzü benimkinden sadece birkaç santimetre uzaktaydı. Eğildim ve dudaklarından nazikçe öptüm.

Sanırım daha da devam ettik. Ben o sırada biraz konuşmuş olabilirim ama ne söylediğimi hatırlamıyorum. Sadece o anki şaşkınlığımı hatırlıyorum.

Aslında sadece şaşkınlığımı değil, yaptığım keşfi de hatırlıyorum. O sessizce karşılık gören selamım sayesinde ben, erkek arkadaş konumuna kabul edilmiş oluyordum. Bu konumun iki getirisi vardı. Birincisi, ondan bana zaman ayırmasını talep edebilecektim ve başka hiçbir erkekle çıkmayacaktı. İkincisi, nazikçe verdiğim selamı nadir durumlarda tekrarlamaya hakkım olacak ve bunu iyi geceler dilemek için de yapabilecektim. Beatrice'in o anki hareketinin beni iyileştirme maksatlı olduğuna neredeyse eminim. Erkek arkadaşlar iyi çocuklardır –akıl yürütmesi böyle bir seyir izlemiş olabilirdi– eğer Sammy de bir erkek arkadaş olursa, bu onu iyi bir çocuk yapar. Onu normal bir insan yapar. Canım Beatrice!

Komünistliğimi kendime saklıyordum. Çünkü o benim rakibimle bağdaşmazdı. Görünüşe bakılırsa rakibim de en az benim kadar kıskançtı; körle yatan şaşı kalkar. Ama doğrusunu söylemek gerekirse, Nick ve onun sosyalist fikirleri olmasaydı ben bu politika işine hiç girmezdim. Orada ben de diğerleriyle birlikte bağırıyor ve başımı sallıyordum; ama onlarla aynı düşünceleri paylaşıyordum, çünkü en azından bir amaca doğru ilerliyorlardı. Eğer Bayan Pringle'ın karagömlekliler arasında sivrilen yeğeni olmasaydı, belki ben de bir karagömlekli olacaktım. Ama o günlerin özel bir yanı vardı. Wimbury, savaş çıkmayacağına dair hem kendisini hem de bizi ikna etmişti, ama yine de durumun farklı olduğunu kemiklerimizin ta içinde hissediyorduk. Çevremizdeki dünya bir kemerin altından, ahlak, aile ve mahremiyet gibi unsurların yer almadığı fırtınalı bir kargaşaya doğru kayıp gidiyordu. Havadaki İskandinav tarzı geleceksizliği görememe duygusu hâkimdi. Belki de bu yüzden hiçbir sorumluluk hissetmeden önümüze gelenle düşüp kalkıyorduk; ama sadece bu paldır küldür koşuşturmayı paylaşanlar arasında olması koşuluyla. Beatrice bunun dışında kalıyordu. Dünya işçileri – birleşin!

Bizim örgütte bir tane işçi vardı. Geri kalanını öğretmenlerle bir ya da iki tane rahip, birkaç kütüphaneci, bir kimyager, benim gibi çeşitli okullarda okuyan öğrenciler ve örgütümüzün cevheri Dai Reece oluşturuyordu. Dai havagazı fabrikasında çalışıyor, kömürcülük ya da ona benzer bir iş yapıyordu. Sosyal hedefleri olan biriydi ve örgütümüzü seçkin bir topluluk olarak görüyordu. Onun tepkileri beklenenden hep çok farklı olurdu. Aslında örgütümüzün tümü liderlerden oluşuyordu. Dai bir müddet kendisinden istenenleri harfiyen yaptı ve neden yaptığı konusunda asla tahmin yürütmedi. Daha sonra isyan etti ve uyarı aldı. Wimbury, Alsopp ve diğer herkes gizli komünistti. Parti için halka açık yerlerde faaliyet gösterebilen üyeler, sadece benim gibi öğrenciler ve tabii bir de işçimiz Dai idi. Onca işten o kadar bunalmıştı ki bir gün örgüt toplantısında bir tirat patlattı: "Sizler bütün hafta evinizde şişman kıçınızın üzerinde oturun, Yoldaş ve ben her gece dışarının ayazında lanet olası *Worker*'ı satmaya çalışalım, iyi be!"

Bunun üzerine uyarı aldı ama aynı zamanda ben de aldım çünkü o gece Philip'i örgüt toplantısına izinsiz sokmuştum. Onu yanımda istemiştim, çünkü Beatrice ve Johnny hakkında konuşma fırsatımız olabilirdi. Aksi takdirde Londra'nın merkezine dönüp ortadan kaybolacaktı. O akşam beni en çok şaşırtan Philip'in soluk yüzündeki endişe ifadesi olmuştu. Dışarıdan biri görse âşık sanırdı; tabii benim malum durumumdan ötürü onun da Beatrice uğruna kariyerini harcıyor olabileceğini düşündüm. Ama Philip orada gördüğü yüzleri inceliyordu ve sonunda Dai'nin yanına yanaştı. Toplantı bittikten sonra, üçümüzün birlikte bir yere gidip içki içmesini teklif etti. Gittiğimiz yerde Dai'yi sıkıştırıp sorular sormaya başladı; Dai ona büyük saygı gösteriyordu. Korkunç burjuva tavırları sergileyen, hiç de geleceğimizin ak umudu gibi davranmayan Dai adına soruları cevaplamaya başladım. Sonra heyecanlandım ve kalp çarpıntısıyla Philip'i ikna edici tarzda birtakım konuşmalar yaptım. Fakat buna rağmen hâlâ garip ve endişeli görünüyordu. Dai'nin üzerinde de benim anlayamadığım bir otorite kurmuştu. Sonunda onu yanımızdan gönderdi.

"Yarım bardak daha iç, sonra evine git, Dai. Bay Mountjoy ile konuşmamız gereken şeyler var."

Yalnız kaldığımızda bana bir içki ısmarladı ama kendisi daha fazla içmedi.

"Tamam, Sammy. Ne yaptığını biliyorsan sorun yok."

Karanlık bir tünele hızlı bir dalış yapar gibi, öylesine, gelişigüzel konuşmuştu.

"Kim biliyor ki?"

"O çocuk... Wimbury. O da biliyor mu? O kaç yaşında sahiden?"

"Bilmiyorum."

"Öğretmen mi?"

"Tabii ki."

"O ne yapıyor?"

Elimdeki içkiyi bitirdim ve bir tane daha söyledim.

"Devrim için çalışıyor."

Philip ben içki içerken yaptığım hareketleri dikkatli gözlerle izliyordu.

"Tam olarak ne yapmak istiyor?"

Fazla uzun düşünmüş olmalıyım ki Philip konuşmasına devam etti.

"Yani o sıradan bir öğretmen mi? Ya da bir asistan?"

"Evet, doğru."

"Komünist olması onu bir gün başöğretmen yapmaz."

"Sen bildiğim en kötü, en sert..."

"Dinle, Sammy. Bu yolda ne elde edecek, bir düşün. İleride ne olabilir bu adam?"

"Ne demek istiyorsun!"

Gerçekten, Yoldaş Wimbury ileride ne olabilirdi?

"Anlamıyor musun, Philip? Biz bu işe kendi iyiliğimiz için girişmedik. Bizler..."

"Sizler ışığı gördünüz."

"Öyle de diyebilirsin."

"Ama karagömlekliler de görmüş. Bak şimdi... sakın kavga çıkartmaya kalkışma."

"Faşist piçler!"

"Ben sadece ne olup bittiğini öğrenmeye çalışıyorum. Onların toplantısına da katıldım ben. Ama mesele çıkartma şimdi, Sammy. Ben –senin de söylediğin gibi– çekimserim."

"Sen fazla orta sınıf bir adamsın. Senin sorunun bu."

İçki içimi ısıtmış, bana güç ve üstünlük duygusu vermişti. Lafı uzatmaya ve rahatsız davranışlar sergilemeye başladım. Philip beni inceliyordu. O zaten hep beni incelerdi. Sonunda kravatını düzeltti ve saçlarını yatırdı.

"Sammy. Savaş çıktığı zaman..."

"Ne savaşı?"

"Gelecek haftaki savaş."

"Savaş filan çıkmayacak."

"Nasıl yani?"

"Wimbury'yi duydun."

Philip gülmeye başladı. Onu hiç bu kadar neşeli görmemiştim. Sonunda gözlerini sildi ve tekrar bana ağırbaşlı bir ifadeyle baktı.

"Benim için bir şey yapmanı istiyorum, Sammy."

"Portreni mi?"

"Beni olup bitenden haberdar et. Ama sadece siyasi olayları demiyorum. Ben de *Worker* gazetesini senin kadar okuyabilirim. Sen bana örgütte olmanın nasıl bir şey olduğunu anlat. O duyguyu. Mesela o diğer çocuk... kel olan..."

"Alsopp mu?"

"Evet, o. O neyin peşinde?"

Alsopp'un neyin peşinde olduğunu biliyordum ama söylemeye niyetim yoktu. Sonuçta aşk bedavaydı ve özel hayat hiçbir anlam ifade etmiyordu – kendinize ait olan hariç.

"Ne bileyim? Zaten o benden yaşça büyük biri."

"Pek fazla bir şey bilmiyorsun, değil mi, Sammy?"

"Bir içki daha al."

"Ve büyüklerine saygı gösteriyorsun."

"Büyuklerimin canı cehenneme."

O zamanlar bira ilk iki bardakta soğuk ve yumuşak içilir, üçüncüsüyle birlikte altın kanatlar takıp havalanılırdı. Philip'e dikkatle baktım.

"Ya sen neyin peşindesin, Philip? Buraya geliyorsun... karagömlekliler, komünistler filan..."

Philip soğuk ve mesafeli bir tavırla dönmüş bana bakıyordu. Beyaz parmaklarından biriyle uzun dişlerinden birinin üzerine hafif hafif vurdu.

"Diogenes'i bilir misin?"

"Hayır, hiç duymadım."

"Elinde bir fenerle etrafta dolaşıp dururdu. Dürüst bir adam bulmaya çalışıyordu."

"Bana kabalık etmeye mi çalışıyorsun? Ben dürüstüm. Yoldaşlar da öyle. Karagömleklilere de lanet olsun."

Philip yaklaşmış, yüzüme bakıyordu.

"Dai her şeyden çok içki içmek istiyor. Senin her şeyden çok istediğin şey ne, Sammy?"

Homurdandım.

Philip çok yakınımda duruyor ve çok yüksek sesle konuşuyordu.

"Onu? Onu mu istiyorsun?"

"Peki, ya sen ne istiyorsun?"

İçkili bir göz bazı şeyleri uyuşturulmuş bir göz kadar iyi görebilir. Ama sadece gerekli olan şeyleri. Philip parlak ışığın altında tek başına kalmıştı. Benim kendi kararsızlıklarımı ve ancak bira sayesinde gözüme doğru görünen bu altüst olmuş mantıksız yaşamımı düşününce, onun neden içmediğini anladım. Çünkü Philip, o her yanına kozmik bir tamahkârlık sinmiş olan soluk renkli, çilli Philip, kendisini sağlam tutuyordu. Kendime ait olanı korurum der gibi. Dolayısıyla, o kemikli eller ve o ucuz ifadeli surat, malzeme tükenmiş gibi iki taraftan içeri doğru itilmiş kaşlar, verici olmaya karşı korunma altına alınmışlardı, doğal olarak insan doğasında var olan cömertliği gösteremiyorlardı, her şeyin farkında ve gergindiler.

Şimdi onu o anda gördüğüm şekliyle tarif etmek istiyorum. Giysileri benimkilerden daha kaliteli, daha temiz ve daha şıktı. Gömleği beyazdı, kravatı ütülüydü ve ortada duruyordu. Oturduğu zaman kamburu çıkmıyor, omurgası dimdik duruyordu. Elleri kucağında ve dizleri birleşikti. Saçlarının görüntüsü oldukça tuhaftı – her yöne doğru uzamıştı, fakat uzamasına rağmen çok zayıf telli olduğu için eski bir paspas gibi kafatasına yapışık duruyordu. Saçları o kadar seyrekti ki, büyük ve açık renk çilleri, aşağı doğru kavis yapan alnındaki saç çizgisini bulanık gösteriyordu. Gözleri açık maviydi ve lambanın ışığında garip bir biçimde çiğ görünüyordu, çünkü kaşı da yoktu kirpiği de. Hayır, bayan, özür dilerim, o fiyattan veremeyiz. Bu patentli bir model. Oldukça cömert bir burnu vardı ama erimiş gibi görünüyordu, ağzının etrafındaki sfinkter kasları ise ancak onu kapalı tutmaya yetecek kadardı. Ya içindeki adam, ya içindeki çocuk? O çocukla birlikte sigara kartları için planlar yapmıştım, karanlık kilisede mücadele etmiştim –beni aldatmış ve pataklamıştı– arkadaşlığın benim için çok özel olduğu zamanlarda arkadaşlığını kabul etmiştim.

Ya içindeki adam?

O gülümsemeyi başarıyordu. Bunu da şu anda sfinkterin bölgesel kasılmalarıyla yapıyordu.

"*Sen* ne istiyorsun, Philip?"

"Söyledim ya."

Ayağa kalktı ve yağmurluğunu giymeye koyuldu. Eve varabileceğimden emin olmadığım için ondan benimle birlikte gelmesini isteyecektim, tam bu önerimi dillendirecektim ki o anda lafımı kesti.

"Sen zahmet etme. Ben tren istasyonuna yalnız gidebilirim. Hem zaten acelem var. Bak bu zarfı sana bırakıyorum. Üzerinde adresim yazılı. Arada sırada bana yazarsın – örgütte işler nasıl gidiyor, insanlar ne hissediyor filan."

"Sen ne yapmaya çalışıyorsun yahu?"

Philip kapıyı çekip açtı.

"Ne yapmaya mı çalışıyorum? Ben... ben siyasi bir karmaşayı inceliyorum."

"Ve dürüst bir adam arıyorsun. Bulabildin mi bari?"

"Hayır. Tabii ki bulamadım."

"Ya bulursan?"

Philip kapı aralığında duraksadı. Hava karanlıktı ve yağmur çiseliyordu. Geri dönüp o çiğ gözleriyle bana çok ama çok uzaklardan baktı.

"O zaman hayal kırıklığına uğrarım."

İçki içtiğimi Beatrice'ten saklıyordum, çünkü o birahanelerin İngiltere Kilisesi'nden sadece bir nebze daha az lanetli olduğunu düşünüyordu. Onun Rotten Row'a üç mil uzaklıktaki küçük köyünde tüm içki içenler İngiltere Kilisesi, tüm çuha giyen erkekler ise şapel demekti. İngiltere Kilisesi, hem en yüksekte hem de en aşağıdaydı; şapel ise orta sınıftı, çamurdan gaddarcasına uzak duran sınıf. Beatrice'ten çok şey gizliyordum. Kendime bakınca tekinsiz, aceleci ve darmadağınık olduğumu görüyordum; ayakkabılarım kirliydi, gri gömleğimin düğmeleri açıktı, ceplerimi küfe gibi görünene dek döküntüyle doldurduğum için mavi ceketimin iki yanı şişkin duruyordu. Kafamda çok fazla saç vardı ama Beatrice'i görmeye giderken tıraş oluyordum. Partinin kırmızı kravatı için müteşekkirdim; gardırobumda bulunması gereken bir parçaydı ve bu sayede oradaydı. Ellerime gelince, sigara lekesi bileklerime kadar çıkmaya başlamıştı. Bende ne Johnny'nin aydınlık sadeliği ne de Philip'in yön duygusu vardı ama ben yine de bir amaca hizmet ediyordum. Bunun için tasarlanmıştım. Benden istenilenleri yerine getirdiğim zaman, resimlerimi beklentilere uygun şekilde yaptığım zaman makul övgüler alıyordum. Belki de bir gün gelecek, her işin yolunu yordamını bilen ve neyin niçin yapılması gerektiğini anlayan, iyi bir öğretmen olacaktım. Bir problemi çözmek gerektiğinde doğru ve güvenilir bir akademik yanıt bulabiliyordum. Ancak bazen de içimdeki kuyuyla bağlantıya geçtiğimi hissediyor ve bütün baskılardan kurtuluyordum. Tüm vücuduma tutkulu bir kararlılık hissi yayılıyordu. O değil – bu doğru! O zaman görüntüler dünyasının altını üstüne getiriyor, var olanı vahşice bozup yeniden yaratıyor ve bunu salt resim yapmak amacıyla ya da sadece sanat için değil, o son derece somut ve sağlam duran evrenin kendisi için yapıyordum. Eğer Philip ve Diogenes gibi kendi kargaşamın içinde dürüst bir adam bulmaya çalışsaydım, bulurdum ve o adam ben olurdum. Sanat kısmen iletişim demektir, ama sadece kısmen. Geri kalanı keşiftir. Ben her zaman bir keşif insanı oldum.

Bunu kendimi aklamak için söylemiyorum – yoksa öyle mi yapıyorum? Ama birisi sanatçılar için, diğeri de geri kalan insanlar için iki ayrı ahlak standardı olmaz ki. Bu her iki taraf için de yanlış olur. Beni kim yargılıyorsa, şapele bağımlı bir satıcı gibi yargılasın. Ben güzel tablolar yaptım –insanların dünyaya başka bir açıdan bakabilmelerini sağladım– öte yandan, onlara hiç şeker satmadım, sabahın erken saatlerinde merdivenlerine süt şişesi de bırakmadım. Belki bunu daha ziyade nasıl bir genç adam olduğumu anlatmak için söylüyorum – kendime söylüyorum. Başka dinleyici de yok zaten. Ben bir iletişim aletinden çok bir keşif aleti olarak hem burada hem de tuvalin üzerindeyim. Sürekli olarak kırgınlık ve minnettarlık arasında gidip geliyor, demir atmış bir tekneyi akıntının çekiştirmesi gibi Beatrice'e doğru çekiliyordum. Ve eğer halat koparsa, o zaman tekneyi suyun akışına kapılıp gitti diye suçlayamazsınız. Önce lezzeti tadan, sonra ilaç içen, daha sonra da sadece el alışkanlığı olarak içmeye başladığı sigaradan tat alamayan – içkiyi önce duvara ya da kirişe kattığı ışıltı ve gerçeklikten ötürü, sonra da bu anlamsız dünyadan kaçıp, vahyin çağrıştırdığı bir anlama geçmek için içen – partideki insanların dünyadaki gidişattan haberleri var diye kendini partinin içine atan – bu genç adamı, bu yabani ve cahil, yardım isteyip sonra reddeden, gururlu, sevecen, tutkulu ve saplantılı genç adamı, geçmişteki davranışlarından ötürü, o zamanlar özgürlüğün tadından ya da umudundan uzak kalmış olduğunu bile bile, nasıl suçlayabilirim?

Ama Beatrice benim iyiliğimi istiyordu. Biz yine yürüyüşlere çıktık. Birbirimize kısa mektuplar yazdık. Kelimelerine aşina olmaya başladım ama onunla ilgili bildiklerim giderek azalıyordu. Bir ağacın yanında durduğumuzda kolumu ona doladım ve titredim; ama o bunu fark etmedi. İyi biri olmaya kararlıydım; en üst seviyeye geçmeye ve bu rahatsız edici durumlara bir defada ebediyen son vermeye karar verdim. Ona doğru eğildim ve yanağımı yanağına dayadım. Onun baktığı yöne bakıyordum.

"Beatrice."

"Mm?"

"Sen olmak nasıl bir şey?"

Duyarlı bir soruydu; Evie ve anneme olan hayranlığımdan, ergenlik fantezilerimden, keşif ve kimlikle ilgili sancılı saplantılarımdan kaynaklanan bir soruydu. Cevap verilmesi imkânsız bir soru.

"Sıradan bir şey."

Birinin dünyasının merkezini elinde tutmak, yumuşak, açık tenli ve tatlı olmak, yaradılıştan düzenli ve temiz olmak, çılgın gibi istenmek, bu saçın altında, bu kocaman ve tarifsiz gözlerin arkasında yaşamak, bu korunmalı ikizlerin yukarı kalkma hissi, bu vadi, bu ince bele doğru iniş, hem kolay incinebilir olmak hem de sağlam kalmak nasıl bir şey? Banyoda, tuvalette, kaldırımda yüksek topukların üzerinde daha kısa adımlar atarak yürümek nasıl bir şey? Vücudunun kalbimi yerinden oynatan ve duygularımı coşturan o hafif parfümü soluduğunu bilmek nasıl bir şey?

"Bilmiyorum. Anlat."

Vücudundaki kavisleri en dış noktalarına kadar hissedebiliyor musun? Karnının içinde ne büyüklükte bir boşluk olduğunu biliyor ve hissedebiliyor musun? Farelerden korkmak nasıl bir duygu? Ürkek, sakin, korunmalı ve huzurlu olmak nasıl bir şey? Erkekler senin gözüne nasıl görünüyor? Her zaman giyimli, daima ceket pantolon giymiş halde mi dolaşıyorlar? Sanat odasındaki alçıdan heykeller gibi hadım edilmiş gibi mi görünüyorlar?

Beatrice ağaçtan uzaklaşacakmış gibi hafif bir hareket yaptı. Sırtımı ağaca yaslamıştım, o da bana yaslanmıştı; kolum beline sarılıydı. Bırakmadım.

Hepsinin ötesinde, hatta bana bu kadar yakın ama elde edilemez olan o bembeyaz vücudunun misk kokulu hazinelerinin de ötesinde: Nedir senin gizemin? Bu soru sana sorabileceğim bir soru değil aslında, çünkü ben bunu kendime bile ifade edemiyorum. Biliyorum ki irade özgürlüğü de patatesin lezzeti gibi tecrübeyle öğreniliyor, ama benim senin yüzünde ve yüzünün çevresinde bir zamanlar gördüğüm, fakat bir türlü resmedemediğim ve zar zor hatırladığım bir şey var – ben nefes alıp veren Beatrice'e uzaktan dahi olsa benzeyen bir resim yapamıyorum; o yüzden Tanrı aşkına bana sırrını açıkla, Beatrice. Sana teslim olmuşum. Akıntıya kapıldım gidiyorum. Eğer sen de ne olduğunu bilmiyorsan, en azından beni kabul et.

"Sen nerede yaşıyorsun, Beatrice?"

Yine aniden kıpırdandı.

"Kıpırdama sersem kız. Adresini demiyorum. İçeriden bahsediyorum. Benim kafamın bir yanı seninkine yaslanmış duruyor. Sen onun içinde misin? İki santim bile yok aramızda. Ben kafamın içinde, arka tarafında – ön taraftan ziyade arka tarafa yakın yaşıyorum. Sen de öyle misin? Sen de – tam şurada mı yaşıyorsun? Parmaklarımı ensene koyup yukarı doğru çıksam yaklaşır mıyım? Yaklaştım mı?"

Kendini geri çekti.

"Sen ne... yapma, Sammy!"

Nereye kadar uzanabiliyorsun? Tam ortada duran ve kendini inceleyemeyen o siyah yama sen misin? Yoksa huzur ve katiyete uzanan bir düşüncede değil de, bambaşka, akla gelmedik bir tarzda mı yaşıyorsun?

Ama kazanan misk kokusu oldu.

"Sammy!"

"Seni sevdiğimi söylüyorum. Aman Tanrım, sen bunun ne demek olduğunu bilmiyor musun? Seni istiyorum, sana ait ne varsa istiyorum, sadece soğuk öpücükler ve yürüyüşler değil istediğim – seninle birlikte, senin içinde, üzerinde ve etrafında olmak istiyorum – birleşmek ve bir olmak istiyorum – anlamak ve anlaşılmak istiyorum – Tanrım, Beatrice, Beatrice, seni seviyorum – ben sen olmak istiyorum!"

O an benden kaçıp çok uzaklara gidebilir ve bir mektup yazarak beni başından savabilirdi. Aslında, bu onun gitmek için son şansıydı ama o bunu bilmiyordu. Ve belki de güçlü kollarımla sardığım vücudun duygularına gem vuran teninde biraz olsun sıcaklık ve heyecan yaratmayı başarmıştım.

"Bana beni sevdiğini söyle yoksa delireceğim!"

"Sammy... aklını başına topla. Birisi görebilir..."

"O birisinin cehenneme kadar yolu var. Yüzüme bak."

"Ben sanmıştım ki..."

"Arkadaş mı sandın bizi? Şimdi gördün arkadaş olmadığımızı, değil mi?"

"Ben düşündüm ki..."

"Yanılmışsın. Biz arkadaş değiliz, asla da olamayız. Hissetmiyor musun sen bunu? Biz arkadaştan daha öteyiz... daha öte olmalıyız. Öp beni."

"İstemiyorum ama. Bak, Sammy... lütfen! Bırak da düşüneyim biraz."

"Düşünme. Hisset. Yapamaz mısın?"

"Bilmiyorum."

"Evlen benimle."

"Evlenemeyiz ki. Biz hâlâ üniversite öğrencisiyiz... hiç paramız yok."

"Ama en azından söyle. Bir gün evleneceğimizi söyle. Ne zaman imkânımız olursa. Hadi söyle?"

"Birisi bu tarafa geliyor."

"Eğer benimle evlenmezsen, o zaman..."

"Görecekler bizi."

"O zaman seni öldürürüm."

Bir adamla bir kadın patikadan yukarı el ele yürüyerek çıktılar; belli ki bazı sorunların üstesinden gelmişlerdi. Bizden başka her yere baktılar. Sonra da uzaklaşıp gözden kayboldular.

"Pekâlâ, ne diyorsun?"

Yağmur çiselemeye başlamıştı, çıplak ağaç dallarının arasından sızıyordu. Öldürmek başka bir şeydir, yağmur başka bir şey. Yürümeye devam ettik; ben onun omzunun biraz arkasında yürüyordum.

"Bir şey söylesene?"

Yüzü pembeleşmiş, ıslanmış ve parlamıştı. Saçının içinde minik inciler ve pırlantalar kümelenmişti.

"Acele etsek iyi olacak, Sammy. Eğer bu otobüsü kaçırırsak bundan sonrakinin gelmesi uzun zaman alır."

Bileğini kavradım ve onu patikanın ortasına doğru savurdum.

"Ben çok ciddiyim."

Gözleri hâlâ berraktı, hâlâ tasasızdı. Ama şimdi biraz daha parlak, başkaldırının ya da gururun verdiği bir parlaklıkla bakıyorlardı.

"Benimle ilgilendiğini söyledin."

"Aman Tanrım!"

İnce bedenine baktım, kafatasının ince kemiğini, yuvarlak ve korunmasız boynunu hissettim.

"Biz yıllar boyu evlenemeyiz."

"Beatrice!"

Bana biraz daha yaklaştı, parlak ve mutlu gözlerle doğrudan yüzüme baktı ve bir öpücüğe izin verecek gibi durdu.

"Benimle evleneceğini söyle? Söyle!"

Gülümsedi ve ağzından evet demeye en yakın bildiği kelime çıktı.

"Belki."

5

Aslına bakılırsa bu "belki", çağımızı temsil ediyor olabilirdi. Zira hiçbir şeyden emin değildik. Bu durumda "Belki" diyen kişi Beatrice değil, ben olmalıydım. Ben partinin peşinden giderek sesimi yükselttikçe, içimdeki ses de aptallık etmemem gerektiğini, hiç kimsenin hiçbir şeyden emin olamayacağını söylüyordu. Diz boyu gölgeler içinde bocalayarak bata çıka ilerleyen bu yaşam, göreliydi. Demek ki ben Beatrice'ten gelen "Belki"yi "Evet" olarak kabul edebilirdim.

Keyifli cinsellikten başka hiçbir şeyin gerçekliğinden emin olamayan genç bir adam; eğer yaşamın olumlu bir yanı varsa, onun da bu yadsınamaz haz olduğundan emin. Haz ister ürkütücü bulunsun, ister ayıplansın, ister yüceltilsin – onun varlığını hiç kimse inkâr edemezdi. Sanata –ve tüm insanlık bilgisinin kaynakları elinin altında olmasına rağmen her şeyi bilmek için zaman dışında her şeye sahip olan gençliğe– gelince, o kalın ve hiç okunmayan ders kitaplarında sanatın kökeninde cinselliğin yattığı yazmıyor muydu? Bunca zeki insan bunun böyle olduğunu söylemiş ve üstelik böyle davranmışsa, kesinlikle böyle olması gerekmez miydi? Öyleyse bu iç gıcıklayıcı haz, iki kişi arasında paylaşılan ya da kendi kendine gelen bu küçük ölüm ne yersiz ne de günahtı; sadece bize hangi sahte tapınak kaldıysa, onun mihrabıydı.

Ama bizzat bir tecrübe değerlendirmesi olarak derinlerde bir yerde, eğer her şey bundan ibaretse, bunun dünyaya gelmek için ve büyürken duyulan tüm o utanç ve hayal kırıklıkları için pek düşük bir bedel olduğu düşüncesi de yatıyordu. Ama ben yine de Beatrice'i artık cinsellik yörüngesine oturtmuştum. Onun bile artık evlilik ve cinsel ilişkinin birbiri ile bağlantısız olmadığını anlaması gerekiyordu. Bu düşünce karşısında bacaklarım güçsüz düştü, içime dolan sıcak nefes ciğerlerimi sıkıştırdı.

"Sammy! Hayır!"

O "belki"ye verebileceğim tek cevap olarak ona sımsıkı sarılmaya çalıştım – fakat o bana pek yardımcı olmadı. O anda sanki aşk, seks ve tutku bir hastalıkmış gibi titremeye başladığımı gayet net hatırlıyorum. Düğmeme basılmış gibi tepeden tırnağa hiç durmadan titriyordum. Orada, kış güneşinin altında, yağmur damlalarının ve paslanmış yaprakların arasında dikilip hiç durmayacakmış gibi sürekli titredim ve o anda içimden ne istediğini bilmeyen bir hüzün çıktı; zira tapınma ihtiyacı benim doğamın bir parçasıdır, ama bu hiçbir ders kitabında yazmıyor, seçtiğim insanların hiçbirinin davranış şekline benzemiyordu, dolayısıyla ben de onu farkında olmadan fırlatıp atmıştım üzerimden. Bu nedenle bu hüznün hiçbir anlamı yoktu; bu gülünç, erkek gibi davranmayan, titrek yaratığın gözlerinden çıkmış ve Beatrice'i korkutmuştu. Evlenmeye talip olan ve kabul gören birinin titremeye ve ağlamaya başladığı hangi kitapta yazıyordu? Belki de Beatrice'in karakterinin daha onurlu ve ahlaklı yanı ya da sağduyusu dayatılan bu yükümlülüğü hemen orada iade edecekti ama ben hemen sırtımı ona döndüm ve duygularımı bastırmak için dramatik bir gayret gösterdim. Bu klişe bir davranıştı, dolayısıyla korkutucu değildi. Titremem geçtikten sonra birden bu uzun yolun sonunun burada başladığını kavramak beni altüst etti. Bir gün, hayal değil de gerçek bir gün onun tatlı vücuduna sahip olacaktım. Şüphe ve kıskançlığın ötesinde güvenli bir şekilde benim olacaktı.

Tekrar ona döndüm ve duyduğum dayanılmaz heyecanla gevezelik etmeye başladım. Onu patikadan aşağı doğru indirirken, bir taraftan da konuşup gülüyordum; o ise sessiz ve şaşkındı. Bu tepkilerimin ona ne derece sıra dışı görünmüş olabileceğini ancak şimdi anlayabiliyorum, ama o zaman bana kendim kadar doğal geliyorlardı. Şu anda delirmeyle sonuçlanmış olabileceğini hissettiğim bir dengesizlik yaşamıştım ve belki o da o zaman öyle hissetmişti. Ama benim için eski yaralar yok oluyordu. Takipçinin nefreti, minnettarlığının içinde kayboldu. Fazla ateşli duyguların içime kazıdığı yanıklar silinip gidiyordu; çözülmeye başlamıştım, sevincin garip biçimde kendini göstermeden üzerinde dans ettiği yüreğin derinliklerindeki huzurun tadını çıkarıyordum.

O zamanlar beni sevdiğini bir an bile düşünmüyorum. Ona bakarsan, zihnini birisiyle sürekli meşgul tutmayı ve ona bağımlı yaşamayı gerçekten bilen kaç kişi var ki. Beatrice daha çok örf ve âdetlerle ilgiliydi. O sıralarda çok meşguldü ve belki de ben onun öğretmen okulundaki yaşamında gölge bir yardımcı konumundaydım; bana faydalı olduğunu hissettiği için daha kolay kabul edebildiği bir yardımcı. Eğer evlilik işini düşünecekse bu üniversiteyi bitirdikten çok sonra olacak, tabiri caizse filmin sonunda gerçekleşecekti; onun için evlilik, sona oldukça yakın bir altın ışıltıydı. Benimse belli düşüncelerim ve bir amacım vardı.

O zamanki utangaçlığıma ve cehaletime hayret ediyorum. Bütün o tutkulu yatak hayallerime rağmen, başlangıçta onu öpmeye zar zor cesaret etmiş, birtakım çekingen girişimlerde bulunmuştum. Tabii o bunları hemen savuşturmuş ve böylece asıl mesele ve yıllarca beklemenin imkânsızlığı gündeme gelmişti.

"Kızlar öyle hissetmezler."

"Ama ben kız değilim!"

Gerçekten de değildim. Kendimi hiç o derece heteroseksüel hissetmemiştim. Ama o bir kızdı, duygularını ve fiziksel tepkilerini bir rahibe gibi içinde saklıyordu. Kendisi de saklanıyordu zaten. Kaç kez kapısını çaldım, sonra da çekiçle vurdum ama o her defasında içeride kitli kaldı. Birbirimizi görmeye, öpüşmeye, seneler sonra yapacağımız evliliği planlamaya devam ediyorduk. Ona bir yüzük aldım; o da kendisini başarı kazanmış bir yetişkin gibi hissetti. Bir elimi nazikçe ve giysisinin üstünde kalmak koşuluyla sol göğsünün üzerine koyabiliyordum. Bu noktadan sonra çok olumlu davranmaya başlamıştı. Ama onun tepkilerini yönlendiren düşünce silsilesini asla takip edemiyordum. Belki de ortada herhangi bir düşünce filan yoktu, sadece tepkiler vardı. Böyle yanıp tutuşmaktansa evlenmek daha iyidir. Aziz Pavlus ile fikirlerimiz nasıl da uyuşuyordu! Ama evlenemedik. O yüzden de onun dudaklarının soğuk kenarını öptüm, gizlediği meme ucunun üzerine elimi koydum ve bir çıra gibi yandım.

Bir ev sahibesinin bana göstermesi gereken ilgiden feragat ederek kendime bir bekâr odası buldum. Odayı Beatrice'i baştan çıkaracak şekilde döşedim, çünkü o olmasaydı içerisi çok kasvetli olacaktı.

Filmlerde gördüğüm sahneler haricinde örnek alabileceğim bir şey yoktu ve bunlar da benim taklit edebileceğim şeyler değildi. Beatrice'i lükse boğamazdım, kulağına yaklaşıp içini titretecek bir Çingene kemancı da tanımıyordum. Birbirlerine yapıştırılmadıkları ya da üst üste çıkmadıkları sürece iki kişiye dar gelecek olan çekyatı, kahverengi lambrileri ve pembe abajur şapkası ile bu oda bana pek de yardımcı olmuyordu. Tabii ki Van Gogh'un ayçiçekleri de göze çarpıyordu ama zaten Londra'da onların bulunmadığı tek bir bekâr odası yoktu. Gerçek şu ki, yoksulluğumuzdan başka Beatrice'i oraya çekebilecek hiçbir şey yoktu. Çekyatta oturmak bir kafede kahve içmekten daha ucuzdu; kırlara çıkıp gezmekten bile daha ucuzdu, çünkü oraya giden yolu şehrin dumanından kaçmak için ya tren ya da otobüsle aşmak zorundaydınız. Ve nihayet onu oraya götürmeyi başardığım zaman, ben hangi nedenle götürdüğümü bildiğim halde, o rahatlıkla bunun ekonomik sebeplerden dolayı olduğunu ve övgüye değer bir iş yaptığımı düşünebilirdi.

Bir gün odaya geldi ve aramızda muazzam boş ve sessiz geçişler yaşandı. Aslında içeri girer girmez çekiciliğime kapılmış olmaması, benim kurduğum ateşli fantezilere çok aykırı düşmüştü. O sırf orada bulunarak beni çılgına çeviriyor, fakat ben onun sessizlik girdabını aşamıyordum. Kanepeye oturdu, dirseklerini dizlerine dayadı, çenesini iki avucunun arasına aldı ve sakin sakin boşluğa baktı. Bazen onun önüne geçip çömeliyor ve bakışlarını kesiyordum.

"Ne düşünüyorsun?"

Hafifçe tebessüm etti ve başını iki yana salladı. Orada daha uzun süre çömelip kalsaydım, ayağa kalkacak ve yine benden ötede bir yerlere bakacaktı. Bu bir sıkıntı ifadesine benziyordu ama yaşam süreciyle ilgili garip ve el değmemiş bir içeriği de vardı. Kendini huzurlu hissediyordu. Şapeli tüm vaatleriyle birlikte geride bırakmıştı ve şu anda güzel vücudunun içinde oturmanın keyfini çıkarıyordu. Hiç kimse ona kendi tatlı hararetinin ve pürüzsüzlüğünün keyfini sükûnetle ve bencilce çıkarmanın bir günah olduğunu söylememişti; daha ziyade bunun bir meziyet ve saygınlık olduğu anlatılmıştı. Şimdi anlıyorum ki ondaki rahibe saflığı, başkalarının yaşadığı derin ve çamurlu havuzdan uysalca bir kaçınma şekliydi. Benim yaşadığım havuz. Ona havuzdan el salladım, o da benim halime acıdı. Ama bunların hepsi de halledilmiş, bitmiş meselelerdi, öyle değil mi? O benimle evlenecekti. Zaten bütün iyi niyetli erkekler de bunu isterdi; böylece çift altın renkli sisin içinde kaybolur ve bütün çılgınlıklar durulurdu.

"Ne düşünüyorsun?"

"Şunu bunu."

"Bizimle ilgili mi?"

"Belki."

Pencereden görünen uzun yol giderek kışın karanlığına gömülüyordu. Gökte bir işaret belirdi, kırmızı sözcüklerin oluşturduğu bir dörtgen ve onları kovalayan sarı bir çizgi oluştu; bir mil boyunca sokak lambaları birdenbire uyanmış gibi yanmaya ve kıpırdaşarak mat bir sarıya dönmeye başladı. Fazla zaman kalmamıştı.

"Ne düşünüyorsun?"

Zaman dolunca ayağa kalkacak, onu nazikçe kucaklamama izin verecek, dengeli ve kadınsı bir edayla, el değmemiş olarak çıkıp gidecekti.

Ne düşünüyordu acaba? O hâlâ beni şaşkına çeviriyor ve hâlâ içini göstermiyor. Ateşin yanında duran bir kedi yavrusu gibi kendisiyle kalmaktan masumca bir keyif alsa da, mutlaka ona da ulaşabilen birisi, ben değilsem bile belki bir kız arkadaşı olmuş olmalıydı. Acaba kendi çocukları onu erişilebilir bulacaklar mıydı? Onunla geçecek bir ömür önce bir şeffaflık yaratıp, sonra da o şeffaflığın içinde ruhunun karmaşık yanlarını gösterecek miydi?

Yine de odama alışmıştı; ben artık oraya bizim odamız diyordum. Beatrice'e yaklaşmak için mantıklı ve kurnazca cümleler üretmeye başlamıştım. Utangaçlığımızı silmeye çalıştım, yüzümü saçlarına gömdüm, ona yalvardım – çekyatın darlığına ilişkin espriyi düşünmeden benimle yatması için yalvardım. Tabii ki yatmadı, ben de o zaman diğer bir kozu ileri sürdüm. Benimle hemen evlenmeliydi. Varsın gizli olsundu...

Fakat o istemiyordu. Bu kız ne yapmaya çalışıyordu? Ne istiyordu? Bana dayanıklılık aşılamaktan başka bir şey yapıyor muydu? İleride dahi olsa, benimle evlenmeye niyeti var mıydı?

"Evlen benimle. Şimdi!"

"Ama bunu yapamayız!"

"Neden yapamayalım?"

Paramız yoktu. Ayrıca evlenmemesi gerekiyordu çünkü bir çeşit sözleşme imzalamıştı. Onu bozmak doğru olmazdı. Zavallı kız bunu söylemekle elime koz vermişti.

"O zaman yat benimle..."

"Olmaz."

"Olur. Neden olmasın?"

"Olmaz..."

"Neden olmaz? Sen bir erkeğin ne olduğunu biliyorsun –beklemem gerekiyor– sırf sen kendini suratsız bir başöğretmene dönüştürmek için lanet olası bir sözleşme imzaladın diye benim ıstırap çekmem mi gerekiyor?"

"Lütfen, Sammy..."

"Seni seviyorum."

"Bırak gideyim."

"Anlamıyor musun? Seni seviyorum. Sen de beni seviyorsun. Senin bana kendi isteğinle gelmen lazım, senin bütün güzelliğini paylaşmalıyız – neden beni kendinden uzaklaştırıyorsun? Beni sevmiyor musun? Beni sevdiğini sanıyordum!"

"Öyle."

"Söyle o zaman."

"Seni seviyorum."

Yine de benimle yatmıyordu. Dar yatağın kenarında oturup saçma bir şekilde güreşiyorduk; bu aptallıktan başka bir şey değildi. Bir süre sonra içimdeki arzular dahi bu olup bitenden sıkılıyordu; biz de o zaman yan yana oturuyorduk ve ben aniden bir sergi ya da yaptığım bir resim hakkında konuşmaya başlıyordum. Bazen on beş dakika önce kestiğim konuşmaya kaldığı yerden devam ediyordum – öyle bir monoloğa konuşma denirse tabii.

Beatrice benim yegâne rakibime aitti. Dolayısıyla vücudu da ona ait değildi ki bana versin. O bunu düşünüyor, bu doğrultuda hareket ediyordu. Henüz evlenmeyi aklımızdan bile geçiremezdik. Yine de zaman zaman odama geliyor, yatağın kenarında benimle birlikte oturuyordu. Bunu neden yapıyordu? Zevke duyduğu merak içinde mi kalmıştı, cesaret edebildiği kadar heyecan mı duymak istiyordu, neydi?

"Delireceğim."

Her noktası dokunulduğunda geri çekilebilen, çok hareketli bir vücudu vardı; fakat o yakışıksız yorumu ortaya attığım anda kollarımın arasında kaskatı kesildi.

"Bir daha asla böyle bir şey söyleme, Sammy."

"Delireceğim, bak ciddiyim!"

"Deme öyle!"

Delilik o günlerde pek revaçta değildi. İnsanlar dengesiz ya da şizo olduklarından keyifle söz etmezlerdi. Ama ben diğer birçok konuda olduğu gibi bunda da erken davrandığımı söyleyebilirim. Bugün bir kızın sempatik bulacağı bir yorum, o günlerde Beatrice'i korkutuyordu. Ve bu da bana istediğim aracı sağlamış oldu.

"Galiba ben gerçekten deliyim, biraz..."

İnsanoğlu özgürlüğünü kaybettiği zaman acımasızlık sarmalının sonu yoktur. Bunu yapmam şart, şart, şart. Dediklerine göre cehennemdeki lanetliler yaşayan masum insanlara hastalıkla işkence ederlermiş. Ama şimdi biliyorum ki yaşam bu ortaçağa özgü masum kavram yanılgısından çok daha korkunç. Biz birbirimize şimdi ve burada işkence etmeye zorlanıyoruz. Birer robota dönüştüğümüzü seyredebiliyoruz; yabancılaşmış kollarımız sevdiğimiz insanlara doğru ihtiras aletlerini kaldırırken hissettiğimiz tek şey dehşet. Özgürlüklerini kaybedenler, kimin kime işkence ettiğini unutana dek göz göre göre buna devam etmeye zorlandıklarını seyredebilirler mi? Beni de ona çeken işte bu saplantıydı.

Ama tabii ki korkusunu yendikten sonra sevişecektik ve böylece birbirimize sıkı sıkıya bağlanacaktık; işte o zaman güneşli geleceğimizin parıltısı sonsuza dek sürecekti.

Deliliğim Wagner tarzı bir delilikti. Karanlık gecelerde beni dışarı çıkartıyor ve alçak tepelerin yamaçlarında koşturuyordu. Bir pelerinim eksikti.

Kapıcıyla içeri bir mesaj gönderdim. Bay Mountjoy, Bayan Ifor'la konuşmak ister.

"Sammy!"

Sabah saat sekize çeyrek vardı.

"Seni görmek zorundaydım. Gerçek olduğundan emin olmak için."

"Ama bu saatte buraya nasıl gelebildin?"

"Seni görmek istedim."

"Ama nasıl..."

"Seni görmek... ha onu mu sordun? Bütün gece yürüdüm."

"Ama..."

"Sen benim akıl sağlığımsın, Beatrice. Gelip seni görmeye mecburdum. Ama şimdi her şey yolunda."

"Geç kalacaksın, Sammy, gitmen lazım. Sen iyi misin?"

Dayanılmaz bir istek ve tereddüt iç içe; ağlamama az kaldı. Delilik nedir ki zaten? Deli taklidi yapan bir adam aynı anda akıllı olduğunu iddia edebilir mi?

Artık sadece dayanılmaz bir istek kaldı; ağlıyorum.

"Bunu yapmak zorundayım. Neden bilmiyorum. Ama mecburum."

"Bak, Sammy... burada böyle olmaz... Seninle otobüs durağına kadar geleyim. Haydi. Hangi numaraya bineceğini biliyor musun? Eve git ve hemen yatağına gir, tamam mı?"

"Beni terk etmeyecek misin?"

"Bak... canım!"

"O zaman ilk fırsatta gel... ama ilk fırsatta..."

"Tamam, söz."

Otobüsün üstü yolun yarısı boyunca dallara çarpıp durdu. Titriyordum, rol yapmaya gerek kalmaksızın kendiliğimden titriyordum. Bir taraftan da sarhoş bir adam gibi homurdanıyordum.

"Anlamıyorum. Hiçbir şey bilmiyorum. Aklımı oynattım. Ben buna mecburum. Mecburum. Yaşam bana fazla geliyor. Pişmanlık duyabilirim ya da kendimi öldürebilirim. Benim hayatımın bir böcek gibi yavaş yavaş ilerlemekten başka bir anlamı olmayacak mı? Bir böcek gibi sürekli sürünüp kaçacak mıyım? Uzaklara da gidebilirim. Gidebilir miyim? Mümkün mü bu sahiden? Belki de denizleri aşıp boyalı duvarların beni beklediği yerlere gidebilirim. Ama bu mecburiyet beni buraya mıhlıyor."

Göğüs kasları gerilir, bilek kasları dışarı fırlar ve kalp daha hızlı çarpmaya başlar, ta ki genişleyen kırmızı dokular havayı emip bitirene kadar; o zaman anlarsın ki yeniden nefes alman lazım; çünkü dayanılmaz istek her ne kadar acımasız olsa da, bir adam onun fiziki reflekslerini ele geçirmesine izin vermek zorunda değildir, hayır, tabii ki duygusal olarak ıstırap çekebilir ama havasızlıktan boğulmak zorunda değildir –işte böyle– işte şimdi sırtımdaki yükü bir nefeste attım.

Bana geldiğinde gayet yumuşak başlı ama aynı zamanda otoriter görünüyordu; düzenli yemek yemem hususunda gayet ciddiydi, vesaire. Çok tatlıydı. Sadece iffeti için savaştı. Çünkü o benim akıl sağlığımdı. Bunun herhangi bir sonucu olmayacağına dair onu nefesim yettiği kadar ikna etmeye çalışmıştım, ama yine de doğacak bütün sonuçları göze alacaktım, değil mi? Ve sonra, dört yılın ateşi Beatrice, yatağa uysalca uzandı, gözlerini kapattı ve bir elini sıkıp yumruk yaparak alnının üzerine kahramanca yerleştirdi, sanki az sonra tifo aşısı olacakmış gibi.

Ya Sammy? Ona ne oldu?

Sammy'nin hiçbir sonuca katlanması gerekmedi, çünkü ortada sonuç doğuracak herhangi bir sebep yoktu.

O tam olarak neyin peşindeydi? Yaşamının bu en muzaffer ya da en azından keyifli anında kurbanının o aciz, uysal ve korkmuş görüntüsü neden diğer cinsel keşiflerinin en kötüsünden daha az tahrik edici, hatta söndürücü ve katlanılmaz olmuştu? Hayır, dedi vücudu, asla bu değil. Ben bunu kastetmemiştim, benim istediğim bu değildi. Paçalı don indiği anda iktidarımı her anlamda ispatlayamıyorsam, seks takıntım olduğunu düşünmekte ne derece haklıyım? O zaman anlaşıldı ki biraz olsun işbirliği şarttı. Eğer o kendini kurban edecekse, celladı ben olamazdım. Eğer birinden korkacaksa ve o birisi ben isem, iliklerime kadar derin bir utanç duymam gerekirdi. Bu da tamamen kabiliyetsiz bir adamın ya da her zaman kahramanca hazır bulunan bir adamın –hazır bulunan daha doğru– tanımına uymuyordu. Bir ilişkide aşamalar olurdu. Ama bunları ne ben kabul etmeye hazırdım ne de Beatrice. Diğer taraftan benim ona olan hislerimin patolojik sayılmasa bile saplantılı olduğu kesindi. Öyleyse bu hislerin onu elde etmemi kolaylaştırması gerekmiyor muydu? Ama o, benim ortaya attığım delilik hikâyesi ve onun kendi dini tabuları yüzünden bu anı, bu evlilik öncesi ilişkiyi, hemen bir günaha, korkuya, aşka ve sonuç olarak bir drama dönüştürmeden yaşamayı başaramıyordu. Farkında olmadan kendimizi müziğe kaptırmaya başladık. Fakat dizlerini birbirinden ayırırken takındığı tavır o derece, nasıl desem, tiyatrovari, epik, dramatik ve ürkütücüydü ki, bir türlü ona eşlik etmem mümkün olmadı. Aletim inmişti.

Ama tabii ki başka durumlar da vardı. Ben henüz, cinsel paylaşımın bizi bir araya getirmeye yetmeyeceğini bilecek kadar akıllı değildim. Dolayısıyla bu oyunu o anda ve orada bırakmak yerine –ve tabii benim erkekliğime olan güvenim de tehlikeye girmiş olduğu için– ısrarcı davrandım. Artık ikimiz de onu öpüp okşamama izin vermesi gerektiğini düşünüyorduk. Zaten herkesin de bildiği gibi bu tür şeyler işin en sonunda olurdu. Ve ben sıcacık esrarengiz Beatriceime hüzün ve merhametle karışık bir galibiyet duygusuyla sahip oldum; sonra o ağladı, gitmek istemedi ama tabii ki gitmek zorundaydı, aceleci davranmanın cezasıydı bu. Beatrice sırrını okula götürdü ve tahmin yürüten bakışlara katlandı, sonra geri geldi, şapele gitti, orada ne yaptıysa yaptı, sonra yine ne sebeple geldiyse geldi – ve tekrar benimle yatağa girdi. Bu arada ben aşkla, minnetle ve neşeyle doluydum ama Beatrice'e yakınlaşmış dahi değildim, onunla hiçbir şey paylaşmamıştım. Biraz keyif almış olsa bile sonuç olarak işkence sehpasında yatırılmış bir kurban olarak duruyordu. Bu anlamda paylaşabileceğimiz hiçbir şey yoktu; çünkü zavallı Beatrice'in cinsel istekleri yoktu. Ne yaptığımızı bile tam olarak anlamıyor, tüm bunların ne ifade ettiğini bilmiyordu.

"Hiçbir şey hissetmiyor musun?"

"Bilmem. Belki."

Suskunlukları giderek daha uzun sürüyordu. Artık patron o değildi. Yüzünde bir ipucu arayıp kafasından neler geçtiğini merak edeceğim yerde, kendimi izlenirken buluyordum. Tek taraflı sevişmelerimizden sonra odanın içinde ileri geri yürür ve kendi kendime, hepsi bu mu, bizi bir yapacak, benzer kılacak hiçbir şey yok mu, diye düşünürdüm. O ise dar yatakta hareketsizce yatar ve gözleriyle benim ileri geri yürümemi takip ederdi. Mutsuz değildi. Fakat daha sonraları Beatrice'in altımda yatan halini hatırladığımda gözümün önüne asla cinsellik içeren bir görüntü gelmiyor. O kendisini yaşamın içinde önceden tasarlanmış bir yere göre ayarlıyordu. O, birisine saygı duymak, ona ait olmak, ona güvenmek, ona tutunmak, aslında ondan daha güçsüz olmak, evlilik kurumunun parlattığı şeyleri yapmak istiyordu. İçgüdüsel olarak evli bir kadının olması gerektiğine inandığı şekle girmeye başlamıştı. O destansı özveriden sonra ilişkiye katkısı kalmamıştı. Bekâretin kaybı her şeyin bedelini karşılamıştı.

Onu seviyordum ve minnettardım. Gençken bir ilişkinin göründüğü kadar anlamsız olduğuna inanamazsınız. Her zaman, bir sonraki gün bir şeylerin açığa çıkacağını sanırsınız. Ama biz zaten birbirimizi yeterince tanımıştık. Daha başka öğrenilecek bir şey kalmamıştı.

Bazen yalnız kaldığımda geleceği düşünürdüm. Nasıl bir hayat yaşayacağımı merak ederdim. Tabii ki resim yapacaktım; Beatrice de her zaman etrafımda olacak ve bana çay yapacaktı. Belki çocuklar doğuracak ve çok iyi bir anne olacaktı. Düşüncelerimde çaresizliğe meyletmeye başladım, onu terk etmeyi düşünmüyordum ama bir gün vücudunun içinde bir yerlerde saklanıyor olması gereken o şahane kişiliğin bir şekilde ortaya çıkacağına inanmak için kendimi zorluyordum. Bu derece zarif bir vücut salt kendi tapınağı olamazdı, insanlara gösterebileceği kutsal bir yanı vardı muhakkak...

"Senin resmini yapacağım, vücudunun resmini. Çıplakken. Bak böyle, rahat ve sakin."

"Hayır. Olmaz."

"Olur. Uzan oraya. Dur şu perdeyi çekeyim..."

"Hayır! Sammy!"

"Sokaktan geçenler seni göremez ki. Şimdi uzan ve kıpırdama."

"Lütfen!"

"Bak, Beatrice... Aynadaki Venüs tablosunun güzel olduğunu sen söylememiş miydin?"

Yüzünü diğer tarafa çevirdi. Yine tifo aşısı oluyor gibiydi.

"Yüzünü çizmeyeceğim. Sadece vücudunu istiyorum. Hayır. Bozma duruşunu. Sadece kıpırdamadan uzan."

Beatrice uzandı ve ben çizmeye başladım.

Çizimim bitince onunla yine seviştim. Daha doğrusu, kalemimin yaptığı işi tekrarladım ve başlattığı işi bitirdim. Sevişmeye katkıda bulunamadığı artık kabul edilmişti. Sevişme artık bir faydalanma halini almaya başlamıştı. Şimdi anlıyorum ki sevişmekten zevk alamıyor ya da yetiştirilme tarzından dolayı bu alışverişimizi hoş karşılayamıyordu. Bütün o küçük kitaplar ve arada sırada yaptığımız konuşmalar, onun yarı pişmiş bağnazlığının ölü ağırlığı karşısında etkisiz kalıyordu. Aldığı öğretiler onun ihtirastan tamamen uzak kalmasını sağlamıştı.

Bir adamın bir kadın hakkında herhangi bir şey öğrenmesi kolay değildir. Bu durumda adam kadına karşı bir tutku hissettiği zaman o yumuşak başlı durgunluğu aşıp ona nasıl erişebilir? Kadın bir tür masumane kayganlıktan başka hiçbir şey hissetmez mi? Hiçbir şey paylaşamaz mı?

"Ne düşünüyorsun?.."

Onun vücudu ebedi bir zevk kaynağıydı. Hareket etsin ya da etmesin, renk ve doku olarak tamamdı. Yine de o, orada değildi.

"Ne düşünüyorsun?.."

Bekâretini bana verdiği andan itibaren aramızdaki ilişki değişmeye başladı. Onun varlığının açıkça görülen yokluğu bana omzunu dayıyor, yaslanıyor, tutunuyordu. Sanki ana rahmine düştüğünden beri bunu bekliyor gibiydi ve şimdi de önümde eğiliyordu. Masum köpek bakışlarıyla beni seyrediyor, tasmasını elime veriyordu.

"Ne konuşacağız?"

Birden öfkelendim. Biraz tepki bekliyordum. Ama biz yüz yüze gelince doğru dürüst kavga dahi edemiyorduk. Her zaman bir farklılaşma oluyordu. Sesimde bir nebze sertlik hissettiğinde beni tutar, sıkı sıkı sarılır ve yüzünü bedenime yaslayarak saklardı.

O zaman açıklamaya çalışırdım.

"Seni tanımaya çalışıyorum. Yani, eğer biz hayatımızı birlikte geçireceksek – sen neredesin? Nesin? Sen olmak nasıl bir şey?"

O zaman, dirseklerinden içeri bükülü duran, sadece almak için tasarlanmış o narin kolları titremeye başlar, göğüsleri ile yüzü bana dayanır ve üzerimde kaybolurdu.

Sabırsız ve öfkeli. Soru-cevap şeklinde eğitime devam.

"Peki, sen insan değil misin? Bir şahsiyet değil misin?"

Bilekleri titreyerek, sarı uzun saçları kıpırdarken, yüzü göğsüme dayalı bir halde fısıldardı:

"Belki."

Şimdi hatırlıyorum da, biz o zamanlar hiç yüz yüze gelmiyorduk. Başı saçlarının arasına gizlenmiş beyaz bir vücut şeklinde durur veya belime sarılıp çenesini mideme dayar ve kocaman, sadakat dolu gözlerini kaldırıp bana bakardı. Gözlerini yukarı kaldırarak bakmayı seviyordu. Kulesini bulmuştu ve ona tutunuyordu. O benim sarmaşığım olmuştu.

Mutlu günlerimiz de oldu – olmuş olması lazım. "Sonuncusunun" aşk değil de, "hayranlık" olduğunu da unutmamam lazım. Yaklaşık iki yıl boyunca, önce küçük sonra da büyük savaş dalgaları etrafımızı sarıncaya dek devam ettik. Buluşamadığımız zamanlarda mektuplaşıyorduk. Ben zekâ ve itirazlarla doluydum; o sadelik ve küçük farklılıklarla doluydu. Kendine bir elbise alırdı. Bence yeşil ona yakışıyor muydu? Sağlık bilgisi dersini veren hoca ne tatlı bir insandı. Bir gün küçük bir ev alacak kadar paramız olacağını ümit ediyordu. Evlendiğimizde kendi elbiselerini kendisi dikmek zorunda kalabilirdi. Bazı mektuplarının sol üst köşesinde küçük bir haç işareti bulunurdu; bu işaret, önümüzdeki bir iki hafta boyunca hamile kalma korkusu olmadığını ifade ederdi, ama zaten o günlerde böyle bir risk yok denecek kadar azdı. Dersleri kötü gidiyordu, başı dertteydi ama sağlık bilgisi dışındaki diğer derslerini artık pek önemsemiyor gibi görünüyordu. Sağlık bilgisi hocası çok iyi biriydi. Ve ben Beatrice'e ulaşmak için acımasızca gösterdiğim son gayrete doğru, kendi isteğimle değilse bile bilinçsiz olarak sürüklendim.

İyi düşünmeliyim. Bu bilinçli acımasızlığın ne kadarı benim payıma düşüyordu? Ne kadarı onun hatasıydı? Hayatı boyunca bir kez olsun bana doğru bir adım atmamıştı, ta ki ben bir fırtına gibi esip kükreyinceye kadar. Beatrice yaşamında son derece pasifti. O zaman onun için çektiğim bu şiddetli ıstırap, bu cehennem –hayatta herhangi bir şeyin gerçek olabileceği kadar gerçek miydi– yoksa bunları kendim mi yaratmıştım? Bunlar benim uydurduğum şeyler miydi? Yüzünde hatırladığım ışığı oraya ben mi oturtmuştum? Ben mi? Sanat odasındaki platformun üzerinde, arkasında köprü manzarasının olduğu bir anda görmüştüm onu; o ise beni görmemişti. Ama biz artık inişe geçmiştik ve benim gücüm bunu durdurmaya yetmiyordu. Bir zamanlar gurur dolu bir paylaşıma, bir birleşmeye, bir sırrın aydınlanmasına dönüşecek, yaşamımı onun gizemli ve kutsal seviyesine taşıyacak tutkulu ve saygın bir aşk olduğunu düşündüğüm şey, zorla da olsa ondan bir şekilde karşılık alabilmek için son derece ucuz ve acımasız bir girişime dönüşmüştü. Ve biz, hedeflenen paylaşım bir eziyet haline gelene kadar, cinsel istismar yolunda adım adım ilerledik.

Aslında hafızamın kalıntıları arasında bile hiçbir şey net değil. O iyi kız, o yazısız kitabe, nasıl olup da bu tacizleri kabullendi? Bu konuda hiç düşündü mü? Düşündüyse ne düşündü? Benim anladığım kadarıyla bunlar onu daha bağımlı ve daha sadık biri haline getirdi ve kendini eskisinden daha güvende hissetmeye başladı. Bunlar benim kendi başarısızlığımın, kendi alçaklığımın anıları, onun değil. Bu yarım yamalak gerçekleştirmiş olduğum ergenlik çağı fantezilerim aslında çok acıklı, çok hazin ve çok öfke doluydu. Cinsel yaşamın gerçekliğini pekiştirmenin yanı sıra diğer tüm ihtimalleri ortadan kaldırıyorlardı; cinsel yaşamın gerçekliğini üçe katlamanın yanı sıra onu alçaltıyorlardı. Ama her şeyin altında, en dibinde, çaresizliğin ve kaybetmenin kederi yatıyordu.

Bu kaygan yakınlaşmalarla birlikte, kolları belime daha sıkı sarılıyordu. Yüzünün resmini yapamıyordum, ama vücudunun resmini yapabiliyordum. O yüzden onu sadece bir vücut olarak çizmeye başladım; güzel, ama anlatımlarındaki hırs ve kabullenişten ötürü tüyler ürpertici resimler. İlk paramı o resimlerden kazandım –belediye başkanının daha önce yaptığım portresi hariç tabii– ve o resimlerden bir tanesi şu anda halka açık bir yerde sergileniyor. Böylece ben de oraya gidip o zamanı, odamı –bizim odamızı– görebiliyor, özür dilemeye ya da acımaya gerek duymadan yaşadıklarımızı anlamaya çalışıyorum. Orada onun o tatlı dudak yarığının mükemmeliyeti bitmiş haliyle asılı duruyor. Pencereden gelen ışık, saçının altın sarısına çarpıyor ve onu göğüslerine, göbeğine ve uyluklarına serpiştiriyor. Son taciz olayından, özellikle aşağılayıcı olanından sonraydı; kendi ayıbımla yüzleşmek adına oradaki dehşeti yakalamak için Guernica tablosundaki elektrik lambasının ışığını ve gölgelerini resme eklemiştim, fakat ortada yakalanacak bir dehşet yoktu. Olması gerekiyordu ama yoktu. Aslında alenen cereyan eden bir fuhuş gibi ortalığı alazlayacağını düşündüğüm lamba ışığı, resimde oldukça alakasız duruyordu. Daha çok, pencereden etrafa saçılan bir altın sarısı gibiydi. Bir köpeğin sadakati, iri gözler ve uysallık ifadesi vardı. Şimdi o resme baktığımda orada gizlenen yüzün neye benzediğini, oynadığım bütün rollerden ve kendimi küçük düşürdüğüm anlardan sonra yatağa nasıl uzandığını, pencereden dışarıya nasıl kutsanmışçasına baktığını hatırlıyorum.

6

Komünist Parti'nin İngiltere'deki en parlak günleriydi. Komünist olmanın cömert bir tarafı vardı; bir tür şehitlik duygusu, bir amaca sahip olduğumuz duygusu hâkimdi. Ben sokakların ve binaların curcunasında Beatrice'ten saklanmaya başlamıştım. Belediye binasında ise bir toplantı yapılıyordu; bu toplantıda bir meclis üyesi partiye katılma sebeplerini açıklayacaktı. Karar üst merciler tarafından alınmıştı. O bir işadamıydı; dolayısıyla "saklı" kalarak daha iyi bir konuma gelmesi, başka bir deyişle resmi bir göreve atanması mümkün değildi. Ayrıca, onun partiye olan inancını sermayeye dönüştürmemek anlamsız olurdu. Mevsim sonbahardı, karartmanın ve düzmece savaş havasının iyice soğuttuğu bir sonbahar. Reklam panolarında "Neden Komünist Parti'ye katılıyorum" yazısı asılıydı ve salon tıklım tıklım doluydu. Meclis üyesinin konuşması hiç mümkün olmadı; salonda tezahürat fırtınası esiyor, iskemleler ters dönüyor, kalın mavi sigara dumanında girdaplar oluşuyor, alkışlar, bağırışlar ve yuhalamalar duyuluyordu. Birisi salonun arka tarafından aşağı indi ve bir itişip kakışma oldu, o sırada havada kâğıtlar uçuştu ve cam kırıldı. Meclis üyesini ve onun sessiz film gibi görünen ağız hareketlerini seyrediyordum ki bir şişenin havada uçup sağ gözüne çarptığını ve onun yeşil çuha örtülü masanın arkasına düştüğünü gördüm. Yardım etmeye kalkıştım ama birisi ışıkları söndürdü ve bir polis düdüğü duyuldu. Ben ve kızı, meclis üyesinin gevşemiş bedenini beraberce toparlayıp platformdan indirdik ve yan taraftaki kapıdan geçirip arabasına bindirdik; o esnada polis bizi korumaya aldı, zira adam ne de olsa bir belediye meclisi üyesiydi. Etrafta hâlâ çok gürültü vardı ve her yer karanlıktı. Kızın o karmaşada göremediğim ağzından bana seslenerek çıkan ilk kelimeleri hatırlıyorum:

"Kahrolası şişeyi atan puştu gördün mü?"

Taffy'yle daha önce hiç karşılaşmamıştım ama gözlerim karanlığa uyum sağladıktan sonra gördüklerime inanamadım. Koyu ve parlak tenliydi. Kapkara kaşları, büyük, kırmızı bir ağzı vardı – banyoda bile makyajlı gibi görünen yüzlerdendi. Güzel profili, yumuşak yanakları, tenor sesi ve ürkütücü lisanına şaşırtıcı derecede ters düşen iki gamzesiyle hayatımda gördüğüm en güzel kızdı. Bir mendil parçasıyla babasının yüzüne hafif hafif dokunuyor, bir taraftan da üst üste aynı şeyi mırıldanıyordu:

"O lanet olası şerefsizi öldürebilirim!"

Babasını hastaneye götürdük ve beklemeye başladık. Bir an yüz yüze gelip birbirimize bakınca, birçok şey ikimize de gün gibi aşikâr gözüktü. Sonra babasını eve götürdük ve onu yatağa yatırdıktan sonra aşağıdaki salonda beklemeye devam ettik – bu arada tek kelime konuşmadık. Taffy merdivenlerden aşağı inip durdu; birbirimize bakmaktan başka yapılacak bir şey yoktu, konuşmaya da ihtiyaç yoktu. Eline bir fular aldı –sanırım babasının fularıydı– ve birlikte dışarı çıktık. Karartılmış bir birahaneye gittik; yoğun bir aşinalık duygusuyla serseme dönmüş halde el ele oturduk. O an orada, herkesin içinde, utanmadan ve gösteriş yapmadan öpüştük; insanlar bir metre yakınımızda olsalar dahi orada sadece ikimiz vardık. İkimiz de bambaşka bir âlemdeydik ve hiç tereddütsüz, bir daha asla ayrılmamamız gerektiğine karar vermiştik. Orada ne konuştuğumuzu ve ne hissettiğimizi şu anda hatırlamıyorum. Ama Taffy o gece benim konforsuz odama geldi ve biz çılgınlar gibi, üstelik karşılıklı zevk alarak seviştik. Nihayetinde komünisttik ve özel hayatımız sadece bizi ilgilendirirdi. Dünya bir patlama noktasındaydı. Zaten hiçbirimiz uzun yaşamayacaktık. Sonra o evine döndü; ben ise odamda, onun bir daha ne zaman geleceğini merak ederek ve Beatrice'e ne olacağını düşünerek kaldım. Beatrice'e ne diyecektim? Yapacak bir şey var mıydı? Taffy'den mi vazgeçecektim? Muhtemelen ahlakçı birinin buna vereceği standart cevap, evet olurdu. Ama Taffy'yi sevdiğimi bile bile hayatımın geri kalanını Beatrice'le mi geçirmem gerekiyordu?

Sonuç olarak hiçbir şey yapamadım. Tek yaptığım, onların görüşmemesini sağlamak oldu. Zavallı Beatrice bana iyice sıkıcı gelmeye başlamıştı. O eski tılsım, içimdeki o hisler, hepsi sönüp gitmişti. Artık onu anlamak için bir istek duymuyordum, bir sırrı olduğuna da inanmıyordum. Sadece ona acıyordum ve öfkeliydim. Bu duygularımı ondan gizlemeye çalıştım; zamanla bir çözüm bulunacağını umdum ama bu şekilde devam edecek kadar da duyarsız olamadım. Beatrice bendeki değişimin farkındaydı. Ona karşı daha soğuk ve daha uzak davrandığımı biliyordu. O yüzden bana daha sıkı sarılıyor, yüzü ve göğüsleri mideme batıyordu. Eğer o zaman gözlerinin içine bakmaya cesaretim olsaydı, resimlerime yansıtamadığım bütün o korkuyu ve dehşeti görmüş olacaktım; fakat ben utancımdan onun gözlerine bir türlü bakamadım. O ise bana korku ve gözyaşları içinde ve hiçbir söz söylemeden sımsıkı sarıldı.

Aldatılmış bir kadın görüntüsündeydi; sarsılmış, aciz kalmış bir masumiyeti yansıtıyordu. Çenesinin o günkü eğik duruşunu artık sorgulayabilirim, çünkü aradan çok zaman geçti ve bugün bu sorgulamayı yapabilecek kadar sinik ve bağlantısızım. Yine teatral hareketler mi yapıyordu? Zira o kadar yoğun bir duygu birikimine sahip olduğunu hiç sanmıyorum. Ama içten davranıyordu. Çaresiz kalmış ve dehşete kapılmıştı. Kolları beni, sanki duygusal olarak kendinden kaçanı fiziksel olarak tutabilecekmiş gibi acınası bir güçle kavrıyordu. İşte ben o anda onun gözyaşlarını ilk kez gördüm ve o anda yeteri kadar acımasız olabilseydim, okul günlerimdeki sinirli ve endişeli yatak hikâyelerimin sona erdiğini yüzüne haykırabilirdim; ben o anda, kederin kirpikler arasından bal kıvamında akan, İspanyolca bir cümlenin başındaki ünlem işareti gibi bir yanaktan aşağı süzülen sıvısını gördüm. Şimdi o da bana, benim ona eskiden yazdığım gibi mektup yazmaya başlamıştı. Mektuplarını beni ziyaret edemediği zamanlarda ya da kurallar gereği okuldan ayrılamadığı günlerde yazıyordu. Bir sürü soru soruyordu. Ne oluyordu? Ne yapmıştı? Ne yapabilirdi? Artık onu sevmiyor muydum?

Bir gün taşra yollarında yürürken karşıma anayol çıktı. Duyduğum gürültünün nereden geldiğini o zaman anladım. Bir araba bir kediye çarpmış ve dokuz canından yaklaşık beşini almıştı; zavallı kedi sürükleniyor, çığlık atıyor ve bir an önce ölmek istiyordu. Koşarak kaçtım oradan, parmaklarımla kulaklarımı kapattım ve o kıvranan yaratığı aklımdan çıkarıp normal düşüncelerime geri dönene kadar, her şey gözüme daha iyi görünene kadar sürekli koştum. Ve kendime dedim ki, kendi varlığımdan başka hiçbir şeyin kesin olmadığı bu fani dünyada her şeyden önemli olan, küçük Sammy'nin rahatı ve keyfidir. Dolayısıyla, her şey siniri açıkta duran bir monoküler, bir homunculus ve bir de işkence sehpasından ibaretti ki benim Beatrice'in peşinden koşma nedenim de tam olarak buydu. Ben artık onun platformun üzerinde, Palladio üslubundaki bir köprünün önünde durduğu o ilgi çekici ama yarı unutulmuş görüntüsünde, zihnimin kendini aldatabilme gücünden başka hiçbir şey bulamıyordum. Aslında yüzünde ışık da yoktu. Hatta dikkatli bakıldığında cildinin altında sivilceler görünüyordu ve her iki gözünün kenarında uykusuz geceleri ifade eden koyu renkli küçük üçgenler vardı. Artık onun yegâne silahı itham etmek ve hatıraları hortlatmaktı ama bu fani dünyada biz buna kolaylıkla bir son verebiliriz.

Böylece Taffy ile ben her şeye rağmen kendi yolumuza gittik. Taffy benim düşük standartlarımın yanında bir hanımefendi sayılırdı. Proletaryanın mızrak başı olduğumuzu hatırladığı zamanlar dışında, zor beğenen biriydi. Biraz da parası vardı; bir kocayı ya da sevgiliyi destekleyecek kadar olmasa da yardımcı olabilecek kadar vardı. Böylece odamı ve adresimi terk ettim, haber de bırakmadım, kirayı da ödemedim; zaten bu bombalanmış bodrum katının, tahrip olmuş beton kalıntılarının ya da arasından çiçekler fırlayan eğik tuğla duvarın neresine gönderebilirdim ki parayı –fakat yine de bir iki gün sonra posta kutusuna bakmak için gizlice geri döndüm– Beatrice'in gelip beni bulamadığı zaman yazdığı mektubu almak için. Mektup azarlarla; güçsüz, nazik ve ürkek azarlarla doluydu. Bundan sonra bir süre Taffy'yle aramıza soğukluk girdi. Taffy bir şeylerin farkına varmış olmalı ki yüzü asıldı ve bana bir süre soğuk davrandı. Kadın erkek ilişkileri hakkında aramızda uzun uzadıya konuştuk. Kimsenin kıskançlık duyması gerekmiyordu; bir insanın üçüncü bir kişi ile keyifli vakit geçirmesini anlayışla karşılamak gerekiyordu. Hayatta hiçbir şey kalıcı değildi ve hiçbir şey izafi olmaktan öte gidemiyordu. Seks özel bir işti; objektif bakılması gereken bir meseleydi, zaten doğum kontrol yöntemleri ortodoks aile yaşamına duyulan ihtiyacı ortadan kaldırmıştı. Sonra birden, sanki depremde yıkılmayacak yegâne şey bizmişiz gibi birbirimize sıkı sıkıya kenetlendik ve ben onun ensesine fısıldadım:

"Evlen benimle, Taffy, Tanrı aşkına evlen benimle."

Taffy çenemin altında soluk alıp veriyordu; sıkı sıkı kavradığı kazağıma yüzünü gömmüş, boğuk bir sesle sövüp sayıyordu.

"Başka bir kadına gözünün ucuyla dahi baksan bağırsaklarını çıkartıp kendime kemer yaparım, bılmış ol."

Genç Hıristiyan Erkekler Birliği'ndeki geçici yatağımı bıraktım ve Taffy'nin parasıyla stüdyo tipi bir daireye taşındık. Ardından bir nikâh dairesine gidip evlendik. Bizim için düğün merasiminin hiçbir önemi yoktu. Artık dairemize dönebilirdik ve tek önemli olan buydu. O zamanlar hâlâ okulda ders veren Nick Shales aracılığıyla Beatrice'ten bir mektup aldım; önce zarfı açıp açmamam gerektiğine karar veremedim. Yanında Nick'in yazdığı bir mektup da vardı, kırgın bir mektup. Beatrice bütün ortak tanıdıklarımızı dolaşmış, her yerde beni aramıştı. Onun kapı kapı dolaşıp beni arayan, utançtan kıpkırmızı kesilse de devam etmek zorunda kalan hali gözümün önüne geldi.

"Sammy Mountjoy'un nerede olduğunu biliyor musunuz? Adresi kaybettim de..."

Mektubu açtım. İlk satırlarında özür diliyordu; okumaya devam ettim çünkü ilk sayfanın görüntüsü kalbime bir bıçak saplamıştı. Sol üst köşede küçük bir haç işareti vardı. Bugünlerde bizim için tehlike yoktu.

Onunla ilgili bir anım daha var, gördüğüm bir rüyanın anısı ve bu öylesine canlı bir rüya ki aklımda yer etti. Çok uzun bir banliyö yolu boyunca geri geri gidiyorum ve yolun iki tarafındaki evler vasat görünümlü ve boyasız ama kasvetli bir saygınlık uyandırıyorlar. Beatrice arkamdan koşuyor ve kuş sesine benzer bir ses çıkartarak bağırıyor. Korkunç kasabada akşam vakti, gölgeler Beatrice'in üzerine çöküyor. Bodrum katlarından ve kanalizasyonlardan sular yükseliyor, Beatrice'in ayaklarına çarpıp onu düşürüyor ama ben sudan bir şekilde korunuyorum. Su Beatrice'in çevresinde yükseliyor, yükseliyor, sürekli yükseliyor.

Öte yandan, Taffy'yle birlikte kendimize dört duvar arasında bir yer yaptık. Bombalar düşmeye başlayıp askerlik zamanım yaklaştıkça, partiden de yavaş yavaş uzaklaştık. Birbirimizin geçmişini keşfettik; benimki biraz düzeltildi, belki biraz da onunki. Gerçeklerin tamamını öğrenmeye çalışmadan, bunun zaten imkânsız olduğunu bilerek ve bağışlayıcı olacağımıza dair birbirimize açık kart vererek aramızdaki o olağanüstü güven ortamını yarattık. Bu arada benim partiden uzaklaştığım gibi, Beatrice de benden uzaklaşmıştı. Taffy'ye ondan bahsettim, küçük haç ise görevini yaptı. Taffy'nin bir bebeği oldu.

Bu durumda Beatrice'ten kaçmaktan başka ne yapabilirdim? Yapmam gerekenlerden ya da benim yerimde başkası olsaydı ne yapmış olabileceğinden söz etmiyorum. Ben yalnızca, geçmişteki halimin kaçmaktan başka bir şey yapamamış olduğunu söylüyorum. Acısına son vermek için kediyi öldüremedim. Seçim yapma gücümü yitirdim. Özgürlüğümü elden çıkarttım. Ama yine de ben tabiatımın otomatikman verdiği aciz tepkiler yüzünden suçlanamam. Ben ne idiysem, zamanla o hale geldim. Kızı sehpaya yatıran genç adam ile yol boyunca çekiştirilerek antikacıdaki dükün önünden geçirilen çocuk, her açıdan birbirlerinden farklı kişiler. Öyleyse bu bölünme nerede gerçekleşti? Genç adamın herhangi bir seçme şansı oldu mu?

O sıralarda Johnny ile tekrar karşılaştım – aramızdaki farklılığın bir ölçütü olarak aklımda yer eden mükemmel ve tam olarak tarifini yapabileceğim bir esnada gördüm onu. Bir akşamüzeri şehirdışına çıkmış, kendimden uzaklara doğru yürüyordum – Counter's Hill'in, üzerinden yol atlıyor gibi görünen tepesine yaklaşıyordum. O anda Johnny motosikletiyle tepeden üzerime doğru atladı; ben de sıçrayıp kenara çekilmek zorunda kaldım. Karşı taraftan saatte yaklaşık yüz mil hızla gelmiş olmalıydı, çünkü tepeye ulaştığını gördüğüm zaman havada uçup üzerimden geçecek sandım. O an onun gökyüzüne karşı yerden on santim yukarıdaki görüntüsünü gayet iyi hatırlıyorum. Sol eli motorun gidonundaydı. Arkasına yaslanmıştı, kasklı kafasını döndürmüş ve mümkün olabildiğince sağa doğru çevirmişti. Kız ise başını onun omzuna yaslamış, sağ kolu ile beline sarılmıştı;

dağınık saçları rüzgârda uçuyordu. Johnny sağ kolunu kızın başına dolamış, sağ avucunu da üstüne koymuştu; tepeyi o süratte ve sıfır görüşle aşarken, bir yandan da öpüşüyorlardı; ne olacağı umurlarında değildi çünkü olacak olan her ne idiyse belki de hiç önemi yoktu.

Ben savaşın yarattığı tahribatı, ölümleri ve bütün o dehşeti gayet rahat karşıladım. Dünya parçalanabilirdi, umurumda değildi. Zihnimin içinde anarşi vardı; dünya genelinde de anarşi vardı ve bu iki durum birbirine o kadar benziyordu ki birisi diğerinden doğmuş dahi olabilirdi. Yıkık evler, mülteciler, ölümler ve işkence – tüm bunların dünyanın her zamanki gidişatı olduğunu kabul edersek, bireysel davranışlardaki kötülüklerin esamisi dahi okunmaz. İnsanlara alenen ateş edebileceksen ve halk seni bunun için tebrik edecekse, neden kendi adına cinayet işleyesin ki? Binlerce genç kız parçalanıyorken, neden tek bir kızın saldırıya uğramasından etkilenesin ki? Kötülük peşinde olanlar, savaş ve savaşın kırıp döktüklerinden başka hiçbir yerde huzur bulamazlar; şehvet ve sorumsuzluk da bunların yerini gayet iyi tutar. Ben kendi adıma tahribat yaratmayı beceremedim, zira artık ünlü bir savaş ressamı olmuştum.

Sammy'ye silah yoktu. Onun yerine Sammy, yazıcı melek oldu.

"Peki, o halde burada mı?"

"Hayır, burada değil."

7

Öyleyse nerede? Ben bazı açılardan bilge bir insanım; bir tuğla duvarın arkasından çok uzakları görebilirim ve işte tam da bu yüzden benim kendi sorumu kendi kendime cevaplayabiliyor olmam lazım. En azından algı yeteneğimi ne zaman elde ettiğimi ya da bana bunun ne zaman kazandırıldığını söyleyebilirim. Bunu Dr. Halde başardı. Özgür olsaydım böyle bir yetenek edinemezdim. Öyleyse özgürlüğün yitirilmesi bilginin farklı ve yeni bir biçimine ulaşabilmek için önceden ödenmesi gereken bir bedel miydi? Yeni algı şeklimi yaratan çaresizliğimin doğurduğu sonuç ise Beatrice'in korkunç mutsuzluğu ile Taffy'nin sonsuz mutluluğu olmuştu. Ben akli becerilerimin, yarattıkları fayda ve zararları meşrulaştıracak kadar değerli olduklarına inanmıyorum. Fakat tuğla duvarın ötesini görebilme yeteneğim doğrudan Halde'nin elleriyle yoktan var edildi. Onun bu süreci başlattığı odanın gayet net bir görüntüsü var aklımda. Gestapo'nun kamçısı dünün örtülü perdelerini açtı ve gri yüzlerin maskesini indirdi.

Oda gerçekti, yavandı ve pisti.

Odada bulunan başlıca eşya, alanın üçte birini kaplayan devasa masaydı. Masa eskiydi, cilalanmıştı ve kuyruklu bir piyanonun bombeli ayaklarına benzeyen ayakları vardı. İki tarafında kâğıt yığınları duruyordu, ortadaki alan ise komutanın sumenine ayrılmıştı. Onunla sumenin üzerinden erkek erkeğe bakıştık fakat o oturuyordu, biz ise ayaktaydık. Arkasında dosya dolapları duruyordu ve çekmecelerin üzerindeki kartlarda gotik yazıyla yazılmış harfler vardı. Komutanın iskemlesinin arkasında yüksek bir yere Führer'in büyük bir fotoğrafı asılmıştı. Tehlikesiz bir odaydı ama renksiz ve konforsuzdu. Kâğıtlardan bir kısmı masada çok uzun süre kalmış olmalıydı, çünkü üzerlerindeki tozun onlara neler yapmış olduğunu görebiliyordunuz.

İçeri gir, sağa dön, selam ver.

"Yüzbaşı Mountjoy, efendim."

O an fark ettim ki komutan iskemlesinde oturmuyordu, şişman ve kısa boylu yardımcısı da öyle. Oturan adam bir sivildi. Koyu renk bir takım elbise giymiş, döner koltukta sırtını yaslamış, dirseklerini kolçakların üzerine koymuş ve parmak uçlarını birleştirmişti. Adamın sol arkasında komutan yardımcısı, onun yanında da üç asker duruyordu. Ayrıca Gestapo üniforması giymiş iki anonim figür vardı. Oda doluydu ama benim gözlerim doğrudan karşımda duran adama takılmıştı; başka hiçbir yere bakamıyordum. Şimdi maziye bakıp da görür görmez ondan hoşlandığımı, kendimi ona yakın hissettiğimi, fırsat olsa onunla Ralph ve Nobby ile olduğu kadar uzun vakit geçirebileceğimi söylesem geç mi kalmış olurum? Öte yandan korkuyordum da; kalbim beni terk edip uzaklara kaçacak gibi atıyordu. O günlerde Gestapo'nun tam olarak ne kadar kötü olduğunu bilmiyorduk ama ortada dönen bazı dedikodular vardı ve çeşitli tahminler yürütülüyordu. Ve bu adam sivil kıyafet giymişti – yani çok yüksek bir mevkideydi, kendi isteği dışında üniforma giymeyecek kadar yüksek.

"Günaydın, Yüzbaşı Mountjoy. Yoksa Bay Mountjoy mu diyelim? Ya da Samuel veya Sammy nasıl? Bir iskemle ister misiniz?"

Döndü ve solumdaki askere Almanca hızlı hızlı bir şeyler söyledi, asker de bana oturma yeri kumaş olan metal bir iskemle getirdi. Sonra adam bana doğru eğilip konuştu:

"Benim adım Halde. Dr. Halde. Önce tanışalım."

Adam gülümseyebiliyordu, üstelik onunki soğuk bir gülümseme değil, içten gelen neşeli ve dostça bir gülümsemeydi; hatta gülümserken mavi gözleri dans ediyor, yanakları elmacıkkemiklerine doğru çekiliyordu. İngilizcesinin ne kadar mükemmel olduğunu o zaman anladım. Komutan bizimle konuştuğunda çoğu zaman bir tercüman kullanıyor ya da Alman aksanıyla İngilizce konuşsa da sadece kısa cümleler kurabiliyordu. Ama Dr. Halde'nin İngilizcesi benimkinden bile daha iyiydi. Benimkisi kaba bir İngilizceydi ve yaygın kullanım hataları yapıyordum, ama onun İngilizcesi yüzünde taşıdığı sade mükemmeliyetin aynısını yansıtıyordu. Onun ifadeleri berrak ve makul zihnine yakışır bir saflıktaydı. Benim ifadelerim ise telaşla ağzımda yuvarlanıyor, zihnini hiç rahatlatamamış, hiç düşünememiş ve hiçbir şeyden emin olamamış bir insanın sesiyle çıkıyordu. Yine de onunki yabancı bir sesti, ulusu olmayan, ayrık bir fikrin sesiydi; kâğıt üzerinde kelimeler yerine matematik sembolleriyle yazılsa daha iyi aktarılabilecek bir sesti. P ve B harfleri açıkça anlaşılıyordu ama yine de normalden biraz, sadece biraz daha sert çıkıyordu, sanki burnunun içine çimdik atılmış gibi.

"Daha iyi mi böyle?"

Ne doktoruydu acaba? Narin ve zarif bir kafası vardı. İlk bakışta yuvarlak görünüyordu, çünkü tepesindeki cilalı gibi görünen ve yol yol birkaç tel siyah saç bulunan kel kısma insanın gözü takılıyordu; fakat oradan aşağı doğru inince yuvarlak kelimesinin yanlış olduğunu anlıyordunuz, çünkü yüzün ve başın tümü, üst tarafı geniş ve çeneye doğru sivrilen bir ovalin içine oturmuştu. Çok geniş bir alnı vardı, alın kısmı ovalin en geniş yeriydi ve saç çizgisi geri gitmişti. Burun uzun, göz çukurları çöküktü. Gözler ise çarpıcı bir maviydi, peygamberçiçeği mavisi.

Felsefe doktoru mu?

Fakat yüzünün en çarpıcı yanı kemik yapısının inceliği değil, cildinin sıkılığıydı. Bu tür dokunun genel durumundan çok şey anlayabilirsiniz. Geçirilen hastalıkların ve yaralanmaların bıraktığı izler kolay kolay gizlenemez. Gözler matlaşır ve gözaltı torbaları oluşur. Ama onun cildi sağlıklıydı, soluk bir rengi vardı ve normal bir insanın alnını örtebilecek en az miktarda dokuya sahipti. Biraz daha az olsa içinden kafatası görünmeye başlayacaktı. Üstündeki çizgiler ise sıkıntı ve üzüntüden değil, düşünmekten ve neşeli bir ruh halinden kaynaklanan çizgilere benziyordu. İnce elleri ve adeta şeffaf parmakları gözüme çok hoş göründü ama bunun asıl nedeni de adamda gördüğüm sadelikti. Bu adam bir azizin bedenine sahipti.

Psikoloji mi?

Evet, psikoloji!

O anda birden, iskemleyi reddetmiş olmam gerektiğini fark ettim. Teşekkür ederim, ayakta durmayı tercih ederim, demeliydim. Buchan'ın bir kahramanı olsa böyle yapardı. Ama karşımda kendinden son derece emin duran ve mükemmel İngilizce konuşan bu dikkat çekici yüz vardı. Ve ben eğri zemin üzerinde hafifçe sallanan iskemleye yerleşmiştim bile. O an birdenbire, etten duvarlar arasına hapsedilmiş ve bir eskrimcinin karşısında sopa sallayan bir adam gibi savunmasız kaldım. İskemlem yine tıkırdadı ve saçma bir dostluk havasında çıkan tiz sesimi duydum.

"Teşekkürler."

"Sigara?"

Bunun kesinlikle reddedilmesi, el sallayarak uzaklaştırılması gerekiyordu – fakat o an ikinci boğumuna kadar sigara lekesi olmuş parmaklarım ilişti gözüme.

"Teşekkürler."

Dr. Halde masanın sağında duran kâğıt yığınının arkasına uzanıp gümüş bir sigara kutusu çıkardı ve kapağını bir fiske vurarak açtı. Ben ileri doğru eğilip kutunun içinde el yordamıyla sigara aranırken, kâğıt yığınının arkasında duranlara gözüm ilişti. Nobby ve Ralph yedinci yüzyılın antik gülümsemesinden kurtulabilmek adına büyük zahmetlere girmişlerdi; fakat saçları ve palyaçoya benzeyen eğreti suratlarıyla o kâğıt hamurundan yapılmış kafalar bir çocuğu bile kandıramazdı. Eğer benim yardımcı olmama izin verselerdi ya da sadece saçları kullanıp battaniyeleri yukarı çekmiş olsalardı dahi, daha iyi bir iş çıkartabilirlerdi.

Dr. Halde gümüş çakmaktan sessizce çıkan alevi bana doğru tutuyordu. Sigaranın neredeyse yarısını ateşin içine soktum ve dumanı üfleyerek geri çekildim.

Lakayt bir tavırla.

Dr. Halde gülmeye başladı ve yanakları yukarı kıvrılıp her iki gözünün altında birer sosis oluşturdu. Genel olarak rengi soluktu ama şimdi sosislerin ikisinin de altında az da olsa bir pembelik fark ediliyordu. Gözleri dans etti, dişleri parladı. Her iki gözünün dış kenarında küçük birer V harfi şeklinde kırışıklıklar oluştu. Döndü ve yardımcısını da memnun gülümsemesine katılmaya teşvik etti.

Sonra yine bana döndü, parmaklarını birleştirdi ve duruşunu düzeltti. Benden birkaç santim daha uzundu. O yüzden bana neşeli ve dostane bir ifadeyle yukarıdan bakıyordu.

"İkimiz de sıradan insanlar değiliz, Bay Mountjoy. Aramızda şimdiden açıklanması imkânsız bir sempati oluştu."

Ellerini iki yana açtı.

"Benim şu anda üniversitemde olmam lazımdı. Sizin de stüdyonuzda olmanız lazımdı ki ben oraya dönebilmenizi gönülden diliyorum."

Hiçbir ulusa ait olmayan bu sözlerde müthiş bir olgunluk vardı, sanki bir sonraki cümle tüm cevapları verecekmiş gibi. Gözümün içine bakıyor ve beni bu ilişkiyi kaba bir ağız kavgasından daha yükseğe, medeni insanların anlaşmaya varabildiği bir atmosfere taşımaya davet ediyordu. Birden onun beni gayrimedeni bulmasından korktum; aslında tarifi mümkün olmayan pek çok şeyden korktum.

O sırada birden elimden kayan sigarayı tutabilmek için beceriksizce bir çaba gösterdim.

"Elinizi mi yaktınız, Bay Mountjoy? Yakmadınız mı? Güzel."

Bana üzerinde Ren Nehri manzarası bulunan porselen bir sigara tablası uzattı. Tablayı dikkatlice alıp masanın üstünde kendime yakın bir yere koydum.

"Zamanınızı boşa harcıyorsunuz. Onların nasıl kaçtığını da bilmiyorum, nereye gittiklerini de."

Bir an beni ses çıkartmadan dinledi. Sonra usulca başını salladı.

"Olabilir tabii."

İskemlemi sürterek geri ittim ve yerimden kalkmak için ellerimi oturma yerinin iki tarafına yerleştirdim. Görüşme sona ermiş gibi yaptım ama kendim bile buna inanmadım.

"Tamam, o zaman ben..."

Tam yerimden kalkıyordum ki ağır bir el sol omzumun üzerine düşüp beni yerime oturttu. Kol ağzındaki kumaşın rengini tanımıştım ve korkulması gerekenin dokunuşu beni korkutmamış, tam tersine öylesine kızdırmıştı ki kanın enseme yürüdüğünü hissettim. Ama Dr. Halde kaşlarını çatmış omzumdan geriye bakıyor, avuçları yere bakan elleriyle sakinleştirici hareketler yapıyordu. Ağırlık omzumdan kalktı. Dr. Halde ince patiskadan yapılmış beyaz bir bulut çıkartıp burnunu iyice sildi. Anladığım kadarıyla nezle olmuştu, demek ki burnu gerçekten tıkalıydı, demek ki İngilizcesi gerçekten mükemmeldi.

Patiskayı katlayıp kaldırdı ve bana gülümsedi.

"Söylediğin doğru olabilir tabii. Ama bizim emin olmamız gerekiyor."

Ellerim gözüme fazla büyük ve hantal göründü. Onları nereye koyacağımı bilemedim, üstümdeki asker ceketinin ceplerine soktum ama orada da tuhaf durdular. Öyle olunca çıkarttım ve pantolonun ceplerine sokmaya çalıştım. Ve o sözleri tek bir mekanik hareketle ve tam olarak bana öğretildiği şekilde söyledim. Bunun bir değeri olmadığını, sadece bir refleks olarak söylediğimi de biliyordum.

"Ben bir subayım ve savaş esiriyim. Cenevre Sözleşmesi'ne uygun muamele talep ediyorum."

Dr. Halde gülmekle iç geçirmek arası bir ses çıkardı. Sanki küçük bir çocukmuşum ve ödevimi yanlış yapmışım gibi hüzünlü ve sitemli bir gülümsemeyle bakıyordu.

"Tabii ki öylesiniz. Sahiden öylesiniz."

O sırada komutan yardımcısı Halde'ye bir şey söyledi ve aralarında kısa bir konuşma geçti. Komutan yardımcısı bir ona bir bana baktı ve Halde'yle şiddetli bir tartışmaya girişti. Ama Halde galip geldi. Komutan yardımcısı topuklarını birbirine vurdu, bağırarak askerlere bir emir verdi ve onlarla birlikte odayı terk etti. Halde ve Gestapo ile yalnız kalmıştım.

Dr. Halde yüzünü tekrar bana çevirdi.

"Hakkınızda her şeyi biliyoruz."

Hemen cevabı yapıştırdım.

"Bu bir yalan."

Bunu duyunca içten ve hüzünlü bir tonda güldü.

"Anlaşılan aramızdaki sohbetin seviyesi sürekli değişecek. Tabii ki sizin hakkınızda her şeyi bilemeyiz, aslında hiç kimse hakkında her şeyi bilemeyiz. Kendimiz hakkında bile her şeyi bilmemiz imkânsız. Demek istediğiniz buydu, değil mi?"

Cevap vermedim.

"Bakın, Bay Mountjoy, ben şu anda çok daha basit bir şey söylüyorum; bazı güçlerin etkili olduğu, belirli çıkarımların yapılabildiği bir seviyeden konuşuyorum. Mesela, biliyoruz ki çilecilik size çok zor gelir, özellikle de zor kullanarak kabul ettirilmeye çalışıldığı zaman. Öte yandan, bana – anladınız mı? İşte bunun gibi."

"Yani?"

"Siz eskiden komünisttiniz. Bir zamanlar, ben de öyleydim. Komünizm gençler tarafından çokça düşülen bir hatadır."

"Ne demek istediğinizi anlamıyorum."

"Size karşı dürüst olacağım, her ne kadar aynı şeyi sizin için söyleyemesem de. Savaş aslında ahlakdışıdır. Buna katılıyor musunuz?"

"Belki de öyledir."

"İnsan ya savaşa karşı ya da savaştan yana olmalı. Ben seçimimi yaptım, çok zor oldu ama yaptım. Belki de bu hayatımda yapacağım son seçimdi. İnsan böyle bir uluslararası ahlaksızlığı normal kabul ettiği anda, Bay Mountjoy, her türlü nahoşluk onun için mümkündür. Siz ve ben, savaş ahlakının ne anlama geldiğini biliriz. Nihayetinde ikimiz de komünist olduk. Bir amaç uğruna yapılan her şey mubahtır."

Sigarayı tablaya bastırıp söndürdüm.

"Bütün bunların benimle ne ilgisi var?"

Yine eline sigara kutusunu aldı ve havada bir kez çevirdikten sonra bana uzattı.

"Sizin ve benim için gerçek olan, içinde bulunduğumuz bu oda. Kendimizi bir nevi sosyal bir makineye adamış gibiyiz. Ben kendi makinemin kontrolü altındayım, siz ise kesinlikle benim kontrolüm altındasınız. Sonuç olarak ikimiz de aşağılanmış durumdayız, Bay Mountjoy, ama gerçek ortada."

"İyi de neden benimle uğraşıyorsunuz? Size hiçbir şey bilmediğimi söyledim!"

Sigarayı parmaklarımın arasına almış, kibrit arıyordum. Telaşla çakmağı bana uzattı.

"Ah, buyurun!"

Sigarayı iki elimle birden aleve tuttum ve beyaz ucundan bir nefes çektim. Odanın içinde rahat duruşta bekleyen iki adam silueti daha vardı, ama onların yüzlerini henüz görememiştim; çakmağın arkasındaki endişeli ve bilgiç yüzden başka hiçbir yüz göremiyordum. Çakmağı masaya bıraktı, ellerini sumene dayadı ve bana doğru eğildi.

"Keşke içinde bulunduğumuz durumu benim gördüğüm gibi görebilseydiniz! O zaman siz de gayet istekli, hatta hevesli" –ellerini birbirine kenetledi– "Bay Mountjoy, inanın bana, ben... Bay Mountjoy. Dört gün önce bir başka kamptan elliden fazla subay firar etti."

"Ve siz benden... siz benden ne..."

"Dinleyin. Onlar... onlar hâlâ firarda, hâlâ serbestler ve kampa dönmediler."

"Aferin onlara o zaman!"

"Her an bu kamptan da buna benzer bir firar olabilir. Sizin arkadaşınız olan iki subay, Bay Mountjoy, onlar da kaçtı. Bildiğimiz üzere kampın şu anki durumu geniş çaplı bir firar için pek elverişli değil, ama bu imkânsız da değil. Bu tür bir firarın olmaması lazım – bir bilseydiniz ne kadar olmaması lazım!"

"Size yardımcı olamam. Firar etmek esirlerin işidir."

"Sammy... pardon, Bay Mountjoy... ne kadar iyi koşullandırılmışsınız! Ben yanılıyor muyum yoksa? Siz gerçekten krala hizmet eden sadık ve kalın kafalı bir İngiliz askerinden başka bir şey değil misiniz?"

İç geçirdi ve arkasına yaslandı.

"Bana neden Sammy dediniz?"

Bana baktı ve benimle birlikte gülümsedi; yüzündeki kara kış, ilkbahara dönmüştü.

"Sizi inceliyordum. Kendimi sizin yerinize koydum. Tabii ki bu affedilmez bir saygısızlık ama savaş savaştır."

"Ben bu kadar önemli olduğumu bilmiyordum."

Gülümsemeyi kesti, eğildi ve evrak çantasından birtakım kâğıtlar bulup çıkarttı.

"Siz işte bu kadar önemlisiniz, Mr. Mountjoy."

İki küçük dosyayı sumenin üzerinden bana doğru fırlattı. Renkleri solmuştu ve yıpranmışlardı. Dosyaları açtım ve içlerindeki anlaşılmaz gotik matbaa harfleriyle yazılmış paragrafları, yuvarlak damgaları, aceleyle çiziktirilmiş baş harfleri ve isimleri inceledim. Fotoğraflardan birinde Nobby, diğerinde de Ralph vardı, ikisi de kafalarını kaldırmış bana bakıyorlardı. Ralph kasten boş boş bakarak, ahmak pozu vermişti.

"Yakaladınız o zaman onları."

Dr. Halde cevap vermedi. Ve bu sessizlikle ilgili bir şey, belki bir tür gerginlik, beni aniden başımı kaldırıp cümlemi soru cümlesine dönüştürmeye zorladı.

"Onları yakaladınız mı?"

Dr. Halde yine cevap vermedi. Beyaz patiska bulutu çıkarttı ve yine burnunu sildi.

"Üzgünüm, arkadaşlarınız öldü Bay Mountjoy. Kaçmaya çalışırken vuruldular."

Uzun süre o soluk fotoğraflara baktım. Ama ikisi de bir şey ifade etmedi. Duygularımı uyandırmaya çalıştım, kendi kendime olayı kavramaya çalışarak sessizce içimden konuştum: Göğüslerine birer avuç kurşun girdi, ikisi de sona ulaştı; yorulmak bilmez kriketçiler oyunun sonunu görmüş ve kabullenmişlerdi. Onlar benim arkadaşlarımdı ve o tanıdığım bedenler artık çürüyüp gidiyorlardı.

Hiç mi bir şey hissetmiyorsun?

Belki.

Halde alçak sesle konuşuyordu.

"Şimdi anladınız mı, Bay Mountjoy? Bundan sonra bir kişinin dahi tel örgünün dışına çıkmaması gerekiyor, bu son derece önemli... Onların iyiliği için, bizim iyiliğimiz için, insanlık için ve gelecek için önemli..."

"Kahrolası domuz."

"Ah, evet, tabii. Hemen anladınız. Lafı uzatmaya gerek yok."

"Size hiçbir şey bilmediğimi söylüyorum."

"Ve bana bu olayın tekerrür etmemesi görevi verildiğinde ya da ben üstlendiğimde diyelim, cevabı nerede aramalıydım? Kamptaki tüm adamların arasından hangisinin kayıtlarına bu kadar kolay ulaşılabilir; kim resim yapmakla, boyalarla ve litografyayla ilgili konuşuyor? Ve ayrıca" –o kocaman peygamberçiçeği gözleriyle yaklaşmış dikkatle bana bakıyordu– "bu adamların arasından hangisinin makul davranma ihtimali var? Kendime maşa olarak Binbaşı Witlow-Brownrigg'i mi seçmeliyim? O kaskatı duran adamı kırılana kadar eğmeyi mi tercih etmeliyim, yoksa daha kolay şekle giren bir malzeme mi seçmeliyim?"

"Size söyledim..."

"Benim bu kampa süratle ani bir baskın düzenlemem gerekiyor, bunu yaparken neyi nerede arayacağımdan emin olmam ve aradığımı anında bulmam gerekiyor. Lütfen, lütfen dinleyin beni. Matbaa makinesini parçalamam lazım, tüm aletlere, üniformalara ve sivil elbiselere el koymam lazım, radyoyu paramparça etmem lazım ve doğrudan tünele gidip içini doldurmam lazım..."

"Ama ben..."

"Lütfen dinleyin. Sizi sadece bu organizasyonun bir parçası olmanız için değil, ressam olduğunuz ve bu yüzden objektif olabileceğiniz için, arkadaşlarınızdan farklı bir konumda bulunduğunuz için seçtim; bir ihanetin ne zaman ihanet olarak görülmemesi; bir insanın bir kuralı, bir yemini, daha yüce bir hakikate hizmet etmek için ne zaman bozması gerektiğini bilen biri olduğunuz için seçtim..."

"Son defa söylüyorum, hiçbir şey bilmiyorum!"

Avuçlarını yukarı kaldırarak ellerini masanın üzerinde olabildiğince iki yana açtı.

"Bu size mantıklı geliyor mu, Bay Mountjoy? Bunun tam tersi bir sonuca delalet edebilecek tüm emareleri düşünün... çeşitli yetenekleriniz, bu iki subayla arkadaşlığınız... hatta eskiden yeraltı faaliyetleriyle tanınmış bir partiye üye olmanız... ah, inanın bana, size büyük saygı duyuyorum, kendi yaptığım işi ise hiç sevmiyorum. Ve ben sizi bir insan bir başka insanı en iyi ne kadar anlayabilirse o kadar iyi anlıyorum..."

"Anlayamazsınız. Ben bile kendimi anlamıyorum."

"Ama ben objektifim, çünkü içinize nüfuz edip sizi çok iyi tanıyabilecek olsam da istendiği anda bırakırım ve acı başlamadan geri çekilebilirim..."

"Acı mı?"

"Ve biliyorum ki, objektif olarak ve sakince baktığımda gayet iyi anlıyorum ki bir an gelecek ve heyhat, talihsiz birlikteliğimizin bir anında, nasıl söylesem?.."

"Konuşmayacağım. Hiçbir şey bilmiyorum."

"Konuşmak. Evet, aradığım kelime bu. Bir an gelecek, Bay Mountjoy, konuşacaksınız."

"Hiçbir şey bilmiyorum. Hiçbir şey!"

"Bir dakika. Size çok değerli bir şey vererek işe başlayalım. Ben size sizi anlatacağım. Ne bir sevgili ne bir baba ne bir öğretmen, hiç kimse sizin için bunu yapamaz. Gelenekler ve insaniyet onları engeller. Bir insan, erimiş ve kör edici hakikati ancak bu tür elektrikli fırın ortamlarında bir başkasına aktarabilir."

"Yani?"

"Hangi embriyo, eğer seçim şansı olsaydı, şu anki bilincinize vâkıf olabilmek adına doğum acısı çekmeyi kabul ederdi? Siz kendi içinizde hiç sağlıklı değilsiniz, Bay Mountjoy. Hiçbir şeye uğrunda acı çekecek ya da mutlu olacak kadar inancınız yok. Hayatınızın hiçbir anında hiçbir şey kapınızdan girip sizi sahiplenmedi. Sizin sahibiniz sadece kendinizsiniz. Entelektüel fikirleriniz, hatta ülkenize bağlılık fikriniz bile üzerinizde eğreti duruyor. Siz tozlu bir bekleme odasında oturuyorsunuz, fakat herhangi bir yönden herhangi bir trenin gelmesini beklemiyorsunuz. Ve siz inanç kutupları arasında; yani maddi şeylere inançla, yüce bir varlığın yaratıp ayakta tuttuğu bir dünyaya inanç arasında her gün, her saat, kararsızlık içinde gidip geliyorsunuz. Sadece seks ve acının bıraktığı izler gibi engelleyemediğiniz şeyler, bunlardan birinden uzak kalırken diğerinin yinelenmesi ve sürmesi, sizin o günkü bilincinizin kabul etmediği, fakat hayat adı altında mecburen tecrübe ettiği şeyleri oluşturuyor. Öte yandan tabii ki belli ölçüde arkadaşlığa ve belli ölçüde de aşka yeteneğiniz var, ama bu kadarı sizi karıncalardan ya da serçelerden farklı kılmaya yetmiyor."

"O zaman benimle görülecek bir işiniz yok demektir."

"Hâlâ durumumuzun trajikomikliğini takdir edemediniz mi? Eğer her şey size tarif ettiklerimle sınırlı olsaydı, Bay Mountjoy, o zaman kafanıza bir silah dayayıp konuşmaya başlamanız için size on saniye mühlet vermem gerekirdi. Ama sizde ikimizce de tam olarak anlaşılmayan esrarengiz bir taraf var. Dolayısıyla, anlatacak herhangi bir şeyiniz olsa konuşacağınıza neredeyse tamamen inansam da, 'neredeyse' ile 'tamamen' arasındaki mesafe yüzünden yine de bir sonraki adıma geçmek ve size daha çok eziyet etmek zorundayım. Ah, evet! Bu yüzden kendimden nefret edeceğim, ama bunun size ne faydası olacak?"

"Ben tehditlere tahammül edemem, anlamadınız mı bunu hâlâ?"

"Dolayısıyla sizin hakkınızda hiçbir şey bilmiyormuşum gibi davranışlarda bulunmak zorundayım. Hiçbir şekilde rüşvet almayacağınızı ya da korkutulmak suretiyle yönetilemeyeceğinizi varsayacağım. O halde size hayat kurtarma şansı dışında hiçbir teklifte bulunmuyorum. Bana firar organizasyonu hakkında bildiğiniz ne varsa anlatın ve ne bir eksik ne bir fazla olarak eski halinize dönün. O zaman bu kamptan alınıp başka bir kampa transfer edileceksiniz, orası da bundan daha konforlu ya da daha konforsuz olmayacak. Bilgi kaynağımız ise gizli kalacaktır."

"Neden kıdemli subay ile konuşmuyorsunuz?"

Mavi peygamberçiçekleri.

"Kim bir kıdemli subaya sır verir?"

"O zaman bana neden inanmıyorsunuz?"

"Aklı olan biri size nasıl inanır, Bay Mountjoy?"

"O zaman bana hakikati sormanızın ne yararı var?"

Üzgün, hafif alaycı ve sağduyulu bir yüz. Eller iki yana açılmış halde duruyor.

"Bu doğruysa bile, Bay Mountjoy, devam etmek zorundayım. Aslında bunu siz de anlıyorsunuz değil mi? Evet, ikimiz de boğazımıza kadar battık, ben de aynı fikirdeyim."

"İyi o zaman!"

"Bu dünyada en çok istediğiniz şey ne? Eve gitmek mi? Bu ayarlanabilir... bir sinir krizi geçirirsiniz... bir iki ay sanatoryumda kalırsınız, birkaç kâğıt imzalanır ve derken... evdesiniz, Bay Mountjoy. Size yalvarıyorum."

"Benim biraz başım dönüyor."

Avuçlarım yüzümden aşağı kaydı. Yağlı bir şeyin aşağı doğru aktığını hissediyordum.

"Ya da hemen eve dönmek işinize gelmiyorsa, biraz eğlenceye ne dersiniz? Bunu doğduğunda sizin zengin lisanınız ile tanışmamış birinin becerebileceği kadar kibar bir şekilde ifade etmeye çalışacağım; siz arada sırada karşı cinsin yakınlığının eksikliğini hissetmiyor musunuz? Avrupa'daki kaynaklar hizmetinizde, bana söylenilene göre, onlar..."

Sesi birden uzaklaştı. Gözlerimi açtığımda masanın kenarını tutuyordum ve parmaklarımın kaydığı yerde ıslak lekeler kalmıştı. Çok ufak bir karıncalanma. Boğazıma bir hıçkırık düğümlendi.

"Seni aptal! Bilseydim sana söylemez miydim sanıyorsun? Sana hiçbir şey bilmediğimi söylüyorum... hiçbir şey!"

Yüzü bembeyaz olmuş, terden parlıyordu ve bana acıyarak bakıyordu.

"Zavallı çocuk. Bütün bunlar ne kadar canavarca, Sammy. Sana Sammy diyebilirim, değil mi? Eminim sen Avrupa'nın kaynaklarıyla da hiçbir şekilde ilgilenmiyorsundur. Peki pardon, ama ya para? Hayır. Hiç sanmıyorum. O zaman işte her şey malum. Ben seni tapınağın zirvesine çıkartıp bütün dünyayı gösterdim. Ama sen reddettin."

"Ben hiçbir şeyi reddetmedim. Anlamıyor musun, sana... sana söyledim... hiçbir şey bilmiyorum..."

"Sana yardım etmemi istedin. Belki de haklısın, belki de gerçekten hiçbir şey bilmiyorsun. Sen bir kahraman mısın, değil misin, Sammy?"

"Ben kahraman falan değilim. Bırak gideyim."

"İnan bana, bunu yapabilmeyi çok isterdim. Ama başka kaçan olursa vurulacak. Bu durumda hiç risk alamam. Bütün taşların altına bakmam lazım Sammy, keşfedilmedik yer kalmamalı."

"Galiba kusacağım."

Dr. Halde birden sessizleşti. Yamuk bir zeminin üzerinde duran bir metal ve kumaş yığını gibi dengesini bir türlü tutturamayan dişçi sandalyesinde geriye doğru kaykıldım. Führer önce bütün azametiyle ikiye bölünerek ayrıldı ve sonra bir hipnozcunun elleri gibi birleşti.

"Bırakın gideyim. Görmüyor musunuz? Nobby ve Ralph bana güvenmiyorlardı... Yazı tura atmış olabilirler, ama atmamış dahi olsalar benim bu işe dahil olmamı asla kabul etmezlerdi... Şimdi anlıyorum benimle ne yapmak istediklerini; sanırım benden hep şüphelenmişlerdi. Bana güvenemediler. Onları ispiyonlayacağımı düşünüyorlardı. Meraklı ve sahtekâr bir herif olduğumu söylüyorlardı... belki arada kaçırdığım başka bir..."

"Sammy. Sammy! Beni duyuyor musun? Uyan, Sammy!"

Kaostan çıktım, bütün o adlandıramadığım yerlerden acımasızca toparlanıp geri getirildim. Hayatıma ilk kez, sonsuza dek seve seve sürdürebileceğim bir mola vermiştim. Bakmamak, bilmemek ya da beklememek, hissetmemek ama sadece kim olduğunun bilinciyle kalmak, tamamen bilincini yitirmekten sonraki en güzel şeydi. Ben o an iç dünyamda ne ayakta duruyordum ne oturuyordum ne de uzanıyordum, boşlukta asılı kalmıştım.

"Pekâlâ, Sammy?"

Peygamberçiçeklerinin anısı beni çekiştirdi. Gözlerimi açtım ve hâlâ orada, karşımdaydı. Ve çıplak ruhlarımızın içinden onun anlayışına sığınarak konuştum.

"Hiç insafınız yok mu?"

"Bizim milletlerimizin karması gereği birbirimize işkence etmek zorundayız."

Ellerimi masanın kenarına dayadım ve onunla dikkatle konuştum.

"Sizin için de gayet açık değil mi? Siz beni tanıyorsunuz. Mantıklı olun. Ben tehdit altındayken herhangi bir şeyi saklayabilecek bir adam mıyım sizce?"

Hemen cevap vermedi. Sessizlik uzadıkça neyin kaçınılmaz olduğunu anlamaya başlamıştım. Hatta ondan uzağa bakmaya başladım, zira artık olayı yönlendirmeyi beceremiyordum. Führer de oradaydı, iki saydam resim birbirinin içine doğru kayıp tek bir resim olmuşlardı. Fotoğrafın etrafındaki kartonpiyer kurumsal ucuz bir malzemeden yapılmıştı, yenilenmesi gerekiyordu. Gözlerim rahat duruşta duran Gestapo polislerinden birine kayınca onun bir elini ağzına götürüp esnemesini saklamaya çalıştığını gördüm. Yabancı dildeki bitmeyen tartışma onu gri kahvesini içip, yapışkan çöreğini yemekten alıkoyuyordu. Dr. Halde, gözlerim tekrar onun yüzüne çevrilene kadar bekledi.

"Ama görüyorsun, Sammy, emin olmak zorundayım."

"Hiçbir şey bilmediğimi size söyledim!"

"Düşün."

"Düşünmeyeceğim. Düşünemiyorum."

"Düşün."

"Ne işe yarayacak? Lütfen!"

"Düşün."

Bulunduğum yer, bir savaşın sürmekte olduğu, hapishane ve hapisteki adamlarla ilgili genel bir his...

"Düşünemiyorum..."

...ranzalarında yatan ve çürüyen adamlar, arıların çimenlik bir alanda peteklerini yapmaları gibi akıl almaz bir şekilde şapele giren ve çıkan aydınlık yüzlü adamlar...

"Size düşünemediğimi söyledim!"

...akıllarını yitirmiş, tel örgü manyağı olmuş, silahlarla içeriye itilirken deli gibi koşan adamlar...

"Söylüyorum size..."

Adamlar.

Tabii ki bildiğim bir şey vardı. Bir yılı aşkın süredir biliyordum. Bilmediğim şey, istenen bilginin standardıydı. Ama her zaman için oradaki yüzlerce insanın arasından belki yirmi beş tanesinin gerçekten firar etmeye kalkışabileceğini söyleyebilirdim. Fakat bu bilgi benden istenmemişti. Bizim bildiklerimiz, gördüklerimiz ya da öğrendiklerimiz değil, fark edebildiklerimizdir. Günden güne küçük imalar üst üste eklenerek karmaşık bir bütün yaratılmıştı ve şimdi de bir resim olarak bana sunuluyordu. Ben bir uzmandım. Bu yüzlerle birlikte bu denli görsel ve profesyonelce başka kim yaşamış, kim bunlarla ilgili bilgileri gözeneklerinden içeri çekmişti? Başka kim insanoğlu hakkında bu kadar karmaşık bir merak duyuyordu, kimin böyle fotoğraf gibi bir zihni vardı, kim Mısır krallarına karşı bu denli endişe dolu bir bağlılık taşıyordu?

"Söylüyorum size..."

Ona basitçe şunu söyleyebilirdim: Firar organizasyonunun ne zaman, nerede ya da nasıl olacağını bilemem... ama alın şu yirmi adamı, o zaman firar filan olmaz.

"Evet, Sammy? Ne söyleyeceksin?"

Haklıydı tabii. Ben sıradan bir adam değildim. Bende çoğu insandan hem daha fazlası hem de daha azı vardı. Ben bu savaşı, geçmişte bir ya da birçok yanlış seçim yapmış, özgürlüğü yanlış kullanmalarının özgürlüklerine mal olması yüzünden şimdi çaresizce birbirlerine işkence eden çocukların oynadığı zoraki ve acımasız bir oyun olarak görebiliyordum. Her şey izafiydi, hiçbir şey mutlak değildi. Öyleyse yapılacak en iyi şeyi en iyi bilen kişi en yüksek ihtimalle kim olabilirdi? İnsan yüzünün krallığı karşısında utanç duyan ben mi; yoksa efendinin masasının ardında, yargıç koltuğunda oturan, hem insancıl hem de daha yüksek rütbeli olan Halde mi?

O hâlâ oradaydı; fakat ben bakışlarımı Avrupa haritasından ve kilit altındaki askerlerden çekip, yeniden konuya odaklanmalıydım. Halde'nin gözleri dans etmiyordu, ama kararlı görünüyordu. Nefesini tuttuğunu fark ettim, zira konuşmadan önce hızla bıraktı.

"Pekâlâ?"

"Bilmiyorum."

"Söyle bana."

"Söyledim zaten!"

"Sammy. Şu anda olağandışı bir insan gibi mi davranıyorsun, yoksa önemsiz prensiplerden birine mi bağlı kalmaya çalışıyorsun? Bir okul çocuğunun yaramaz arkadaşlarını ispiyonlamadığı zaman duyduğu gururdan daha fazla övgü hak edecek bir şey yapmadığının farkında mısın? Organizasyon şeker çalacak, Sammy; fakat şekerler zehirli..."

"Ben artık çok sıkıldım. Kıdemli subayı çağırmanızı talep ediyorum..."

Eller omuzlarıma düştüğünde Halde yine aynı sakinleştirici hareketi yaptı.

"Şimdi sana karşı dürüst olacağım. Hatta sana bazı kozlar vereceğim. Ben insanların canını yakmayı sevmem, işimden ve işimle ilgili her şeyden nefret ediyorum. Peki senin ne gibi hakların var? Haklar toplu olarak tüm esirlere veriliyor, ama ihtiyaç olduğunda bükülüp kırılabiliyorlar. Bunu anlamamak için fazla zekisin. Seni bu odadan başka bir kampa transfer edebiliriz. Neden seni yolda giderken kendi Kraliyet Hava Kuvvetlerin öldürmüş olmasın? Ama seni şimdi öldürmenin hiç kimseye bir faydası olmaz. Biz bilgi istiyoruz, Sammy, ceset değil. Soldaki kapıyı gördün, zaten içeri girerken o kapıdan geçmiştin. Sağında bir kapı daha var. Başını çevirme. Seçimini yap, Sammy. Senin çıkışın hangi kapıdan olacak?"

Ve tabii bu arada kendimi kandırıyor da olabilirdim, ya da test edildiğinde yanlış olduğu ortaya çıkacak bir yığın sahte bilgi edinmiş de olabilirdim – gözlerimde bir batma hissi vardı.

"Hiçbir şey bilmiyorum!"

"Biliyor musun, Sammy, tarih seninle benim aramdaki durumun karmaşıklığını çözmekte bütünüyle yetersiz kalacak. Hangimiz doğruyu söylüyoruz? Birimiz mi, yoksa her ikimiz de mi? Bu problemin bir çözümü yok; insanlar bunu çözemezler, bizim tereddütlerimizi, ele geçirilen kararlarımızı, hakikat anlayışımızın sonu gelmeyen bir geriye gidişten, kaosun ortasında sürekli yer değiştiren bir adadan başka bir şey olmadığını anlasalar dahi..."

O sırada haykırmış olmalıyım çünkü sesimin yükseldiğini damağımda hissettim.

"Bak şimdi. Sen hakikati istiyorsun. Tamam sana hakikati söyleyeceğim. Herhangi bir şey bilip bilmediğimi bilmiyorum!"

Artık yüzünün tüm hatlarını açıkça görebiliyordum çünkü bütün kıvrımları terden parlıyordu.

"Hakikati mi söylüyorsun Sammy, yoksa sana aptalca ve kıskançlıkla hayranlık duymam mı gerekiyor? Evet, Sammy. Sana hayranım çünkü sana inanmaya cesaret edemiyorum. Seninki benimkinden daha iyi bir çıkış kapısı."

"Bana hiçbir şey yapamazsınız. Ben savaş esiriyim!"

Yüzü parladı. Gözleri parlak mavi taşlara benziyordu. Alnına düşen ışık yüzünde toplanmış gibi çoğaldı. Burun çizgisi boyunca yol alan bir yıldız haline gelmiş ve sumenin üzerine düşünce hafif bir ses çıkarmıştı.

"Kendimden nefret ediyorum Sammy ve sana hayranım. Gerekirse seni öldürürüm."

Her biri bir sopanın betona vuruşunu andıran kalp atışları duyuluyordu. Bir de bir sigara tiryakisinin düşkün yaşamında ıslak dayak vardır; nefes alırken balgamla mücadele edilen bir kargaşa ve merkezi orası –burası– olan, ıslak sebzeleri tahta döşemeye yığıp bütün binayı sallayarak paramparça eden nefes darlığı. Ayrıca kulaklara kadar çıkan, çeneyi kaldırıp ağzı açan ve orada olmayan sert bir şeyi yutturan o sıcaklık da vardı.

Halde havada yüzüyordu.

"Git!"

Verilen emre tuhaf bir şekilde itaat eden ellerim iskemlenin iki yanını kavrayıp ayağa kalkmama yardımcı oldu. Yeni kapıyla karşılaşmak istemediğim için Halde'ye döndüm ama o benimle göz göze gelmek istemedi; o da az önce benim yaptığım gibi yutkunuyordu. Ve sonunda, bu dehşetli itaat transında, dönüp sıradan tahta kapıya yöneldim; kapının ötesinde beton bir koridor, koridorun ortasında hasır bir yol halısı vardı. Yol boyunca aklım kafamın içinde yalpalarken, şöyle demeye çalışıyordu: İşte oluyor, o an geldi! Ama zihnim olanları kaldıramadı. O yüzden ayaklar uysalca birbiri ardına adım atıyordu, vücut hiçbir başkaldırıda bulunmadı ve akılda sadece büyük bir şaşkınlık ve kötü akıbet vardı. Arada bir titreyip seğiren deri ise duruma göre davranıyordu. Gözlerim kendi yaşamlarına devam ettiler ve bana döşemenin üstündeki lekeleri –bir tanesi bir beyni andırıyordu– kıymetli birer ödül gibi gösterdiler. Bir tane daha vardı; yatak odası tavanında görülen sıva çatlaklarına benzeyen upuzun bir leke ovalanmış betonun üzerinde duruyor, hayal gücünün çok sayıda surat üretebileceği bir malzeme teşkil ediyordu.

Kravat. Kemer. Bağcıklar.

Kemerim ve askılarım olmadan orada duruyordum ve bu esnada kafamdan geçen tek şuurlu düşünce, pantolonumu iki elimle tutmak zorunda olduğumdu. Yumuşak ve ışık geçirmeyen bir kumaşla gözlerim arkadan bağlanmıştı ve sanki bu da bir uyarı mahiyetindeydi, çünkü bir insan kendisine yaklaşmakta olan son dehşetin ayaklarını ışık olmadan nasıl görebilir ve kendisini buna nasıl hazırlayabilirdi? Belki de pusuya düşürülmüştü, geleceği değerlendiremiyordu, sakladığı değerli bilgi kırıntısını –eğer elinde gerçekten bir kırıntı varsa ve gerçekten değerliyse– ne zaman açıklaması gerektiğini bilemiyordu.

Kaba olmayan bir şekilde ileri itilerek yürüyordum. Bir başka kapı açıldı, çünkü kapı kolunun çıkarttığı sesi duydum. Eller beni itti ve aşağı bastırdı. Dizlerimin üzerine düştüm, başım aşağıda, ellerim ise kendimi koruma amacıyla dışarıda kaldı. Soğuk betonun üzerinde diz çökmüş dururken arkamdan bir kapının sertçe kapandığını duydum. Anahtar döndü ve ayaklar uzaklaşıp gitti.

8

Ben nasıl oldu da karanlıktan bu kadar korkar oldum?

Bir zamanlar masumiyetin bir parçası olan bir görme biçimi vardı. Belleğin gerisindeki en uç noktada –belki daha da öncesinde, zira bu zamanın dışında bir olay– on santim boyunda, kâğıt beyazı renginde, şekil değiştiren ve açık bir pencerenin üst kenarında bir horoz gibi çalım atarak yürüyen bir yaratık gördüm. Daha sonra onu orada ilk gördüğümde belki de henüz hâlâ vaktim vardı; ama hiç kimse bana ne görebileceğimizi ve bu yeteneğimizi ne kadar kolay kaybedebileceğimizi söylememişti ve bunu kimse bilmiyordu.

Zangoç içeri girip elinin bir darbesiyle kafamı patlatmıştı. Şimdi ise ilk defa kendimi boğulma ihtimalim olan bir denizde, herhangi bir yönden gelebilecek bir saldırıya karşı savunmasız halde hissediyorum. Üzerimde bir yelek ve pantolon, gri bir gömlek ve kravat vardı, çoraplarım diz boyundaydı ve dizbağıyla bağlanıp dışarı kıvrılmıştı. Yarım ayakkabılar ve bir de ceket giymiş, başıma da parlak mavi bir kep takmıştım. Peder Watts-Watt beni baştan aşağı donatıp, yeni bir hayatın içine attı. Evindeki kâhyasına benimle ilgilenmesi için talimat vermişti ve öyle de oldu. Hastane koğuşundan alınıp papazın uçsuz bucaksız konutuna götürüldüm. Oraya gittiğimde Bayan Pascoe, sanki koğuşta geçirdiğim haftalar Rotten Row'u üzerimden temizleyip çıkartamamış gibi bana hemen banyo yaptırttı. Koğuş beni banyolara alıştırmıştı ama bu banyo çok farklıydı. Bayan Pascoe ile birlikte bir koridoru boylu boyunca yürüdükten sonra iki basamak merdiven çıktık ve banyonun kapısına ulaştık. Bana banyonun içinde yapmam gereken yeni şeyler gösterdi. Bir şeye bağlı duran bir kibrit kutusu gördüm ama o şeyin ne olduğunu bir türlü anlayamadım. Öyle bir şey ne olabilirdi? Bakır bir zırhın içine girmiş bir adam olabilir miydi? Bu doğru olsaydı, banyonun genel yapısına gayet uygun düşerdi; zira tavanlar çok yüksekti, buzlu camları olan ve hiçbir yeri görmeyen yüksek bir pencere ile bir de çıplak ampul vardı. Ama bronz kenarlı bakır mabut, dört tane kaplan ayağı olan dev küvet dahil banyodaki her şeye olduğu gibi bana da hükmediyor, yukarıdaki iki karanlık mağaranın içinden boş bakışlarla bana bakıyor ve borularıyla ödümü patlatıyordu. Bayan Pascoe suyu açtı, bir kibrit çaktı, bunun üzerine mabut kükredi ve alev aldı. Daha sonraları bronz adam Talos hakkında bir şeyler okuduğum zaman, onun gibi sesi olan, onun gibi alevler saçan ve aynı onun gibi bakırdan yapılmış bronz kenarlı bir beden hayal ettim. Ama o banyoya ilk girişimde o kadar korkmuştum ki küvet dolarken, ampulün ışığı tavandan aşağı doğru bombe yapan buharın içinde haleler yaratırken ve sarı duvarlar sıcaktan terliyor gibi görünürken, Bayan Pescoe yanımdan ayrılmadı. Fakat küvet yeterince suyla dolunca –benim hoşuma gidecek kadar dolmamıştı– gazı da suyu da kapattı, kapının üstündeki sürgüyü gösterdi ve dışarı çıkıp beni banyoda yalnız bıraktı. Kapıyı içeriden sürgüledim, yeni kıyafetlerimi iskemlenin üzerine koydum ve gözümü Talos'tan ayırmadan çarçabuk küvetin içine girdim. Korkudan kanım donmuş halde suyun içine oturdum ve beyaz emayenin üzerinde benden çok uzaklarda gibi görünen uzun sarı lekeyi incelemeye koyuldum.

Bir müddet sonra banyonun kapısı zangırdadı ve Peder Watts-Watt dışarıdan yumuşak bir tonda seslendi.

"Sam. Sam."

Ama ben hiçbir şey söylemedim çünkü o sırada savunmasız bir yerde, bir mabudun karşısında duruyordum.

"Sam! Neden kapıyı sürgüledin?"

Cevap vermeme fırsat kalmadan, onun koridorda yürüyüp uzaklaştığını duydum.

"Bayan Pascoe!"

Kadın bir şey söyledi ve bir süre birbirleriyle mırıldanarak konuştular.

"Ama çocuk içeride paniğe kapılabilir!"

Kadının cevabını duymadım ama Peder Watts-Watt tiz bir sesle haykırdı.

"Onun banyo kapısını asla sürgülememesi lazım... *asla*!"

Ben sıcak suyun içinde oturmuş soğuktan titrerken aşağı kattaki tartışma, tabii o bir tartışma idiyse eğer, giderek canlılığını yitirdi. Bir yerde bir kapı kapandı. Banyodan sonra giyinip aşağı indiğimde Bayan Pascoe'yu mutfakta sessizce oturmuş rahibin çoraplarını yamarken bulunca çok şaşırdım. Akşam yemeğini onunla birlikte yedik, sonra da beni yatağıma yolladı. Odamda iki tane ışığım vardı. Bir tanesi tavanın tam ortasından aşağı sarkıyordu, diğeri ise yatağın başucundaki masanın üzerindeki küçük pembe abajur başlığının içine gizlenmişti. Ama Bayan Pascoe beni yatırdı ve sonra, odadan çıkarken başucumdaki abajurun ampulünü çıkardı.

"Buna ihtiyacın olmayacak, Sam. Küçük çocukların yataklarına yatar yatmaz uyumaları gerekir."

Biraz etrafta gezindi, sonra kapıya kadar gidip durdu.

"İyi geceler, Sam."

Ardından öteki ışığı da söndürdü ve kapıyı kapattı.

Bazı çocuklara hücum eden o yaygın ve mantıksız korkuyla ilk tanışmam böyle oldu. Önce çocuk korkunun nereden kaynaklandığını anlayamaz, ama sonunda bulur ve bulduğu zaman korku daha da dayanılmaz bir hal alır. Yatağın içinde aşağı doğru kayıp kıvrıldım ve titreyerek önce cenin şeklini aldım, ama sonra biraz çözüldüm çünkü nefes almak zorundaydım. Rotten Row'da kendimi hiç bu kadar yalnız hissetmemiştim – ne de olsa birahanenin arka kapısının pirinç kulpu her zaman oradaydı; hastane koğuşunda ise biz bir alay küçük şeytan, hep birlikte vakit geçiriyorduk. Ama burada, bu tamamen anlaşılmaz ortamda, bu tuhaf ve güçlü insanların arasında –ve oradaki kilisenin konutu sallayacakmış gibi ses çıkartan saati yüzünden– ben ilk defa karanlıkta ve bir cehalet sarmalının içinde yardıma muhtaç halde yapayalnız kalmıştım. Korku spazmlar halinde geliyordu ve bu spazmlardan birazı bile beni bayıltmaya yeterdi, tabii eğer bayılmak gibi bir kurtuluş yolu olduğunu bilseydim; o sırada nefes almak için çırpınırken, dağınık duran kıyafetlerin arasından pencerenin ışıltısına gözüm takıldı ve kilisenin kulesi korkunç bir kafa şekline girip pencereden içeri baktı. İçimde hâlâ Philip'in prensinin bir parçası kalmış olacak ki, o anda orada ne pahasına olursa olsun bir ışık yakmaya karar verdim. Yanan ama ışık vermeyen beyaz bir tehlike alevinin içine çekiliyormuşum gibi yataktan indim. Odanın ortasında duran ampulün altına bir iskemle yerleştirdim çünkü o ampulü yatağımın yanındaki lambaya takıp, sabah olunca da yerine koymayı planlıyordum. Ama eğer yatağın içinde kendinizi savunmasız hissediyorsanız, yatağın dışına çıkınca iyice çaresiz kalırsınız, çünkü odanın ortasındaki iskemlenin üzerinde sizi bekleyen karanlık şey her ne ise, size bir oyun oynayacaktır. Ortaya çektiğim iskemlenin üzerine çıkarken sırtımın seğirdiğini hissettim. Yukarıya uzanmış ampulü tutuyordum, fakat aynı anda kiraz kırmızısına bürünen iki elimin arasından üzerime doğru bir şimşek çaktı. İskemleden düştüm ve sarsak hareketlerle pürtelaş yatağa girip dizlerimi kendime doğru, çarşafları da kulaklarıma kadar çektim.

Peder Watts-Watt kapının eşiğinde duruyordu, eli elektrik düğmesinin üzerindeydi. Işık dizlerinden bana doğru yansıyor, rahibin gözleri ile tavanda sallanan ampul odadaki bütün gölgeleri küçük daireler halinde döndürüyordu. Bir müddet bu hareketlerin arasından birbirimize baktık. Sonra o bakışlarını benden uzaklaştırdı ve yatağımın üzerinde bir yere doğru, sanki boşlukta bir şey arıyormuş gibi baktı.

"Sen mi seslendin, Sam?"

Hiçbir şey söylemeden başımı salladım. Şimdi beni seyrederek ve sağ elini elektrik düğmesinin üzerinde tutarak kapıdan biraz uzaklaştı, ardından elini düğmeden bilinçli olarak çekti, sanki bir yüzücünün deniz boyunu aşınca ayaklarını kumdan çekmesi gibi. Sonra odama girdi. Önce iskemleye yöneldi, kıyafetlerimi inceledi, parmaklarının arasında ovuşturdu; sonra bakışlarını bana doğru indirdi.

"Elektrikle oynanmaz, Sam. Eğer ampule bir daha dokunacak olursan onu oradan almak zorunda kalacağım."

Ben yine hiçbir şey söylemedim. Yatağın yanına kadar geldi ve çok yavaş hareket ederek ayakucuma yakın bir yere yan dönerek oturdu. Bana dokunmadan istediği yere oturabilirdi. Zaten çok aşağı kaymamıştım. Sonra yatak örtüsünün üzerine parmaklarıyla hafif hafif vurmaya başladı. Parmaklarını sanki çok zor ve çok önemli bir iş yapıyorlarmış gibi dikkatlice seyretti. Bir süre ağır ağır vurmaya devam etti, sonra kesti. Parmakları beni o derece meşgul etmişti ki başımı kaldırıp onun bana ağzı açık bir şekilde yan yan baktığını görünce ödüm koptu. Ama ben yukarı bakınca, o bakışlarını tekrar aşağı indirdi ve yeniden, bu sefer hızlı hızlı vurmaya başladı.

Sonra öksürdü ve konuştu.

"Bu akşam dua ettin mi?"

Cevap vermemi beklemeden hızlı hızlı konuşmaya devam etti. Ne kadar iyi olsalar da, ne kadar gayret sarf etseler de, tüm insanların içlerinde bulunan kötü düşüncelerden korunabilmek için uyumadan önce dua etmenin ne kadar gerekli olduğunu; insan sabah, öğlen, akşam dua ederse bu düşüncelerden kurtulup rahatça uyuyacağını anlattı hızlı hızlı.

Nasıl dua edileceğini biliyor muydum? Hayır mı? O zaman bana öğretecekti – ama bu gece değil. Bu gece o ikimiz için de dua edecekti. Yataktan dışarı çıkmam gerekmiyordu. Orada, kemikli ellerini ovuşturarak dua ediyor, ellerini ve başını bir aşağı bir yukarı hareket ettiriyor, öyle olunca da göz çukurlarının siyah yamaları şekil değiştiriyordu. Dua çok uzun sürdü, ya da bana öyle geldi; bazen bozuk bir İngilizceyle, bazen de başka bir lisanda dua ediyordu. Daha sonra durdu ve ellerini iki yanına, yatak örtüsünün nervürlü deseninin üzerine koydu. Tavanda asılı ampul spiralin daha da derinine yerleşirken, hâlâ biraz hareket halinde olan iki siyah yamayı andıran gözleri bana donuk donuk bakıyordu. İkisinin de üzerinde karmakarışık duran beyaz ve siyah tüyler sanki gençlik ve ilerlemiş yaş o vücutta uzlaşma umudu olmaksızın çarpışıyormuş hissi veriyor, alnının alt kısmı ile sivri burnunun kemeri parlıyordu. Bense yatak örtülerini hâlâ ağzıma kadar çekmiş vaziyette seyrederken, o sırada yüzünün tüm alt bölümünün kısalıp genişlediğini ve yukarı doğru hareket ettiğini gördüm. Her iki yamanın da altındaki deri aydınlandı. Peder Watts-Watt bana gülümsüyordu; yüzündeki doku hareket ediyor, yanak kasları yer değiştiriyor, kıvrımları, çizgileri, çıkıntıları ve dişleri görünüyordu. Hızlı ve derin nefes alışını duyuyordum – onu gördüğüm ilk akşamki gibi boynunda istemsiz bir kas hareketiyle aniden geri çekildi ve tepeden tırnağa ürperdi. Sonunda yatak örtüsünün üzerinde kayarak on beş santim daha yaklaştı. Artık yamaların içinde gözlerini görebiliyordum. Dikkatle bana bakıyordu.

"Herhalde annen sana yatmadan önce iyi geceler öpücüğü veriyordu, değil mi Sam?"

Ses çıkarmadan başımı salladım. Sonra yine uzun bir sessizlik oldu; döşemenin üzerindeki gölgelerin ölmekte olan minik dairelerinden başka hiçbir şey hareket etmiyor, nefes sesinden başka ses duyulmuyordu.

Aniden sıçrayıp yataktan kalktı. Önce pencereye sonra kapıya yöneldi. Elini elektrik düğmesinin üzerine koyup döndü ve o an bana normal bir adamdan iki kat uzun gibi göründü.

"Bir daha seni sinyal gönderirken yakalamayayım, Sam, aksi takdirde bu ışığı da almak zorunda kalırım."

Işığı söndürdü ve kapıyı arkasından çarparak kapattı. Ben yine yatak örtülerinin arasına daldım ve böylece kilise kulesinin pencereden içeri bakan ve ardında bir şeyler gizleyen siyah yamalarından korunmaya çalıştım. Artık sadece karanlığın yarattığı korku yoktu, buna bir de dört başı mamur bir gizem eklenmişti.

Şimdi o değişim anını bulmaya çalışsam bulamam; ben hâlâ Rotten Row'daki o çocuktum ve o an özgür değilsem, bu özgürlüğümün elimden sadece fiziksel olarak alındığını gösteriyordu, zihinsel olarak değil. Peder Watts-Watt benimle bir daha hiç öyle yakınlaşmaya çalışmadı, tabii o akşamki yakınlaşmasını yanlış anlamadıysam. Ama bu defa da beni etrafındaki isimsiz düşmanlarına giden sinyallerin esrarı ile sarmaladı. Onda takip edildiği yolunda giderek artan bir duygu vardı; artık dünyanın ona olan saygısını yitirmeye başladığını düşünüyordu. Uzaktan beni seyreder, düşmanlarla iletişim kurup kurmadığıma bakardı; yahut da o esnada beni fantezilerine dahil ediyordu çünkü gerçek dürtülerini kendinden gizleyebilmenin bir yolu da buydu.

Kafasının iyice karıştığı bir gün, kendisini korkutan arzu ve dürtülerinin sorumluluğunu üzerinden atmak için deli numarası yapmaya başladı; dolayısıyla bir anlamda hiç de deli değildi – ama deli numarası yapan bir adamın akıl sağlığı tamamen yerinde olabilir mi? Bu da Peder Watts-Watt ve Samuel Mountjoy için hiç bitmeyen geriye dönüşlerden biri, çözümü olmayan bir bağıntılılıktı. Bu yüzden, Peder

Watts-Watt beni konutun yan kapısının önünden geçen çakıllı yolda durdurduğu zaman, içinde hissettiği dürtüleri ne o çözebilmişti ne de ben.

"Eğer gece yarısı pencerende birisi belirirse ve sana benim hakkımda bir şeyler söylerse, hemen çıkıp benim odama geleceksin, Sam."

"Peki, efendim."

Ve önce bahçeye, sonra kilisenin duvarının etrafından yukarıya, sonra tekrar kafamın üstüne yönelttiği son derece uzun ve rahatsız bir bakışla – Alice'teki tırtıl gibi hiç olası olmayan bir şekilde hareket ederek, ellerini sol yanağının üzerine kilitledikten sonra benim yanağımı delip geçen bakışlarla konuştu:

"Sana öyle şeyler anlatabilirim ki! Her çareye başvuruyorlar, Sam, her şeyi deniyorlar..."

Herhalde zangocun sözünü ettiği uzamış din adamlarına bir örnekti bu; işte onlardan bir tanesi önümde duruyor, aydınlık çakıl taşlarının üzerinde kıvranıyor, bir o yana bir bu yana dönüyordu. Kollarını iki yana olabildiğince açıp içini çekti ve gülümsedi:

"Artık işe döneyim, değil mi, Sam? Çalışmaya devam..."

Biraz uzaklaştıktan sonra durdu ve dönüp kapıya baktı.

"Unutmayacaksın değil mi, Sam? Sana gece yarısı garip görünen bir şey olursa... herhangi bir şey..."

Sonra yürüyüp gitti, ama ben bu defa hiç korkmadım. Çocukluğun garip önsezileriyle onun yalanlarını fark etmiştim ve aldırmıyordum. Karanlığın dehşetine, her gece sabaha kadar katlanılan, o mantıksız, genel korkuya herhangi bir ekleme yapmamıştı. Hatırladığım kadarıyla, ondan sonra yine bir iki kez çeşitli gizemler hakkında ipuçları vererek bana gösterdiği ilk tutkulu yaklaşımını unutturmaya çalıştı. Ve ben onları ancak şimdi birbirine bağlayabiliyorum.

Onun vehimleri ya da numaraları, artık hangisi doğruysa, temelde insanların onun saygınlığını elinden almaya çalıştıkları üzerine kuruluydu. Sanırım insanların kendisini suçladıklarını, herkesin önünde onu fantezilerinden ötürü yaftalamaya çalıştıklarını düşünüyordu. Birbirlerine sinyal göndermek için karmaşık bir ışık sistemi yaratmışlardı, böylece hepsi onun nerede olduğunu ve ne yaptığını öğreniyordu. Tüm bunların arkasında Ruslar –o zamanın Bolşevikleri– vardı. Evie'nin yaptığı gibi Peder Watts-Watt da kendi manisine varoluşun bütün özelliklerini, kendi algıladığı biçimde ekliyordu. Aralarındaki tek fark, Evie bana her şeyi anlatırken Peder Watts-Watt'ın sadece ipuçları vermesiydi. Ve ben Evie'yi tanımış bir insan olarak Peder Watts-Watt'ın söylediklerine inanmıyordum. Bir gün, tam olarak ne zaman ya da neredeydi hatırlamadığım bir zaman, Evie'nin amcasının savaş zırhının içinde yaşamadığını, çünkü bir dükün böyle bir şey yapmayacağını anlamıştım. Evie'nin bana masal anlattığını biliyordum –konuşmamızın yarısından çoğunun çocukça ve çok daha doğru tarifi tam olarak buydu– aynı şekilde şimdi Peder Watts-Watt'ın da bana masallar anlattığını artık biliyordum.

Aslında hiçbir ışığın sinyal vermeyeceğini, hiçbir mesaj alışverişi olmayacağını, kimsenin yanıma yanaşıp kulağıma vasim hakkında suçlamalar fısıldamayacağını biliyordum. Bu oyunun geçerli kuralları olduğunu biliyordum. Ve tabii bu farkındalığımın altında annemin benim doğumum ve onun hayali sevgilisi ile ilgili fantezileri yatıyordu. Bu fantezi insandan insana şekil değiştiriyor, fakat anlatan açısından hemen hemen aynı kalıyordu. Onların hepsi de günlük yaşamlarında yedikleri acımasız yumrukları birer okşamaya dönüştürmeye uğraşıyorlardı. Peder ve ben yaşadığımız çeşitli krizlerde insanlara deli taklidi yapıyor ya da delirmek üzereymişiz gibi davranıyorduk. Ama o en azından kendini buna inandırmayı eninde sonunda başardı.

Vasimin bu ürkütücü arzularının ne olduğunu tam olarak bilmiyormuş gibi yaparsam samimiyetsiz davranmış olurum. Öte yandan olayları aktarırken yarattığım izlenim konusunda çok dikkatli olmalıyım çünkü her ne kadar uçurumun kenarında yürüdüyse de, asla benim anlattığımdan daha ileri gitmedi ve bildiğim kadarıyla hiç kimseyle bir yakınlık kurmadı. Parlayan dizlerine ve karmaşık hale getirdiği zulüm yalanlarına mazeret bulmak için çalışma odasında yıllardır öyle korkunç bir savaş veriyordu ki bazen kulağıma iniltileri gelirdi. Bence bunun gülünecek bir yanı yoktu; o zaman da yoktu, şimdi hatırladığımda da gülünç gelmiyor. O bir çocuğa doğru şekilde yaklaşmayı başaramıyordu, çünkü içinde büyüyen cerahatli arzular onu zehirliyordu. Muhtemelen, gençliğin ve deneyimin birlikte yürüyebildiği ve sevişebildiği, şeffaf ve suçlayıcı olmayan okul ortamlarına tanık olmuştu. Ama bu kısır ve bereketsiz manzarada gördüğü şey, kaçamak bir namussuzluktan başka bir şey değildi. Eğer ona iyi gelecek idiyse beni pekâlâ öpebilir ve karşılık bulabilirdi. Bunun kime ne zararı olabilirdi ki? Neden bir çocuğun büyüleyici, parşömenden sıcak tenini ve yuvarlaklığını okşayıp öpmek istememesi gerekiyordu? Cildi bu kadar kurumuş ve kırışmışken, saçları dökülmüşken, vücudu günden güne yakışıklılığını ve buyurganlığını yitirmekteyken, neden kuşaktan kuşağa mucizevi şekilde yenilenen o çeşmeden içmek istemesindi ki? Ayrıca daha vahşi arzuları olmuş olsa bile, bunlar her yerde rastlanabilecek türden arzulardı ve hiçbir zaman dünyaya bir dogma ya da siyasi mutlakçılık kadar zarar vermemişlerdi. O zaman sonraki günlerde, böyle birinin işine yaradığımı, onu rahatlattığımı düşünerek teselli bulabilirdim.

Onun beni neden evlat edindiğini düşündükçe, bunu yapması için bir buçuk sebep sayabiliyorum. Tabii ki öncelikle mağdur olduğum için ve mihrabın önünde gördüğüm utanç verici muameleyi telafi etmek için beni yanına aldığını; bu küçük çocuklar için bunu yapmayacaksan boğazına bir taş bağla vesaire, diye düşünmüş ve belki de kendisini buna inandırmıştı. Benim yarım olarak nitelendirdiğim sebep işte bu. Bütün olan sebep ise, eğer olaylara kahramanca olmasa da, geleneksel açıdan bakarsanız daha da çirkin. Bu durumda ben, tövbekâr ayakkabı tamircisinin şeytanı sürekli gözaltında bulundurmak için tezgâhının üzerine koyduğu dolu bir cin şişesiydim. Aynı şekilde belki o da bir çocuğu uygun şekilde tanımanın ve onu adeta bir oğul olarak kabul etmenin içindeki şeytanı çıkartmaya yarayacağını düşünmüştü, ama onu tanıma becerisine sahip değildi. Biz hep iki yabancı olarak kaldık. O ise zaman geçtikçe daha da garipleşmeye başladı. Sokakta yürürken başını sallıyor, uzun adımlarla ilerlerken dizlerini büküyor, kollarını hareket ettiriyor ve verdiği korkunç mücadeleye daha fazla dayanamayıp aniden feryat ediyordu.

"Neden? Neden böyleyim?"

Bazen feryadının tam ortasında tanıdık biriyle karşılaşır, o zaman sesini alçaltarak dostane bir tavır takınırdı:

"Merhaba... nasılsınız?"

Sonra da rahatsız bir şekilde homurdanarak uzaklaşırdı. Yaşlandıkça, kendisinden kaçma girişimleri daha da artıyordu; sonunda kendisini yaşamın tüm güzelliklerini ıskalamış, buna karşın hiçbir şey elde edememiş, dışlanmış, yaşlı, tükenmiş ve kayıtsız bir adam gibi görmeye başlamıştı. O zamanlar birbirimize fazla zarar verdiğimizi düşünmüyorum ama pek faydamız da olmadı. O beni besledi, giydirdi, önce bir hanımın yönetimindeki ilkokula, sonra da orta dereceli bir okula gönderdi. Tüm bunların masrafını rahatlıkla karşılayabiliyordu; zaten ben de çeklerin üzerindeki imzasını insani yardım vakfı ile karıştırmak gafletine düşmedim hiç. O beni Rotten Row'un gürültülü sefaletinden ve mutluluğundan başarıyla çekip aldı ve bir kişiye birden fazla oda düşmesinin lüksünün içine attı.

Peki, bu karanlık korkusu ne zaman başlamış olabilir? Rahibin konutu kendisinden daha ürkütücüydü, karşınıza beklenmedik şekilde çıkan zemin seviyeleri ve dolaplar, çok geniş odaların bulunduğu bir kat, ayrıca içinde gölgeler, delikler ve köşeler bulunan iki kat daha vardı. Her yerde dini resimler asılıydı; ben kötü olanları, estetik değer taşıyan birkaç resme kıyasla daha çok seviyordum. En sevdiğim Madonna aşırı tatlıydı, resmin içinden kovalar dolusu güç ve sevgi taşıyarak bana doğru uzanıyor gibi görünürdü. Renkleri çok güzeldi, aynı Woolworth's mağazasında üst üste yığılı duran mallar gibi; hatta öylesine güzeldi ki, elinde çocuğuyla Raffaello'nun yarattığı gökyüzünde imkânsız olduğu halde uçan diğer hanımefendiyi gölgede bırakıyordu. Ev aşırı sevgisizlikten soğumuş gibiydi. Aslında evin bodrum katında, gemilerdeki makine dairesini andıran tarzda dizilmiş havagazı borularından geçen bir merkezi ısıtma olması lazımdı. Bayan Pascoe bana bu ısıtma sisteminin açıldığı zaman para yediğini söylemişti; karanlık ev ile papazın eksantrikliğini birleştiren ve beni düşünceye sevk eden bir tabir olmuştu bu. Ama bu mekanizma para yese de yemese de, bu sarmal merdivenleri ve koridorları, zeminle asla birleşmeyen kapıları, yatakhane tipi pencereleri, sıcaklığın yükselerek yamuk tahtaların arasından dışarı çıktığı çatı katlarını biraz ılık hava üfürerek ısıtmak nasıl mümkün olabilirdi ki? Bir akşam gidip yatmadan önce konutun muhteşem kabul salonunda oturmuş ellerimi Madonna'ya karşı ısıtıyordum ki birden bir tablonun kahverengi lambriye çarpınca çıkarttığı ses gibi hafif bir tıkırtı duydum, fakat kapıların ve pencerelerin hepsi kapalıydı. Ben o evde yatağıma götürebileceğim çok az sıcaklık buldum. Ve yatak demek karanlık demekti, karanlık da her şeye karşı mantıksız korkulara kapılmak demekti. Şimdi de karanlıktan neden korktuğumu anlamak için bu sayfalara geri döndüm ama bir türlü anlayamadım. Ben bir zamanlar karanlıktan korkmazdım, daha sonra korkar oldum.

9

Ayak sesleri duyulmaz olduktan sonra bir müddet ne tepki vermem ya da nasıl hissetmem gerektiğini bilemedim. Gözümün önüne gelen işkence sahneleri kafamda tam olarak şekillenmedi. Bir yerde bir kürsü gördüğümü hatırladım; ahşap bir kürsüydü, menteşeleri vardı ve yüzeyinde çizikler görülüyordu. Nick Shales bu kürsünün arkasında durmuş, sezgilerin izafiyetini açıklıyordu. Kafam iyice karıştı, kürsünün ne tarafımda kaldığını ve işkencecilerimin nerede olduklarını çözemedim. Bütün hislerim ve tahminlerim, çok yakınımdaki muazzam tehlikeye koşullanmıştı. Canımı acıtmaya başlamadan önce beni daha ne kadar uyaracaklarını bilemiyordum. Benimle konuşup konuşmayacaklarını, ya da sadece işkence edilmiş insan etiyle uğraşmak gibi daha amansız bir meşgaleleri olup olmadığını bilemiyordum. Koyu karanlığın içinde diz çöktüm, pantolonumu iki elimle tutarak eğilip biraz geri çekildim ve bir nefes sesi duyabilmek için kulak kabarttım. Dışarıda alınıp verilen bir nefes sesinin duyulabilmesi için ciğerlerimin ve kalbimin gürültülü düetini delip geçmesi pek mümkün görünmüyordu. Öte yandan bu tür bir tecrübe oldukça endişe vericiydi, ne olacağını kestirmek mümkün değildi. Mesela, bağlı gözlerimin önündeki karanlığın bir duvar şeklini alacağını ve benim de çenemi kaldırıp onun üzerinden bakmaya çalışacağımı kim önceden söyleyebilirdi ki? Ayrıca, pantolonumu edepli olmak adına değil, olası tehlikelerden korunmak amacıyla yukarıda tutuyordum. Bedenim o an yerde sürünse de, az önce kullanılan beyni ve sosyal ilişkilerdeki o özgüveni hiç mi hiç umursamıyordu. Tek umursadığı, benim mahremiyetimi, bizim mahremiyetimizi, dolayısıyla tüm ırkı korumaktı. Ve sonunda, bir nefes ve nabız kargaşası içerisinde, bir el hâlâ pantolonumda olduğu halde diğerini yukarı kaldırdım ve gözlerimin üzerindeki yumuşak bandajı çekip çıkarttım.

Ama hiçbir şey değişmedi. Karanlık benimle kaldı. Sadece kumaş katlarının altında sıkışıp kalmamış, beni sımsıkı sarmıştı ve gözyuvarının çok yakınında duruyordu. Bir kez daha benimle birlikte yükselen duvarın üzerinden bakabilmek için çenemi yukarı kaldırdım. Bütün zindan hikâyelerinde sözü edilen bir çeşit çorba ya da yahni görüntüsü, yeraltı zindanları, hareket eden duvarlar ve huzursuzluk geçti aklımdan. Sonra birden tüylerim ürpererek fareleri hatırladım.

Eğer gerekirse, sizi öldürürüm.

"Kim var orada?"

Karanlık gözyuvarlarıma ne kadar yakınsa, sesim de ağzıma o kadar yakın çıkıyordu. Sağ elimle havada bir süpürme hareketi yaptım, sonra elimi indirdim ve altında düzgün bir taş ya da beton yüzey hissettim. Aniden sırtımın durumundan endişelenerek paniğe kapıldım ve karanlığın içinde korkuyla kendi etrafımda önce bir tarafa, sonra öbür tarafa döndüm. Artık kapının nerede olduğunu hatırlamıyordum ve birden Halde'nin keskin zekâsının ilk saldırısını üzerimde hissederek küfrettim. O benim, işkence ve aldatmacadan yana ne varsa ona doğru sürüklenmemi istemişti; benimle oynayacaktı, ama bunu acıyı artırmak için değil, sadece benden istediği tepkiyi eninde sonunda alabileceğini ispat etmek için yapıyordu – pantolonumun kayıp düşmesine izin verdim, ellerimin ve dizlerimin üzerinde dikkatlice geri geri gittim. Kendimi kasmaktan ensemin hâlâ ağrıdığını fark ettim, olmayan görüşümün önüne geçen ve gerçekte var olmayan ışık patlamaları gördüm. Büyük bir kızgınlıkla etrafta görülebilecek hiçbir şey olmadığını kendime hatırlattım, sonra başımı elimin üzerine doğru eğerek ensemdeki tutukluğu gevşettim ve böylece acı da ışıklarla birlikte yok olup gitti. Parmaklarım bir duvarın dibini buldu ama o an bunun gerçekten bir duvar olduğundan kuşku duydum; öyle olduğunu kabul etmeye hazırdım ama bir varsayımın tuzağına düşmeyecek kadar akıllı olduğum için duvarı santim santim parmaklarımla yukarı doğru yoklamaya başladım. Ama ne de olsa Halde benden zekiydi, bunu kabul etmemek imkânsızdı, çünkü iki büklüm oldum, çömeldim, tekrar ayağa kalktım, sonra ayak parmaklarımın ucunda durup bir elimi yukarı kaldırarak uzandım; fakat duvarın duvarlığı benimle birlikte geldi ve yakalanmış olmayı reddedişimle alay etti, sonra benim erişemeyeceğim bir uzaklığa, orada bir tavan olup olmadığı ancak tahmin, olasılık, ben ve Halde arasındaki o çözümsüz denklemle anlaşılabilecek bir yere kadar gitti. Yere eğildim ve çömeldim, sonra sağıma doğru yavaş yavaş ilerledim ve önce bir dikaçı, sonra da bir tahta buldum. Hep kafamda yeni bir şema oluşturuyordum fakat bunu yaparken bir önceki şemayı, bir kürsü ve bir de hâkimin bulunduğu içgüdüsel olarak çizilmiş eski, farazi şemayı yerinden oynatmamaya çalışıyordum. Yeni şemayı henüz tam geliştirememiştim ama bana en azından sırtımı dayayabileceğim bir yer sağlamıştı. Burada beton bir duvarın ahşap bir kapıyla birleştiği bir köşe vardı. Sırtımı koruma altına alabildiğime öyle sevindim ki pantolonumu unuttum; duvardan aşağı sırtımı dayayarak kaydım, köşeye kıvrıldım ve omurgamı dikaçının içine yerleştirmeye çalıştım. Dizlerimi çeneme kadar çektim, kollarımı çapraz yapıp yüzüme dayadım. Artık korunuyordum. Saldırı nereden gelirse gelsin, karşısında beni bulacak, etten yapılma ince kale duvarlarımla onu savuşturacaktım.

Hiçbir şey görmeyen gözler, kısa süre sonra hiçbir şeyden yorulmazlar artık. Kendilerine göre gözkapaklarının altında yüzen yeni şekiller icat ederler. Kapalı gözler korunmasız kalır. O zaman ne yapmak lazım? Gözlerim iradem dışında açıldı ve karanlık bir kez daha jölelerin tam üzerine uzandı. Ağzım açık kalmış ve kurumuştu.

Ellerimle yüzüme dokunarak kendime arkadaş aradım. Tıraş olmam gereken yerde sert kıllar hissettim. Burundan aşağı inen iki çizgiyi ve deriyle etin altında duran elmacıkkemiklerini elimle yokladım.

Ve kendi kendime söylenmeye başladım.

"Bir şey yap. Ya hareketsiz dur ya da hareket et. Ne yapacağın önceden belli olmasın. Sağa doğru git. Duvar boyunca ilerle ya da düşün, bu mu istediğin? Tedirgin olmamı mı istiyorsun? O zaman hiç hareket etme. Hareket etmeyeceğim; savunma halinde kalacağım."

Dikaçının dışına çıkıp sağ tarafa doğru kaymaya başladım. Gözümün önüne ileri doğru yönelen bir koridor resmi getirdim; bu resim netti, bu yüzden de bana huzur veriyordu. Ama sonra koridorun uzak ucunda sapkın bir şeyin durduğunu, etimi kapıp çığlıklar attıracağını düşündüm, o yüzden henüz köşemden bir metre dahi uzaklaşmamış olmama rağmen onun bana verdiği güvenlik hissini özledim ve bir böcek gibi aceleyle geri kaçtım.

"En iyisi hiç kıpırdama."

Sonra tekrar hareket etmeye başladım, sağa doğru duvar boyunca, vücudumu kaydıra kaydıra bir metre ilerledim, sonra bir metre daha; derken soğuk bir duvar sağ omzumla alnıma çarpınca geçirdiğim şokla etrafta uçuşan beyaz kıvılcımlar gördüm. Tekrar duvara sürtüne sürtüne geri döndüm ve ahşap kapının yanındaki dikaçıya döndüğümü bilerek ilerledim. Aklımdaki şemayı yana doğru giden ve üzerinde insan suratına benzeyen bir leke bulunan beton bir koridor olarak görmeye başladım.

"Evet."

Kenara kay ve emekle. Pantolonum dizlerimin altına düştü, ben de onu tekrar yukarı çekebilmek için kısa bir süreliğine duvardan ayrılıp özgür kaldım. Sonra bir duvar boyunca dizlerimin üzerinde emekledim ve başka bir duvar boyunca yan yan kayarak ilerledim.

Başka bir duvar.

Kafamın içinde dönüp duran görüntüde, elimde iğne iplik olmadığı için pantolonum sürekli düşüyor ve ben dolambaçlı duvarlar arasında sonsuza dek sürünüyordum. Ama bir pantolon sadece ayaklara kadar düşebilirdi. O an beni tamamen çıplak bırakmak için kaç duvarın yeterli olacağını aklımdan hesaplamaya çalıştım. Halde ile yaptığım görüşmede geçen cümlelerden bazılarını duyarak ve kanımın içinde yüzen amip benzeri şekilleri seyrederek dikaçımın içine gözlerim kapalı halde uzandım. Ve yüksek sesle konuştum. Sesim boğuk ve çatallıydı.

"Acısını benden çıkarttı."

Ben? Ben? Ne çok ben dedim. Ama bu yoğun ve nüfuz edilmesi imkânsız kozmosta başka ne vardı ki? Ne vardı başka? Ahşap bir kapı ve kaç tane duvar şekli vardı? Bir duvar, iki duvar, üç duvar, kaç tane daha olabilirdi? Garip bir şekil ve koridora çıkan bir açıklık hayal ettim – içinde birçok dikaçı, bir kürsü ve bir de yeraltı zindanı vardı. Zemin seviyesinde olduğumu kim söyledi ki? Altımdaki beton zemin aşağı doğru önce hafif meyilli sonra daha dikleşerek, karıncaaslanının açtığı koni biçimindeki tuzak çukurun içine, tam olarak çocuk ansiklopedisindeki karıncaaslanı olmasa da, buradaki tırmık yüksekliğindeki çelik dişlerin arasına budala bir böcek gibi iniyor olabilir miydi? Aşağı kaydım, kumaş pantolonumun üzerine çömelip büzülerek çıplak tenimi koruma altına aldım ve dikaçıma yerleştim. Görecek kimse yoktu. Solo bir performans oldu; bak, gözlerimi kullanmıyorum. Bir adamın karanlık korkusuyla jöleye dönüşmesini görecek kimse yoktu.

Duvarlar.

Bu duvar ve şu duvar, o duvar ve bir ahşap kapı...

O zaman durumu anladım ama bunu teyit etmek zorundaydım; parmak uçlarımla dokunarak doğrulayana kadar içimdeki bilgeyi salıvermek olmazdı. Hemen işe koyuldum ve dizlerimin ve ellerimin üzerinde emekleyerek parmak uçlarımla bütün duvarları yokladım; sonunda dört duvarı geçip aynı ahşap kapıya, aynı dikaçıya vardım.

Paldır küldür ayağa kalktım, pantolonum hâlâ inik haldeyken tahtanın üzerine kollarımı açtım ve bağırdım.

"Çıkarın beni buradan! Çıkarın!"

Ama o anda kapının dışında Nazilerin olduğunu hatırlayıp irkildim; adımlarının, her neyse sona yaklaşan birçok adımın yaklaşabileceği düşüncesi daha kötü geldi, hatta zifiri karanlıkta yalnız kalmaktan bile daha kötü. O yüzden o an içinde bulunduğum durumun değerini fark ettim ve onları içeriye getirmemek için çığlığımı bastırdım. Onun yerine tahtaya kapanıp fısıldadım.

"Alçak Naziler!"

Aslında bu kadarlık bir başkaldırma bile korkunçtu. Etrafta mikrofonlar vardı ve en küçük bir fısıldama bile yarım mil öteden duyulabilirdi. Çıplak dizlerim zemini parçalayıp betona kadar iniyor, yüzüm tahtanın üzerinde ezilmiş, pantolonumun kırışıklıkları arasına diz çökmüş vaziyette duruyordum. Yenilgi fiziksel bir hal almış, hareket etmek de çok zahmetli olmaya başlamıştı. Bir kası oynatmak bir adamın yapabileceği bir iş olmaktan çıktı. Tek yaşam şekli her bir kas hücresini kendi haline bırakarak kıvrılıp yatmaktı.

Bu bir koridor değil. Bir hücre. Beton duvarları, beton zemini ve bir de ahşap kapısı varsa, o zaman burası bir hapishane hücresiydi. Belki de işin en korkuncu, kapının ahşap olmasıydı; çünkü onların beni orada tutmak için çeliğe ihtiyaç duymadıklarını ve bunu sırf Halde istiyor diye yaptıklarını gösteriyordu. Kim bilir o kilit bile sahteydi ve kapı bir dokunuşta açılacaktı – ama bunun bana ne faydası olabilirdi? Böyle bir dalavereyle kandırılmış, yirmi yılını boşa harcamış yaşlı bir esir, açık bir kapının çıkış anlamına geldiği dürüst zamanlarda yaşamıştı. Kapıyı itip açan Hıristiyan ile İnançlı, çıkış yolunu bulur bulmaz kaçak kabul edilmişlerdi. Fakat iş bana gelince, Naziler ruhumun karmaşasına ayna tutmuşlardı; benim sorunum kapının kilidinin açılmasıyla ilgili değildi, eşikten geçmek isteğiyle ilgiliydi çünkü dışarıda sadece Halde vardı; bir kale mazgalındaki asaletin zerresini barındırmayan duvarlar arasında, dikenli tellerle çevrili tozun içine hapsolmuş kodes içinde bir kodes vardı. Ve ben orada kıvrılmış yatarken bunun bana yapılan bir teklif olduğunu açıkça gördüm; hayata böyle bakış benim iredemi kırdı, insanlığın iradesini kırdı ve böylece sürüp gitti. Ben de bulunduğu yerin bir hücre olduğunu keşfetmiş biri olarak beton zeminin üzerine uzandım: Topyekûn yenilginin görüntüsünü boş bakışlarla seyretmeye koyuldum.

Ve o sırada Halde'nin niyetinin aritmetiği karşımda beliriverdi. Benim final olarak kabul ettiğim şey aslında sadece birinci adımdı. Bütün bu kaçış onun eğitimi ve dehasının eksiksiz bir resmi olacaktı ve bunun için atılacak daha çok adım vardı. Bir insan elindeki bilgi kırıntısını en son hangi aşamada elden çıkartırdı? Dahası, o adam gerçekten ifşa edebileceği bir bilgi kırıntısına sahip miydi?

Zira –sinirden kaslarıma spazm girdi– bir adam bir şeyi bilip bilmediğinden bile nasıl tam olarak emin olabilirdi ki? Eğer ona telsizin nerede olduğu söylenmemiş olsa, ama yine de aylar öncesine dönüp bu haberin kendisine nasıl ulaştığını tezgâhlasa ve tüm tezgâhlar üç kişilik bir gruba işaret etse ve hâlâ devam eden bu olaydan başka hiçbir şey bilmese, adam bir şey biliyor sayılır mıydı? Bir tahmin ne derece yararlı olabilir? Bir uzman ne işe yarar?

Otların arasındaki Midas gibi ben de beton duvarın karşısında homurdanmaya başladım.

"O kulübede iki adam vardı – numara hatırlamıyorum, isimlerini de bilmiyorum. Teftiş sırasında görsem belki gösterebilirim – ama bunun ne faydası olabilir ki? Her şeyi inkâr ederler ve gerçekten haklı da olabilirler. Eğer onlar da benim gibiyse, onlar da bir şey bilmiyor demektir; fakat eğer düşündüğüm doğruysa ve telsizin nerede saklı olduğunu biliyorlarsa, yapacağınız işkence onları konuşturur mu sanıyorsunuz? Çünkü koruyacak bir şeylerinin olması, basit bir bilgiye sahip olmaları, uğrunda ölünecek kadar kesin olan bir şey biliyor olmaları gerekir. Onlar onun var olduğunu söyleyebilecekleri gibi yok olduğunu da söyleyebilirler. Ama hiçbir şey bilmeyen, elinde kesin bir bilgi olmayan, iradesini dahi kaybetmiş olan ben, bu durumda ne söyleyebilirim ki? Ben ancak kendim gibi adamlara işaret edebilirim, benim gibi geri plana atılmış, yavan, şanssız, çaresiz, akıp giden zamanda değer kaybı ve yenilgiden başka bir şey elde edemeyen adamlara..."

Ama cevap gelmedi. Hiçbir şeyin hiçbir şeyle iletişim kuramaması gibi.

Acaba ne büyüklükte bir hücre? Adeta granitleşen hareketsizliğimi kırıp hareket etmeye başladım ve vücudumu kendi duvarım boyunca gerdim; fakat daha dizlerim düzleşmeden ayaklarım öteki duvarın betonuna değdi. Sonra doksan derece kadar yana kayıp, bu defa kapının olduğu tarafa uzandım ama yine aynı şey oldu. Bu benim gerinerek uzanınca sığamayacağım kadar küçük bir hücreydi.

"Ne bekliyordun? Çekyatlı bir oda mı?"

Tabii hücrede verevlemesine uzanırsam, o zaman ayaklarım hiç ziyaret etmediğim karşı köşede, başım da kendi dikaçımın içinde dururdu. Ama temas edilecek tek yer zemin seviyesi olunca kim uykuya dalabilirdi ki? Bir insan sırtı korunmasız yatıyorsa, kumaşın içine sarılı değilse, onu ne tür rüyalar, hangi hayaletler ziyaret eder? Ve böyle bir durumda kim ayaklarını hücrenin ortasındaki boş alana doğru iter ve neyle karşılaşacağını umursamaz? Halde akıllıydı, ne istediğini çok iyi biliyordu; bunların hepsi çok akıllıydı, saatlerini birer birer tüketirken çürüyen bir esirden çok daha akıllı. Asıl sır merkezdeydi – merkez sırrın kendisi olabilirdi. Onlar işkence psikologlarıydı, herkesin kendi durumuna göre ne ihtiyacı varsa onu veriyorlardı.

Ama tabii düşündüğünüzden bile daha akıllı değillerse. Neden arkalarına yaslanıp bir sonraki adımı kendi kendinize atmanızı beklemesinler ki? Neden şanslarına güvenip gerçeği orada, odanın ortasında kazara keşfetmenizi beklesinler ki? O Samuel Mountjoy'un öğrencisiydi, Mountjoy'un duvar kenarında duracağını, ortadaki şeyin ne olduğunu çözeceğini, tahmin etmenin, merak etmenin, icat etmenin tüm işkencesine katlanacağını biliyordu – en sonunda onun, kaldırım taşları arasındaki boşluklardan kaçındıran ve üst üste tahtaya vurduran o çılgınca seğirmenin aynısını hissedip elini uzatmaya mecbur kalacağını, buna zorlanacağını, bağırarak zorlanacağını, kendisi tarafından zorlanacağını, kendi kendini mecbur bırakacağını ve bunu iradeden uzak, kısır, yaralanmış, hastalanmış, kendinden bıkmış halde, çaresizce yapacağını biliyordu...

Onlar senin keşifte bulunacağını biliyorlardı. O senin tam bir İngiliz olamayacağını, cesaretinin kırılacağını biliyordu. Onlar senin bu tür bir hücrenin tahammül edilemeyecek bir tecrit olmadığını anlayıp daha derin düşüneceğini, kapının yanına çöküp gevşemiş olmana rağmen bu keşfine başka bir işkence daha ekleyeceğini ve bunu da odanın tam ortasına ekleyeceğini iyi biliyorlardı – o yüzden yapacaklardı. Ne yapacaklardı? Oraya hiçbir şey koymayacaklar mıydı? Tüm bunların sadece bir şaka olarak kalmasına izin mi vereceklerdi? Koyacaklardı.

Oraya senin için en faydalı olacak şeyi, topyekûn tüm korkuları bırakacaklardı.

Bulduğunla yetin, daha fazlasını isteme. Köşene kıvrıl, dizlerini çenene kadar çek, gözle görünür olup hiç görünmeyen o şeyden korunmak için ellerini gözlerinin üzerine kapat. Hücrenin ortası sadece birkaç santim uzakta duran bir sır. Soyut karanlık onun üzerini somut bir şekilde örtüyor. Akıllı ol. Merkeze bulaşma.

Karanlığın içi şekillerle doluydu. Hareket halindeydiler ve kendi kendilerine yetiyorlardı. Geldiler ve bu ezeli kaosun önünde yüzmeye başladılar. Betonun beton olduğu sadece hissedilerek anlaşılabildiği için, gözle görülen bir malzeme olmaktan çıktı, artık soğuk bir duygudan başka bir şey değildi. Kapının ahşabı betona nazaran daha ılık ve yumuşaktı, ama bir dişinin sıcaklığı ve yumuşaklığı yoktu – sadece soğuk değildi ve aniden yaralamıyordu. Karanlığın içi şekillerle doluydu.

Hücrenin ebadı zayıf iradeli birini gerilerek uzanmanın imkânsızlığına giderek katlanamaz hale getirecek boyutlara tam olarak uydurulmamış mıydı?

Yüzümü ellerimle ovaladım ve etrafa hiçbir şey görmeksizin bön bön bakındım. İlk adım ışığın yok edilmesi, bir görsel sanatlarla uğraşan birinin elinden ışığın alınmasıydı. O bir ressam, diyerek birbirlerine bakıp gülümsemişlerdir herhalde. Müzisyen olsaydı kulaklarını yünle tıkardık. Gözlerine pamuk tıkıştıracağız. Bu ilk adım. Sonra hücrenin küçük olduğunu fark edecek, bu da ikinci adım. Gerinerek uzanamamanın sıkıntısına dayanamadığı anda, demişlerdi, verevlemesine yatacak ve o zaman da onun için bıraktığımız şeyi bulacak; bulmayı beklediği şeyi. O utangaç, marazlı ve duyarlı bir yaratık; önce kendisini duvara yapıştıracak ama bundan duyduğu rahatsızlık eninde sonunda bize bildiklerini anlattıracak ya da verevlemesine uzanmasına neden olacak...

"Bir şey bilip bilmediğimi bilmiyorum!"

Şekiller artık genel karanlığın içinden ziyade, hücrenin merkezinde yoğunlaştılar. Bir kuyu. Hücrenin zemininin aşağı doğru eğimli olduğunu hissetmiyor musun? Eğer hareket edersen kuyudan aşağı yuvarlanacaksın, aşağıda da karıncaaslanı seni bekliyor. Eğer bu farazi korkulardan yorulup uykuya dalarsan, yuvarlanırsın ve...

Biz bilgi istiyoruz, ceset değil.

Biz senin eldivensiz olarak tek elinle betonun üzerinde santim santim, satır satır uzanarak daha ileriyi hissetmeni istiyoruz. Biz senin garip bir yarımay şeklinde, cilalı, kenarı cilalı, ortası engebeli, katı bir şey bulmanı istiyoruz. Biz senin meyilden aşağı doğru eğilmeni ve bir ayakkabı pençesi bulana dek iyice açtığın parmaklarınla zemini hissetmeni istiyoruz. O zaman nazikçe onu eline almaya çalıştığında sana karşı koyduğunu görünce uğraşmaya devam edecek misin? Kör bir dünyanın içinde diken diken olmuş saçının altındaki aklınla daha fazla gayret sarf etmeksizin bu katılığın donmuş bir cenin gibi kıvrılmış yatan bir beden olduğunu anlayacak mısın? Ne kadar bekleyeceksin? Yoksa parmaklarını açıp seninkinden yarım metre ötede kıvrılmış duran sürprizimizi mi bulacaksın? O sürprizin kuğu tüylerine benzeyen beyaz bir bıyığı var. O zamanlar onun ince burnuna hiç dokunmamıştın. Şimdi dokunabilirsin. Bütün o karanlık ve ürpertici yolları aşmak gereksizdi aslında. Senin sınavın burada.

Biz senin üçüncü adıma geçmeni istiyoruz. Bunu yapacağını biliyoruz çünkü biz asla yanılmayız. Biz dünyayı yendik. Habeşistan, İspanya, Norveç, Polonya, Çekoslovakya, Fransa, Hollanda ve Belçika'nın ırzına geçilmiş cesetlerini sıraya dizdik. Sen bizim kim olduğumuzu sanıyorsun? Arkamızdaki duvara Führerimizin fotoğrafını asarız. Bizler uzmanız. Biz sana işkence etmeyiz. Biz senin kendine işkence etmeni sağlarız. Senin ortaya doğru üçüncü adımı atman gerekiyor ama tabiatın sana karşı koyuyor. Biz bunu yapacağını biliyoruz.

Karanlık üzerime devriliyor ve gümbürdüyordu. Kapıyı kaybettim.

Sakın kaybettiğini anlamasınlar. Yine bul. O gürleyen yeşil denizleri görmezden gel; şaşkınlıktan açık kalmış ağzı, diken diken olmuş saçları, yaşları iki yanaktan aşağı ıslak ıslak süzülen gözleri görmezden gel. Ve duvarın çevresinde verdiğim çılgın mücadeleden sonra yine köşeme dönmüş, yine tanıdık bir yerde sırtımı kapının tahtasına dayamış halde duruyordum. Ortadaki parça belki de bir metre ileride, hatta belki daha bile yakındaydı. O zaman ceset orada yatıyor olamazdı, donmuş ayaklarının üzerinde ayağa kalkmış, bir heykel gibi dengede duruyor olmalıydı. Onu oraya beni beklemesi için dikmişlerdi. Dokunacak olsam ileri gidecekti.

Fırtınadan kurtuldum. Kendi kendime, saçmalık, saçmalık, saçmalık diyordum, ama saçmalığın ne olduğunu tam olarak hatırlamıyordum. Kendi kendime kurbağa vıraklamasına benzeyen titrek bir sesle konuşmaya başladım.

"Eğer onlar oraya bir ceset diktilerse bile bu bizim kiracı olamaz, çünkü o otuz sene önce İngiltere'de öldü ve gömüldü. Otuz sene önce. Otuz sene önce. İngiltere'de gömüldü. Buzlu ve desenli camları olan devasa bir otomobil gelip onu aldı. O orada gömüldü. Bu onun cesedi olamaz..."

O zaman yüzümü duvardan kaldırdım ve büyük bir öfkeyle konuştum.

"Cesetlerle ilgili bu saçmalık da neyin nesi?"

Yukarısı yukarıda, aşağısı aşağıda. Betonun anbean sertleştiği yer aşağısı. Hangisinin hangisi olduğunu unutma, yoksa miden bulanacak.

Ne yaparsan yap, üçüncü adımı atma.

Onlar ne yapmak üzere olduklarını gayet iyi biliyorlar. Sen onların avuçlarının içindesin. Bir seçenek bir sonraki adımı atıp, sonuçlarına katlanmak. Diğer seçenek de sonraki adımı atmayıp, kendi işkence sehpanda bir sonraki adımın ne olacağını düşünmemeye çalışarak eziyet çekmek. Bu insanlar işlerinde çok ustalar.

Her kenarı bir metreden daha kısa olan kare bir alan bu. Hatta o kadar bile değil. Pek fazla yer yok burada. Ve tabii ki burada hiçbir şey ayakta duramaz. Ortada her ne varsa küçük bir şey olmalı. Kıvrılmış bir şey.

Yılan.

Duvara yaslanmış ayakta duruyordum ve nefes almamaya çalışıyordum. Oraya vücudumun yaptığı tek bir hareketle gelmiştim. Bacaklarda, göbekte, göğüste ve başta olmak üzere vücudumda birçok tüy ve her bir tüyün de kendine ait birer hayatı vardı; her birinde de hızlı yürüyen, kayan ya da sürünen şeylere karşı kalıtımla geçmiş, yüz binlerce yıllık bir nefret ve korku vardı. Bir an nefes almakta zorluk çektim ve sonra tüm vücudumun işleyen mekanizmasının arasından bir tıslama ya da çıngırak sesi, bir yılanın pullu derisinin sürtünme sesini işitebilmek için dikkat kesildim ama bu pek mümkün görünmüyordu, çünkü hayvanat bahçesindeki yılanlar hiç ses çıkarmadan yağ gibi kayarlardı. Çöldeki yılanlar ise neredeyse hiç iz bırakmadan ve kumu hiç bozmadan ortadan kaybolurlardı. Vücudumun sıcaklığını, boynumdaki kanın sesini takip ederek gelip beni bulabilirlerdi. Onlardaki bilgelikti ve eğer bir tanesi bile hücrenin ortasına bırakıldıysa, bir an sonra nerede olacağını kestirmek imkânsızdı.

Dizlerimde de mekanik bir korku vardı, ama bedenim bu korkudan hayli zayıf düşmüş, tüm yerçekimi duygusunu kaybetmiş ve köşeme hantal bir biçimde düşmüştü. Oraya kıvrılıp yattım ve ellerimi tekrar yüzüme çektim. O şeyin olabileceği yere kör gözlerle baktım. Tabii ki Halde oraya bir yılan ya da bir sürü tarantula koymuş olamazdı, ama öyle bile olsa, onu bir tabutun içi kadar soğuk olan bu hücrede serbest bırakmazdı. Hücrede benden başka canlı yoktu. Üçüncü adımda her ne varsa, bu bir canlı olamazdı, bir ceset de olamazdı, çünkü cesetler ayağa kalkamazdı.

Yine duvar boyunca sürünmeye başladım. Kendimi bütün köşelere cesurca girmeye zorladım ve gözlerimi kapalı tuttum, çünkü böyle olunca sulanmıyorlardı ve onların dışında gün ışığı olduğunu hayal edebiliyordum.

Dört köşe var, hepsi de boş.

Kendi köşemde diz çöküp kendi kendime homurdanmaya başladım.

"Öyleyse? Peki öyleyse?"

Aklım daha kötü, daha tasavvur edilemez bir şey icat etmeden önce bu işi çözeyim artık.

Yine duvar boyunca süründüm ve bu defa yarım metremi altmış santimetreye çıkarttım. Ortada büyükçe bir kitap genişliğinde bir alan kalmıştı. Belki de orada olan buydu, tüm cevapların içinde yazılı olduğu bir kitap bekliyordu orada beni.

Parmaklarımın köşemden dışarı kaymasına izin verdim. Bilinmeyen parçanın bir bölümünü yediler, sonra donarak ve karıncalanarak sıra sıra ilerlediler. Büyük kitap olabilecek alan yavaş yavaş küçüldü.

Parmaklar bir beton sırası daha yedi.

Parmak uçlarındaki his değişti. Artık başka bir şekilde hissediyorlardı. Ya da hayır. Beton değişiyordu, aynı değildi, daha pürüzsüz olmaya başlamıştı.

Pürüzsüz. Islak. Sıvı.

Elim o anda sanki yılan orada kıvrılmış yatıyor gibi birden geri sıçradı ve iradennin dışında yaptığı bir hareketle çarçabuk yerine döndü, ne de olsa o bir milyon yıldır yaşanan trajedilerle büyük ölçüde eğitilmiş bir eldi.

Geri tepen bir tırnak gözyuvarını çizince canım acıdı; güçlü bir fiziksel otomatizm diğeri tarafından alt edilmişti.

Mantıklı ol. Hücrenin ortasına gelince ağladın mı, yoksa gerginliğin gözyaşları mıydı yanaklarından sildiğin?

Bir başka el daha ileri doğru kaydı, sıvıyı buldu, hatta zeminin üzerinde çok az ileri geri giderek ovaladı ve onun yağ gibi pürüzsüz bir sıvı olduğunu anladı.

Asit mi?

"Henüz sana hiçbir şey olmadı. Mantıklı ol. Onun ima ettiği işkencelerin hiçbiri daha başlamadı. Her ne kadar böyle bir yaklaşım tarzının basamakları belediye binasının merdivenleri kadar gerçek olsa da, senin hâlâ o basamakları tırmanman gerekmiyor. Ortaya zehir akıtmış olsalar bile, onu yalayıp yutmak zorunda değilsin. Onlar bilgi istiyor, ceset değil. O sıvı asit olamaz çünkü parmak uçları hâlâ pürüzsüz ve soğuk, yanmıyor ve kabarmadı. Aynı şekilde sud kostik de olamaz çünkü o da acı verirdi, halbuki hiç acı yok. Sadece soğuk var, hava kadar soğuk, kalçamın altındaki kumaşın sesini duyuran beton kadar soğuk. Sana henüz hiçbir şey olmadı. Onlara kanıp da ucuza satma."

Neyi satma? Bende olup olmadığından emin olamadığım bilgi neydi? Ne söyleyebilirdim onlara? Son pazarlık kozum, son değer kırıntım, zekânın yarattığı ve bana işkence üstüne işkence çektiren sonsuz uzunluktaki o kaygan zeminle benim aramda duran tek takoz neydi? O bunun kendi iyiliğim için, hepimizin iyiliği için olduğunu söylemişti – insan yüzlerinden en sonuncusu, o ince ayar yapılmış zarif yüz ve o yüzün zariften de zarif kemikleri, öyle demişti.

Artık istesem de hatırlayamayacağım inancı içimde büyümeye başladı, asla hatırlamayacaktım. Aklımın içinde unuttuğum o şeyin, söylemeye niyetlendiğim o şeyin üzerinde bir beton katmanı oluştuğunu görebiliyordum. Ama o beton zihinde bir kez oluşunca, içerideki hiçbir matkabın onu kırmaya gücü yetmez.

"Bir dakika. Hatırlamaya çalışayım..."

Ama tabii böyle bir şeyi ancak ve ancak hatırlamayı unuttuğunuzda ve beton oluşmaya fırsat bulamadan geriye dönüp hızlıca bir bakış attığınızda hatırlarsınız; fakat Halde matkap kullanacaktı, böyle bir matkabın varlığından haberi vardı. Ama o betonu herhangi bir acı kıramayacak; çekiçle vursan bile hiç iz kalmayacak türden bir beton o...

"Size söylüyorum işte, unuttum... hatırlayabilsem hatırlardım! Bana bir dakika müsaade edin..."

Ama bir an bile merhamet yoktu. O anda anladım ki unutmuştum ve asla hatırlamamam gerekiyordu. Kendimi çıkmaya zorladığım eziyet merdiveni bu taş yastıktan bilinmeyen bir yüksekliğe uzanacaktı. Bırak matkap sinirlerimin, etimin üzerinde zalimce dans etsin, kan akıtsın. Senin adın ne? Muriel Millicent Mollie? Mary Mabel Margaret? Minnie Marcia Moron?

Yağ, asit, sud kostik. Hiçbiri.

Hayır.

Tahtaya yaslanmış elmacıkkemiğimi hissettim; yüksek ve histerik bir ses pamukların arasından konuşmaya başladı.

"Hatırlamıyorum dedim! Hatırlayabilseydim söylerdim... neden rahat bırakmıyorsunuz beni? Eğer bana düşünmemek için, düşünmeden, adımlar ya da acılar olmadan gökyüzünün altında biraz yatmak için zaman tanırsanız; o zaman beton kayıp gidecek ve bilgiler, eğer bir bilgi varsa, hepsi ortaya çıkacak ve biz de adil şartlarda başlayacağız..."

Bir hasat resmi vardı özlenen, bir yıldızın ve ayın altında hasat. Işık mısır koçanlarının başlarına tüm ağırlığıyla çökmüştü ve yakında hasat edilecek olan adam ışığın içinden değneğine dayanarak geçiyor, huzura giden yolda sürünerek ilerliyordu. Bir de arkasına yaslanmış oturan üzgün bir kız vardı, omzunun altından sessiz bir nehir akıyordu, birlikte yemek yiyerek geçirilecek dinlenme vakti yaklaşıyordu.

Bense yine ayağa kalkmış, pantolonumun içinde ayaklarımı sürüyerek ve duvarları ellerimle yoklayarak çepeçevre dönüyordum. Duvar hâlâ duruyordu. Yine elimden geldiğince yükseğe uzandım, ama tavan hâlâ yoktu – sadece kuştüyü bir yatak gibi boğucu ve kopkoyu bir karanlık vardı.

Yağ, asit, sud kostik.

Hiçbiri.

Vücudum aşağı doğru kaydı, sağ el dışarı süzüldü ve düzgün bir yüzeye dokundu. Parmaklar küçük adımlarla düzgün yüzeye doğru kaydılar ve bilinmeyen alanda ufak ufak ilerlediler.

O ufak ufak ilerleyeceklerini zaten biliyordu, o bu işin üstadı.

Bir şey, henüz dokunulmamış ya da duyarlı parmak uçlarıyla dokunulmamış bir şey; sadece zayıf olan, o üçüncü parmağın tırnağına değen, dokunulmuş bir şey. O şey, tırnağımın soyulmuş kenarına üçte bir mesafedeki noktaya değdi, pürüzsüz bir yüzey kadar soğuktu. Parmaklar hiç çekinmeden karanlığın içinde kalkıp keşfe çıktılar ve duyarlı uçlarından geriye mesajlar gönderdiler.

O şey soğuktu. O şey yumuşaktı. O şey kaygandı. O şey devasa bir ölü sümüklüböcekti – ölü çünkü araştırmacı parmaklarının altında ezilen yumuşaklık içeri göçtü ama geri gelmedi.

Artık o sümüklüböcek türü yaratıktan başka her şeyi görebiliyordum, çünkü hemen hemen hiç karanlık kalmamıştı. Sağanak gibi ışık yağıyordu, şekiller halinde görülen bağırışlar ve çığlıklar vardı, parlayan ve titreyen uzun kavisler oluştu. Ama yerdeki nesnenin şekli, onu tutmuş ve bırakmayan, dış hatlarını kafamda ışık parıltıları içinde canlandıran tutsak parmaklardan biri tarafından bana iletiliyordu; garip ve gelişigüzel bir şekil, işte şurada kaygan bir inceliğe inen kuyruğu ve orada soğuk ve nemli gövdesi. Ama bu bütün bir hayvan ya da insan gövdesi değildi. Şimdi biliyordum bunun neden bir hayvan biçiminde olmadığını ve ıslaklığın ne olduğunu. Çok şey biliyordum. Onun sivri burnuna dokunmuş ve zırhlanmıştım. Onların zekâsı insanlığın tüm tabularını kıracaktı, son derece acımasız bir gösteriyle parçalayacaktı; bu o kadar bariz bir uyarıydı ki üçüncü adım diğerlerinden daha yüksekte duran büyük bir dehşet merdiveninin üzerinde durmaya benziyordu. Onların oraya koydukları şey aslında kendi soğuk kanının içine çökmüş bir parça insan etiydi. Yine ışıklar döküldü, fırıl fırıl döndü ve kalbin pompaladığı kan da görünür hale geldi; güneşin aylası gibi bir kısmı gürültü, bir kısmı duygu, bir kısmı da ışık oldu.

Bir karaltı çıktı ve her şeyi yedi, bitirdi.

Tekrar toparlandığımda iki büklüm olmuş inliyordum ve midem bulanıyordu ama bilgi akışı durmadı. Kim olduğumu hatırlar hatırlamaz nerede olduğumu ve karanlığın içinde yatan şeyin ne olduğunu, hangi işkence görmüş bedenden kopup geldiğini hemen anladım. Aklım kendi kendine, o parça ne zamandır orada duruyor diye sorup duruyordu. Demek ki onlar da hata yapabiliyorlardı, çünkü bu morg soğukluğu bana bir tür koruma sağlamıştı. Ama buna rağmen burnum, kapalı kalmanın yarattığı kötü kokuların yanı sıra havada diğer bazı elementlerin de var olduğunu fark etmiş, fark etmiş ve onları yok saymaya çalışmıştı. Veya belki de, bunun gibi bir inanç ve ahlak meselesiyle *ex cathedra** uğraşırken, gerçekten hiç hata yapmıyorlardı; hatta çürümenin hızını bile giderek artacak şekilde güzelce hesaplamış olabilirlerdi. O zaman işkencedeki ustalıklarını gerçekten kabul ettim ve acınası şekilde alkışladım, çünkü bu gerçek bir işkenceydi. Bu üçüncü adımın dayanılmaz olduğunu, giderek daha dayanılmaz hale geldiğini; fakat yine de dayanılması gerektiğini, zira dördüncü adımın daha da kötü olacağını söylemişlerdi. Şu anda üzerinde kıvrılıp yattığın bu nefret noktasının bizim için en yüksek nokta olduğunu mu düşünüyorsun? Bu bizim Everestimiz üzerinde hazırlık niteliğinde bir düzlükten başka bir şey değil. Sadece bir üs. Şimdi tırman. Dene.

Tavana doğru uzandım ve o anda dördüncü adım kendini gösterdi. Bir zamanlar aklım olan ve artık daha hızlı dönmeye başlayan bir anafor vardı; bunun ortasına bir hikâye sıçradı, çok net hatırlanıp zihinde canlandırılan bir hikâye

---

* (Lat.) Yetkiyle. (ç.n.)

– küçük bir hücrenin tavanının dünyanın bütün ağırlığını taşıyarak yavaş yavaş aşağı doğru inmesinin hikâyesi. Yüksek duvarın önünde debeleniyordum ama tavana erişemiyordum ve ne kadar yüksek olduğunu anlayamıyordum. Ama parçalanmış ve yerdeki soğuk hurda gibi pis kokan şeylerin de oradan aşağı sarktığını biliyordum; şimdi de zaten çok küçük olanı iyice ufalayarak acımasızca aşağı doğru inişinin sesini duyma zamanıydı. Kötü kokulu köşeme çömeldim, zorla nefes alıp veriyor, terliyor, bir taraftan da konuşuyordum.

"Neden kendine işkence ediyorsun? Neden onların işini onlar için yapıyorsun? Henüz sana dokunan dahi olmadı..."

Tabii ki biliyordu. O güzel entelektüel kafa kendini işine adamıştı. Bir Alman üniversitesinde ders vermiş bu adamın karşısında, benim duygularımla, şehvete düşkünlüğümle, arada atlamalar yapan beynimle nasıl rekabet edebilirdim? Mantık ve sağduyu bana tavandan aşağı sarkan, parçalanmış ve üzerinden başka parçalar düşecek gibi bir bedenin var olmadığını söylüyordu, ama ben yine de onun orada olduğuna inanıyordum, çünkü Halde buna inanmamı istiyordu.

Çığlık atmaya başladım.

"İmdat! Yardım edin!"

Hiç olmazsa şimdi açık konuşacağım. Yazdığım bu sayfalar bana çok şey öğretti; konuştuğumuz bu lisan benim ellerimde boyalardan daha hantal duruyor olabilir ama şurası muhakkak ki hiç kimse gerçeği tümüyle aktaramaz.

Yine de yaşamım karanlığın içinde yalnız ve panik içinde geçirdiğim sonraki birkaç dakikanın gerçeğine odaklı kaldı. Benim imdat çığlığım bir teriyerin ağzında salladığı farenin çığlığı gibi ümitsizce çıkan bir ses, vahşi bir eylemin soğuk damgasıydı. Benim çığlığımın bundan öte hiçbir anlamı yoktu, içgüdüsel bir haykırıştı ve burada işkence edilmeyi bekleyen bir parça et var, gereğini yapın, der gibiydi. Duyacak biri olması umuduyla değil, kapalı bir kapının, karanlığın ve kapalı bir gökyüzünün varlığını kabul ederek çıkan bir haykırıştı benimki.

Ama tam da bu çığlık atma edimi, çığlıkla ifade edileni değiştirdi. Bir farenin yardım beklediği görülmüş şey mi? Ama bir insan düşünmeden çığlık atarsa, yardım bulabileceği bir yer aramaya girişmiş demektir; dolayısıyla çığlığı atan, kötü kokuların içinde, karabasan denizinde sıcak nefesi ve yarışan kalbiyle mücadele veren o şey tam boğulmak üzereyken her yeri, bütün duvarları, içerideki dünyanın her köşesini, yerinden fırlamış ama gerçekte görmeyen gözlerle inceledi.

"Yardım edin bana!"

Ama hücrenin betonundan ya da sümüksü maddesinden, Halde'nin narin, zarif ve sevecen yüzünden, tüm o üniformalı şekillerden hiçbir yardım gelmiyordu. Demir parmaklıkları kesmek için eğe yoktu, ip merdiven yoktu, saman yatağın içine bırakılacak bir kukla yoktu. Çığlık atan o şey mutlak çaresizlikle karşı karşıya kaldı. Cam ve demir parmaklıkların ardındaki tutsak yılanın öfkeli kıvrılması ve hainliği karşısında dehşete kapıldı. Ama gerçek dünyada ne yardım vardı ne de saldırılacak ve karşı gelinecek bir zafiyet umudu. Parmaklıklar çelikti, etrafı çevreleyen betonu daha da güçlendiriyorlardı. Bu yerden kaçış yoktu; yılan ya da fare tekrar saldırdı ve onu buradan uzağa, şimdiki zamandan geleceğe fırlattı. Sonra geriye gidip tüm gücüyle geçmiş zamana bir darbe indirdi; şimdi ihtiyaç duyduğu şeyin aciliyetiyle, geçmişin sadece kısa süren bir zevk içerdiğini görüp döndü, açıldı, saldırdı ve geleceği vurdu. Gelecek zaman bir dehşetten diğerine çıkan basamaklardan oluşuyordu ve neyin yem olabileceğini bilmemenin kaçınılmaz kıldığı bir tırmanma denemesiydi.

Çığlık atan şey bu basamaklara doğru koştu çünkü başka gidebileceği bir yer yoktu, sanki bir fırının içine girer gibi bağırarak, delilik sığınağı için fazla yakıcı, merkezdeki için fazla yıkıcı olan bu tahayyül edilmesi imkânsız basamakları aşarak öne doğru hamle yaptı. Çığlık atan şey tüm yaşamı geride bıraktı ve ölümün karanlığın gözyuvarlarına olduğu kadar yakınında bulunan girişe vardı.

Ve kapıyı kırdı.

10

Kumandan beni karanlıktan çıkartmaya geldiğinde geç kalmış, kamp içindeki özgürlüğümü belki de artık hiç ihtiyacım kalmadığı bir anda geri vermişti. Kulübelerin arasında dolaşırken yeniden diriltilmiş bir adam gibiydim, ama bu kumandanın sayesinde olmamıştı. Kulübelere onlarla pek işi olmayan birinin gözüyle baktım, hiçbiriyle fazla ilgilenmedim; onları ve onların çağrıştırdığı art arda gelecek geçici günleri de hiç umursamıyordum. Kulübeler doğaları gereği masum bir ışıkla parlıyorlardı. Onların ince tahtadan yapılmış kutular olduğunu, artık şeffaf olduklarını ve içlerine elinde asa tutan kaç tane kral sığdırılıyorsa hepsini gösterdiklerini anladım. Kollarımı yukarı kaldırdım, onlara da baktım ve sahip olduğum bu dayanılmaz zenginlik karşısında kendimden geçerek her iki kolumun paha biçilmez birer servet gibi bedenimden dışarı akmasını seyrettim. Yüzümden süzülen devasa gözyaşları yerdeki tozun üzerine düşüyordu; bu toz, pırıl pırıl parlayan ve içlerinde mucizeler barındıran harika kristallerin oluşturduğu bir evrendi. Ölü gözlerimi kaldırıp her şeyi kabul etmiş ve yaratılmış olan her şeyden vazgeçmiş bir halde kulübelerin ve dikenli telin ötesine, içimde hiçbir arzu duymaksızın baktım. Alışkanlığın ve dilin ambalaj kâğıtları üzerimden düştüler. Bir gün önce ağaç kılığında gördüğüm o şekiller, aslında havaya doğru uzanıp zengin toprağa doğru inen kalabalık şekillerdi; uzayın ve toprağın derinliklerindeki o hareketler, toprağın üzerinde alevler halinde yükseliyorlardı. Onların ötesindeki dağlar sadece mor bir camın ardından görünür gibi açık ve net değil, aynı zamanda canlıydılar da. Hep bir ağızdan neşeyle şarkı söylüyorlardı. Şarkı söyleyen bir tek onlar değildi. Her şeyin başka her şeyle ilgisi vardı ve tüm ilişki ya ahenksiz ya da uyumluydu. Yerçekiminin, boyutların ve uzayın gücü; dünya, güneş ve gözle görülmeyen yıldızların hareketleri, bunların hepsi müzik olarak adlandırılan şeyi oluşturuyordu ve ben bunu duyuyordum.

Şimdi sıra zalimlikten daha zor itiraf edilen o şeye geldi. O şey, kulübeyi ilk terk eden tutsak arkadaşımın patika boyunca bana doğru yürüdüğü zaman gerçekleşti. O medarı iftiharımızdı, uğruna bütün bir vücudun cömertçe harcandığı bir zafer kazanmıştı; yüzbaşıydı, mükemmel beyni kendi denizinde yüzüyor, dünyanın yakıtı aşağı akıp onun karnında biçim değiştiriyordu. Onu gelirken gördüm, ondaki olağanüstü hal ve kamuflajından çıkan bu ağaçlar ve dağlar, bu toz ve bu müzik içimden sessiz bir haykırış koparttı. Bu haykırış uzaklara seyahat etti ve dördüncü bir boyut boyunca dikaçılarla ilerleyip diğer üçüne ulaştı. O haykırış, var olduğunu bilmediğim ama sadece unutmuş olduğum için bilmediğim bir yere doğru yöneltilmişti; o yer bir kez bulunursa, bazen açık bazen kapalı da olsa her zaman orada kalırdı, evrenin faaliyeti ise kendi halinde, farklı ve tanımlanamaz biçimde yine orada devam ederdi.

Bana doğru ilerleyen müthiş yaratık bedenini öyle bir ayarladı ki ağzından gözle görünür sesler çıktı.

"Duydun mu?"

Ama o sırada yüzümdeki ıslaklığı fark etti ve bir İngiliz erkeğinin ağladığını görünce utandı.

"Üzgünüm, Sammy. Bunlar bir alay kana susamış katil."

Kendişi de ağlamanın eşiğine geldiğini anlayınca bakışlarını başka yöne çevirdi. Ben ise patlayan bir tabutun içinden fırlamış mücevherleri andıran bir evrenle kuşatılmıştım, zaten kendim bir ölüydüm ve ölmenin ne denli önemsiz olduğunu biliyordum. Daha sonra yürüyüp yanımdan uzaklaştı; delirmiş olduğumu düşünmüş, benim sağlıklı ve ışık yayan aklı başındalığımı kavrayamamıştı. Ben de dördüncü boyutuma döndüm ve yürek, yani organ olarak yürek veya pompa ya da pompa olduğu sanılan her neyse, bir arının bal yapması kadar kolay sevişebilene dek, aşkın bu boyutta aktığını fark ettim. O anda bu bana en zahmete değer meşguliyet gibi geldi; ben bir taraftan dolaşmakla meşgulken, adımlarım bir ara o kadar ısındı ki ateşten kopup uçan bir kor taneciği, bir parıltı, gizlenen ve göze görünmeyenlerin arasından çıktı ve tüm dünya adına organ yüreğin üzerine, o yüreğin sadece akıllı bir makine olmadığını, tam da şiirlerde düşünüldüğü gibi olduğunu gösterircesine yerleşti. Ben o içini gördüğüm kulübelerin, mücevherlerin ve müziğin arasında dururken, o ince kor tanesi ateşten kopmuş mucizevi ve ulvi bir biçimde üzerime düşmüştü. İşte o zaman ateş beni bütünüyle, sonsuza dek değiştirdi.

Bir insan nasıl aynı anda hem dinleyip hem konuşabilir? Öğrenilecek o kadar çok şey, yapılması gereken o kadar düzeltme vardı ki hapis hayatı son derece yoğun ve eğlenceli olmaya başlamıştı. Artık dünya yeniden konumlandırılmıştı. Önemli olan şeyler önemini yitirdi. Aptalca şeyler sağduyu olup çıktı. Bir zamanların hüsranının ve pisliğinin çirkinliğini artık güzelliğin tersine dönmüş ilginç bir şekli olarak görmeye başladım – sadece göz ucuyla görülebilen, sadece hatırlandığı takdirde göze görünen bir güzellikti bu. Tabii ki tüm bunlar iki şekilde açıklanabilirdi: Birincisi konuyu örtbas edip savuşturuyor, diğeri ise bunları kozmosun doğası hakkında veri olarak kabul ediyordu. Her iki görüşü de savunan insanlar arasında bir tartışma çıkması mümkün değildi. Bunu biliyordum, çünkü hayatımın farklı dönemlerinde dönüşümlü olarak her iki görüşü de savunmuştum. Ölü gözlerime eklenen bu yeni algının yapılan işe, tasvire akması gerektiğini düşünüyordum ve bu da bana son derece doğal geliyordu. Bu yüzden o bitkin, tıraşsız Mısır krallarının gizli ve kaçak yapılmış eskizlerinin görkemi benim sağ elimin şöhretidir ve muhtemelen öyle kalacaktır. Kampın değişen görüntüsünü, artık hapishane olmayan hapishaneyi içeren eskizlerim ise bana göre o kadar güzel değiller, ama kendilerince bir değerleri var. Bir ya da ikisi manzaraya masumiyetin ya da ölümün gözüyle bakıyor; tozu, tahtayı, betonu ve tel örgüyü, sanki bunlar daha henüz yaratılmış gibi yansıtıyor. Ama ben mucizeler dünyasını ne o zaman resmedebildim ne de sonra.

Zaman geçtikçe ve ben sessizliğin ritmine alıştıkça, yeni dünya hakkında bilgi edinmeye başladım. Onun bir parçası olmak benim için sadece bir istek değil, aynı zamanda bir ihtiyaçtı. Dolayısıyla burada bulunan şey, o dışarıyı seyreden ölü şey kendi doğasını koşullara uyum sağlayacak bir hale getirmek zorundaydı. Dışarıdaki yeni dünyanın ne tür bir doğası vardı ve içerideki ölü şeyin ne tür bir doğası vardı?

Gitgide bütün bu mucizenin bir düzen oluşturduğunu ve bu düzenin gücünü sütunlardan aldığını görmeye başladım. Ama bu sütunların ne tür bir maddeden oluştuğunu görmek beni son derece şaşırttı. Onları biz dünyadayken çöpe atmıştık, şaka gibiydi. Siyasi görüşümüzün mükemmelliği ve bilimsel bilgimizin derinliği bu malzemeden vazgeçmemizi sağlamıştı. Laboratuvardaki test tüpünde yaptığımız basit kalite analizinde ne tür bir madde olduğu anlaşılmamıştı. Hiç oy almamıştı, savaşa karşı bir çare olarak tavsiye edilmemişti; sınıf sisteminin yan ürünü olarak bir hesap gerektiğini varsayarsak, bu madde kömür katranı damıtıldığında açığa çıkan anilin gibi, yani bir nevi kaza olarak açıklandı. Bu madde bir çeşit yaşamsal erdemdi. Bir adamın gelecek nesillerle olan ilişkisi değildi, hatta sosyal sistemle olan ilişkisi dahi değildi; buna karşılık bir insanın diğer bir insanla ilişkisiydi – bir zamanlar kimsenin ilgisini çekmeyen, ama şimdi tüm değişikliklere, tüm değerlere, bütün yaşama iyi ya da kötü bir şekil veren bir demirci ocağı gibi görülen bir ilişki. Metaforu değiştirmek gerekirse, yaşamakta olan bu erdem yeni dünyanın altını olamasa bile, en azından gümüşüydü.

En sonunda, Sammy'nin gözleri çevrildi ve Halde'nin gösterdiği yere baktı. Bir tecrit odasında ölmek oldukça kolaydı; eğer işin sırrını bulursan, dünyayı ölü ya da masum gözlerle görmek de oldukça kolaydı. Ama Sammy'nin gözlerinin aynı yalın ve cansız tarafsızlıkla kendi üzerime çevrildiğinde gördükleri hiç güzel değil, bilakis korkutucuydu. Nihayetinde o zamanlar ölmenin onda biri bile tamamlanmamıştı – zira ölümün eksiksiz olabilmesi için o parıldayan ve şarkı söyleyen kozmosun yolundan çekilmek, onu parıldamaya ve şarkı söylemeye terk etmek gerekmez mi? Ve burada bir nokta göze çarpıyordu, tek başına duran bir nokta ki o da benim kendi içimdeki kimliğimdi; bu kimliğin bir şekli ya da boyutu yoktu, sadece bir konumu vardı. Yine de bu konum diğer her şey gibi bir mucizeydi, zira birinci kural olan enerjinin korunumu kanununa sürekli karşı koyuyor, bir kürenin yarıçapları boyunca ilerleyerek dışarı kaçan birtakım şekiller yaratıyordu. Bu şekilleri, insanoğlunun bildiği en nefret uyandırıcı maddelerden ya da sürekli yaratılan ve hızla ışınlanıp gözden kaybolan en tiksindirici, en alçak yaratıklardan başka herhangi bir şeye benzetmek mümkün değildi; bu benim kendi farkındalığımın merkezine yerleşmiş halde duran insan tabiatıydı. Bu noktada ortaya çıkan ışık ve bu yaratıklar, yeni algılanan o ihtişam dolu dünyadan geliyorlardı. Aksi takdirde ben kendi tabiatından yeterince hoşnut bir adam olarak yaşamımı sürdürebilirdim.

Ama artık böyle bir şeyle yaşamak çekilmez olmuştu. Halde'nin yapabileceği hiçbir şey benim kendi bildiklerimin yarısı kadar bile kötü görünmüyordu. Bu genelgeçer bir şey miydi? Kralların dokunulmazlıklarını küçümsemiş olabilir miydim? Onlar da böyle bir gösteri yaparlar mıydı? Ben o zaman da öyle düşünmedim, şimdi de düşünmüyorum. Aslında onlardan birini tanıyordum. Johnny Spragg onlardan biriydi ve onda olup da bende olmayan şeyin ne olduğunu anlamıştım; bende eksik olan şey içten gelen bir iyilik ve cömertlikti, öyle ki onun günahları dahi hafif suç sayılıyordu, çünkü konunun özü her zaman onun içinde saklıydı. Bana gelince, ya ben böyle doğal bir cömertlikle doğmamıştım ya da onu bir yerlerde kaybetmiştim. Evie'nin yanında koşuşturan küçük çocuğun benimle alakası yoktu; fakat bisikletinin üzerinde trafik ışıklarının kırmızıdan yeşile dönmesini bekleyen genç adam – işte o ve ben aynı bedende yaşadık. Biz birbirimize karşı sorumluyduk. O yüzden geriye dönüp Beatrice'in hatırasıyla karşılaşınca onun sadeliğinin güzelliği yüzüme tokat gibi vurdu. Şimdi görüyorum ki onun olumsuz kişiliği, varlığının apaçık yokluğu ve sessizliklerinden çıkarttığım o boşluk, aslında hep doluydu. Mikroskobun vidası çevrilince altındaki canlı hücreye odaklanması gibi, ben de artık Beatrice'in yüzünden dışarıya doğru ışık saçarak çıkan varlığını görebiliyorum. O sade, sevecen, fedakâr ve alçakgönüllüydü; bunlar siyaset açısından önem taşımayan niteliklerdir ve sahiplerine fazla başarı getirmez. Tıpkı çocukların yattığı hastane koğuşu gibi, onlar da hatırlandıkları zaman ışıldarlar. Fakat ben Beatrice'i hatırladığım kadar kendimi de hatırlıyorum ve onunla birlikteyken istediğimi yapacak kadar özgür olduğum bir an bile gelmiyor aklıma. O zamanki halimle o içler acısı baştan çıkarma hikâyesinin hiçbir yerinde farklı davranabileceğim bir an yoktu.

Eh bir insanın kıtası; yarımadalar, burunlar, derin koylar, vahşi ormanlar, çayırlar, çöller, göller, dağlar ve yüksek tepeler! Krallıktan nasıl kurtulurum, ondan nasıl vazgeçerim?

Eğer Nick Shales gibi ben de özgürlük kelimesinin bir hayalin gerçekleşmesi için sahte bir umut beslemek olduğunu düşünseydim, bütün o yarı ölü geçen günlerin sıkıntısını kabullenir, hatta hiç umursamazdım. Eğer Rowena Pringle gibi sadece inanca ağırlık verseydim, o zaman teskin edici bir ödül ve ceza sistemine ya da bir kâr ve zarar sistemine düşmez miydim? Ama ben patateslerin tadını biliyorum ve sadece inanmakla kalmıyorum – görüyorum da. Ya da keşke çamuru sadece çamur olarak algılayabilseydim, insanları şifreler olarak görebilseydim ve gün içinde yaşanan vasat olaylardan sıkılsaydım! Keşke ben bu dünyayı hafife alabilseydim!

Bir yerlerde, bir zamanlar, özgürlük konusunda bir seçim yaptım ve özgürlüğümü kaybettim. Zangoç beni yere sermeden önce hiçbir şey kaybetmedim; ya da belki de aldığım o darbe ölüm gibiydi ve tüm borçları ödemişti. O zaman oradaki çocukla, bisikletin üzerindeki çocuk ve genç adam arasında geçen zaman, öteki okulda geçen zamanın tümüydü. Öyleyse orada mı, oralarda bir yerde mi? Onu çiçeklerin ve tuvaletlerin kokusu arasında mı, müsvedde defterleri ve acımasız duygular arasında mı, ödüller ve cezalar arasında mı, hayatın sonsuza dek böyle devam edeceğini sandığım zamanlarda mı aramalıyım?

11

O okulda kızlar ve erkekler birlikte eğitim görüyordu. Resmi olarak karma bir okuldu ama ben ondan daha kesin bölünmüş herhangi bir kurum düşünemiyorum. Ancak bu bölünme bize zorla dayatılmamıştı. Onu okulun ilk gününden itibaren bizler yarattık. Korku ve şaşkınlığın ilk saatlerinde içgüdüsel olarak birbirimizden ayrıldık ve sınıfın sol tarafına kızlar, sağ tarafına da erkekler oturdu. Daha o andan itibaren araya bir çizgi çekildi ve oybirliğiyle alınan bu karar hiç bozulmadan muhafaza edildi. Evie'nin saç kurdelelerinin heybetini hâlâ unutmamış olan ben dahil, hiçbir erkek çocuk kızların arasına girip oturamazdı. Ezkaza öyle bir şey yapacak olsam, gökyüzü parçalara ayrılır, üzerimize devrilirdi. Biz elimizden geldiğince bir erkek okuluna gidiyormuşuz havası yaratmaya çalışıyorduk; ayrıca bu küçük mahalli okulda teorik pedagoji esasına değil, ekonomiye dayalı eğitim verildiğini de anlamıştık. Ucuza eğitiliyorduk ve hiç yoktan eğitim alıyor olmamıza şükretmek zorundaydık. Oyun alanının aşağısından geçen derenin kenarında yaptığımız çete savaşları sadece erkekler içindi. Papazın konutundaki sıra dışı konumum benim köksüz bir geçmişim olduğunu ifade ediyordu; ben de bunun bir telafisi olarak kendimi ağırdan satıyor, birtakım gelişmemiş hislerle papazın oğlu –bir nevi oğlu– olduğumu ileri sürerek sosyal piramidimizin şekliyle böbürleniyordum, ama sonra sırf bu yüzden herkesin gözünden düştüm. Ve ben o gözden düşmenin yarattığı gölgelerin arasında ağır ağır ilerledim; derinin yüzüldüğü, kuştüyünün kurşun kadar ağır geldiği, iğne gibi battığı ergenlik dönemine girdim. Hiçbir yerde kendimi evimde hissetmiyordum. Bir yatağım vardı ama o yatak, hayaletler kadar dehşet verici, mantıksız korkularla dolu bir yataktı; öyle ki, kıvrılarak yatmayı ve bu sayede dünyanın bana veremediği rahatlığı kendi vücudumdan çıkartıp almayı o zamanlar keşfettim. Yavaş yavaş kendi akımıma kısa devre yaptırmayı, kendime yetmeyi, kendimi bir batarya gibi tek bir ışık patlamasıyla bitirmeyi öğrendim.

O zaman Sammy gökteki burçlardan hangisinin etkisi altında büyüdü? İki seçenek vardı ve şimdi hâlâ hafızamın içinde bir bakire ve bir de su taşıyıcısı görünüyor. Bu ikisi bir kemer oluşturuyorlar ama bu kemer bir zafer takından çok yenilgiyi simgeleyen bir kemere benziyor; bunlar benim kalkanımın koruyucuları; eğer beni birileri yarattıysa, bu onlardan başkası değil; onlar benim manevi ebeveynlerim ama etten kemikten değiller.

Bize Kutsal Kitap'ı ve müfredattaki çeşitli konuları öğreten kişiydi. Bir yılı aşkın bir süredir bizim sınıf öğretmenimizdi; sarımsı kızıl saçları ve yeni çıkmaya başlamış sarımsı kızıl renkte bıyıkları ve sakallarıyla orta yaşlı bir kız kurusuydu; o Bayan Rowena Pringle'dı ve benden nefret ediyordu; bunun sebebi kısmen benim nefret dolu bir insan olmam, kısmen de onun nefret dolu olması ve yine kısmen onun Peder Watts-Watt'a âşık olması –ama Peder'in onunla evlenmek yerine beni evlat edinmeyi tercih etmesi–, ayrıca giderek deliriyor olmasıydı. Seçkin, çıtkırıldım bir hanımefendi havası vardı. Onun eline bir damla mürekkep bulaştığını fark ettiği zaman yaptığı hareketleri görmek, bir hanımefendinin temiz kalabilmek için nasıl çılgına döndüğünü takdir etmek demekti – eller kalkar, parmaklar leylak beyazı renginde minik bir ahtapot gibi bir demet halini alıp birbirlerine hafif hafif vururlardı. Lekeli olan –kirli değil, lekeli olan– her şeyden kaçınırdı ve dini eğitimi de bu yöndeydi. Genellikle kahverengi tonlarında giysiler giyerdi. Yağmurlu havalarda okula kemeri titizlikle bağlanmış kahverengi bir yağmurlukla gelir, galoş ve eldiven giyer ve bunların tümünü fistolu ve ipek püsküllü kahverengi bir şemsiyeyle korurdu. Önce kadın öğretmenlerin odasına girip gözden kaybolur, sonra tam vaktinde sınıfa girer ve yüksekteki kürsüsüne doğru tertemiz bir kestane gibi zarifçe ilerlerdi. Altın çerçeveli kelebek şeklinde gözlük takar, gözlüğüne bağlı duran ve neredeyse gözle görülmeyecek kadar ince halkalı bir altın zincir göğsünün üzerindeki fırfırlı dantele kadar iner ve oraya incecik bir altın iğneyle tutturulmuş halde dururdu. İğnenin yanında kesme bir sarı yakut taşının şeffaf altın ışıltısı görülürdü. Sarımsı kızıl saçlarının çevrelediği hafifçe tombullaşmış çilli yüzünde genellikle mesleği icabı bağışladığı bir sadaka gibi görünen, kıyafetleri gibi önceden tasarlanmış ve onlar gibi dışta duran bir gülümseme olurdu.

Bayan Pringle hiç kimseye eliyle dokunmazdı. Zangocun bana indirdiği o sağlam tokat gibi şeyler onun repertuvarında yoktu. Bunu bilirdiniz, çünkü Bayan Pringle için insan etine dokunmak bir nevi iffetsizlikti. Sağ elde altın bir yüzük taşıyan o beyaz parmakların her biri özeldi ve birbirlerinden ayrı dururlardı. Onun yönetiminde sevgi değil, korku vardı. Silah olarak değnek kullanmazdı, onun silahları değişikti; kurnaz, acımasız, adaletsiz ve korkunçtu. Onunkiler, diğer çocukların kıkırdamasına sebep olan, etinizi yaran, şeytanca, küçük alaycı dokundurmalardı. O kitle psikolojisinin ve gücünün üstadıydı. Bizim kıkırdamalarımızı tam zamanında başlatır, biraz bekler, sonra tekrar başlatırdı; elinde sarkaç tutan bir adam gibi, bekler başlatır, bekler başlatırdı ta ki kurbanı bu alay ve istihza fırtınasında yüzülen derisinin içinde nefes almakta zorlanana, zor duruma düşene kadar. Ve bu esnada o profesyonel gülümsemesini yüzünden hiç eksik etmez, kelebek gözlüğünün altın zinciri ise hızlı hızlı sallanır ve ışıldardı; nihayetinde din eğitimi vermek ve bundan para kazanmak keyifli bir işti.

Aslında benden o kadar nefret etmesine hiç gerek yoktu, çünkü ben onun yanındaydım. Büyük çaplı iyiliklerden ve kötülüklerden uzaktım; hiç kötülük düşünmezdim ve suçun bende olduğunu söyleyip beni üzdüğü zaman ona inanırdım. Şimdi yetişkinlik evremde ise onu suçlu buluyorum. O zamanlar ondan sürekli azar işiten bir çocuk olan ben, gerçeğin sadece lafta kaldığı sürece faydasız ve tehlikeli olabileceğini bilmiyordum.

Çünkü ben onun yanındaydım. Bana göre tüm iyi ve kötü insanların hikâyeleri, terazinin bir tarafında iyilik diğerinde kötülük olan tüm o hikâyeler, hayatın merkezini ve esas meseleyi temsil ediyorlardı. Agincourt muharebesi büyük bir zaferle sonuçlandı, ama Jacob kafasını taşa dayadı – kim bilir ne zor, ne kadar rahatsız ediciydi– ve cennete kadar uzanan altından yapılmış bir merdiven hayal etti. Watts buhar makinesini icat etti; fakat yanmakta olduğu halde şekli bozulmayan çalıların arasından bir ses Musa'ya seslendi. Evet. Ben onun yanındaydım.

Bu açıdan iyi bir öğretmendi. Hikâyelerini, zihinsel ve cinsel hüsrana uğramış insanlar gibi tüm detayları canlandırarak anlatırdı. Yıllar önce Eski Ahit hikâyelerini yalnızca onun gözleriyle gördüm. Yıllar önce bir yandan hikâyeleri sansürlerken ahlaki içerimlerini iyice kavramamızı sağlayarak imkânsızı başarmış olduğunu anlamam da yıllarımı aldı. Sınıfta soru sormak için hevesle ilk parmağını kaldıran hep ben olurdum, Kutsal Toprakların en detaylı haritalarını ben çizerdim, Sina Dağı'nın arkasında çakan şimşeğin en canlı şekilde gözlemlendiği çizimler de benimdi. Ama ne yapsam fayda etmiyordu. Sorduğum sorular, Bayan Pringle'ın bana kendi şimşeğim kadar canlı bir yanıt vererek beni alt etmesini sağlamaktan başka hiçbir işe yaramıyordu; haritalarıma gelince, onların üzeri öyle bir işaretlenirdi ki kullandığı kırmızı mürekkep her şeyi bozmayı başarırdı.

Belleğimin içinde bu ilişkinin anılarını araştırıyorum. Acaba mihraba az da olsa tükürdüğümü biliyor muydu? Islah edilmekte olan bir varoşun parçası olduğum için oradaki varlığım zoruna mı gidiyordu? Benim papazın konutunda oturuyor olmama mı içerliyordu? Peder Watts-Watt'ta tuhaf bir şeyler olduğunu ve sevgisini bana yönelttiğini içten içe hissediyor olabilir miydi? Yoksa biz sadece, kendini işine adamış, hüsrana uğramış bir kız kurusu ile sert görünen –ama artık o kadar da sert olmayan– basit ve hâlâ inanılmaz derecede masum bir erkek çocuğu olarak birbiriyle geçinmesi imkânsız iki farklı mizaç mıydık? Sürekli onun hedefi olmak için ne yapmış olabilirdim? Elimi yüreğime götürüp bir kez dahi olsa masum bir kurban olduğumu savunabilir miydim? Dünyada benim suçum olmayan bir şey var mıydı? Aslında o da kendini sürekli kontrol altında tutamıyordu. O da o kadar sağlam sayılmazdı. Tüm kadınlar gibi o da Havva'nın lanetini taşıyor ve bu ona birçoğundan daha ağır geliyordu. Zaman geçtikçe anladık ki onun ara sıra eğitim görevini yerine getirmekte zorlandığı bazı günler oluyordu. Böyle günlerde yüksek kürsüsünde oturur, arkasına yaslanır, gözlerini kapatır ve kafasını bir yandan öbür yana çevirip dururken bir taraftan da iç geçirirdi. Onun acımasızlığı ve disiplini öylesine etkiliydi ki hiçbirimiz ona bu süre zarfında yakınlık göstermeye ya da bu durumundan yararlanmaya cesaret edemez, bir fare kadar sessizce oturup cennetten gelecek teneffüs zilinin çalmasını beklerdik. Ertesi gün onu tekrar eskisi gibi kontrol altında ve gülümseyip tehlike saçarken bulunca adeta içimiz rahatlardı.

Şimdi o günlere geri dönüp onu fani gözlerimle görüyorum. Ağzı kanat çırpar gibi lak lak diye açılıp kapanıyor. Elektrik lambası açık mı? Bir de görebildiğim kadar iyi duyabilseydim keşke!

Arkasındaki tahtada tebeşirle çizilmiş, konuyla ilgisi olmayan bir üçgen var. Açık kahverengi dantel boynunun yarısına kadar yükseliyor. Dirseğimi yana doğru sallasam Johnny Spragg'in kaburgalarına vurabilirim. Philip önümde, sağ tarafta oturuyor. Ama bu ders öyle bir ders değil, bu ders önemli, hatta nefes kesici. Bu ders Musa hakkında.

Musa benim çok ilgimi çeker. O benim için suyun bileşiminden dahi daha önemlidir. Bay Shales'in derste su hakkında öğrettiklerini seve seve dinlerim, ama Musa çok daha önemlidir. Musa hakkında öğrenilebilecek her şeyi öğrenmek istiyorum. Ben onun hikâyesini ilkokul günlerimden biliyorum, öyle ki oradan buradan öğrendiğim şeyler içime kazılı. Ama onlar –özellikle Bayan Massey, kavgacı Bayan Massey– tam öğrenmek istediğiniz yere gelince dersi keserdi. Böylece onun hikâyesi, sürekli yanlış yapması muhtemel olan o sıkıcı Yahudi toplumunun hikâyesine dönerdi. Belki Bayan Pringle –onun uzmanlığını artık kabul ediyorum– belki o aynı hataya düşmez, tabii eğer bu bir hata ise. Belki o benim için boşlukları doldurabilir. Kutsal Kitap'ta Musa'nın takdiri olduğu söylenen birçok kanun var, ama onlar da çok anlamsız. Musa'nın içine saklandığı ve o sırada oradan geçen Tanrı'nın tek eliyle üzerini örttüğü o kaya neyin nesi mesela? Onun hayatının başlangıcı nasıl açıkça anlatılıyorsa sonunun da aynı şekilde açıklanması lazım. Belki de çok şey bilen Bayan Pringle –sanırım sınıf derslere adapte oldukça– bu sırrı bize açıklayacaktır. O zaman bu ileriye ve yukarıya doğru atılmış gerçek bir adım olacak ve Bayan Pringle'ın, Musa'nın yaşamının o ucundaki perdeyi kaldırması için yeterince büyüdüğümüz anlamına gelecek...

Bayan Pringle gerçekten perdeleri kaldırabiliyordu. Tapınağın üzerindeki örtünün çarmıha gerilme esnasında neden yırtıldığını doğrudan ve açıkça anlatmış; enine yırtılmış ya da tahrip edilmiş olmadığını, tepeden aşağı kadar boylu boyunca yırtıldığını söylemişti. Bu açıklama son derece tatmin ediciydi ve bazen Musa için de aynı şekilde açıklamalar yapıyordu. Ders bittiğinde, hepimiz konuşmacı Harun ile peygamber Musa arasındaki ilişkiyi iyice anlamış oluyorduk. Ama bazen de bu derin tefsirlerin arasına birtakım yararsız, hatta tedirgin edici hikâyeler karıştırıyordu. O zaman sıramda oturur, bizimle bu kadar derin mevzuları konuşabiliyorken niçin aynı zamanda bu kadar ucuz ve aptalca şeyler söylediğini, Kızıldeniz'in zaman zaman ayrılması, suların rüzgârla geri çekilmesi gibi, ya da yılanların okşandıklarında ıstakozlar gibi kasılıp kalabildikleri veya tebeşir çizgisini görünce tavuklar gibi ipnotize olabildikleri ve bu yüzden yere atılan değneklerin sadece hoş bir mucize olmadığı, geri doğru yaslandığınızda açıklanabilir olduğu gibi şeyleri neden anlattığını merak ederdim.

Ve Musa dağa ulaştı, hatta Horev'e çıktı.

Lak lak, gözlükte pırıltı, sarı yakutun ıslak ışıltısı...

Onu duyamıyorum.

Bunları bana sen yaptın. Bazı açılardan zekiydin, ama acımasızdın. Ben seni neden duyamıyorum? Bunları sen yaptın, ağzından çıktıktan sonra yok olan o sözleri sen söyledin. Onlar kaybolmadılar aslında; içime işlediler, benim yerimi aldılar ve bana o kadar yakınlar ki onları duyamıyorum. O sözleri söyleyip geçtin, sonra kendi işlerinle ilgilendin. Sözlerini savunmayacak mısın? Dünya gerçekten dışarıdan bakan göze göründüğü gibi mi, yapılanlar yanına kâr kalırsa her şeyin yapılabildiği bir yer mi?

Lak lak, pırıltı.

Tercih edebileceği üç yol vardı. Çölde bir çalılık olduğunu ve bunun çok uzun süre yanabildiğini, bazen de güneşte alev aldığını anlatabilirdi.

Hayır.

Lak lak.

Bize Musa'nın bunları ruhun gözleriyle gördüğünü söyleyebilirdi. Aslında dış göze görünen bir çalılık yoktu; sadece bu çalılık üzerinde durmak –çalılıktan başka herhangi bir kelime de iş görürdü– sadece bunun üzerinde durmak, bütün uzayı ve yaşamı doldurarak, gökkuşağı renklerine bürünüp alev alarak genişlediğini fark etmek demekti.

Lak...

"Eminim hepiniz Kutsal Kitap'ın bu bölümünü daha önce duymuşsunuzdur. O yüzden bu bölüm hakkında sizlere bazı sorular soracağım. Ne de olsa artık bir yıl önce olduğunuzdan daha akıllısınızdır. Horev Dağı. Musa Horev Dağı'nın üzerinde ne görmüştü?"

"Bir çalılık, bayan, yanan bir çalılık ve Tanrı'nın Meleği bu çalılığın içinden konuştu ve..."

"Bu kadar yeter. Evet. Çalılığın içinde birisi var mıydı?"

"Bayan! Bayan! Bayan!"

"Wilmot? Evet. Musa bir daha onunla karşılaştı mı?"

"Bayan! Bayan!"

"Jennifer? Evet. Sina Dağı'nda karşılaştı. Onu net olarak gördü mü?"

"Bayan!"

"Tabii ki hayır. Musa bile 'Ben kimsem oyum' sözü ile yetinmek zorundaydı."

"Bayan! Bayan!"

"Ne var, Mountjoy?"

"Lütfen, bayan, biz bundan fazlasını biliyoruz!"

"Ah..."

O zaman anladım ne büyük bir aptallık ettiğimi; Peder Watts-Watt'a derdimi anlatmak imkânsız olacaksa, Bayan Pringle'ın tehlikeli olacağını biliyordum. Nasıl desem –tabii ki siz de biliyorsunuzdur–, ama ben sadece size hatırlatmak istedim ya da belki siz aramızdan birinin bundan daha renkli bir tartışma başlatarak sizi memnun etmesi için bir oyun oynadınız, demek istedim; ama artık çok geçti.

Bayan Pringle sınıfın üzerinden keyifli bir bakış fırlattı ve onları kendisiyle birlikte bu kurbanın keyfini çıkartmaya davet etti.

"Mountjoy şimdi bize bilmediğimiz bir şey anlatacak çocuklar."

Bunun üzerine sınıfta, onun da tahmin ettiği gibi, hafif bir dalgalanma oldu. Bu dalgalanma sona ermeden tam önce tekrar konuşmaya başladı.

"Tabii ki Mountjoy Kutsal Kitap'ı hepimizden iyi biliyor. Ne de olsa kiliseye çok yakın oturuyor."

Sarkaç sallanmaya başlamıştı.

"Bay Mountjoy için sessizlik, çocuklar. O şimdi bizlere Kutsal Kitap'ın açıklamasını yapacak."

O an burnumun ne kadar kızarmakta olduğunu görebiliyordum.

"Evet, Mountjoy? Araştırmalarının bilimsel sonuçlarını bizlerle paylaşmayacak mısın?"

"Daha soraydı bayan, o şey ettikten sora..."

"Sonra, Mountjoy, sora değil. Eminim peder de senin aksanını en kısa zamanda düzeltmeni istiyordur. Evet, dinliyoruz?"

"Sora... Sonra onu görmek istedi, bayan, ama bu ona çok ağır gelecekti."

"Neden söz ediyorsun, Mountjoy?"

"Bayan, Musa, bayan."

O zaman sınıfta bir kahkaha patladı. Etraftan "Bayan Musa" bağırışları yükseliyor, Bayan Pringle da kargaşanın artmasına izin veriyordu.

"Musa'dan sonra bayan demek istedim, bayan."

"Sonra?"

"Bu ona çok ağır gelecekti. O yüzden o da bir kayanın yarığına saklandı ve... onun arka kısmını gördü diyor kitap, bayan, ben de size onu soracaktım..."

"Ne dedin sen?"

O andaki ani şokun yarattığı sessizliğin farkındaydım.

"Diyor ki o şeyi görmüş..."

"Ne zaman okudun sen bunu?"

"Ben bunu siz bize şeyi öğrenin dediğiniz zaman..."

"O Yeni Ahit dersiydi, Mountjoy. Neden eskisine baktın?"

"Onu okumayı bitirmiştim, bayan ve düşündüm ki..."

"Bitirmiştin demek. Bana söylemedin ama. Bana söylemek, benden izin almak aklına gelmedi demek..."

Sarı yakut sallandı ve ışıldadı.

"Madem öyle, Mountjoy, madem ayetlerini öğrendin, söyle o zaman."

Ama sıramın içinde, gözlerim körleşmiş ve dilim tutulmuş halde ayakta dururken bu hadisenin resmi aklımda, yanlış yolda ilerleyen bir seyahat gibi büyük bir yanlış anlaşılma olarak görünüyordu.

"Ben de tam olarak bunu öğrenmek istiyordum, bayan, şu örtü meselesini filan öyle bir anlattınız ki..."

"Söyle!"

İşkencenin siyahlığı kırmızıya döndü. Dilimdeki sözcükler tükendi.

"Söyle, Mountjoy. 'Ne mutlu ruhta yoksul olanlara...'"

Anlamıyor musun? Ben aslında senden yanayım. Biliyorum ki açılış konuşmaları senin için, açıklamalarının akla yakın olması için verdiğin aptalca uğraştan daha önemli. Kitabın mucizeler ve önemli şeylerle dolu olduğunu biliyorum. Ben solumda oturan Johnny gibi okuduğunu okuduğu gibi anlayan biri değilim, önümde oturan Philip gibi sana bakıp senden nasıl istifade edebileceğini düşünen biri de değilim. Sen memnun olursan ben de memnun olurum.

Bayan Pringle elini ilerideki başka bir kitaba uzattı. Ve *vox humana** duyuldu. Biz bu sesi bazen duyardık, onun yaralı sesi, Rahel'in çocukları için ağlarken çıkan sesiydi bu ve hep vahşetin başlangıcını temsil ederdi.

"...size güvenebileceğimi sandım. Ve birçoğunuz için bu doğru. Ama burada bir çocuk var ki ona güven duymak im-

---

* (Lat.) İnsan sesi; orgtan çıkan, insan sesine yakın ses. (ç.n.)

kânsız. O bir dersi kendi amaçları için kullanıyor... ve bu herhangi bir ders de değil..."

"Ama, bayan! Lütfen, bayan..."

Bayan Pringle beni ayağa kaldırdı ve gösterdiği yerde durmamı istedi. Her ne kadar suçumun büyüklüğünü kavrayamadıysam da, hâlâ masumiyet ile bir tanışıklığım kalmış olsa da ve tüm bu düzenin arasında benim için de bir yer olduğuna inansam da, Bayan Pringle hâlâ beni yıkabileceğini düşünüyordu ve kendini bu amaca adadı.

"Buraya gel ve sınıfın karşısına geç."

İskemlemin iki yanını kavrayıp ayağa kalkmama yardım eden iki elimde garip bir boyun eğme hissi vardı. Ayaklarım yere itaatkârca bastı ve karanlığın derinliklerine doğru yürüdü. O tüm bunları tek bir cümleyle ifade etmişti. Sesinin yükselip alçalması ve sarı yakutun tek bir kıpırtısıyla bu olayı gülmenin dışına taşımış, sınıfı yeniden ciddiyete uyum sağlamak zorunda bırakmıştı. Bayan Pringle dinleyicilerinden kaçmaması gerektiğini bilecek kadar iyi bir gösteri ustasıydı. Yeni atmosfere alışmalarına zaman tanımak için yüzüme öyle uzun ve inceleyici gözlerle baktı ki kızaran yüzüm yanmaya, sınıfın sessizliğine heyecan dolmaya başladı.

"Sen Kutsal Kitap'ın bu işe yaradığını düşünüyorsun o zaman. Hayır, Mountjoy, itiraz etmeye kalkma. Senin nasıl biri olduğunu bilmediğimi mi sanıyorsun? Senin nereden geldiğini hepimiz biliyoruz, Mountjoy. Ve hepimiz bunu senin kötü talihin olarak kabul etmek arzusundaydık."

İki ceviz gibi cilalanmış kahverengi deri ayakkabılarının geriye doğru küçük bir adım attığını gördüm.

"Ama sen geldiğin o yeri beraberinde buraya getirdin. Senin için para harcandı, Mountjoy. Sana büyük bir fırsat verildi. Ama bundan fayda göreceğin yerde, minnet duyacağın yerde, zamanını burada Kutsal Kitap'ı karıştırıp kıs kıs gülerek harcıyor ve içinde şeyi arıyorsun... şeyi..."

Bir an duraksadı, sınıftaki sessizlik daha da derinleşti. Herkes küçük çocukların Kutsal Kitap'ta ne aradıklarını biliyordu, çünkü çoğu bunu yapmıştı. Belki de benim suçum –suçum her neyse– o yüzden onlara bu kadar muazzam görünüyordu. O anda sorunun kendimi ifade etmeyi beceremediğimden kaynaklandığını düşündüm. İçimde bir his, eğer doğru kelimeleri bulursam Bayan Pringle'ın beni anlayacağını, tüm bu olayın sona ereceğini söylüyordu. Ama şimdi anlıyorum ki en ayrıntılı açıklamayı bile yapsam, yine de kabul etmeyecekti. Öfkeli bir çeviklikle söylediklerimi geçiştirecek ve beni yine suçlu konumuna getirecekti. Akıllıydı, zekiydi, zorlanmıştı ve zalimdi.

"Bak bana. Sana 'Bana bak' dedim!"

"Bayan."

"Ve sonra... sonra ne yaptın! Bütün kötülüğünü benim üzerime atacak derecede küstahlaştın... bunu başka şekilde tarif etmemin imkânı da yok!"

Beyaz ellerinin ikisini de havaya kaldırmış ve ileriye doğru uzatmıştı. Elleri parmaklarını temizliyor ama bu ona mümkün değilmiş gibi görünüyordu. Dantelin katları içeri dışarı hızla hareket ediyordu. Artık sınıf yakında halka açık ve uzun süreli bir infazın gerçekleşeceğini anlamıştı.

Bayan Pringle bir sonraki aşamaya geçti. Hak yerini bulmalıydı, ama bunun için de çaba göstermek gerekiyordu. Kötülüğümü ispat edebilmesi için ona din dersinde yaptığım talihsiz yanlıştan daha fazla kanıt lazımdı. Tabii ki bu kanıtı elde etmenin garantili bir yolu da vardı. O okuldaki öğretmenlerin çoğu, bizimle acımasız davranmayı gerektirecek kadar ilgilenmezdi. Hatta bize bireysel varlığımızı sürdürme hakkını dahi tanımışlardı ve bu da hoş bir ortam yaratmıştı. Ders kitaplarımızı çok temiz ve düzenli tutmamız gerekiyordu; fakat hepimizin birer müsvedde defteri vardı ve geleneksel olarak, bu müsvedde defterleri, üzerinde konuşulup tartışılmayan, kişiye özel defterlerdi. Onun bilimsel çalışmaları nasıl kendine özelse, bu defterler de alenen kötüye kullanmadığımız ya da aşırı müsriflik yapmadığımız sürece bize özeldi.

Gerçekten kendini buna inandırmış mıydı? Kutsal Kitap'ta düzenli olarak müstehcenlik aradığımı mı düşünüyordu? Öğrenmek için olağanüstü heves duyan bir erkek çocuk ve eziyet çeken bir kız kurusu olarak ikimizin de aynı hamurdan çıktığını anlamıyor muydu? Ya da bunun farkındaydı ve kendi imajından duyduğu nefretten ilave bir keyif mi alıyordu? Müsvedde defterimde gerçekten müstehcenlik bulabileceğine inanmış mıydı, ya da bulabildiği herhangi bir şeyin kurallara aykırı olduğunu mu düşünmek istiyordu?

"Müsvedde defterini getir."

Ben yeraltındaki sırama geri döndüm. Sessizlik titreşti ve Johnny'nin gözlerini benden kaçırdığını gördüm. Çoraplarımdan bir tanesi ayak bileğime inmişti. Sağ ayak bileğime. Müsvedde defterimin kapağı yoktu. İlk dört sayfa buruşmuştu, daha sonraki sayfalar daha düzgün ve temiz devam ediyordu. Defterin ilk sayfası kapak görevi gördüğü için oradaki çizimlerimin çoğu yıpranmıştı.

"Ah!"

Bayan Pringle teklifimi reddetti.

"Ben ona dokunmayacağım, Mountjoy. Kürsünün üzerine bırak. Şimdi. Çevir sayfaları. Evet? Ne diyeceksin?"

"Bayan."

Sayfaları çevirmeye başladığımda sınıf da beni büyük bir keyifle seyre koyulmuştu.

İlk olarak aritmetik ve kriket sahasının üzerine silindir çeken bir at. Bazı yanlış yazılmış Fransızca fiiller ve bu fiillerin tekrar tekrar yazılmış halleri. Belediye binasının önündeki tartı makinesinin üzerinde bir yük arabası. Çizgiler. Ders sırasında arkadaşlarıma not yazmayı bırakmak zorundayım. Zorundayım – eski DH bulutlardan bir kulenin etrafından dönerek geliyor. Gramer sorularına cevaplar. Aritmetik. Latince. Bazı profiller. Bir manzara, çizilmemiş, not alınmış ve daha sonra kendi sembollerimle detaylandırılmış notlar. Zira bir kurşunkalem nasıl olur da kilometrelerce öteden görünen ve tepelerin etrafını sararak çıkan beyaz tebeşir yolun garip çekiciliğini yansıtabilir? Resmin tam ortasında duran ve ilk bakışta dikkati kendine çeken, sorunlu bir izleyicinin içinde kaybolabileceği bir ağaç ve küçük tepecikler karmaşası vardı. Burası eskiz halinde değil, aksine gayet özenle çizilmişti. Burası o derece bana özel bir sayfaydı ki çevirirken acele ettim.

"Dur! Geri gel."

Bayan Pringle bakışlarını benden alıp manzaraya çevirdi, sonra yine bana döndürdü.

"O sayfayı neden aceleyle geçtin, Mountjoy? Orada benim görmemi istemediğin bir şey mi var?"

Sessizlik.

Bayan Pringle manzaramı santim santim inceledi. İz süren av köpeklerine dönüşen arkadaşların yakıcı heyecanını ensemde hissediyordum.

Bayan Pringle beyaz parmaklarından birini uzattı ve müsvedde defterinin kenarına hafif hafif vurmaya başladı, o vurdukça defter döndü ve benim tepeciklerimi, çayırlarımı, ormanlarımı ona tersten gösterdi. Bunu görünce eli birden kasıldı ve geri sıçradı. Ürpertici bir nefes aldı ve konuştu. Derinlerden gelen sesinde huşu, hararetli bir öfke, hiddet ve suçlama vardı.

"Şimdi anlıyorum!"

Yüzünü sınıfa döndü.

"Benim güzel çiçeklerle dolu küçük bir bahçem vardı, çocuklar. Ben o bahçede çalışmayı çok severdim çünkü çiçekler çok hoş ve güzeldi. Ama aralarda yabani otların, sümüklüböceklerim, salyangozların, iğrenç sürüngenlerin de bulunduğunu bilmiyordum..."

Sonra bana döndü ve aniden yükselen hiddetli sesiyle ruhumun içinde derin bir yarık açtı.

"Pederin bundan haberdar olmasını sağlayacağım, Mountjoy. Ayrıca seni başöğretmene götürüyorum, hem de şimdi!"

Ben kapının dışında elimde defterimle bekledim, o da başöğretmenin odasına girdi. İçeriden seslerini duyuyordum. Kısa bir görüşme yapıldı. Sonra dışarı çıktı, yanımdan hızla geçti ve başöğretmen beni sert bir sesle çağırdı.

"Defteri bana ver."

Hiç şüphesiz kızgındı. Sanırım Bayan Pringle bizim karma bir okul olduğumuz ve bu tür şeylerin anında bastırılması gerektiği gibi lüzumsuz şeylere dikkat çekmişti. Belki de başöğretmen bir öğrenciye uzaklaştırma vermek zorunda kalacağını kabul etmişti.

Defterin bütün sayfalarını gözden geçirdi, bir ara duraksadı, sonra tekrar gözden geçirdi. Daha sonra konuştuğunda sesindeki aksilik kaybolmuştu – daha doğrusu değişmişti; sanki zevahiri kurtarmak adına öfkesini biraz daha sürdürmesi gerektiğini biliyormuş gibi.

"Evet, Mountjoy. Bayan Pringle'ın itiraz ettiği sayfa hangisi?"

O bütün sayfalara itiraz eder gibi görünüyordu. Tüm bu olanlar kafamı karıştırmıştı. Cevap vermedim.

Deftere yine baktı. Sesi biraz asabileşmişti.

"Dinle şimdi, Mountjoy. O sayfa hangisi? Yoksa dışarıda beklerken o sayfayı yırttın mı?"

Hayır anlamında kafamı salladım. Defterin dikili ortasını inceledi, kopuk sayfa olmadığını gördü. Sonra bana baktı.

"Evet?"

Sesim yerine geldi.

"Şu sayfa, efendim, şuradaki."

Başöğretmen defterin üzerine eğildi. Manzaramı inceledi. Ortadaki karmaşık yer onun da dikkatini çekmişti. Gözü önce ileri kaydı, sonra tepeciklerin ve ağaçların arasındaki kâğıdın içine daldı. Daha sonra geri çekildiğinde alnında şaşkınlık ifadesi vardı. Bana baktı, sonra tekrar kâğıda baktı. Ve aniden Bayan Pringle'ın yaptığını yaptı... defteri ters çevirdi ve benim nefis kavisli tepeciklerim ve aralarından çıkan dallı budaklı ormanlarım baş aşağı geldi.

Böylece benim şu anda kaos olarak adlandırabileceğim bir ortama giriş yapmış olduk. Ne olduğunu anlamamıştım ama acı ve şaşkınlıktan başka bir şey hissetmiyordum. Fakat bir erişkin ve bir başöğretmen olarak o bile bir şey anlamamıştı. İleri doğru bir adım atmış, atar atmaz da ayağının altındaki zemin kayıp gitmişti. Birdenbire bir şey fark etmiş ve o şey çözümü olmayan bir sürü sorunu da birlikte getirmişti. Ama başöğretmen akıllı bir adamdı ve böyle durumlarda ne yapılması gerektiğini bilirdi; yani hiçbir şey. Bir sürü şeyi apaçık belli eden yüzünü seyretmeme engel olmadı. Gördüklerinden çıkardığı sonuçları orada gördüm, ama paylaşamadım. Korkuyla karışık bir farkındalık gördüm, çözüm bulmak için çekilen zorluğu gördüm, hatta bir kahkaha tufanının başlamakta olduğunu dahi gördüm.

Sonra gitti ve kısa bir süre pencereden dışarı baktı.

"Bu müsvedde defterlerini size içine resim yapın diye vermediğimizi biliyorsun, değil mi, Mountjoy?"

"Evet efendim."

"Bayan Pringle senin kurşunkalemle fazla vakit kaybetmenden hoşlanmıyor."

Buna verilecek bir cevap yoktu. Bekledim.

"Bu sayfalar..."

Sonra döndü ve defteri açıp resimlere işaret etti fakat o sırada bir şey dikkatini çekmişti. Sayfalardan birinde bir şekli ardı ardına defalarca çizmiştim. Bazılarında başarısız olmuştum ama bu çizdiğim suratlardan bir ya da ikisini önce detaylandırmış, sonra sadeleştirmiş ve tutkulu mesajım kalemimden aşağı indiğinde aldığım sonuçtan son derece memnun kalmıştım. Gözlüğünü alnına kaldırdı ve sayfayı yüzüne yaklaştırdı.

"Bu Spragg'in resmi!"

Bunun üzerine gözlerimden bir kaos indi. Islaktı, sıcaktı ve durduramıyordum.

"Bak şimdi, bak bana!"

Üstümde bir mendil arandım ama tabii ki yoktu. Ben de parlak renkli okul kepimi çıkartıp onu kullandım. Tekrar etrafı seçebildiğimde, başöğretmen bıyığını sıvazlıyor ve pes etmiş görünüyordu. Pencereden dışarı bakarak kendine biraz daha mola verdi. O esnada yavaş yavaş yüzümdeki ıslaklık kurudu.

"Tamam, artık iyisin herhalde. Çizimlerini belli sınırların ötesine geçmeden yap. Bu müsvedde defteri de bende kalsın. Ve bil ki..."

Uzun bir süre duraksadı.

"Ve bil ki Bayan Pringle senin gerçekten iyiliğini istiyor. Sen de onu hoşnut etmeye çalış. Tamam mı?"

"Peki efendim."

"Ve Bayan Pringle'a teneffüste onunla konuşmak istediğimi söyle. Tamam mı?"

"Peki efendim."

"Artık git ve – hayır. Git şimdi. Doğruca sınıfına dön. Sana yeni bir müsvedde defteri verilmesini sağlayacağım."

Lekelenmiş yüzümle sınıfa geri döndüm ve mesajı Bayan Pringle'a ilettim. Bir elini havada emredercesine sallaması, bir de işaretparmağıyla yer göstermesi dışında beni tamamen yok saydı. Neden olduğunu hemen anladım. Yokluğum esnasında benim oturduğum sıra sınıfın bütününden ayrılıp uzağa taşınmıştı. Varlığımla diğer öğrencileri kirletmemem için en önde, duvara dayalı duruyordu. Sıramın içine çöktüm ve yapayalnız kaldım. İşte ben orada toplumdan çıkıp enseme vuran tenkit dalgalarını hissederek oturdum. O zamandan beri de umurumda değiller. O dönemin geri kalanında hep orada kaldım. Orada yalnız başıma otururken Stuart'larla tanıştım. Bayan Pringle'ın Getsemani'yle ilgili anlattıklarını yalnız başıma orada dinledim.

Bugünlerde Bayan Pringle hakkında birçok şeyi daha iyi anlıyorum. Mihrabın başındaki papaz o zamanlar dini bütün, sevimli bir hanımı kucaklayabilecekken, varoştan çıkma, annesine insan demeye bin şahit isteyen bir çocuğu muhteşem konutuna alıp onunla birlikte yaşamayı tercih etmişti. Önce varlığımdan, sonra saflığımdan ve en sonunda da yeteneğimden nasıl rahatsız olmuş olabileceğini ancak şimdi anlıyorum. Ama küçük bir çocuğu çarmıha germeyi nasıl becermişti, diğer çocukların yanına yakışmadığı için onlardan uzak durması gerektiğini ona nasıl söylemişti, sonra da diğer çarmıha germe olayını, insanların acımasızlığı ve zalimliğine karşı duyduğu üzüntünün tüm kanıtlarını barındıran bir sesle nasıl anlatabilmişti? Ne derece nefret dolu olduğunu anlayabiliyorum ama buna rağmen cennetle arasındaki açıkça görülen o yakınlığı nasıl koruyabildiğini anlamıyorum.

*

Ama o her şeyden bihaber ve kaotik ilk günümüzde biz hâlâ Musa'yla birlikteydik. Acı tüm benliğimi kaplamış olduğu için artık ona olan ilgim biraz azalmıştı.

"Ve Musa'ya Tanrı'nın varlığını kanıtlayan bir işaret olarak bir çalılık alev alıp yanmaya başladı, ama yanıp kül olmadı."

Çan kulesinin tepesinden rahatlatıcı bir ses duyuldu. Hep birlikte sınıftan dışarı çıktık, ben çarmıha gerilmemden sonra yeniden insanların arasına kabul edilip edilmediğim konusunda pek emin değildim, o yüzden doğrudan temel fen bilgisi dersinin verildiği sınıfa gittim.

Bay Shales, Nick Shales, Yaşlı Nick orada bizi bekliyordu. Derse başlamak için sabırsızlanıyordu. Koskoca kel kafasından ve kalın gözlüğünden ışık yansıyordu. Cüppesinin eteğiyle tahtayı temizlemiş, havada asılı duran beyaz bir toz sütununun içinde duruyordu. Deney masasının üzerinde bir bombeli cam duruyordu, masaya dayadığı ellerine tüm ağırlığını vermiş, sıraların arasından merdivenleri güçlükle tırmanmamızı seyrediyordu.

Nick tanıdığım en iyi öğretmendi. Özel bir metodu vardı ve özellikle zeki bir adam görüntüsü vermiyordu; o bir doğa vizyonuna sahipti ve bu vizyonu başkalarına aktarmak için tutkulu bir arzu duyuyordu. Ayrıca, çocuklara da saygı gösteren biriydi. Bu sadece çocuk haklarına karşı lafta kalan bir saygı değildi, çünkü Nick zaten onların böyle bir hakkı olduğunu düşünmemişti. Ona göre çocuklar da diğerleri gibi birer insandı ve her birine saygıdan ayırt edilemeyecek şekilde ciddi özen gösterirdi. Sınıfta disiplini sağlar, ama bunu zorla kabul ettirme gereğini umursamazdı. Şimdi onun, bir gerçeğin ilginç yanlarını keşfetmek, göreni şaşırtmayı her zaman başaran ilgi çekici gerçekliği incelemek için kendisi dahil hepimizi sabırsızlıkla bekleyen o halini gözümün önüne getirebiliyorum.

"Bunları defterinize not etseniz iyi olur, çünkü önce deneyeceğiz sonra da aksini kanıtlayacağız. Hazır mısınız? Buyurun o zaman. 'Madde yaratılamaz ve yok edilemez.'"

Söylediklerini uslu uslu defterimize yazdık. Nick konuşmaya başladı. Bizden maddenin yok edilebildiği ya da yaratılabildiği durumlara örnek vermemizi istedi.

"Bir kabuğun içinde."

"Bir mum yanınca..."

"Yemek yerken."

"Bir civciv yumurtadan çıkınca..."

Ona hevesle örnekler verdik. Nick ise her defasında bilge bir tavırla kafasını salladı, ama hepsini bertaraf etti.

Hiçbirimiz yan odadaki Bayan Pringle'ı ve onun derslerini düşünmüyorduk. Hep bir ağızdan bağırıp, yanan fakat kül olmayan bir çalılığın Nick'in mantıksal evreninin bize açıkladığı şekline ters düştüğünü söyleyebilirdik. Ama kimse çalılık hakkında tek kelime dahi etmedi. Bayan Pringle'ın sınıfından çıkıp diğerinin sınıfına girdiğimizde bir evrenden çıkıp diğerine girmiş gibi oluyorduk. Her iki evreni de kafamızda kolaylıkla tutuyorduk, çünkü insanoğlunun doğası itibarıyla ikisi de gerçek görünmüyordu. İki sistem de tutarlıydı – derinlerde yatan bir sezgi, evrenin o kadar kolay dize gelmediğini ve bizi her iki evrende de yaşamaktan alıkoyduğunu söylemiyor muydu bize? Bayan Pringle'ın dünyanın burada değil de, orada olduğunu göstermek için kullandığı canlı tasvirlerine rağmen.

Nick'in dünyası da gerçek değildi. O da evreni kaplamıyordu; yaptığımız her bir küçük deneyin sonucu katlanıp çoğalarak tüm evreni doldurmuyordu. O bir çoğaltma deneyi yaptığı zaman ise ilgiyle seyredip hayran kalıyorduk. Nick derslerinde yıldızların çekim gücünü tasvir ederken resimlerini de yapardı. O zaman, o dahil hepimizin içine fen bilgisi yerine şiir dolardı. Nick'in çıkardığı sonuçlar, ayak parmaklarının ucunda muhteşem bir aritmetik ve yıldız dansı yapıyorlardı, ama ne o ne de biz dönüp gökyüzüne bakıyorduk. Benim hayali kavramla tepemizde serili duran resmin arasındaki farkı kendi kendime görmem için aradan bir kuşak geçmesi gerekti. Nick ise gerçeklerden söz ettiğini sanıyordu.

Cam fanusun içinde bir mum yandı. Su yükseldi ve daha önce oksijenin işgal ettiği boşluğu doldurdu. Mum eninde sonunda söndü ama sönmeden önce aydınlattığı evren öylesine düzen ve mantık doluydu ki, insanın ister istemez içinden "Tüm sorunların çözümü burada!" diye bağırmak geliyordu. Eğer sorunlar varsa, çözümleri de kendi içlerindedir. Evrenin içindeki sorunlar çözümsüz olsaydı, bu rasyonel bir evren olmazdı.

İnsanlar oldukları şeyin işlevine inanırlar ve ne oldukları biraz da hayatta başlarına gelen olaylardır. Ama tüm o baskıya karşı isyanın içinde bazen bir yerlerden ortaya uranyum izotopundan bile daha ender bulunan patateslerin berrak tadı çıkar. Tabii ki Nick de patateslerin tadına aşinaydı, çünkü bencillikten uzak biriydi. Fakir bir ailenin içine doğmuş ve kendini geliştirme yolunda ölümle burun buruna gelmişti. Dolayısıyla bilgi, onun için en değerli şeydi. Cihaz alacak parası olmadığından deneylerinde teneke, eğik cam ve ebonit kullanırdı. Aynalı galvanometresi tam bir hassasiyet şaheseriydi ve bir seferinde Nick bizim için cam tüp içinde tutsak bir kelebek gibi görünen kutup ışıkları üretmişti. O bizden birer teknisyen yaratmak peşinde değildi, sadece çevremizdeki dünyayı kavramamızı istiyordu. Onun kozmosunda ruhaniliğe yer yoktu ve bunun sonucunda kozmos ona muazzam bir muziplik yaptı. Nick'e bir insan sevgisi, özgecilik, bir nezaket ve adalet duygusu vererek onu tüm insanların sığınacağı bir liman haline getirdi; aynı zamanda bu ona rasyonel evrenin temel ilkeleri hakkında vaaz verme olanağı sağladı, ama çocuklar bunun hiç farkına varmadı. Teneffüs başladığında dahi sınıftan uzaklaşamıyor, çünkü kalabalık bir çocuk grubu onun kirli cüppesinin etrafına toplanıp ona sorular soruyor, onu gözlemliyor ya da mantıksız ve irrasyonel herhangi bir sebepten dolayı ona yakın olmak istiyorlardı. O da sabırla sorulara cevap verir, cevabı bilmediği zaman bilmediğini rahatlıkla söyler, karşısında duran yaratığa kendisiyle aynı önem ve konumdaymış gibi ilgi gösterirdi. Nick de benim gibi bir gecekondu mahallesinden çıkmıştı, ama bunu kendi aklıyla ve kendi isteğiyle yapmıştı. Onu kimse elinden tutup kaldırmamıştı; o kendisi ayağa kalkmıştı, kısa boyu ise yıllarca yarı aç yaşamanın ve aşırı çalışmanın ona bıraktığı miras olmuştu. Nick bir sosyalistti ve olayların heyecanını bizzat yaşamıştı; fakat onun sosyalizmi de doğa felsefesi gibiydi; mantıklı, kibar ve şaşırtıcı derecede güzeldi. Yeni bir dünya hayal ediyordu; kendisinin daha az çalışıp daha çok para kazanacağı bir dünya değil, taşrada yetişen çocukların Eton kadar iyi okullara gideceği bir dünya. Yeryüzündeki bütün ödüllerin bize ve tüm insanlığa bahşedilmesini istiyordu. Şimdi Britanya İmparatorluğu dağıldı ve ben bazen sıcak ülkelerden birinden gelen, kendi iddialarında haklı çıkarak kendi özgürlüklerini kazanmanın gururunu taşıyan insanlarla karşılaşıyorum ve o zaman Nick'i düşünüyorum; ona kalsa daha altmış yıl öncesinden herkesi kendi hayatı pahasına özgür bırakırdı. Öte yandan herhangi bir malı mülkü yoktu; içki ya da sigara içmezdi, arabası da yoktu. Gördüğüm kadarıyla eskimiş ince yünlü mavi birtakım elbise ve asidin aşındırıp file haline getirdiği siyah bir cüppe dışında herhangi bir şeye sahip değildi. Yaratılışın ardındaki ruhu inkâr ediyordu; çünkü göze en zor görülen, en yakında durandır.

Bu iki insan, Nick Shales ve Rowena Pringle, hatıralarımda giderek daha büyük bir yer kaplıyorlar. Benimkisi onlara karşı duyduğum bir sorumluluk; onlar ise benim kendi şeklimi bulmamda etkisi olmuş ve yetişmemde rol oynamış insanlar. Onları anlamadan kendimi anlayamam. Çünkü onları o kadar çok düşündüm ki artık haklarında o zaman bilmediğim birçok şey biliyorum. Bayan Pringle'ın Nick Shales'den nefret ettiğini her zaman biliyordum, ama bu nefretin sebebini şimdi çözdüm; ben Bayan Pringle'a çok benzediğimden sebebini şimdi biliyorum. O Nick'ten nefret ediyordu, çünkü Nick için iyi insan olmak çok kolaydı. Fakat o temiz parmaklı aşırı saygın kadın öğretmen, gizli tutkuları ve ihtiraslarıyla kendini yiyip bitiriyordu. Onun bunun üzerine ne tür barajlar kurarsa kursun, kendi doğasının huysuz ve zapt edilemez sel baskınları patlayıp dışarı fırlıyordu. Acaba bana her eziyet edişinde bu yaptığından dolayı kendinden nefret edip çaresizliğe düşerek kendisine de işkence ediyor muydu? Rasyonalist Nick'in bir azizmiş gibi peşinden giden çocukları görünce kim bilir nasıl bir acıyla kıvranmıştı! Bir dizi kalın kafalı dalkavuk kız öğrencinin ve olmasa da olacak birkaç rahip yardımcısının dışında hiç kimse ondan hoşlanmıyordu. Belki tesadüfen koruduğu bekâretinin ne derece uyduruk bir meziyet olduğunu az çok fark etmiş ve belki de bazen gri bir ışıkta, yumurtadan önce var olan ilk kuşun huzurunda kendisini aynada gördüğü gibi görmüş ve değişmeye gücünün yetmeyeceğini anlamıştı. Halbuki rasyonalist ve ateist Nick için her şey mümkündü.

O derste Nick'e ihtiyacım vardı, ama ders vermesi için değil, sadece orada olması için. Sanırım benim gözyaşlarıyla lekelenmiş suratım dikkatini çekmişti ve bu da onun olağan hatasını tekrarlamasına ve yine birine yanlış nedenle yardımcı olmasına sebep olmuştu. Galiba benim papazın konutunda yaşıyor olmamla, herkesin bildiği ve neredeyse açıkça teşhir edilmekte olan gayrimeşruluğum arasındaki tezadın başıma kakıldığını düşünmüştü. Dolayısıyla diğer öğrenciler gittikten sonra benim sınıfta kalıp cihazları toplarken ona yardım etmemi istedi.

Ama yalnız kaldığımızda ona hiçbir şey söyleyemedim. Olup biteni açıklamayı beceremiyordum. O yüzden benim yerime Nick konuştu. Tahtayı kirli cüppesiyle bir kez daha temizledi ve notlarını kürsünün içine kaldırdı.

"Bana gösterebileceğin başka çizimlerin var mı, küçük Mountjoy?"

"Evet efendim."

"Senin çizimlerinin beğendiğim tarafı, ne olmaları gerekiyorlarsa ona benzemeleri."

"Evet efendim."

"Suratlar. Surat çizmeyi nasıl başarıyorsun? Bir manzaranın yeniden düzenlenmesi gerekebilir, bunu anlıyorum; fakat bir yüz çizdiğinde o yüzün birine benzemesi gerekiyor. Fotoğraf çeksen daha iyi olmaz mı?"

"Sanırım olur, efendim."

"İyi o zaman!"

"Ama benim fotoğraf makinem yok, efendim."

"Tabii. Anlıyorum."

Cihazları yerine kaldırma işini bitirmiştik. Nick döndü ve yüksek taburesinin üzerine tüneyip oturdu, ben de onun yakınında, bir elimi uygulama masasına dayamış, ayakta duruyordum. Hiçbir şey söylemedi; fakat bu sessizliğinde beni ve benim tüm hallerimi sakince bir kabul ediş vardı. Gözlüğünü çıkardı, temizledi, tekrar taktı ve pencereden dışarı baktı. Ufuk çizgisinin üzerinde zengin bulut kümeleri görülüyordu, onlar hakkında bana bir şeyler anlatmaya başladı. Fırtına bulutları ve içinde enerji biriken örs şeklinde boşluklar vardı. Bu defa benim daha iyi anlamam için özelden genele giderek anlattı. Kuzey kutbunun havası çok uzun ve yavaş geçen bir zaman zarfında muhteşem bir dans halini aldı. Anlatmayı bitirdiğinde yan yana duruyor, eşit insanlar gibi konuya birlikte kafa yoruyorduk.

"İnsanların acımasız olabileceğini düşünmezsin. Böyle bir dünyada buna vakit ayıramıyor olmaları lazım. Savaşlar, zulümler, sömürüler – yani, Sammy, görmek gereken o kadar çok şey var ki, benim incelemem ve senin de resmini yapman için o kadar çok malzeme var ki, böyle bak olaya. Eğer bunların hepsini bir, atıyorum, bir milyonerin elinden alsan, gökyüzünü ya da denizi bir an bile görebilmek uğruna tüm parasını verirdi..."

Gülüyor ve ona cevaben başımı sallıyordum; çünkü bu ikimiz için de o kadar aşikârdı ki diğerlerinin görememesi çok şaşırtıcıydı.

"...Hatırlıyorum, ben bir gezegenin eşit alanları eşit zamanlarda katettiğini ilk öğrendiğim zaman... sanki artık ordular savaşmaya son verir gibi gelmişti bana... yani demek istediğim... o zamanlar sen yaşlardaydım herhalde... savaşmanın ne kadar anlamsız bir vakit kaybı olduğunu anlayacaklarını düşünmüştüm..."

"Anladılar mı efendim? Gerçekten anladılar mı?"

"Kim?"

"Ordular."

Yavaş yavaş erişkin ve çocuk arasındaki fark tekrar kendini belli etmeye başlamıştı.

"Hayır. Anlamadılar. Ne yazık ki anlayamadılar. Eğer o tür işler yaparsan o cins bir hayvan olur çıkarsın. Evren mükemmel derecede hatasız ve kesin, Sammy. Hem parana hem ekmeğine sahip olamazsın. Enerjinin korunumu kanunu hem zihinsel hem de fiziksel açıdan geçerlidir."

"Ama, efendim..."

"Ne?"

Aklım ermeye başlamıştı. Nick'in kanunu bana bulaşmıştı. Her zaman her yerde geçerli olduğunu anlamaya başladım. İçimin rahatlığı dışarı taştı. Yanan çalılık direndi ve ben aniden nasıl bir çelişki yaşadığımızı anlamış oldum. Bu benim için öylesine önemli bir andı ki o anı tamamen inceleyip kavramam lazım. Zira zamanın gerisinde kalan bir anda, iki dünya yan yana var oluyordu. İçine doğmuş olduğum mucizevi dünya beni büyük bir kuvvetle kendine doğru çekti. Alev alan çalılıktan, kayadan çıkan sudan, gözlere sürülen tükürükten vazgeçmek, kendi vücudumun karanlık, içedönük ve yararlı bir parçasından vazgeçmek gibiydi. Ama o esnada çalılığın içinde Bayan Pringle'ın şişman ve çilli yüzünün bana baktığını gördüm. Öteki dünya, sakin ve mantıklı olan dünya ise Nick Shales'in iyi niyetli ve cana yakın yüzünü ağırlıyordu. Ben mantıklı seçeneklerin denenme şansı olmadığını düşünüyorum. Benim çocuk aklımın iyi ve kötü periler arasında benim adıma bir karar vermiş olduğuna inanıyorum. Bayan Pringle verdiği dersleri berbat etmişti. İkna etmek konusunda başarısızdı ama bunun sebebi anlattıklarıyla değil, kim olduğuyla ilgiliydi. Nick beni kendi doğal bilimsel evrenine inandırmıştı ve bunu anlattıklarıyla değil, kişiliğiyle başarmıştı. Bir an için evrenin iki resmi arasında duraksadım; sonra suyun kıpırtısı yanan çalılığın üzerinden geçti ve ben arkadaşıma doğru koştum. O an arkamdan bir kapı kapandı. O kapıyı Musa ve Yehova'nın üzerine vurup kapattım. Bir daha asla o kapıyı çalmayacaktım, ta ki bir Nazi esir kampında duyduğum dehşet ve ümitsizlikten yarı delirmiş halde onun karşısında yere yığıldığım zamana kadar.

Burada mı?

Burada değil.

12

Lakin gelecek ne tamamen birinin ne de ötekinin elindeydi, çünkü artık kanımıza şarap karışmıştı ve sivilceler, yatak fantezileri, küçük kasabaların ve köylerin töre bilgisini oluşturan tipik cinsel esprilerinin yarattığı alaycı kahkahalar halinde dışarı çıkıyordu. Sadece bu tür kahkahalar atmak için bazı şifreli sözler dahi yaratılmıştı. Bir de aşağılık duygusu vardı; çünkü Nefis, o kahkahaların nedenini bilmek, uyanık olmak, işin aslını ve kirli yönlerini öğrenmek, gerçeği bilenlerin arasına karışmanın sosyal güvencesine sahip olmak istiyordu. Ve doğal olarak Nick'in neden ve sonuç üzerine kurulu ruhsuz evreni buraya cuk oturuyordu. Ben Nick'ten daha zekiydim. En gelişmiş yaratık insan ise ve yaratıcısı bizzat kendisi ise, neyin iyi neyin kötü olduğuna karar vermek için çoğunluk oyu gerektiğini görüyordum. Davranışlar iyi ya da kötü değildir, ya bir şekilde ifşa olur ya da kişinin yanına kâr kalır. O zaman Nefis, zihnini Musa ile meşgul etmekten kurtularak ve neden iki gün boyunca kirazların bu kadar eğlendirici olabildiğini anlamaya, o sessiz taşra kızı Selina'nın bu işle bir ilgisi olup olmadığını öğrenmeye çalışmaktan vazgeçti. Johnny'nin sözünü dinleyen Nefis, ilk kez az da olsa pisliğe bulaştı. Nefis, Bay Carew'un tarih dersinde ağzından kaçırdığı küfrü duyup herkesten önce güldü ve elli satır ceza aldı, ama doğrusu buna değerdi. Nefis, olayların içindeydi; tüm pis işlerden haberi oluyor, ayıp sözler icat ediyor, o samimi müstehcenlik dünyasının skandal haberciliğinde bir lider olarak kendini gayet iyi hissediyordu.

Şimdi de, aynaya bakıyordu.

Kendimi aynada çok çirkin bir yaratığa benzettim. Bana bakan yüz hep ağırbaşlı ve gölgeliydi. Siyah saçlar ve fırça gibi kara kaşlar gür görünmek yerine kaba duruyorlardı. Gerçekte neye benzediğimi anlamak için çizmeye çalıştığım yüz hatlarım sert bir görünüm almıştı. Kulaklar fazla belirgindi, alın ve çene geride duruyordu. Görüntüde maymunsu ve güçlü, kadınların ilk bakışta beğenmeyeceği fakat oldukça maskülen bir erkek olduğumu düşündüm.

Bir kız olmak istediğim zamanlar da oldu. Fakat bu isteğim sadece onların eteklerinin ve saçlarının, yumuşak yüzlerinin ve biçimli göbeklerinin hep var olduğu fantezi dünyasında geçerliydi. Artık şarap dökülmüştü ve talk kokusu daha yoğun hissediliyor, göğüslerinin değişik şekli, Woolworth's mağazasındaki broşların ışıltısı, yuvarlak, ipeksi dizleri, yara gibi görünen siyah selüloit ağızları daha çekici geliyordu. Ben onlardan biri olmak istemiş ve bunun bana özel bir tür kendini aşağılama olduğunu ve çok utanç verici olduğunu da düşünmüştüm. Ama yanılmışım. Mastürbasyon evrenseldir. Cinsiyetimiz ise her zaman belirsizdir. Ben kız ya da erkek olmaktan ziyade zevk almak istiyordum. Daha sonra seks mekanizmasını iyice kavradığımda, ne istediğimi tam olarak anladım. Bundan sonra müsvedde defterimin sayfalarında kızların yüzleri diğerlerinden çok daha fazla görünmeye başladı. Nehirler akıyordu. Üç yıl boyunca çelişkili ve ham duygular içinde, ıslak kayaya yapışmış denizşakayığı gibi etkisiz kalarak aynı odayı paylaşmıştık. Fakat artık gelgitler bizi huzursuz etmeye başlamıştı. Havada ve selüloit güzellerin dudaklarında güzel bir koku vardı. Sınıfın öteki tarafından canlı yaratıkları seyreder, aralarında birçok filme konu olan özelliklerden izler arardık.

Bayan Pringle, Nick kadar iyi ve çekici olsaydı acaba nasıl olurdu? Dualar ve meditasyon söndürebilir miydi ateşi? Kutsiyetin güzelliği, ucuz kokuların, değişken ve yapmacık suratların üstesinden gelebilir miydi? Meleklerin dokuz sınıfını çizseydim daha mı doğru olurdu?

Philip hiç resim yapamazdı. Sanat dersinde yanımda oturuyordu ve benim kendi işime başlamadan önce hızlıca onunkini yaptığım açıkça anlaşılıyordu. Bize ders veren Bayan Curtis yaşlı bir kız kurusuydu ama anlayışlı bir kadındı. Ne olup bittiğinin farkındaydı, ama pek kurcalamıyordu. Aklımda kalan o sabah vakti önce pek dikkate değer sayılmazdı, aynı şekilde Bayan Curtis de öyle – ama o beni cesaretlendirmişti; bu yüzden ben de ondan oldukça hoşlanırdım. Boş bir kare alanın etrafına dizilip oturuyorduk; bazen ortadaki platformun üzerinde bir koni ya da top, bazen bir sandalyeyle bir keman oluyordu; bazen de canlı bir model.

O sabah orada oturan kızı az da olsa tanıyordum. Sınıfın öteki tarafında, arkalarda bir yerde oturuyordu. Çekingen bir tipti. Ben kızın resmini çizmektense küçük çöp adamların kuşattığı bir kale çizmeyi tercih ediyordum. Tam o sırada Philip dirseğiyle beni dürttü. Kıza kısa bir bakış fırlattım ve onu iki kalem darbesiyle üstünkörü çiziktirip biri iki yere rastgele gölgelendirme yaptım. Sonra da kale duvarına dayalı merdivenlerime geri döndüm.

Bayan Curtis sıraların arasında dolaşıyordu. Ben de o sırada model üzerinde çalışıyormuş gibi yaptım. Belki onu çizmek istemeyişimin tuhaf bir nedeni vardı. Belki de... kim bilir? Belki onu farklı bir açıdan görmüş ya da geleceği gözümün önüne getirmiş olabilirim. Belki de önümde bir canlının sergileniyor olmasından rahatsız olmuşumdur.

"Philip Arnold! Bak sen, Philip!"

Bayan Curtis arkada, ikimizin arasında duruyordu. İkimiz de aynı anda ona doğru döndük.

"Bu gerçekten çok güzel!"

Öne doğru eğildi ve kâğıdı kapıp hızla tahtaya doğru yöneldi. Bütün oğlanlar ve kızlar arkalarına yaslanıp onu seyretmeye başladılar. Model öksürdü ve kıpırdadı, Bayan Curtis elinde tuttuğu çizimin detaylarını inceledi. Philip zafer kazanmış oldu, ben ise öfkeden kudurmuş halde kurşunkalemimi kemirdim. Sonra Bayan Curtis tekrar yanımıza geldi.

"Bunun üzerinde daha fazla oynama, Arnold. Sadece imzala."

Philip yapmacık bir sırıtışla resmi imzaladı. Bayan Curtis kırışık yanakları ve ışıl ışıl gözleriyle dönüp bana baktı.

"Eğer böyle çizebiliyorsanız, Mountjoy, bence bir gün ressam olabilirsiniz."

Sonra hafifçe gülümseyerek uzaklaştı, ben ise öksüz kalan portremi incelemeye koyuldum. Hayret vericiydi. Biraz dikkatsizlik ve biraz da şans eseri olarak model kızı kâğıda öyle bir yerleştirmiştim ki üzerinde en fazla emek verdiğim portreler bile yanına yaklaşamıyordu. Çizgi neşeyle, özgürce ve saygı uyandıran bir sıçrama yapmıştı. Küçük mucizeler yaratmayı başarmıştı; kalemim kızın ellerine hiç değmemişti ama göz kendi kendine o küçük elleri tamamlıyordu. Özgür bir çizgi kâğıdın üzerinden hızla geçerek kızın yüzünü oluşturmuş, daha sonra kalemin ulaşamayacağı, sadece hayal gücünün erişebileceği bir yere doğru giderek incelip kırılmıştı. Afallamış ve gururlanmış bir şekilde dönüp modele bir kez daha baktım.

Kızın arkasındaki duvarda asılı duran resimlerin belli bir ihtişamı vardı: Degas'nın balerinleri, birkaç İtalyan rokoko mimarisi örneği ve Palladio üslubunda bir köprü; kız onların önünde yerini almıştı ve görüntüye sakin bir hava katıyordu. Yumurta ve sperm bu kızın yaratılmasına karar vermişti ve ortaya çıkan fark kemiklere yansımıştı. Işığın önünde duran parmaklardan bir tanesinin şeffaf olduğunu görebiliyordum, hatta belki avucunun içi de öyleydi. İskeletin kırılganlığını, alnının iki yanında bir taçyaprağın tersi gibi duran çukurları hissedebiliyordum. Tam olarak ifade etmem mümkün olmasa da şunu söyleyebilirim ki, ben onun yüzünde bir şey bulmuştum, ama onu ne tarif edebiliyordum ne de çizebiliyordum. Diyelim ki bana güzel görünmüştü. Diyelim ki yüzü budalalıktan uzak bir masumiyeti anlatıyor, cinsellik sancısı barındırmayan ağırbaşlı bir kadınsılık ifade ediyordu. Diyelim ki orada, elleri kucağında, yüzü yüksek pencereden gelen ışıkla aydınlanmış halde otururken gayet suskun, zararsız, uysal ve tatlı görünüyordu. Önümüzde duran bu modeli anlatabilecek doğru kelimelerin henüz icat edilmediğini işte o anda anlamıştım. Ancak şimdi, Nick Shales'in hayaleti ve Rowena Pringle'ın bunak görünümünün üzerinden bir kuşak geçtikten sonra diyebilirim ki, o gün onun yüzünde ve alnının açıklığında bana nesnel bir olgu gibi, gerçek bir şey gibi görünen metaforik bir ışık vardı. O kız benim için anbean bir şaşkınlık, bir soru, yolumun üzerinde duran bir dağ şeklini aldı. İlk ders sona ermeden önce onun, oldukça tatlı bir yüz ifadesi olan sarı saçlı bir kızdan başka bir şey olmadığını düşünmüş olabilirim, ama o zaman dahi içten içe bundan fazlası olduğunu anlamıştım.

Bir duygu ne kadar büyük olabilir? Bir acı nerede başlar ve nerede biter? Bizler dansımızı icra ettiğimiz bir durumda yarınımızı düşünmeden yaşayıp gidiyoruz. Kararlarımızı mantığımızla değil, duygularımızla verdiğimizi söyledim. Aklımız yerinde ama mantıksızca davranıyoruz. Şu anda Beatrice konusunda bilgelik taslamak kolay. Ben onun yüzünde cennetin ışığını gördüysem, o ışık neden Nick'in rasyonalizmini dengelemek zorunda olsundu ki. Ancak benim modelim etten, kemiktendi. O Beatrice Ifor'du ve yüzündeki doğaüstü ifadenin, o kutsal ışığın yanı sıra bazen ipek gibi görünen dizleri, nefes alınca bluzunu yukarı kaldıran genç tomurcukları vardı. O, asla uyumsuz bir yaş dönemi geçirmeyen, her zaman tertipli, her zaman kız kardeşlerinden biraz daha düzgün olan ender kızlardan biriydi. Bu tür kızlar göz kamaştıran bir çelişki yaratıyorlardı. Bakir ve uysal yüzleri Meryem Ana'ya müjde getiren meleklere benzerdi. Bir ip cambazı gibi dengeli yürürlerdi ve bu denge Peder Watts-Watt'ın "Kötü Düşünceler" olarak nitelendirdiği türden bir davetti. Beatrice ağırbaşlıydı, fakat bunun bilincinde değildi. Aslında o da diğer kızlar gibiydi ama onlardan çok daha fazlasına sahip olduğunu düşündüğüm için bana göre emsalsizdi. El değmemişti ve erişilmesi imkânsız görünüyordu. Saygın bir tüccar ailesinden geliyordu; sınıftaki engel kalkmaya başladığında, geçerli eğilimler bizi tiplerimize göre gruplaştırırken ve gelip geçici çiftler oluştururken, o her şeyden uzak ve sakin kalmayı başardı. Kimse ondan kıkır kıkır gülmesini ya da şaka yapmasını beklemezdi. Açık gri, parlak iri gözleri, uzun kirpiklerinin altında hiçbir şeye, havada asılı duran hiçbir şeye bakmazdı. Sonra onun profilini tutkuyla defalarca çizdim ama her zaman benden kurtulmayı becerdi. Umarsızlıkla ve şans eseri ortaya çıkan o esin dolu rahatlığı bir daha asla yakalayamadım. Benim şaheserim ise orada duruyordu ve sağ alt köşesinde Philip Arnold'un imzası vardı. Bayan Curtis bu durumdan kendisine bir çeşit eğlence çıkarmış gibiydi. O çalıntı portre, ya da özgürce verilmiş portre diyelim isterseniz, kazanana ödül verilecek olan sergide en baş köşeye asıldı ve Beatrice özellikle o resmi görmek ve takdir ettiğini göstermek için yanına kadar gitti. Bayan Curtis'e uzun süre kırgın kaldım, ama sonra o bana sadece bunun geldiği yerde bunlardan sürüyle var olduğunu söyledi. Ama ben Beatrice'i o kadar iyi incelemiş olmama rağmen, kendi korkularım ve bitmeyen hüsranım yüzünden onun ruhunu kâğıt üzerine yansıtmayı asla beceremedim. Portreden dolayı gururlanmış ve Philip'e gülümsemeye başlamış olması ise kalbime bıçak saplıyordu. Artık kaybolmuştum. Ondan kaçınmak ya da uzak durmak benim için artık mümkün değildi. Üzerimde bir baskı hissediyordum. Onu yeniden başarıyla çizmek zorundaydım ve bu da dikkatli bir inceleme gerektiriyordu. Ama incelemeye verdiğim dikkat beni iyiden iyiye kör etti. O benim için çok önemliydi ama yine de kapı arkasından kapanır kapanmaz yüzünü hatırlayamaz oluyordum. Onu benzersiz kılan şeyin tam olarak ne olduğunu bir türlü çözemiyordum. Tek yapabildiğim şey, acı çekmekti. Sonra o tekrar ortaya çıktığında, sersemlemiş yüreğim dünyanın başlangıcı kadar genç bir güzellik algılıyordu. Fantezi dünyamdaki rüyalar oldukça zengindi. Onu şiddet içeren bir şeyden kurtarmak istiyordum. O bir ormanda kayboldu ve ben onu buldum. Bir ağacın kovuğunda uyuduk, onu kollarıma aldım, bana sokuldu, yüzünü omzuma dayadı. Cennetten çıkma alnının üzerinde ışık vardı.

Sonuç başka türlü olabilir miydi, bir bakalım. Kime gidip anlatabilirdim ben bu durumu? Nick'e gördüğüm ışıktan bahsedecek olsam, söylediklerimi dikkate bile almazdı. Bayan Pringle ise sınıfındaki aptal kızlara kötü örnek olurum diye beni okuldan attırırdı. Peder Watts-Watt'a gelince, artık onunla ilgili her şey, dizleri dahil olmak üzere, canlılığını yitirmişti. Bu durum tamamen anlaşılamaz bir hale geldiği için acı çekmek de kaçınılmaz ve anlamsızdı. Zira Beatrice benim yüzümde hiçbir ışık görmemişti. Tutkumun ve derin saygımın gelgitleri, onun başka yöne çevrili duran yanağında patlıyor, ama o yine de dönüp bakmıyordu. Ona, seni seviyorum ya da yüzünde bir ışık var, biliyor musun, diyemiyordum. Bir temas kurabilmek adına umutsuzca gösterdiğim bir gayretle işi alaycılığa vurdum. Aptal gibi davranıyor ve kabalaşıyordum, fakat aslında ayaklarına kapanacak haldeydim.

Sonunda beni fark etti, ama bu sadece beni görmezden gelmesiyle sonuçlandı ve cehennem çukuruna düşmüş gibi oldum. Çocukluk aşkı erişkin aşkından daha beter ya da daha güçlü değildir; ama daha güçsüz de değildir. Fakat hep ümitsizdir çünkü her zaman ekonominin etkisi altındadır. Sahi, Juliet kaç yaşındaydı?

Beatrice şehrin birkaç kilometre dışında yaşıyordu ve okula otobüsle geliyordu. Dolayısıyla manzaranın o yakası benim için önem kazanmaya başlamıştı ve oralar hakkında duyduğum herhangi bir haber ilgimi çekiyordu. Çektiğim eziyet ve hayata dair edindiğim yeni bilgilerle kilometrelerce yürüyor, onun köyünün etrafında dolaşıyor, sonra korkup geri kaçıyordum. Bahçesinin beyaz parmaklıklarının ardında ne tür gizemler bulunduğunu bilmiyordum ama onları hissedebiliyordum. İçimde ve etrafımda bana dinozorlar kadar yabancı olan duygusal bir yaşam vardı. Beatrice'i kıskanıyordum ama sadece başka birinin onu alma ihtimalinden dolayı değil. Onu kıskanıyordum çünkü o bir kızdı. Onun varoluşunu bizzat kıskanıyordum. En kötüsü de, onu öldürmek onun gücüne güç katar diye düşünüyordum. Kapıdan benden önce girecek ve benim bilmediğim şeyi öğrenecekti. Hayatın gelgitleri karanlık ve fırtınalı olmaya başladı. Papaz konutunda yaşayan ve giderek başarısızlığa sürüklenen kül rengindeki adam Pelagiusçuluğu anlatan kitabından başka bir şey düşünmez olmuştu. Artık yanına gittiğim zaman şeytan onu yoklamıyordu, çünkü zaten hep yanı başında duruyordu. Bizim birbirimizle ne işimiz olabilirdi? Çevremdeki diğer yetişkin insanlara gelince, onlar da Paskalya Adası'ndan birer görüntü kadar uzak ve saygıdeğer duruyorlardı – onlara kendi cehennemimden nasıl söz edebilir, içine girmelerine nasıl izin verebilirdim? Bugün bu konuda kendime bile bir şey söyleyemiyorum.

Bu fesat yuvasında dünya hakkında kararlara varmaya çalıştım. Gece gündüz etrafta bir korku dolaşıyordu ve bu korku gayet sıradan bir şeymiş gibi dört harfli bir Sakson ismiyle ifade ediliyordu. Benim içimde ise bir kuyu vardı ve zaman zaman bu kuyudan kendimi ifade etme ihtiyacı doğuyor, hatta bunun şart olduğunu hissettiriyordu. Artık bütün suratları hızla çektiğim tek bir çizgi ile çizip birebir benzerliği kâğıt üzerine yansıtabilir hale gelmiştim – hatırlayamadığım tek bir surat dışında. Beatrice ile dolaylı iletişim yollarını bile denedim. Ona bir Noel kartı hazırladım. Son derece dikkatle boyadım, detaylandırdım, parçalara ayırdım ve öylesine tutku dolu bir gayretle sadeleştirdim ki bilmeden koskoca bir sanat tarihinin üzerinden geçmiş oldum. O morlar ve kırmızılar, bir zamanlar bir yıldız olan ve sonradan parçalanan o mavi beyaz nesnenin içlerinde güçbela hayatta kalabildiği uçan şekiller haline geldiler. Resmimin tam ortasında yukarıdan aşağı doğru girintili çıkıntılı inen siyah çizgi onun bir zamanlar aslına uygun şekilde, ölesiye gerçekçi çizilmiş olan ama artık sadece bir sembol şeklini alan profiliydi. Günlük hayatta sel gibi akan renkler, zalim bir çatlak şeklini alan o çizginin ardında çarpışıyor, tarif edilmez bir karmaşaya sebep oluyorlardı. Ben neyin peşindeydim? İki kıtanın bu düzeyde birbiriyle iletişim kurabileceğini mi sanıyordum? Gelgitlerimle onun sakin havuzunu tedirgin edemeyeceğimi anlamamış mıydım? Bir kâğıda "Yardım et bana!" yazsaydım belki de daha iyi olacaktı. Ve tüm bunların üstüne bir de kalktım, hazırladığım kartı imzalamadan gönderdim –ne tuhaf, ne karmaşık, ne gururlu bir tezat!– ve tabii ki cevap alamadım.

Cinsiyet, diyorsunuz; şimdi konu oraya geldi, peki neresinden başlayalım? Bayan Pringle'ın kozmosundaki güzellik, kendisi bir cadaloz olduğu için berbat olmuştu. Nick'in kavruk evreni ise insanlara karşı duyduğu sevgi sayesinde ışık saçıyordu. Cinsiyet hakkında bir seçim yapmak ve bilgi edinmek bana gerçekten zor gelmişti. Fakat her ne kadar materyalist bir inancı tercih etmesem de, sonunda seçimimi Nick'ten yana yaptım. O yüzden de hakikat bana hep erişilmez gibi görünür. Ben kendimi akılcı bir insan olarak görmüyorum çünkü içimde rasyonalist bir inanç doğdu, fakat bunun mantıksal bir dayanağı yoktu ve serinkanlı düşüncelere dayanmıyordu. Odamızın duvarları insanlardır, felsefeler değil.

Nick'in mantıksızca benimsediği sistemden çıkardığım sonuçlar mantıklıydı. Anladım ki ruh da yoktur, mutlak da. Dolayısıyla doğru ve yanlış, akşam saat on buçuktan sonra başlayan bahis ya da içki yasağı gibi bir tür meclis kararından başka bir şey değildir. Ama kuyusunun yanında oturan Samuel Mountjoy neden çoğunluğun kararına uymak zorunda kalsın ki? Sammy için neyin iyi olduğuna neden Sammy karar vermesin? Nick kendi ahlaki değerlerini nur yüzlü bir ayakkabı tamircisi olan babasından aldığını bilmiyordu. Doğa bilimlerinden yola çıkılarak varılan bir ahlak yoktur, sadece ahlaksızlar vardır. On dokuzuncu yüzyıl iyiliği ve iyimserliği bana gelene kadar tükenip bitmiş olmalıydı. Ben Nick'in masum, hükümsüz bilimsel dünyasını dönüştürmüştüm. Benimki insanın umutsuzca içine hapsolup, yapabildiği ölçüde tadını çıkardığı ahlakdışı ve vahşi bir yerdi. Ama tüm bunları yazmamın sebebi kendimi mazur göstermekten çok kendimi anlamaya çalışmak olduğu için, bu süreçte her şeyi berbat eden karmaşıklıkları da eklemem gerekiyor. Doğru ve yanlışın itibari ve izafi olduğuna karar verdiğim anda, kutsiyetin güzelliğini gördüğümü ve kötülüğün ağzımda bıraktığı kusmuk tadını hissettiğimi düşündüm.

Erkekliğe adım attığımız yıl cinsellikle tanıştırılmıştık ve konu kısmen hayranlık duyduğumuz insanları da kapsadığı için en azından durumu artık kavradığımı düşünüyordum. Bayan Manning bizim Fransızca öğretmenimizdi. Yirmi beş yaşlarında, mahmur bakışlı, siyah kabarık saçlı, yumuşak başlı bir kadındı ve konuşurken ağzını şapırdatırdı. Ders verirken sürekli aklı başka yerdeymiş gibiydi. Bazen kedi gibi gerinir ve sanki bizi, sınıfı ve tüm eğitim sistemini sevimli ama gülünç buluyormuş gibi ağır ağır gülümserdi. Eğer başka bir yerde olsaydık bize gerçekten bilinmeye değer bir şeyler öğretebilecekmiş gibi görünüyordu ki benim zaten bundan hiç şüphem yoktu. Ceketinin mavi yakaları arasından görünen göğsündeki V ile yuvarlak, ipeksi dizleri biz erkek öğrencilerde hoş bir heyecan yaratıyordu. O dönem bir kadının oturduğu zaman dizlerinin açıkta kalmaya başladığı dönemdi. Bu yüzden stratejik konumdaki sıraları kapmak için aramızda küçük bir çekişme geçerdi ve sanırım bizim Bayan Manning de bunun farkındaydı. O buna hiç kızmaz, ama özellikle yardımcı olduğu da pek görülmezdi. Sürekli şunu düşünüyor gibiydi: Zavallı kıçı kırık kızlar ve umutlu, sivilceli kabadayılar! Sabırlı olun – birazdan kapılar açılacak ve sizler bu anaokulundan yürüyüp çıkacaksınız. Bayan Manning aslında kendini tümüyle işine adamak için fazla çekici bir kadındı.

Bay Carew da onu çekici buluyordu. Biz daha önceleri onun bizim okulda olmasını ragbi ile Latince ikilisine bağlıyorduk ama şimdi bizimle aynı görüşü paylaştığını da öğrenmiştik. Sahada bizi çalıştırdığı esnada Bayan Manning taç çizgisinde görünürse, o da bizim gibi aşırı erkeksi faaliyetler sergilemeye başlıyordu. O an nasıl da heyecanla birbirimizin üzerine atılıp kenetlenirdik! Başlangıç vuruşu için yerlerimizi alırken ise, Bayan Manning'in varlığından habersizmişiz gibi uzun ve rahat adımlarla yürürdük. Bay Carew bizi antrenmanda iki kat zorlar ve topu bir torpido gibi fırlatıp iki sıra forveti aşarak, ancak üçlü savunmanın tutabileceği kadar uzağa gönderdiği o özel hareketini gösterirdi. Aslında tüm bu olanlar biraz garipti, çünkü Bay Carew evliydi ve küçük bir bebeği vardı. İri cüsseli, açık renk saçlı, kırmızı suratlı, terleyen bir adamdı – ya da belki terlemesi ragbi yüzündendi ama hatıramdaki görüntüsü hep terli kaldı. İkinci sınıf bir özel okulu bitirmişti, dolayısıyla ragbi bilgisi Latince bilgisinden çok daha iyiydi. Önceleri iş bulmakta çok zorlanmıştı ama biz tam o sırada futboldan ragbiye geçiş yapmıştık ve bu da onun hayatının şansı olmuştu. Daha sonraları bizim Bayan Manning taç çizgisinde çok sık belirmeye başladı. Yaklaşırken ayaklarının çamura batmamasına dikkat ediyordu. O sırada Bay Carew ona fazla çamurlu olan yerlere basmadan ilerleyebilmesi için nasıl da neşeyle ve özenle yardımcı oluyordu! Böyle olduğunda oyunu erteler, Bayan Manning'in çevresinde takılır, yüksek sesle güler ve kasım havasının içine nefes ve buhar bulutları gönderirdi. Kulübün renklerini onun önünde erkeksi bir debdebeyle sergiler, Bayan Manning de tatlı bir ifadeyle ona gülümserdi.

Bizim okulun hademesi küçükken çimlere bastığımızda bizi kovalayan, daha sonra sivilcelerimiz çıkınca bize hayata dair hikâyeler anlatan, sarhoş gezen eski bir askerdi. Okulun yakınında bir birahane vardı, yemek molasından dönerken kötü kokular ne içtiğinin habercisi gibi önü sıra gelirdi. Sonra asker tipi gri bıyıklarını düzeltir, iki bin metreden süvarilerle nasıl çatışmaya girdiklerini anlatır, kuzeybatı sınırında hizmet ederken aldığı yarayı gösterirdi. Askerlik duyguları bira içtikçe artıyordu. Bu savaşçılık hevesindeki artışa paralel olarak ahlaki düşünce tarzında da bir yükseliş oluyordu. Normal olarak dolak giyilmesine ve ruj sürülmesine karşıydı; fakat çok içki içtiği zamanlarda, parlamentoda kısa etekli kadınların bulunmasını da gayritabii bulurdu. Kırıta kırıta dolaşan –ve belli ki tıraş da olmayan– bu Eton mahsulleri Tanrı'ya meydan okuyorlardı ve bu da modern ordunun çöküş sebeplerinden biriydi. Ordunun süngüsü olarak gördüğü Bay Baldwin'i destekliyor, söz konusu askerlik olduğunda hiç şaka kaldırmıyordu.

Kasım ayı dolaylarında kısa günler, soğuk ve çamur başlayınca, o da huzursuzlanmaya başladı. Aklında bir şey vardı. Biranın sarhoşluğuyla lafları geveleyip, kötü nefesini damarlı burnundan meraklı yüzlerimize üflerken, bıyıklı ağzı ve sarı gözleriyle bize tek anlatabildiği şey, eğer aklındakini bize anlatırsa annelerimizin bizi oradan alıp daha iffetli bir yere götürecek olduğuydu. Gençlerin bilmemesi gereken bazı şeyler vardı, aklındaki de böyle bir şeydi. O yüzden, küçük Mountjoy, artık bana soru sorma, tamam mı?

Az kalsın hepimizin içine düştüğü varsayım ve şüphe ateşini ifşa edecekti. Ama biz ona engel olacaktık. Kanatlarımız bala bulanmış, orada yapışıp kalmışlardı. Bay Carew ve Bayan Manning bizim Âdem ile Havvamızdılar, cinselliği temsil ediyorlardı. Bu heyecan sadece erkeklere özeldi, kıçı kırık kızlardan gizleniyordu; bir tecrübeydi, cazibeydi, yaşamdı. Akşam yemeği saatinde erkekler için bir erkek gözetmen, kızlar için de bir kadın gözetmen görev başında kalıyordu; peki bu gözetmenleri kim denetleyecekti? O ikisi bir araya geldiğinde Benjie de kazan dairelerinin teftişini yapıyordu ve nasıl olduysa oldu, onları gördü ama kendisini gizledi; o sırada orada olmasından daha doğal ne olabilirdi? Artık onun elinde ahlaki bir tartışma konusu vardı. Şimdi ne yapmalıydı? Başöğretmene bildirmeli miydi? Bu düşünce onu uyutmuyor, içki içmesine sebep oluyordu. Ne yapması gerekiyordu? Durumu açıklamalı mıydı, yoksa açıklamamalı mıydı?

Bu krizi daha da alevlendirmenin tek yolu vardı. Hep bir ağızdan, ondan bile daha büyük bir erdem anlayışıyla, evet, diye bağırdık, evet, tabii ki açıklamalıydı. Krizi büyütme zamanı! Ne de olsa hayır demek aptallık olacaktı. Hepimiz iffet ve heyecan duygularıyla doluyduk ve bundan büyük keyif alıyorduk. Bayan Manning! Tatlı, çekici Bayan Manning! Ve kıpkırmızı kesilmiş, buhar çıkartan Bay Carew!

Benjie kararını verdikten sonra beş kişi sinsice onun peşine takıldık. Boş bir koridorda biraz oyalandık, o da başöğretmenin odasının kapısını hafifçe vurup içeri girdi. Kapıya yanaşıp içeriyi dinleyecek cesaretimiz olmadığı için yaklaşık on dakika kadar olduğumuz yerde kalıp bekledik. Sonra kapı açıldı ve Benjie'nin sırtı göründü, kepini elinde tutuyor ve bir yandan da konuşuyordu. Başöğretmen onu susturmaya çalışıyordu. Ama Benjie burnundan soluyor ve yüksek sesle konuşuyordu.

"Bir kere söylemiştim efendim ve yine söylüyorum. Evli bile olsalar bundan daha kötü görünemezdi!"

O sırada başöğretmen bizi gördü. Bence orada neden durduğumuzu ve konuyla neden ilgilendiğimizi gayet iyi anlamıştı. En azından sağlam bir azar işiteceğimizi sandım, ama o hiçbir şey söylemedi. Sanki bir şey kaybetmiş gibi üzgün görünüyordu. Aptal değildi, bu başöğretmen. Bir hikâyenin unutulabilecek cinsten mi, yoksa çok mu yayılmış olduğunu anlardı.

Okulda geçirdikleri süre boyunca Bay Carew ve Bayan Manning en popüler ve en sevilen kişilerdi. Onlar sadece öğretmen değil, günah işleyenlerin olgunluğuna erişmiş insanlardı. Onlar bizim film yıldızlarımızdı. Bayan Manning bize yaşamın sırlarını aktaracak kadar ilgi göstermiş olsaydı, ayaklarının dibine dizilip pürdikkat dinlerdik. Ne anlatsa inanacaktık ve bu da ayrı bir tezat teşkil ediyordu. Son dersinde Bayan Manningimizi, geçirdiği tecrübeden izler bulabilmek için nefesimizi tutarak inceledik. Ama o kabarık siyah saç, göğsünün V'si, ağır ve tatlı gülümsemesi, geniş kırmızı ağzı ve diğer her şeyi ile eskisinin aynıydı. İpek çoraplı dizleri de aynıydı. Bir ara dizinden başlayıp elini aşağı doğru kaydırarak bacağını okşadı; kavalkemiğini aynı anda hem gerdi hem de yukarı doğru çekti, ipekten yılanı elinin ayasının içinde ilerletti ve ayak tarağını geriye doğru eğdi, öyle ki tüm bacağını sıkıp incelterek bir yüzükten geçecek hale getirebildiğini sanırdınız. Sonra ders bitti ve sıralarımızın içinde ayağa kalkarken, az sonra ebediyen yok olacak bir insana göre tuhaf bir tabir kullanarak bizi gönderdi.

"*Eh bien, mes amis. Au revoir!*"*

Ve sonra gittiler; ikisi de gitti ve personel yine ruhsuz ve renksiz haline büründü. Bayan Pringle dünyanın ona ağır geldiği peş peşe birkaç gün geçirdi – başı geriye düşüyor, çaresizce iç geçiriyordu, ama ben bir seferinde onun bu dikkatsizliğinden istifade etmeye kalkışınca çılgına döndü ve bir bomba gibi patladı. Nick ise farklı bir reaksiyon gösterdi.

---

* (Fr.) Pekâlâ arkadaşlar, görüşmek üzere. (ç.n.)

Hayatında ilk ve son defa olarak beni hayal kırıklığına uğrattı. Tüm cesaretimi toplayıp seks vesaire hakkındaki merakımı gidermek için ona çekine çekine yaklaşmış; fantezi dünyasına, Bayan Manningimize, Beatrice'e, bir zamanlar kız olmak istediğime ve böyle davranarak kendimi öldürmekte olup olmadığıma dair sorular sormuştum.

Nick beni sertçe susturdu. Sonra öfkeli bir tonda, gözlerini cam fanusta kaynayan sudan ayırmaksızın konuşmaya başladı.

"Ben dokunabildiğim, görebildiğim, tartabildiğim ve ölçebildiğim şeylerin dışında hiçbir şeye inanmam. Ama eğer insanı Şeytan yaratmış olsaydı, ona seksten daha pis, daha kötü ve daha utanç verici bir oyun oynayamazdı."

Demek o yüzden öyle demişti. "Evli bile olsalar bundan daha kötü görünemezdi!" Ben ise Benjie'nin yanlış ifade kullandığını, aslında "...daha iyi görünemezdi" demek istediğini öne sürerek çocukların arasında puan toplamıştım, ancak şimdi bu sözlerin asıl anlamını çözmüş ve cennetten sürgün edilen meleğin gerçek olduğunu anlamıştım. Seks benim kolayca etki altında kalan aklımda muhteşem bir parlaklık ve kötülük barındıran renklere bürünüyordu. Ben o anda, ipekböceklerinin kıvrılıp dönerek ince bedenlerini birbirine vurdukları ve çiftleşirken pembe misk kokusu püskürttükleri o parlak ağın içindeydim. Ey utanç veren, sarhoş eden misk, bana iyi gel. Misk hakkında hiçbir şey bilmeyen, bunu hiç aklına getirmeyen, sakin ve zararsız görünen, daha uzun yıllar çiftleşmeyecek olan, çiftleşirse de bunu başka bir erkekle yapacak olan Beatrice'in üzerindeki misk. Eğer insanoğlu sadece bir hayvansa, o zaman miskin bana iyi gelmesi gerekir çünkü bu tüm hayvanların ortak yanıdır. En geniş sürüye sahip erkek, en güçlü erkektir. İnsanın en gelişmiş hayvan olduğunu söyledikten sonra bizden havada çifte atan aygır toynaklarını bir kenara bırakıp, sadece hayvanların yavrularına karşı duydukları güçlü bağlılığı hissetmemizi ve bir çeşit sürü içgüdüsü ile hareket etmemizi beklemeyin. Alna düşen o ışığa, cennetin hiç bitmeyen sabahının ışıltısına gelince, onlar olsa olsa bir görüntü ya da bir yan etki olabilir. Onu dikkate almayın. Hatta unutun unutabilirseniz.

Bunun üzerine ben de erkeklerin dünyasına; Mercutio'nun, Valentine'ın ve Claudio'nun bulunduğu, cezaya uygun bir suç icat edebileceğim bir dünyaya yöneldim. Ben suçluyum; dolayısıyla kötü ruhlu biri olacağım. Eğer işlenecek parlak suçlar bulamazsam, en azından işlenmiş suçları üstlenirim. Suçluluk suçun işlenmesinden önce başlar ve suç işlenmesine sebep olabilir. Benim kötülük iddiam ise Byron tarzıydı ve Beatrice bunu görmezden geliyordu.

Benim için ayrılık vakti gelmişti. Beatrice Güney Londra'da bir öğretmen okuluna gidecek, okulu bitirince öğretmen olacaktı. Bense Güzel Sanatlar Okulu'na gidecektim. Fakat başarılı olmak için belirgin bir istek duymuyordum. Partinin sloganlarını üst üste tekrarladım, çünkü o toplulukta, münzevi özgürlüğünün tersine, sonsuza dek sürecek gibi görünen bir özgürlük illüzyonu vardı. Ayrılık vakti geldi, hayır dualarımızı ve vedalarımızı etmeye başladık. O sırada Nick, bana garip gelen, dini bir ifade kullandı: "Çalışmak için eline ne geçerse, var gücünle çalış."*

Başöğretmen benimle daha uzun konuştu, ama aşağı yukarı aynı şeyleri söyledi.

"Gidiyor musun, Sam?"

"Evet, efendim."

"Benden nasihat almaya mı geldin?"

"Diğerlerini de gördüm, efendim."

"Nasihatin kötü yanı ileride hatırlanma ihtimalidir."

"Anlamadım, efendim?"

"Otur evladım, kıpırdanmadan otur bir dakika. İşte öyle, aferin. Sigara içmek ister misin?"

"Ben..."

---

* Vaiz (9:10), *Kutsal Kitap*, Kitab-ı Mukaddes Şirketi, 2009. (ç.n.)

"Parmaklarının halini görüyorum, geç şimdi bunları. Külünü çöp kutusuna silkebilirsin."

Aniden anlayamadığım bir duygu kapladı içimi.

"Yaptığınız her şey için size teşekkür etmek istiyorum, efendim."

Sigarasını havada salladı.

"Ne diyeyim sana? Rotten Row'dan çok daha ileriye gideceksin."

"Bu Peder Watts-Watt sayesinde oldu, efendim."

"Kısmen."

Aniden oturduğu yerde döndü ve yüz yüze geldik.

"Sam. Senin yardımına ihtiyacım var. Ben, senin... neyin peşinde olduğunu anlamak istiyorum. Evet, partiden haberim var, fakat bunun sadece bir ya da iki yıl sonra sona ereceğini de biliyorum. Ama sana gelince, sen bir sanatçısın, doğuştan bir ressamsın ve bunun neden ve nasıl olduğunu sadece Tanrı bilir. Ben hayatım boyunca hiç senin kadar yetenekli birini görmedim. Ama yaptığın bu portreler... bunlar senin için hiçbir önem taşımıyor mu?"

"Taşıyordur herhalde, efendim."

"Gerçekten... senin için önemli olan hiçbir şey yok mu? Ama bir dakika! Partiyi filan boş ver. İşin o kısmını anladığımı farz edelim. Ben vasat bir adamım, Sammy. Ama senin kendi adına önemli olduğunu düşündüğün bir şey yok mu?"

"Bilmiyorum."

"Sende böyle bir yetenek var ve sen bunun önemli olup olmadığını hiç düşünmedin, öyle mi? Bak, Sammy. Artık rol yapmak zorunda değiliz, değil mi? Sen sanki her iki elinde de altışar parmak varmış gibi olağanüstü bir yeteneğe sahipsin. Bunu ben de biliyorum, sen de biliyorsun. Seni pohpohladığımı sanma. Sen dürüst bir insan değilsin, bencilsin ama bunun yanı sıra – her ne isen osun işte, değil mi?"

"Evet efendim."

"Yeteneğin senin için önemli değil mi?"

"Hayır, efendim."

"Mutlu değilsin o zaman."

"Hayır, efendim."

"Bu uzun zamandır böyle, değil mi?"

"Evet, efendim."

"Mutluluk sana göre bir şey değil. Söyleyeyim sana. Mutlu olmayı başkalarına bırak, Sammy. Mutluluk, beş parmaklık bir iş."

Sağ elini havaya kaldırıp parmaklarını döndürdü.

"Öyleyse senin portrelerin kendi içlerinde bir önem taşımıyor. Belli bir amaca hizmet ediyor olabilirler mi? Hayır. Proletarya diktatörlüğünü unut. Senin amacın ne?"

"Bilmiyorum, efendim."

"İleride zengin ve meşhur olmak istemiyor musun?"

Şimdi düşünme sırası bendeydi.

"Evet, efendim. Çok iyi olurdu."

Bunun üzerine aniden bir kahkaha patlattı.

"Bu da hiç umursamadığını söylemenin bir başka yolu zaten. Ve benim sana nasihat vermem gerekiyor, öyle mi? O zaman dinle, nasihat filan vermeyeceğim. Hadi sana güle güle."

Elimde tuttuğum izmariti aldı ve elimi sıktı. Ama arkamdan kapıyı henüz kapatamamıştım ki içindeki iflah olmaz başöğretmen tarafından geri çağırıldım.

"Sana bir şey söyleyeceğim, belki faydası olur. Ben bunun gerçek ve güçlü olduğunu – ve dolayısıyla tehlikeli olduğunu düşünüyorum. Bir şeyi yeteri kadar istersen alırsın ama buna karşılık başka bir şeyi feda etmeyi göze alman lazım. Herhangi bir şey olabilir bu. Ama istediğini elde ettiğin zaman bu asla tam olarak beklediğin şey olmaz ve eninde sonunda yaptığın fedakârlıktan dolayı pişmanlık duyarsın."

Oradan dışarı ve sonra da okuldan dışarı çıktım. Yazın tam ortasıydı. Gerçekte bir eğitimden diğerine transfer olmuş olmama rağmen, sanki dünya kapılarını bana ardına kadar açmış gibi geldi. Artık papaz konutuna geri dönmeyecektim; bunun yerine kasabanın dışına çıktım, tepeleri, vadileri geçtim. Burada orman başlıyor ve dik kayalıklarla nehir arasındaki tepelere sıkı sıkı tutunmuş gibi duruyordu. Aniden içime dolan heyecanla, aradığım sır sanki oralarda bir yerlerdeymiş gibi yüksek eğreltiotlarının arasında zar zor ilerledim.

Tahtalı güvercinler bile bir dans melodisinin nakaratını üst üste tekrarlayarak bana eşlik etmeye başladılar. Yeşil sundurmalarından "If you knew Susie" melodisi yükselirken, diğer taraftan tüm orman, eğreltiotları, sinekler, sınıflandırılamayan tüm küçük pervaneler ve güveler, kocaman tavşanlar, kahverengi, mavi ve beyaz renkli kelebeklerin hepsi seksi seksi mırıldanıyorlardı, çünkü misk en yüksek sayıdakilerin en yüksek mutluluğuydu. Bir kol boyu uzaklıkta duran ve maviden mora dönen ağır hava ise ağaçların arasında görünen tüm şekilleri iki santim kalınlığındaki buzlu cam parçalarıyla doldurmuştu. Uzun eğreltiotları bazen boynuma değiyor, bazen de beni kalçamdan yakalıyordu. Güçlükle ilerlemeye çalıştığım yerlerde yaşayan tüm canlıların üzerinden baharat gibi bir toz dökülüyor ve havayı ağırlaştırıyordu. Ormanın zemininde kuru yaprakların ve çıtırdayan dalların yarattığı yığınların arasında katedral kalınlığındaki ağaç gövdelerinin yanında durdum ve sıcak havada kendi kendime, benim için neyin önem taşıdığını söyledim; önemli olan, Beatrice Ifor'un hiç görmediğim beyaz vücudu, sadakati ve her zaman benim korumam altında olmasıydı; onun tarafından reddedilmemin bana, ölümün bu tarafında verdiği acıydı.

O akşam çevremde oldukça dikkate değer bir muharebe gerçekleşmiş olmalıydı. Herkesin şanslı bir günü vardır ve anladım ki bu da benimkiydi. Ormanın baharat kokuları benden uzaklaşmıştı; kendimi taşların su altında yıl boyunca sarsıldığı, demir atmış nilüferlerin asılıp çekiştirdiği, başlarını eğdiği, bir o yana bir bu yana gittiği su bendinin altından vücudum ısınmış ve yapış yapış halde çıkarken buldum. Artık cennet kapılarının meleğini benimle baharat kokuları arasında elinde kılıcıyla dururken gördüğümden hiç şüphem yoktu. O da bendin altından geçen suyun üzerindeki yaratıcısı gibi nefes alıp veriyordu ve su sanki beni çağırıyor gibiydi. Soyunup suya daldım ve tüm hazinemin üzerini örten pürüzsüz tenimin baştan aşağı sıkılaştığını hissettim. Artık bir erkeğin ağırlığını ve şeklini, vücut ısısını ve karanlık taraflarını biliyordum. Ben gözleriyle etrafı kesen, sağlam duran ve güçlü omurgasının köküyle tohum eken biri olduğumu öğrenmiştim. Giyinmiş ve serinlemiştim, el değmemiş bir kız gibi duygularına hâkim bir halde, yardımıma yetişen suların yanından ayrılıp yokuş yukarı yürüdüm. Yıldızlar görünmeye başlamıştı bile, kocaman parlak yıldızlar birinin başparmağı tarafından birer birer yerlerine yerleştirilmiş gibi duruyorlardı. Orada, dünya ile gökyüzü arasında, manastır ile sokak arasında bir yerde oturdum. Sular beni iyileştirmişti ve ağzımda yine patatesin lezzetini duyuyordum.

Senin için önemli olan ne?

"Beatrice Ifor."

O daha şimdiden senin ahlaksız biri olduğunu düşünüyor. Senden hiç hoşlanmıyor.

"Ben bir şeyi yeterince istersem mutlaka alırım çünkü onun için neyi feda etmem gerekiyorsa ederim."

Neyi feda edeceksin?

"Her şeyi."

Burada mı?

13

"Bay Mountjoy? Randevunuz var mıydı? İçeriye haber vereyim."

Yukarı kalkan sol elimde gözünü kan ve öfke bürümüş bir aslan dişlerini gıcırdattı. Sol tarafımda bir piton yılanı yeni budanmış, parlak bir ağaç dalının üzerine kıvrıldı – peki vücut yerinde olması gereken keçi neredeydi? Resepsiyon görevlisi telefonda konuşurken ben de gözlerimle onu aradım; işte oradaydı, fantastik boynuzları ve şehvet saçan sarı gözleriyle bir Afrikalı. O anda ayaklarım yere basmıyormuş gibi, yerin biraz yukarısında duruyormuşum gibi bir duyguya kapıldım. Burası diyet ödeme eviydi. Geçmiş burada kişiye özel bir sahilde karaya oturmuş bir dizi buzdağından ibaret değildi. Burası ardı ardına sıralanan gerçeklerin kasvetli mekânıydı. İçi doldurulmuş aslan, içi doldurulmuş piton yılanı ve içi doldurulmuş keçinin evine gelin. Kendi tecrübelerinizi gözden geçirin.

"Bay Mountjoy, Dr. Enticott henüz müsait değil, ama isterseniz ofisinde bekleyebileceğinizi söyledi. Yolu biliyor musunuz?"

"Ne yazık ki ben daha önce hiç... yani, hayır."

Resepsiyon görevlisi bana bir plan üzerinde yolu tarif etti. Bir şey değildi, onun için zevkti. Mesleği gereği düzgün, yardımsever ve samimi davranıyordu. Belli ki aşırı neşe ve aşırı üzüntünün üstesinden gelmeye alışıktı.

Arazi hiç değişmemişti. Sedir ağacı hâlâ ayaktaydı; dallarının her biri su seviyesine erişiyor, daha sonra suyun üzerinde yüzen yapraklar başlıyordu. Evin kendisi ise eskisinin aynı, sadece biraz daha küçüktü. Ayindeymiş gibi yürüyen adamı gördüğümüz teras ise ayaklarımın dibinden başlayıp evin arka cephesi boyunca uzanıyordu. O zamanlar Johnny ile ben şu bozuk çitin arkasına saklanmış olmalıydık. Çevrede başka binalar da yapılmıştı; bunlar alçak ve fonksiyonel yapılardı ve toprağın üzerinde mantar gibi bitmişlerdi. Geniş çimenlik alanı bölen beton patikalar, bahçeye daldığımız günden daha sonra yapılmış olmalarına rağmen eskimiş ve çatlamışlardı. O kadar uzun zamandır esirdim ki, evimden sadece yüz metre ötede yer alan bu İngiliz hastanesinin bahçesinde yürüdüğüm patikanın dışına adımımı atmaya cesaret edemedim ve zikzak çizerek betonun izin verdiği yere kadar ilerledim. Bahçe halkın kullanımına açıktı ve buranın havası tepedeki havayla aynıydı. Ama burasının bir tımarhane olduğu bilinci bütün evin ve bahçelerin üzerini bir esir kampının kasveti gibi örtüyordu. Ağaçların altında kol kola girmiş yürüyen iki kadın vardı. Etrafta aylak aylak geziyorlardı ama kasvet onları da içine almıştı. Çimenliğin tam ortasında çirkin bir heykel gibi görünen tek bir figür duruyordu; ellerini beline koymuş ve öylece donup kalmış gibi duran bir kadındı bu; sanki zaman onu o halde bulmuş, sonra da durmuştu.

Kenneth'ın ofisinde kimse yoktu. İçeride yeşil dosya dolapları, kâğıtlar, dolmakalem, kurutma kâğıdı, mürekkep ve bir de hasta koltuğu vardı. Çalışana uygun şekilde düzenlenmiş, güzel ve havadar bir ofisti, başka bir yerde olsa keyifli dahi olabilirdi.

Benim arkamdan o da içeri girdi.

"Merhaba."

"Ah, geldin demek."

Fakat bu gördüğüm insan, partilerde harika hikâyeler anlatan, Taffy'ye hayran olan, beni seven o şamatacı Kenneth değildi. Ben kumaş pantolonunun ve yün hırkasının içinde yayılmış oturan Sam'e ne kadar benziyorsam, o da Kenneth'a o kadar benziyordu. Ne de olsa böyle resmi bir ortamda karşılaşmıştık ve takım elbiselerimizin içinde kendimizi baskı altında hissediyorduk.

"Oturmaz mısın?"

Masanın üzerinden birbirimize baktık ve ilk konuşan ben oldum.

"Sanırım bu çok... sıra dışı, değil mi?"

"Neden öyle düşünüyorsun?"

"Ben bir akraba değilim."

"Evet ama burası da Hindistan değil."

"Onu görebilir miyim?"

"Tabii. Daha doğrusu, o da seni görmek isterse."

"Tamam o zaman."

"Taffy de gelecek mi sonra?"

"Hayır, o gelmeyecek."

"Ama demişti ki..."

"Taffy neden gelsin ki?"

"Ama dedi ki... yani... o da onunla görüşmek istediğini söyledi..."

"Olamaz!"

"Dedi ki, o bayan, adı her neyse, ikinizin ortak arkadaşıymış..."

"Öyle mi dedi?"

"Aynen öyle dedi!"

"Bu akşam vereceği şarap olayıyla meşgul şimdi o. Sen de katılacaksın, değil mi?"

Yüzüne yansıyan hayal kırıklığını fark ettim. Kalemini sallayıp sumeninin üzerinde zıplattı.

"Eh tamam o zaman."

Demek ki Taffy diplomatik davranmıştı. Beatrice'i ikimiz de tanıyor gibi görünsek daha iyi olacaktı. Yardımcı olmak istemişti.

"Belki kendisi daha sonra gelip Bayan Ifor'u görebilir."

Kenneth suratını düzeltti.

"Tabii, tabii."

Bu tür yerlerin insanlık ve anlayış yuvası olmadığı doğru o halde. Bir hastaneyi baştan aşağı dolaşıp, hiçbir şey öğrenmiyor insan.

Kenneth yerinden sıçradı ve bir dosya dolabı açıp içinden bir tomar kâğıt çıkarttı. Hepsini baştan aşağı parmağıyla taramaya başladı, yüzü yeniden bir tıp adamının içedönük ve sorumluluk taşıyan ifadesine büründü. Ama Kenneth'ın toyluğu ortaya çıkmış, maskesi düşmüştü. Benim çocuğum olacak yaşa inmişti.

"Onu ne zaman görebilirim o halde, Kenneth?"

Tekrar konuştu.

"İstersen hemen görebilirsin."

Biraz mahzun görünüyordu. Evet, o gerçekten Beatrice'i görmeye gelmiş, beni değil. Ayrıca, Taffy de gelmemiş, demek ki beni hiç düşünmüyor.

"Tamam o zaman..."

Ani bir hareketle ayağa kalktı.

"Gel benimle."

Ayağa kalkıp onu takip ettim. Ayaklarım bana itaat etmesine ediyordu ama tuhaf düşüncelerle dolu aklım isyankârca davranıyordu. Aklımın geçmişi hatırlayabilmek için bir süre mola vermesi gerekti. Önce ellerimi yıkayacağım. Eskiyi düşünüp tartmam, Beatrice'i ilk gördüğüm zamana geri dönüp hatıralarımı canlandırmam lazım. Anlık görüntüler gözümün önünde görünüp kayboluyor, Kenneth ise Taffy'ye âşık ve tüm bu karmaşa, Beatrice ile benim yarattığım sebep ve sonuç okyanusuna bir yarımada şeklinde çakılıp kalıyor.

"Bu taraftan."

Demek ki Beatrice ana binadaydı, yani generalin evinde, talihli insanların evindeydi.

"Buradan geçeceğiz."

Şimdi hatırlıyorum. Benim tüm gece yürüdükten sonra öğretmen okulunun dışında belirdiğim, dönemecin yarısını dönmüş numarası yaptığım o sabahtı. Beatrice'in ne dediğini hatırlıyorum. *Böyle bir şey söylememelisin, Sammy.*

Ama en çok da onun o an duyduğu korkuyu hatırlıyorum.

"Bir dakika."

Kenneth durmuştu, bir hemşireyle konuşuyordu. Bunu, evet, Dr. Enticott, hayır, Dr. Enticott gibi sözler duyup etkileneyim diye yapıyordu. Ben meşhur biri olmayabilirim, Sammy, ama burası benim çöplüğüm.

Sen benim cennet tepesinde boğazıma kadar buza batmış olduğumu görmüyor musun?

"İşte, Bay Mountjoy. Önce ben girsem daha iyi olur."

Resmi davranıyor, çünkü görev başında.

Oda kocamandı, belki de burası eski bir misafir odasıydı; kartonpiyerli tavan iyice aşağı sarkmış, üzerindeki toz, ağaç kabuğu deseni gibi anlamsız çizgiler yaratmıştı. Sol taraftaki üç yüksek pencere sık sık temizlenemeyecek kadar büyüktü, dolayısıyla gün ışığı içeri girerken biraz eksiliyordu. Açık yeşil renkli oda her ne kadar resim ya da duvar kâğıdı diye feryat etse de bunların ikisi de yoktu. Etrafta sadece yeterli miktarda kumaş mevcuttu. Mobilya olarak sadece, ilerideki duvarın önüne gelişigüzel yerleştirilmiş birkaç tane ağır yuvarlak masa, birkaç iskemle ve bir iki tane de kanepe vardı.

Etrafa dağılmış birkaç kadın da vardı ve onlar da mobilyalar gibi gelişigüzel yerleşmişlerdi. Bir tanesi elinde bir ip yumağı tutuyordu. Bir diğeri ortadaki pencereden dışarıya bakıyor ve çimenlikteki çirkin heykel gibi anormal derecede hareketsiz duruyordu. Hemşire bu akvaryumda nasıl yol alınacağını iyi biliyordu. Masaların arasından geçerek, odanın sağında bulunan en karanlık köşesine kadar olan mesafeyi katedip yürüdü.

"Bayan Ifor."

Olamaz.

"Bayan Ifor! Ziyaretçiniz var!"

Kanepelerden birinin önünde bir iskemlenin üzerinde birisi oturuyordu. Yüzünü sağdaki duvara dönmüş, ellerini kucağına bırakmıştı. Bir anlamda poz vermişti. Zayıf ve sarımtırak saçları bir erkek çocuğunki gibi kısacık kesilmiş, kafasının şeklini ve başının dümdüz inen arka tarafını ortaya çıkarmıştı. Eskiden bazen onun saçının arasından başını kavrayıp elime yasladığımı hatırladım; gerçek şimdi aydınlanmış, saçları kırpıldığı zaman ortaya çıkmıştı. Geniş alnı kavisi olmayan ensesine paraleldi, dolayısıyla kafatasının içinde çok az yer kalıyordu. O zaman anladım ihtişam halesinin onu neden taçlandırmadığını.

Bir yerde kadınlardan biri gürültü yapmaya başladı. Bir bataklık kuşu gibi üst üste aynı sesi çıkartıyordu.

"Hi-yip! Hi-yip! Hi-yip!"

Kimse kıpırdamadı. Beatrice oturmuş duvara bakıyordu ama herhangi bir şeye odaklanmamıştı. Yüzü vücudunun gölgesinde kalmıştı; fakat küçük bir ışık tımarhane duvarından yansıyıp tavandaki kartonpiyerin bir kısmını açığa çıkartmıştı. Böyle olunca yüzdeki kemikler de gayet iyi gizlenmiş oluyordu. Cildin altına yumrular halinde saklanmışlardı – yoksa o çıkıntı yapan şey kemiğin kendisi miydi? Ellerinin kemikleri ise eskisinden daha belirgindi, yeşil elbisenin altındaki vücut kalınlaşmıştı, omuzdan kalçaya kadar aynı genişlikteydi.

Ellerimde garip bir his duydum. Sanki giderek büyüyorlarmış gibi bir his. Oda, altında bir tünel varmış ve içinden tren geçiyormuş gibi hafifçe sallandı.

Dudaklarımı zorla aralayıp konuştum.

"Beatrice!"

Hiçbir şey yapmadı. Hemşire ani bir hareketle sağ omzumun yanından geçip ona doğru eğildi.

"Bayan Ifor, hayatım! Seni görmek isteyen bir ziyaretçin var!"

"Beatrice!"

"Bayan Ifor, hayatım!"

"Hi-yip! Hi-yip! Hi-yip!"

Bir hareketlenme görüldü, vücudun tümünde ufak bir yalpalama oldu. Beatrice dönmeye başlamıştı. Bir katedral saatinden çıkan figürler gibi sarsıla sarsıla dönüyordu. Tünelden hızlı tren geçti. Beatrice doksan derecelik açılarla kesik kesik hareketler yaptı. Arkası bana dönüktü.

Kenneth uzanıp koluma dokundu.

"Bence belki de..."

Fakat bu akvaryumu asıl tanıyan kişi hemşireydi.

"Bayan Ifor? Ziyaretçinizle konuşmayacak mısınız? Gelin, hadi!"

Vücudu omuzdan ve koldan tutarak kavradı.

"Gel, hayatım, gel!"

Yine kesik kesik hareketler birbirini izledi.

"Hi-yip! Hi-yip! Hi-yip!"

Şimdi vücut bana dönük duruyordu. Mezara gömülü gözler yaşlı bir adamın eli gibi titriyordu.

"Ziyaretçine merhaba demeyecek misin, hayatım? Bayan Ifor!"

"Beatrice!"

Beatrice yerinden kalkmaya yeltendi. Elleri birbirine kenetlenmişti. Ağzı açık duruyor, gözyaşlarımın ve terimin arasından geçen titrek bakışlarla bana bakıyordu.

"Aferin sana, işte böyle!"

Beatrice birden eteğine, bacaklarına, ayakkabılarına ve benim ayakkabılarıma işemeye başladı. Yerde bir havuz oluştu ve sıçrayıp etrafa yayılmaya başladı.

"Bayan Ifor, hayatım, yaramazlık ettin... ah seni!"

Birisi beni kolumdan ve omzumdan tutup döndürdü.

"Sanırım..."

Birisi uçsuz bucaksız çıplak zeminin üzerinde yürüyebilmem için bana yol gösteriyor, yardımcı olmaya çalışıyordu. Bataklık kuşları tepemde uçuşup feryat ediyorlardı.

*

"Başını iyice aşağı eğ."

Onun kokusunu hâlâ ayakkabılarımda ve pantolonumda duyuyordum. Bir taraftan da ensemi kelepçe gibi kavramış bir el ile mücadele ediyordum. Aşağı, iyice aşağı, pis kokunun içine doğru bastırıyordu başımı.

"Daha iyi misin?"

Kelimeler zihnimde oluşmuyordu. Onları çeşitli şekiller olarak görüyor, sessizce duyuyor, fakat dilimde döndüremiyordum.

"Az sonra daha iyi hissedeceksin kendini."

Sebep ve sonuç. Miras hukuku. İstatistiksel olasılık. Ahlaki düzen. Günah ve vicdan azabı. Bunların hepsi doğru. İki dünya yan yana duruyor. Benim içimde karşılaşıyorlar. Bu iki dünyayı sorgulayanları derhal tatmin etmemiz lazım. Pis kokunun içine doğru itiliyorum.

"Tamam, işte böyle."

El ensemden uzaklaştı. İki el birer omzumdan tutup beni geri çekti. Bir iskemleye yerleştim.

"Biraz hareket etmeden otur."

Aklım uzun koridorlarda dolaştı, geri geldi, Kenneth'ı çalışma masasında görüntüledi ve sonra gözlerimi açtım. Gerçekten oradaydı. Bana mesleğinin gerektirdiği bir yüreklendirmeyle gülümsedi.

"Bu tür şeyler, alışana kadar insanı şoka uğratır."

Ağzıma yapması gereken işi yaptırdım.

"Herhalde öyledir."

Yavaş yavaş vücuduma geri dönüyor, bir taraftan da Kenneth'ın hekimlik taslayan sesini duyuyordum. Fakat ondan öğrenmek istediğim bir şey vardı. Üstümü yokladım ve bir sigara buldum.

"İçebilir miyim?"

"Tabii ki içebilirsin. Az önce de dediğim gibi..."

"Hiç ümit var mı?"

Sonunda susmuştu.

"Yani, demek istediğim, onu tedavi edebilir misin?"

Biraz daha ağız kalabalığı. Az daha şarlatanlık.

"Yüzüme bak, Kenneth. O tedavi edilebilir mi?"

"Halen elimizde olan bilgiler dahilinde..."

"Tedavi edilebilir mi?"

"Hayır."

Ayakkabılarımdan anaokulunun pis kokusu yükseldi. Maisie, Millicent, Mary?

"Kenneth. Bir şeyi bilmem lazım."

"Neyi?"

"Onu bu hale..."

"Ah!"

Parmaklarını birleştirdi ve arkasına yaslandı.

"Öncelikle şunu unutmamalısın ki normallik tarifi tartışmaya açık bir durum..."

"Söz konusu olan onun hayatı ama! Ne oldu da delirdi?"

Kenneth sinirli bir tonda güldü.

"Anlamıyor musun? Belki de hiçbir şey olmadı."

"Yani... zaten... böyle olacaktı, demek istediğin bu mu?"

Kenneth kaşlarını çattı ve bana baktı.

"'Zaten' derken neyi kastettin?"

"Tanrı aşkına... bak. Bir şey onu... onu bu hale..."

Kafası karışmış gibi bana baktı, dosyaya uzandı, spiralli kapağını açtı, baktı, sayfayı çevirdi ve mırıldandı.

"Kalıtım. Evet. Anlıyorum. Hastalıklar. Okul. Öğretmen okulu. Nişanlılık..."

Sesi giderek gücünü yitirdi. Yumruğumu masaya vurarak bağırdım.

"Devam et, bir şey söyle, hadi?"

Öfkeden kendinden geçmişti. Dosyayı kapattı, gözlerini benden kaçırıp başka yerlere baktı. Ağzının kenarından mırıldandı.

"Tabii. Öyle olmalı."

"Devam et! Bana da oku."

Ama o hâlâ mırıldanıyordu.

"Aman Tanrım. Ne büyük salaklık. Keşke... ne yapacağım şimdi?"

"Bak..."

Hızla dönüp bana baktı.

"Bunu yapmaman gerekirdi. Nereden bilebilirdim ki? Ben sizin ikinize birden bir iyilik yaptığımı düşünüyordum..."

"Ona hiç kimse iyilik yapamaz..."

"Onu kastetmedim... bunu bilseydim... her şey başka türlü olabilirdi..."

"Onu görmek zorundaydım."

Şimdi de çılgına dönmüş bir halde fısıltıyla konuşuyordu.

"Kimse bilmemeli. Beni duyuyor musun? Kovulabilirdim..."

"Cennetten mi?"

Aniden yüzüme tükürür gibi bir sesle konuştu.

"Senden her zaman tiksindim... ve şimdi de bu... senin gibi bir adamın Taffy gibi bir kadına sahip olması..."

Sustu ve masanın diğer tarafına oturdu. Sesinde tehdit seziliyordu.

"Sen ve lanet olası resimlerin. Sen herkesi kullanıyorsun. O kadını da kullandın. Taffy'yi de kullandın. Ve şimdi de beni."

"Evet. Bu benim kabahatim."

Sesi iyice yükseldi.

"Ben de senin kabahatin olduğunu düşünüyorum!"

"Yazılı olarak vermemi ister misin?"

"Evet. Tüm suçu üstlendiğinde bir sorun kalmayacağını düşünüyorsun. Öpüşelim ve tekrar dost olalım. İstediğin her şeyi yap ve sonra özür dile."

"Hayır. Benim istediğim bu değil. Keşke öyle olsaydı."

Sessizlik.

Kenneth elinin tersiyle alnını geriye doğru itti. Dosyaya baktı.

"Kim bu konuda kesin konuşabilir? Belki sen konuştun. Evet. Belki de onu o kadar üzdün ki allak bullak oldu. Bence böyle. Bak, ta o zamandan beri o burada."

"Yedi sene oldu!"

"Senin Beatrice neredeyse kurucu üyemiz haline geldi."

"Yedi sene."

"Onu son gördüğün günden beri. Bu bizim, süregelen aşırı endişe hali olarak yorumladığımız bir durum."

"O günden beri."

"Mutlusundur artık umarım."

"Sen beni inciterek Taffy ile bir şansın olacağını mı düşünüyorsun?"

"En sonunda konuya çözüm getirebildiğimize sevindim. Evet. Ben ona âşığım."

"Biliyorum. Bana söyledi. İkimiz de üzgünüz."

"Yerin dibine batsın üzüntün. Onun üzüntüsü de."

"Mesele yok o zaman."

"Bu yer ve genel olarak hayat da yerin dibine batsın."

"Ondan rica ettim. Sırrını saklayacak."

Kenneth yüksek perdeden bir kahkaha attı.

"Ah evet, karın iyi bir insan, seni asla yarı yolda bırakmaz. Sana hep destek olacak ve seni her zaman toparlayacak ki sen de gidip birkaç kişiyi daha kerizle."

"O iş öyle değil, sen de biliyorsun. Dışarıdan göründüğü gibi değil."

"Burada işin bitti. Almak istediğini aldın."

"O zamanlar, evet. Bir hayalim vardı. Bu senin anladığın bir konu değil tabii... öyle mi yoksa? Bunu da dosyaya kanıt olarak koyabilirsin. Bay X, Bayan Y'yi terk ettikten sonra bir hayalin peşinden gitti. O da onu düşe kalka takip etti fakat etrafında sular yükselmeye başladı. Aşırı endişe, demiştin. Sebep ve sonuç daha uygun duruyor. Nick haklıydı, Bayan Pringle da haklıydı..."

"Neden söz ettiğini anlamıyorum."

"Sadece onu allak bullak etmiş olmam yetti. Artık durum ne düzelir ne de değişir. Masum insanlar işlenen suçları bağışlayamazlar."

Kenneth'a acı acı gülümsedim ve o esnada ona karşı içimde güçlü bir yakınlık hissettim.

"Tamam, Kenneth, Evet. Almak istediğimi aldım. Ve teşekkür ederim."

"Ne için?"

"Bu denli... Hipokratça davrandığın için."

"Ben mi?"

Birden Beatrice'in kalınlaşmış bedeninin yeşil, gergin ve titrek görüntüsü gözlerimin önüne geldi. Bir elimi gözlerimin üzerine örttüm.

"Bana doğruyu söylediğin için."

Kenneth masasıyla dolap arasında huzursuzca gidip geldikten sonra koltuğuna oturdu.

"Bak, Sammy. Bundan böyle ikinizle de görüşeceğimi sanmıyorum."

"Üzgünüm."

"Haydi oradan!"

"Ciddiyim. İnsanlar birbirlerini öldürmeden duramıyorlar."

"O zaman benim görüşüme göre bu vakadaki olasılıkları sana söyleyeyim. O zaman anlarsın. Evet, muhtemelen onu sen delirttin. Ama belki de zaten delirecekti. Belki de o zaman senin varlığın ona düşünecek bir şey sağladı ve eğer sen olmasaydın bir yıl önce delirecekti. Ona fazladan bir yıllık akıl sağlığı ve –artık daha başka ne yaptıysan onu– vermiş olabilirsin. Bir ömür boyu mutluluğu elinden almış da olabilirsin. Artık sen de bu durumdaki olasılıkları bir uzman kadar biliyorsun."

"Teşekkür ederim."

"Tanrım. Senin boğazını kesebilirim şu an."

"Sanırım öyle."

"Hayır, yapamam. Gitme. Dur. Seninle konuşmam lazım. Dinle, Sam. Ben Taffy'ye âşığım. Sen de bunu biliyorsun."

"Benim bunu kabul etmem imkânsız."

"Ve senden nefret ettiğimi söyledim. Ama aslında etmiyorum. Garip bir şekilde – benim sevdiğim şey, ikinizin birlikte sürdürdüğü yaşam, sahip olduğunuz o yer. Ben onu paylaşmak istiyorum. Bir anlamda ben ikinize de âşığım."

"Ben bunu da kabul edemem."

Kendime hâkim oldum ve çenemi aşağı çekip ona doğru uzatarak çarpık bir biçimde gülümsedim.

"Pekâlâ..."

"Sammy."

Kapıya doğru döndüm.

"Sammy. Ben ne yapacağım?"

Dönüp onunla yüz yüze geldim. Bir insan tabii ki kendi içinde bütün bir kıtadır; her bir zihin aslında bütün dünyadır, çünkü her zihin bir düzine dünya demektir.

"Olaylar fazlasıyla iç içe geçmiş durumda. Her şey karmakarışık. Bak. Sen bizi üzmüş değilsin. Zamanla her şey düzelecek. Şu anda yaşadığın şeylerden hiçbiri daha sonra omzunun üzerinden bakıp seni rahatsız etmeyecek, hiçbiri yüzüne vurulmayacak."

Vahşice bir gülüşle karşılık verdi.

"Tüm bu hiçlik için teşekkür ederim!"

Kapıdan çıktım ve giderken, onu teyit eder şekilde kafamı salladım.

14

Cismini terk etmiş olan ebeveynlerimin ikisine de ayrı ayrı birer mektup yazmıştım. Şimdi de Nick Shales'e gidip iyilik yapacaktım. Ona yumuşak bir dille açıklayacaktım.

"Sen rasyonalizmini mantığınla seçmedin. Onu seçtin çünkü sana yanlış yaradanı gösterdiler. Ah, evet, gösterdikleri sözde bağlılığın farkındayım. O –Rowena Pringle– sahte bağlılık gösterdi ve ben sahte bağlılık göstermenin bedelini bilirim. Senin muhafazakâr gecekondu mahallende sana tarif edilen yaradan, eski zamanlarda kabul gören erkek yaradandı, istilacı İbranilerin totemiydi, dünyanın yarısına boyun eğdirip insanları köle yapan atalarımızın totemiydi. Ben o totemi Almanlara ait bir resimde görmüştüm. Bir savaş topunun yanında poz vermişti. Topun ağzına bir Hindu bağlanmış ve İbranilerin erkek totemi onu, o isyankâr köpeği, cüretinden dolayı parçalara ayırarak cezalandırmak üzereydi. Erkek totem uzun çizmeli, kolonyal şapkalı, kaba, riyakâr, görkemli ve zalimdi. Siz de onu benim neslimin yaptığı gibi reddettiniz. Ama sen masumdun, doğduğu Kent şehrinden beş mil uzakta parçalara ayrılan Johnny Spragg kadar iyi ve masumdun. Sen ve o aynı zamanda aynı dünyada yaşayabildiniz. Siz bizler gibi suç işleyenlerin birbirlerine işkence etmek zorunda bırakıldıkları o korkunç ağa yakalanmadınız..."

Fakat Nick hastanede yorgun kalbi yüzünden ölüyordu. Her zaman uzak durmaya çalıştığı şekilde, bir şehirde, bir hastane koğuşunda, bir yatakta yatıyordu ve onu o halde gördüğüm zaman bile kendi payına düşenden daha azına sahip olduğunu düşünmüştüm. O akşam koğuşun en uzak köşesinde durup onu seyrettim. Sırtını yastıklara dayamış, kocaman kafasını eline yaslamıştı. Arkasında duran ampulün ışığı kafatasının kavisine düzgünce yayılmış, geçen yılları çağrıştırırcasına kar gibi yağmış, gözlerinin üstündeki beyaz saçaklarda asılı kalmıştı. Onların altında kapalı kalan yüzü ise iyice yıpranmıştı. İşleyen bir zihnin görüntüsü olup çıkmış gibi geldi bana; huşuya kapılmıştım. Ölürken ona her ne oluyorsa, bu öyle bir boyut ve seviyede oluyordu ki bana kendi hiçliğimi hissettiriyordu. Hazırladığım tek kıtayı söyleyemeden oradan ayrıldım.

Bayan Pringle'a yapacağım konuşma ise sade olacaktı.

"Seninle biz aynı hamurdandık, bu kadar basit. Sen kendini bana işkence etmek zorunda hissettin. Özgürlüğünü bir yerlerde kaybettin ve bundan sonra bana yaptıklarını yapmaya mecbur kaldın. Anlıyor musun? Bunun sonucu belki Beatrice'in tımarhaneye kapatılması, ortaklaşa yaptığımız işler, benim kendi yaptıklarım ve dünyada yapılan tüm işler şeklinde cereyan etti. Kusurlarımızın bizi birbirimize işkence etmeye zorladığını görmüyor musun? Tabii görüyorsun! Bu dünyada masumlar ve hainler hep birlikte yaşıyor – Philip Arnold şu anda bir kraliyet bakanı ve onun için hayatla baş etmek nefes almak kadar kolay. Ama biz ne masumuz ne de hain. Biz suçluyuz. Biz düşeriz. Biz ellerimizin ve dizlerimizin üzerinde sürünürüz. Biz ağlarız ve birbirimizi parçalarız.

O yüzden geri geldim –ikimiz de artık iki ayrı dünyada yaşayan erişkin insanlar olduğumuza göre– seni zorlanmadan bağışladığımı söylemek için geri döndüm. Korkunç düşüş çizgisi bir yerlerde kırılmış olmalı. Sen her ne yaptıysan yaptın ve ben hepsini affettim, tüm günahları üzerime aldım. Bizim hikâyemizde senin aldığın rolü hiç oynanmamış kabul edebilmek için elimden geleni yapacağım."

Ama bağışlamak tek başına yeterli değildir, bu bağışlamanın kabul edilmesi de gerekir.

O artık okula birkaç kilometre uzaklıkta, saman damları ve ferforje aksamları olan küçücük bir köyde yaşıyordu. Bahçesinin girişinde beni görünce neşeyle bağırdı.

"Mountjoy!"

Ve sonra bahçıvan eldivenlerini çıkarttı ve beyaz elini sıkmam için bana doğru uzattı; o anda, yapacağım konuşma dahil olmak üzere her şey kafamdan uçtu gitti. Bazı insanlar vardır, bizleri tebeşir çizgisine gagasını dayamış tavuklarmışız gibi felce uğratırlar. O anda hiçbir söz söylememem gerektiğini hemen anlamıştım, ama yine de Bayan Pringle'ın durumuna ve görüşüne uygun hareket etmeye hazır değildim; zaten geçmişte kalan resimlerimiz de buna karşıydı. Benim ünüm ve Philip'in ünü, onun öğretmenlik döneminin tesellisiydi. Benim için harcadığı emeklerin, benim dünyaya armağan etmeyi başardığım güzelliklerin içinde azıcık (plastik kuş banyosunun yanında plastik bir tavşan oturuyordu), çok azıcık da olsa bir etkisi bulunduğunu bilmek hoşuna giderdi – Sammy; sana Sammy diye hitap edebilir miyim? Gagam tebeşir çizgisine dayalı olduğu için tabii, tabii diye mırıldandım.

Ve böylece karşılaşmamızın ilk on saniyesinde tek istediğim oradan uzaklaşmak olmuştu. Ürperdim. O hâlâ dehşet verici güce sahip bir varlıktı ve şu an beni takdir etmesi, bana duyduğu nefret kadar kötüydü; birbirimize söyleyecek hiçbir sözümüz olmadığını biliyordum. Zira o kadın beklenmedik bir zafer kazanmıştı; tam anlamıyla kendini kandırmıştı ve şimdi ise sadece tek bir dünyada yaşıyordu.

Gün boyunca rayların üzerinden trenler geçiyor. Güneş tutulmaları öngörülebiliyor. Penisilin zatürreeyi tedavi ediyor ve atom parçalandı. Yıllardır her gün üst üste yapılan aydınlatıcı açıklamalar esrar perdelerini aralıyor ve kullanışlı, anlaşılabilir ve bağımsız bir gerçekliği gözler önüne seriyorlar. Bisturi ve mikroskop artık yeterli değil, osiloskop ise giderek daha sık kullanılıyor. Demek ki bu muhteşem dans kendi kendine yetiyor; delirdiğim anlarda duyduğum o müziğe de hiç ihtiyacı yok. Nick'in evreni gerçek.

Gün boyunca devinim terazide tartılıyor ve sadece iyi ya da kötü olarak birbirinden ayrılıyor; elverişli ya da talihli ya da tedbirsiz olarak değil. Ruh olarak adlandırmamız gereken bu suret, evrenin içinde nefes alıyor ama evrene dokunmuyor; sadece karanlık şeylere, esir alınanlara, tecrit edilenlere dokunuyor; onları yargılıyor, mahkûm ediyor ve geçip gidiyor.

Pringle'ın dünyası gerçekti, her iki dünya da gerçek. Aralarında köprü yok.

Parlak çizgi birdenbire gözle görünür hale gelen beton zeminin üzerine yayılıp üçgen şeklini aldı.

"Heraus!"

Dizlerimin üzerinde doğruldum, pantolonumu tutarak tereddütle dışarıya, yargıcın bulunduğu yere doğru yürüdüm. Ama yargıç ortalarda yoktu.

Kumandan geri geldi.

"Yüzbaşı Mountjoy. Bu olmamalıydı. Üzgünüm."

Gürültüyü duyunca arkama döndüm. Koridorun ilerisinde, yerdeki beyin şeklindeki lekeyi ve kapalı kaldığım sürece ne edindiğimi bilemediğim hücrenin içini görüyordum. Etrafta yığınla kova vardı; birileri onları içeriye geri koyuyor, ıslak yer bezlerini de içeriye atıyordu. Bezlerinden birini yerde unutmuş olduklarını gördüm, belki de dolabın içini benim için boşaltırken onu kasten bırakmışlardı. Hâlâ ıslaktı ve tam ortada duruyordu. Daha sonra bir asker kovaları ve yer bezlerini koyduğu dolabın gayet sıradan görünen kapısını kapattı.

"Yüzbaşı Mountjoy. Duydunuz?"

"Duydum."

Kumandan umursamaz bir hareketle kampa geri dönmem için kapıyı işaret etti. Daha sonra Sfenks'in bilmecesiymiş gibi çözmeye çalışacağım o esrarengiz sözleri söyledi.

"Bu Herr Doktor bilmiyor insanlar hakkında bir şey."

MODERN KLASİKLER DİZİSİ'NİN DİĞER KİTAPLARI

1. SİNEKLERİN TANRISI
   William Golding
   Çev. Minâ Urgan
2. BİLİNMEYEN ADANIN ÖYKÜSÜ
   José Saramago
   Çev. Emrah İmre
3. OTOMATİK PORTAKAL
   Anthony Burgess
   Çev. Dost Körpe
4. CASUS
   Joseph Conrad
   Çev. Ünal Aytür
5. KORKU VADİSİ
   Arthur Conan Doyle
   Çev. İpek Babacan
6. VAHŞETİN ÇAĞRISI
   Jack London
   Çev. Levent Cinemre
7. AFORİZMALAR
   Franz Kafka
   Çev. Osman Çakmakçı
8. KOPYALANMIŞ ADAM
   José Saramago
   Çev. Emrah İmre
9. DÖRT OYUN
   Bernard Shaw
   Çev. Sevgi Sanlı
10. BEYAZ DİŞ
    Jack London
    Çev. Levent Cinemre
11. ÜÇ ÖRNEK ÖYKÜ VE BİR ÖNSÖZ
    Miguel de Unamuno
    Çev. Yıldız Ersoy Canpolat

12. DÖRTLERİN YEMİNİ
Arthur Conan Doyle
Çev. İpek Babacan

13. A.B.D. / 42. ENLEM
John Dos Passos
Çev. Oya Dalgıç

14. ÜÇ BÜYÜK USTA
Stefan Zweig
Çev. Nafer Ermiş

15. KENDİLERİYLE SAVAŞANLAR
Stefan Zweig
Çev. Nafer Ermiş

16. ODA MÜZİĞİ - BÜTÜN ŞİİRLERİ
James Joyce
Çev. Osman Çakmakçı

17. KÜSKÜN KAHVENİN TÜRKÜSÜ
Carson McCullers
Çev. İpek Babacan

18. KENDİ HAYATININ ŞİİRİNİ YAZANLAR
Stefan Zweig
Çev. Gülperi Sert

19. BAHÇEDE EĞLENCE
Katherine Mansfield
Çev. Oya Dalgıç

20. A.B.D. / 1919
John Dos Passos
Çev. Oya Dalgıç

21. SATRANÇ
Stefan Zweig
Çev. Ahmet Cemal

22. BİLİNMEYEN BİR KADININ MEKTUBU
Stefan Zweig
Çev. Ahmet Cemal

23. DEMİR ÖKÇE
Jack London
Çev. Levent Cinemre

24. MOZART VE DEYYUSLAR
Anthony Burgess
Çev. Aslı Biçen
25. ÇOCUKSU BİR ŞEY
Katherine Mansfield
Çev. Oya Dalgıç
26. DÖNÜŞÜM
Franz Kafka
Çev. Gülperi Sert
27. KULE
William Golding
Çev. E. Efe Çakmak
28. ERMİŞ
Halil Cibran
Çev. Ayşe Berktay
29. ALTIN GÖZDE YANSIMALAR
Carson McCullers
Çev. İpek Babacan
30. BİR YAZARIN GÜNLÜĞÜ
Virginia Woolf
Çev. Oya Dalgıç
31. DENİZ KURDU
Jack London
Çev. Fadime Kâhya
32. KUM VE KÖPÜK
Halil Cibran
Çev. Kenan Sarıalioğlu
33. HUCKLEBERRY FINN'İN MACERALARI
Mark Twain
Çev. Bülent O. Doğan
34. MARTI
Anton Pavloviç Çehov
Çev. Ataol Behramoğlu

35. VANYA DAYI
Anton Pavloviç Çehov
Çev. Ataol Behramoğlu
36. BİR HANIMEFENDİNİN PORTRESİ
Henry James
Çev. Suzan Akçora
37. ÇOCUKLUĞUM
Maksim Gorki
Çev. Mazlum Beyhan
38. MARTIN EDEN
Jack London
Çev. Levent Cinemre
39. AYAKTAKIMI ARASINDA
Maksim Gorki
Çev. Koray Karasulu
40. BÜTÜN ŞİİRLERİNDEN SEÇMELER
Rainer Maria Rilke
Çev. Ahmet Cemal
41. BİR ELİN SESİ VAR
Anthony Burgess
Çev. Roza Hakmen
42. YİRMİ AŞK ŞİİRİ VE UMUTSUZ BİR ŞARKI
Pablo Neruda
Çev. Sait Maden
43. ŞATO
Franz Kafka
Çev. Regaip Minareci
44. YILDIZ GEZGİNİ
Jack London
Çev. Fadime Kâhya
45. MECZUP
Halil Cibran
Çev. Kenan Sarıalioğlu

46. KÜÇÜK BURJUVALAR
Maksim Gorki
Çev. Koray Karasulu
47. GENÇ BİR DOKTORUN GÜNLÜĞÜ
Mihail Bulgakov
Çev. Tuğba Bolat
48. GİTANJALİ - İLÂHİLER
Rabindranath Tagore
Çev. Bülent Ecevit
49. DAVA
Franz Kafka
Çev. Gülperi Sert
50. BEN, CLAUDIUS
Robert Graves
Çev. Dost Körpe
51. ELLERİN ZAMANLARLA DOLU
Paul Celan
Çev. Ahmet Cemal
52. BİR KADININ YAŞAMINDAN YİRMİ DÖRT SAAT
Stefan Zweig
Çev. Mahmure Kahraman
53. DENİZ FENERİ
Virginia Woolf
Çev. Sevda Çalışkan
54. PİRAMİT
William Golding
Çev. Armağan İlkin
55. KARMAŞIK DUYGULAR
Stefan Zweig
Çev. İlknur İgan

56. GOG (I-II)
Giovanni Papini
Çev. Fikret Adil
57. KORKU
Stefan Zweig
Çev. İlknur İgan
58. ÖLÜMCÜL YUMURTALAR
Mihail Bulgakov
Çev. Tuğba Bolat
59. ÇATAL DİL
William Golding
Çev. E. Efe Çakmak
60. EKMEĞİMİ KAZANIRKEN
Maksim Gorki
Çev. Mazlum Beyhan
61. YAKICI SIR
Stefan Zweig
Çev. İlknur İgan
62. DR. JEKYLL İLE BAY HYDE
Robert Louis Stevenson
Çev. Celâl Üster
63. MUHTEŞEM GATSBY
F. Scott Fitzgerald
Çev. Fadime Kâhya
64. KÖPEK KALBİ
Mihail Bulgakov
Çev. Mustafa Yılmaz
65. GÖMÜLÜ ŞAMDAN
Stefan Zweig
Çev. Regaip Minareci
66. OLAĞANÜSTÜ BİR GECE
Stefan Zweig
Çev. İlknur İgan

67. GEZGİN
Halil Cibran
Çev. Kenan Sarıalioğlu
68. BENİM ÜNİVERSİTELERİM
Maksim Gorki
Çev. Mazlum Beyhan
69. MÜREBBİYE
Stefan Zweig
Çev. İlknur İgan
70. TANRI CLAUDIUS
Robert Graves
Çev. Deniz Betil
71. ÜÇ KIZ KARDEŞ
Anton Pavloviç Çehov
Çev. Ataol Behramoğlu
72. AY'A YOLCULUK
Jules Verne
Çev. Bertan Onaran
73. DOKTOR HASTALANDI
Anthony Burgess
Çev. Can Moralı
74. TOM SAWYER'IN MACERALARI
Mark Twain
Çev. Bülent O. Doğan
75. FELICE'YE MEKTUPLAR
Franz Kafka
Çev. Çağlar Tanyeri, Murat Sözen, Turgay Kurultay
76. VİŞNE BAHÇESİ
Anton Pavloviç Çehov
Çev. Ataol Behramoğlu
77. BOYALI PEÇE
W. Somerset Maugham
Çev. Meltem Aydın

78. FENİÇKA
Lou Andreas-Salomé
Çev. İlknur İgan